어떤 솔거의 죽음

어떤 솔거의 죽음

조정래 소설

해냄

| 작가의 말 |

더딘 역사의 변화

「어떤 솔거의 죽음」은 이른바 상징적인 작품이다. 굳이 밝히자면 '유신시대'로 지칭되는 1970년대 중반 상황을 상징하고 있다. 모두 눈 가리고, 입 닫고, 귀 막아야 했던 시대. 세상 전체가 감옥처럼 변한 그 살벌한 시대에 모든 사람들은 필연적으로 '어떻게 살아야 할 것인가' 하는 화두와 대면하지 않을 수가 없었다. 그 시대적 화두에 대한 응답이 바로 「어떤 솔거의 죽음」이다.

다시 말하면 그건 진정한 예술가상을 그려낸 것이고, 동시에 나 자신에 대한 경고이고 결의였던 셈이다. 또한 세상을 향해 '당신들은 어찌할 것인가'를 묻는 것이기도 하다. '정치'가 아무리 혐오스럽더라도 우리 인간의 삶의 형태로서 거부할 수 없는 한 인간의 탐욕에 의한 권력의 횡포는 언제든지 자행될 수 있다. 그 기록의 한 면이 인간의 역사이기도 하다. 그래서 「어떤 솔거의 죽음」은 오늘에도 우리의 화두가 되어야 하는 것인지도 모른다.

그 억눌리고 닫힌 시대 상황을 상상하며 「술 거절하는 사회」와 「신문을 사절함」을 읽으면 그 의미가 보다 분명하고 새로워질 것이다. 그리고 '경제개발 시대'의 아픔과 모순, 물신주의를 우려하며 「동맥」 「빙하기」 「이방지대」 「인형극」 등을 썼는데, 40여 년이 지난 지금에도 그런 상황은 조금도 좋아지지 않고 오히려 더 고질적으로 악화된 것만 같아 가슴 아프다. 해결의 기미가 보이지 않는 비정규직 문제, 전혀 개선되지 않는 노동자들의 부당해고, 갈수록 심해지는 빈부 격차, 끝을 모르는 재벌들의 공룡화. 내 작품들이 마치 마녀의 주문이 된 것 같아 당혹스럽다.

새로 꾸며진 작품집을 통해 새 독자들이 '인간의 역사가 얼마나 더디게 변화하는지' 발견하는 것도 새로운 의미일지 모르겠다.

2011년 10월

조정래

|차례|

작가의 말 4

동맥 11

방화기 53

술 거절하는 사회 91

쑥풀이굿 113

삶의 흠집 145

이방지대 181

인형극 211

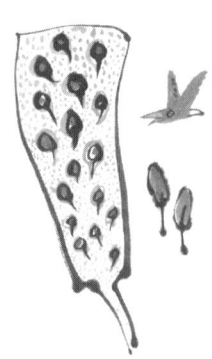

검은 뿌리 241

방황하는 얼굴 259

비틀거리는 혼 291

허깨비 춤 317

쁘니의 글레 355

보문을 사절함 385

어떤 솔거의 죽음 411

작가 연보 435

동맥

길순이는 다시 두 손을 부챗살처럼 쫙 펴고 손가락을 꼽아나갔다. 계산은 틀림이 없었다. 매달 하루도 거르는 일 없이 28일 만에 있었으니까, 오늘로 나흘이 지난 것이다. 두 달째의 일이다. 그럼……? 길순이는 그만 볼을 감쌌다. 비릿한 피 냄새가 엉킨 듯한 흐려진 의식을 헤집고 드러나는 두 개의 영상. 나흘 밤 겪었던 일과 어머니의 모습과……. 길순이는 무릎을 세워 얼굴을 묻었다. 왁 울음이 솟구쳤다. 두 팔로 꺾어세운 다리를 감아잡은 길순이는 몸을 바싹 조여 뜨렸다. 머리를 풀어헤친 여자의 낄낄거리는 웃음 소리……, 비가 추적거리는 어둠을 가르며 가까워오는 발자국 소리……,

갑자기 덮쳐오는 가위눌림을 헤어나려고 입술을 깨물며 파르르 떨었다. 아버지가 피를 토하고 쓰러진 날 밤, 건넛마을의 삼촌을 부르려 여우고개를 넘다가 들은 부엉이 울음 소리. 그런 무서움이 아니었다. 비가 부슬부슬 내리는 날 이모집 심부름을 가느라 도깨비배밭의 탱자나무 울타리를 돌 때 목덜미를 감던 으스스한 찬바람. 그런 두려움도 아니었다. 아버지가 돌아가신 다음부터 대낮인데도 상여 움막을 지나칠 때면 전신에 끼쳐오던 차가운 소름. 그런 공포도 아니었다. 그런 것들이, 임종을 못 지킨 어머니 산소의 황토에 뒹굴며 몸부림쳤던 서러움과 뒤범벅이 되어 울음으로 솟구치고 있었다. 임신……, 아무리 정신을 가다듬으려 해도 가위는 덮쳐왔고 발은 어두운 구렁텅이로 한정도 없이 빠져 들어갔다.

"아유 가려, 으응, 응……."

어깨를 들먹이며 울던 길순이는 언뜻 손으로 입을 가렸다. 봉자가 장딴지를 벅벅 긁어대며 잠꼬대를 한 것이다. 가지가지 염색 물감에 절어 만성 습진을 앓는 다리가 잠결에도 가려운 모양이었다. 길순이는 울음을 추스르며 숨을 죽였다. 봉자가 돌아누우며 긁어대던 다리를 분옥이의 허리에다 걸쳤다. 순간 길순이의 가슴은 유리그릇을 놓쳐버린 때처럼 찡 얼어붙었다. 저 지경이 되면 유독 잠귀가 빠른 분옥이가 가만히 있을 리가 없다. 운 것을 들켜서는 안 된다. 길순이는 서둘러 누울 자리를 찾았다. 그러나 몸을 바로하고 서야 셋이 겨우 누울 수 있는 비좁은 방, 봉자가 이미 멋대로 팔다리를 내뻗어버린 다음이라 쪼그리고라도 누울 자리는 없었다. 그런데 아니나다를까.

"참 사람 미치겠네."

분옥이가 봉자의 다리를 떠다밀며 발딱 일어나 앉았다.

"……거, 누구니? 길순이구나."

분옥이의 쏘아붙이는 목소리에는 '너 또?' 하는 말을 담고 있었다.

"……"

길순이는 무슨 말을 하려 했지만 목은 울음으로 채워진 채였다.

"얘, 언제까지 이럴래? 그런다고 죽어버린 엄마가 살아와?"

길순이는 분옥이 곁으로 다가앉았다. 분옥이의 다부진 말이 더 나오기 전에 달래고 빌어야 할 판이었다.

"다시는 안 그럴게. 그만 자자."

"글쎄 사람 기분 잡치게 하지 말란 말야. 한두 번이니, 한두 번?"

"그래, 잘못했어."

길순이는 분옥이의 어깨를 잡아 눕히려 했다. 분옥이는 팔을 뿌리치며 더 몸을 사렸다.

"진짜 언제까지 이럴 거니?"

"다시는 안 그런다니까. 자 약속하자."

길순이는 억지로 웃어 보이며 새끼손가락을 내밀었다.

"필요 없어, 고런 양돼지 닮은 약속은."

양돼지는 그들 직장인 염색 공장 사장을 가리키는 것이다. 양돼지는 수차에 걸쳐 약속한 급료 인상을 별의별 이유를 다 붙여 한 번도 지킨 일이 없는 위인이었다.

"나도 서럽기로 친다면 너보다 곱은 돼. 아부지란 작자는 얼굴도 모르지, 열두 살에 엄마까지 사요나라 하고 이날 이때까지 혼자 굴러다니며 살았어. 너처럼 울자면 진작 눈깔이 썩어버렸을 거라구."

"알아, 다 알아. 다시는 안 그러기로 정말 약속할게."

길순이는 이제 몸이 달고 있었다. 분옥이의 그런 지난 애기가 나오기 시작하면 결말은 뻔한 것이다. 이야기가 계속됨에 따라 목소리가 가라앉아가다가는 울음이 터진다. 그럼 그 울음은 끝이 없었다.

"사람이 슬프면 당연히 울어야지. 그치만 우린 그럴 수도 없잖니. 잘 입는 건 숫제 바라지도 않지만 밀가루죽으로 근근이 살아가는 꼬라지에 일은 또 얼마나 고되니. 근데 밤마다 울고 잠 못 자면 몸이 어떻게 견디니. 이러다가 덜컥 병에나 걸려봐. 일 못 나가 일당 깎이지 모아둔 돈 없으니 약은 뒷전치고 당장 굶는 거야. 병나고 굶고, 어떻게 되는지 알지? 가는 거야, 그대로 가는 거야. 우리 같은 것들 가도 누구 하나 눈 한번 깜짝 안 해. 우리도 사람인데 그런 꼬라지로 가버리기는 너무 억울하잖니. 결국 가난하고 배고픈 우리 같은 것들은 기쁠 일이야 애당초 없는 거고, 슬픈 일에도 슬퍼서는 안 되게 돼 있어. 아니, 너?"

"알아, 내가 병신이지."

길순이는 분옥이의 손을 꼭 잡았다.

"네가 병신이 아니라 돈이 개새끼고 가난이 쌍놈이야. 이 기집앤 잠도 험하게 자더라."

분옥이가 봉자를 벽 쪽으로 몰아붙였다.

"그럴지도 몰라. 그만 자자."

길순이는 분옥이와 봉자의 사이에 누웠다. 눈을 감았지만 머릿속은 대낮이었다. 정말 임신이라면……, 떼칠 수 없는 두렵고 무서운 올가미였다.

어머니가 돌아가신 다음 다시 서울로 올라올 마음은 털끝만큼도 없었다. 그러나 마음과는 달리 다시 봉자와 분옥이가 기거하는 판잣집 사글셋방으로 기어들 수밖에 없었던 것은 순전히 공장에 묶여 있는 돈 때문이었다. 길순이는 갑작스럽게 어머니를 잃어버린 슬픔으로 매일 밤을 울었다. 봉자와 분옥이는 위로하느라 여념이 없었다. 봉자의 신세타령도 분옥이의 기구한 지난 얘기도 몇 번씩 되풀이되었다. 그러다가 셋이는 함께 울기도 여러 번 했다. 그런데 얼마가 지나면서부터 봉자와 분옥이가 위로하는 방법을 바꾸었다. 다 잊어버리라고 강요하듯 한 것이다. 둘이의 그런 억지가 자신을 위한 우애인 것을 길순이는 너무나 잘 알고 있었다. 그러나 어머니를 잃어버린 슬픔이나 삼촌 댁에 맡겨두고 온 두 동생에 대한 안쓰러움은 조금도 가시지를 않았다. 그래도 봉자와 분옥이의 마음씀이 고맙고 미안하여 속으로 삭이느라고 애도 많이 썼다. 그런데 며칠 전부터 그것이 없어 가슴을 조여오다가 오늘 밤에는 기어코 약속을 깨뜨리고 만 것이다. 분옥이에게 다시는 안 그러겠다는 말을 되풀이하며 빌다시피 한 것도 빨리 재워 이 일을 눈치채지 못하게 하려는 것이었다. 만일 임신이라면 봉자와 분옥이에게는 절대 비밀로 해야 하는 것이다. 임신을 알리게 되면 그 일이 전부 탄로가 나고 만다. 그럼……, 길순이로서는 봉자와 분옥이에게 버림받는다는 사실은 임신을 했다는 것만큼 무섭고 두려운 일이었다. 이 막막하고 답답한 세상에서 유일한 의지고 바람벽이 봉자고 분옥이었다. 그래서 이런 경우 마음을 털어놓으면 무섭고 두려운 생각이 한결 덜할 것 같았다. 그런데 그래서는 안 되는 것이다. 그렇기 때문에 무섭고 두려운 그림자는 더욱 짙고 끈덕지게 전신을 욱죄어오는 것이다.

 사채(私債) 동결(凍結). 길순이는 물론 봉자나 분옥이도 그 어려운 말뜻을 알 까닭이 없었다. 그리고 그들 외에 광명(光明) 직물염색공장의 2백여 여공들도 마찬가지였다. 그 말뜻은 곧, 회사나 공장 등을 상대로 빚놀이하던 돈의 이자를 못 받는 것은 말할 것도 없고 원금조차 묶어버린 새로 만들어진 법이라는 풀이가 누군가의 입으로부터 터져나왔다. 그때서야 비로소 2백여 여공들은 눈이 휘둥그레지고, 화들짝 놀라고, 입을 딱 벌리고, 얼굴이 사색이 되고, 털썩 주저앉고, 발을 동동 구르고, 엉엉 울고, 그래서 수돗물이 탕을 넘쳐흐르고, 탕마다 헹궈내지 않은 옷감이 뒤헝클어지고, 오렌지색이 빨간색으로 둔갑을 하고, '시야게'감에 때가 묻어났다. 그리하여 반장이 소리 지르고, 관리과 직원이 아우성을 치고, 관리계장이 호랑이 울음을 울고, 관리과장이 납시는 소동이 벌어지게 된 것이다. 그리고 평소에는 변소길에 휴지로나 쓰고 어쩌다 연탄불을 지필 때 숯 밑에 놓는 불쏘시개로나 찾던 신문을 손수 사들게 되었다. 그러나 깨알보다 작은 글씨를 아무리 읽어봐도 도무지 무슨 뜻인지 알 길은 막연했다.

책임량을 완수하지 못하면 일당을 제하고 말겠다며 반장을 제쳐놓고 관리과 직원들이 작업 감독을 했다. 찍소리 한마디 못하고 일손들을 재게 놀리면서도 가슴마다에는 먹구름이 끼고 비가 내렸다.

그들 셋은 약속이나 한 듯이 다리를 내뻗고 등을 벽에 기대 몸을 부린 채 말이 없었다. 피곤에 지쳐 풀려버린 눈에는 물기에 젖은 절망의 빛이 서려 있었다.

분옥이는 가슴을 와득와득 쥐어뜯고 싶었다. 5만 5천 원. 3년에 걸쳐 모은 그 돈이 어떻게 된다는 것인가. 떼어먹혀? 그게, 그게 어떻게 번 돈인데, 차라리 식칼을 물고 엎어져 죽는 한이 있어도 그것만은 안 된다. 만 5천 원만 더 모으면 그 가슴 조이던 꿈을 이룰 수 있는 것이 아닌가. 7만 원으로 6개월간 미용 학원엘 다닌다. 그리고 어엿한 미용사가 된다. '시다'가 아닌 흰 가운을 입고 빨간 매니큐어 칠한 미용사가 된다. 가지가지 모양의 머리를 만들어내는 기술자가 되고 단골을 잡고 고정적인 월급에 후한 팁을 받아 차곡차곡 모아 독립을 한다. 그때는 미장원 주인, 아니 미장원 마담. 여기에 이르면 분옥이는 그만 가슴이 펄떡이고 전신이 짜릿짜릿해지는 것이다. 정신은 아물아물해지며 몸이 붕붕 뜨는 것이 타보지 못한 비행기 타는 맛이 이러랴 싶었다. 그런데 그 돈을……

봉자의 마음은 2년 전 새벽에 집을 도망쳐 나오던 꼭 그런 허망한 기분이었다. 순심이의 편지만 믿고 서울 돈벌이를 작정한 나머지 겨울 새벽길을 더듬어 걸으며 왜 마음은 그리도 텅 빈 들녘처럼 허망했을까. 생전 처음 부모 곁을 떠나 말만 들은 서울로 가기 때문이거니 했지만 기차를 타고서도 그 허망한 기분은 가시어지질 않았다. 그때 되돌아서 집으로 돌아가야 했다. 그 허망했던 기분은 서울역에 내려서 두 눈을 뒤집고 찾아도 보이지 않던 순심이를 원망하면서 절망으로 변했다. 그 절망은 견딜 수 없는 향수였다. 그러나 그 짙은 향수는 돈벌이를 강요했다. 돈을 빌지 않고시는 얼굴을 들고 돌아갈 수 없는 집이었다. 집을 뛰쳐나온 변명의 구실이 없었다. 그동안 3만 원을 모았다. 그걸 남들처럼 회사에 넣어 이자를 받고 있었다. 그런데 그 돈이 그렇고 그렇게 되었다는 것이다. 8월 초순, 여름인데도 마음은 꼭 겨울 새벽의 텅 빈 들녘처럼 허허할 뿐인 것이다. 누구누구처럼 별 계획도 없었다. 5만 원만 모아지면 그걸 가지고 고향에 돌아가리라 했다.

길순이는 자꾸 울음이 터질 것만 같았다. 홀로인 어머니 얼굴이 어른거렸다. 열일곱에 떠나온 고향. 스물한 살이니까 어느덧 4년째가 되었다. 봉자나 분옥이보다 오래되었으면서도 그네들과 같이 지옥탕(염색한 천을 헹궈내는 첫 번째

탕을 그렇게들 불렀다)에 발을 담그고 있는 것도 다 돈 때문이었다. 세월을 따라, 회사 규정대로 했다면 지금쯤은 신선 놀이(건조된 직물을 손질하는 부서)를 하고 있을 터였다. 그러나 그럴 수는 없었다. 진종일 지옥탕에 무릎까지 담그고 서서 염색 물감의 독에 살갗이 썩거나 습진으로 발가락 사이가 짓물러도 우선 돈이 필요했다. 신선 놀이를 하는 축들이나 분옥이, 봉자보다 3분의 1이 더 많은 수입을 떼쳐낼 수는 없었다. 그래서 분옥이나 봉자보다도 장딴지 살갗이 험하게 부르트고 습진도 고질이 되어버린 것은 어쩌지 못할 일이었다. 그러나 지옥탕에서 견디는 것도 금년뿐, 내년부터는 별수 없이 신선 놀이를 하게 되어 있었다. 금년 초에 벌써 회사 측에서는 신선 놀이를 명령했었다. 인건비 낭비를 막기 위함이었을 것이다. 관리계장에게 사정사정해서 금년까지만이라는 허락을 겨우 받을 수 있었다. 어머니는 늙고 두 동생은 어리고⋯⋯. 한 달에 만 4천 원 월급에서 자취비, 사글셋방값, 24개월 5만 원짜리 곗돈 등을 제하고 나면 회사에 맡긴 7만 원에서 나오는 3부 5리의 이자를 합해도 집에 4천 원을 송금하기에는 숨이 가빴다. 이자도 못 받고 원금도 묶이고⋯⋯, 길순이는 또 목젖이 아프도록 침을 삼켰다. 곧 울음이 터질 것만 같은 것이다. 당장 다음달부터 어머니와 두 동생은⋯⋯ 자꾸 눈시울이 매워져서 한사코 눈길을 천장으로 올렸다.

"그만 밥이나 한술 끓여먹고 자자."

봉자가 선하품을 했다.

"저건 그저 처먹는 것밖에 모르지. 아, 불고기도 토해질 판인데 깡보리밥이 넘어가게 됐니?"

양철판에 콩을 쏟아붓는 것 같은 목소리로 분옥이가 대질렀다.

"좋아하네. 참 별난 속이다, 불고기가 토해지게. 내야 불고기 아니라 개고기라도 없어서 못 먹겠다."

봉자는 사람 좋게 히히딕내고 웃았다.

"저 기집앤 쓸개도 없어. 난 아주 미치고 환장을 하겠는데. 아이구 잡것……."

분옥이는 고쳐앉으며 가슴을 와드득 쥐어뜯는 몸짓을 했다.

"얼씨구, 고렇게 지랄한다고 일이 풀리냐? 다 운수 소관이고, 애초에 팔잘 잘 타고나야 해. 아무나 미용사 되고 미장원 차리는 줄 알아?"

"저 병신이 누굴 약 올리고 지랄이지?"

분옥이가 파르르 일어섰다. 길순이는 얼른 분옥이를 붙들었다.

"둘 다 관둬라. 우리끼리 다투고 속 썩이면 뭘 하니. 더 두고 보기로 하고 어두워지기 전에 밥이나 끓여먹자."

길순이는 자리에서 일어섰다. 어두워지기 시작한 창 밖에 마음만큼 무거운 더위가 넘실대고 있었다.

이틀째 되는 날 염색 공장 안에는 갑자기 화기가 돌았다. 여공들의 얼굴에는 높은 건조대에서 펄럭이는 오렌지빛 천마냥 밝은 웃음이 피었다. 사방에서 웅성거리고, 더러는 얼싸안고, 몇몇은 손뼉을 치고 뛰고, 누군가는 눈물을 흘리기도 했다. 50만 원 이하의 사채를 논 사람들은 원하는 시기에 곧 되돌려받을 수 있다는 소식이 신문에 실린 것이다. 송두리째 빼앗기는 것인 줄 알았다. 너나없이 습진으로 짓무른 발가락에 연고 한번 제대로 발라보지 못하고 모은 돈이었다. 욕심 같아서는 달라변을 놓을 수도 있고 일수놀이를 하고도 싶었다. 그러나 그건 개 아가리에 고깃덩이를 던져넣는 것만큼이나 위험한 짓이었다. 6부나 7부 변놀이를 할 수도 있었다. 그러나 그것도 상대가 개인인 이상 날 잡아먹어라 하고 버티는 철판 깐 심장 앞에서는 위험하기는 일수놀이나 진배없었다. 그래서 아쉽고 억울하긴 했지만 안전하다는 이유 하나만으로 3부 5리의 이자로 거의가 회사에 맡기고 있는 터였다. 회사에서도 자활책을 내세워 경리과장은 안전한 이자놀이를 권유하기도 했다.

"그럼 그렇지. 벼룩의 간을 내먹었음 내먹지 우리 같은 것들 돈을 설마……"

"누가 아니래. 우리 같은 것들 돈 잘못 먹었단 3년 피똥 싼다구."

여공들은 신이 나서 이렇게 재잘거렸고 일손도 한결 가볍고 빨랐다.

그리고 돈을 찾을 수 있다는 기쁨도 잠시. 여공들의 얼굴은 다시 파랑 물감, 빨강 물감, 노랑 물감, 초록 물감으로 뒤섞인 지옥탕의 물만큼 탁하고 어둡게 변해버렸다. 그 절망과 낙담의 도는, 처음 이자는 말할 것도 없고 원금까지 받을 수 없다는 소식에 접했을 때보다 몇 배나 크고 진했다.

그날 일과가 끝나기 무섭게 돈을 맡긴 대부분의 여공들은 경리과로 몰려갔다. 새 법으로 정한 사채 이자가 2부가 못 되니 다른 방법으로 이자놀이를 하겠다는 계산으로 돈을 찾으려는 여공은 거의 없었다. 우선 재산을 위험으로부터 보호하려는 본능적인 방어 태세였다. 그러나 경리과에서는 태평 세월이었다. 사무적으로 정리를 해야 되니까 며칠만 기다리라고 했다. 막연하게 며칠이면 언제냐, 딱 잘라 말하라고 누군가가 소리를 지르자 한 사흘이라는 답이었다. 불안하고 걱정스러웠지만 물러서는 도리밖에 없었다. 초조하게 기다린 사흘째 되는 날 오후 날벼락은 떨어진 것이다.

"…… 그러니까 간단히 말해서 여러분들 각자가 회사에 맡긴 액수는 적고 사람수는 170여 명에 달하여, 개인당 서류를 꾸며 사장님께 결재를 맡게 되면 일이 번거롭고 금전적으로나 시간적으로나 손해가 지대할 뿐만 아니라 그렇게 되면 여러분들의 돈을 받아줄 수가 없게 됐어요. 그래서, 항시 여러분의 편에서 여러분을 돕고 여러분이 하루속히 자활할 수 있는 방법을 강구하시기에 여념이 없으신 우리 총무부장님께서 이 일의 해결을 위해 고심하시던 중 묘안을 내셨습니다. 그 묘안이란 뭐냐. 다름 아니라 여러분 모두의 돈을 총무부장님 한 분 이름으로 결재를 맡는 방법이었습니다. 그리고 경리과에서는 여러분들의 개인 카드를 비치하고 매달 원금에 맞는 이자를 분배해 왔습니다. 에에, 그런데 문제는 그 다음입니다. 여러분이 맡긴 1인당 원금을 평균 5만 원으로 잡고 170명이면 오 칠에 삼십에 오요, 오 일은 오니깐 도합 850여 만 원이 됐지요. 그 돈의 명의가 법적으로 총무부장님 이름으로 되어 있으니 이번 조처로 말미암아 5백만 원 이상이면 3년 거치 5년 상환에 걸리게 되었어요. 그러니 법은 엄중하고 인정이 없는지라 법에 따를 수밖에 없지 않습니까. 그러니까 여러분은 앞으로 3년을 기다리며 사채법정이자(法定利子)를 받고 4년째 되는 해부터 원금을 찾게 됩니다. 나 개인으로서는 무척 가슴 아프게 생각하나 법 앞에서 어쩔 수 없는 일이고, 여러분들의 넓은 이해를 바라는 바이올씁니다."

경리과장의 그런 유식한 연설을 듣고 나서도 여공들은 아무 동요가 없었다. 처음 사채 동결의 소식을 들은 때와 마찬가지였다. 결국 작업총반장 허씨의 보충 설명을 들은 다음에 와르르와르르 무너지는 가슴을 힘겹게 붙안아야 했다.

다음날부터 공장 안에서 우중충한 먹구름이 끼기 시작했다. 어느 때 없이 염색 물감 냄새가 역하게 속을 뒤집었다. 여기저기서 심심찮게 흘러나오던 유행가 대신 긴 한숨이 꼬리를 물었다. 물 속에 담긴 종아리가 못 견디게 아리고 발가락 사이가 미치게 가려워오는 것이다.

며칠이 지나사 사람 환장하게 만드는 말이 피졌다. 그전에 사장이 내놓은 이자는 4부 5리라는 것이었다. 그런데 총무부장과 경리과장이 짜고 5리씩 해먹었다는 소식이었다. 이런 사실을 사장은 뒤늦게 알았지만 다행히 모든 돈이 총무부장 이름으로 되어 있어서 당장 돌려주지 않고 장기간 이익을 볼 수 있게 되자 두 사람을 용서했다는 것이다. 그리고 그 돈을 그날로 사채 신고해 버린 것이었다.

회사에 돈이 물린 사람들 전부가 파업을 한 것이 열흘쯤 지나서였다. 모두 일손을 놓고 마당에 나앉았다. 법에 따라 사채를 돌려달라. 6개월 전에 약속한 임금을 인상하라. 그들이 내세운 요구 조건이었다. 오후 1시쯤 나타난 사장 양돼지는 이틀간의 여유를 주면 요구 조건을 꼭 해결하겠노라

했다. 그때 해결이 안 되면 다시 데모를 하든 파업을 하든 하면 될 게 아니냐고 구슬렸다. 그날은 저녁도 굶고 오전에 까먹은 만큼의 시간을 야근으로 채웠다.

그런데 다음날 작업총반장 허씨와 물감 조정 책임자 박씨가 파면을 당해버렸다. 그리고 총무부장이 일장 훈시를 했다. 겁 없이 설치지 말고 눈치껏 알아서 하라는 내용의 찬바람이었다. 총무부장의 얼음장 같은 말도 무섭긴 했지만 그 일의 주모자 격인 허씨와 박씨가 없어지자 여공들은 한낱 모래알들에 지나지 않았다.

입이 부르틀 지경으로 온갖 상스러운 욕을 다투어 내갈겼다. 애꿎은 옷감만 쥐어뜯고 비비틀었다. 넝마 같은 신세타령들을 늘어놓았다. 그러다가 그들은 지치고 늘어져버렸다. 그들이 아무리 욕을 퍼대도 양돼지의 살은 내리지 않았고, 그놈의 번쩍거리는 검은색 자가용은 잘도 굴러다녔다. 총무부장이나 경리과장의 기세도 예나 다름없이 당당했다.

"쌍놈에 신세, 팍 죽어버릴까 부다."

분옥이는 하루에도 서너 차례씩 이런 말을 뱉었다.

"내가 미친년이지. 못 배운 촌년이 환장을 해서……."

맥이 빠져버린 봉자의 넋두리였다.

길순이는 불볕이 쏟아지는 모래밭을 허덕이는 기분으로 나날을 넘기고 있었다. 법으로 정한 이자에서 세금까지 떼고 나면……. 당장 집에 보낼 돈이 막연해진다. 방세는 올랐으면 올랐지 내릴 가망은 없다. 그럼 국수나 풀떡으로 때우는 점심을 굶을 수밖에 없었다. 그런데 모두의 형편이 이처럼 옹색해지면 계는 어떻게 되는 것일까. 혼자서 하는 것이 아니라 한 사람만 잘못해도 계는…… 계가 깨진다는 것. 생각만으로도 전신의 피가 말라드는 일이었다. 17개월을 꼬박꼬박 냈고 앞으로 4개월만 있으면 타게 되어 있었다. 그 5만 원을 타면……, 이 징그럽고 신물이 나는 염색 공장을 벗어나리라 했다. 분옥이와 함께 미용 기술을 배워도 좋고, 떳떳하게 보증금을 내길고 화장품 판매원으로 나서 당장 돈벌이를 할 수도 있었다. 제발 계만 깨지지 말기를 빌었다.

그렇게 아흐레가 지나서 이자를 받는 날이 되었다. 전달보다 반 가깝게 줄어버린 액수를 받아들고 길순이는 눈물을 주체하지 못했다. 곤죽이 되도록 얻어맞은 아픔이 이러랴 싶었다. 옷감을 상했다는 엉뚱한 누명을 쓰고 한 달 치 봉급을 몽땅 변상 조치당해 버린 억울함이 이러랴 싶었다. 으레 그럴 줄 알았으면서도 막상 돈을 받아 쥐고 보니 마음은 딴판이었다.

곗돈을 겨우 맞춰냈을 뿐 집에 보낼 돈이 없었다. 천상 월급 날로 미룰 수밖에 없었다. 계주인 최씨 아줌마가 평소의 극성을 몇 배로 늘려 부리는 품으로 보아 계는 깨질 염려가 없는 듯싶었다. 계가 끝날 때까지 계주의 몫이 '두 구찌' 남아 있다는 사실을 며칠 후에 알게 된 길순이는 비로소 큰 시름에서 벗어날 수 있었다.

한결 가벼워진 마음으로 보낸 나흘째 되는 날 길순이는 동생의 편지를 받았다. 동생은 어머니의 위급한 병환을 알리고 있었다. 어머니가 아파서 헛소리를 하고 사람을 알아보지 못한다. 무슨 병인지 알 수가 없다. 병원에 가려고 해도 돈이 없다. 돈만 보내지 말고 누나가 내려와야겠다. 어머니는 두 달 전부터 아프기 시작했다는 것과 누나에게 걱정을 끼친다고 어머니가 알리지 못하게 해서 그동안 소식을 전하지 못했다는 것이 골자였다.

편지를 움켜쥔 길순이의 손이 바들바들 떨렸다. 미간이 구겨지도록 눈을 꼭 감은 길순이의 입은 반쯤 벌어져 있었는데, 숨이 딱 멎어버린 것 같은 표정이었다. 노란 어지럼증이 전신을 빙글빙글 돌렸다. 돌면서 아래로 아래로 떨어져내렸다. 쥐약을 먹은 개가 눈을 까뒤집고 몸부림치며 질러대는 비명, 목에 칼을 받은 돼지가 피를 쏟으며 발악하는 아우성. 흡사 그러했던 아버지의 마지막 피 묻은 아픔의 외침. 그건 어머니의 목소리⋯⋯. 돼지⋯⋯ 개⋯⋯ 아버지⋯⋯ 어머니의⋯⋯. 길순이는 귀를 틀어막으며 방바닥에 곤두박였다.

봉자도 분옥이도 조바심치는 구경꾼에 지나지 않았다. 그저 이 일을 어쩜 좋으니, 어떡해 글쎄, 애를 태우다가 양돼지부터 훑어내려 총무부장·경리과장을 욕으로 육시(戮屍)해댔고 그러다가 제풀에 지쳐 눈물을 찔찔 짜거나 한숨을 토하며 신세타령이 고작이었다.

일수변을 내기로 의견을 모았다. 집주인, 계주, 십장 김씨, 차례로 꼽아나가던 그들은 난색이 되었다. 잡는 물건 없이 돈을 줄 사람들이 아니었다. 가불을 해보도록 했다. 경리과장, 총무부장……, 그들은 또 울상이 되어 입술만 깨물었다. 밤이 깊도록 헛궁리만 하다가 분옥이와 봉자는 옷을 입은 채로 쓰러져 잠이 들었다.

예상했던 대로 일수변 얻기에 실패했다. 서너 사람에게 차가운 거절을 당해버린 길순이의 가슴은 파삭 말라버린 나뭇잎이었다. 물 속에 담근 다리가 후들거렸고, 천을 헹궈 짜는 팔이 탄력 잃은 고무줄이었다. 일과가 끝나기를 기다려 경리과로 내달았다.

"돌았어? 일당 계산하는 주제에 가불은 무슨 놈에 가불야!"

입술에 마른침을 발라가며 사정 이야기를 하는 길순이의 말을 꺾고선 결론부터 말하라고 화를 터뜨리던 경리과장은 기어코 이렇게 대질렀다. 새삼스러운 일이 아니었다. 그러나 물러설 수는 없었다. 마지막 길이었다. 설마 저희도 사람인데……, 한 가닥 기대를 버릴 수가 없었다.

"어머니가 위급해서 그럽니다. 가불이 아니라 지금까지 일당을 미리 좀……."

"아 거참, 시끄럽다니까. 그게 그 소리 아닌가."

"어떻게 특별히 좀……, 어머니가 너무 위급해서……."

"글쎄, 그건 우리 사정이 아니라니까. 더 듣기 싫으니 나가!"

길순이는 저녁을 설쳤다. 점심까지 굶은 배에 몰린 허기는 감당하기가 어려웠지만 밥은 넘길 수가 없었다. 분옥이와 봉자는 다음 월급 때까지 맞춰 팔아다 둔 쌀과 보리를 내다 돈 사자고 했다. 어림도 없는 말이었다. 아직도 열이틀이나 남은 월급 날까지 흙을 파먹고 살 것인가. 설사 그런다 하더라도 그 돈으로는 내려갈 차비나 겨우 될 뿐이었다.

쪼그리고 앉은 채 설핏 잠이 들었다가 길순이는 소스라치게 놀라 눈을 홉뜨곤 했다. 어머니는 비명을 지르며 방바닥을 기고 있었다. 어머니는 검붉은 피를 토하고 있었다. 어머니는 숨이 넘어가고 있었다. 어머니는 죽어 있었다. 그때마다 두 동생은 엄마와 누나를 질정 없이 불러대고 있었다.

다음날도 길순이는 일수변을 얻기에 혈안이 되었다. 길순이의 사정 이야기를 듣고 난 사람들은 혀까지 차며 딱해

하는 듯하다가 돈을 빌려달라는 말이 나오면 금세 투명한 얼음벽을 둘러치고 말았다.

오후가 되자 길순이는 제대로 몸을 가누지 못했다. 타들어가는 입술에는 물집이 잡혔고 수척해진 얼굴은 퇴색한 창호지 색깔이었다.

변소를 다녀 나오다가 길순이는 멈칫 섰다. 저기 걸어가고 있는 여자. '시야게'실에서 십장 노릇을 하는 땅벌 강씨 아줌마가 분명했다. 길순이의 마음은 환해지는 듯싶었다. 그러나 이내 적을 만난 고슴도치처럼 마음은 똬리를 틀었다. 그럴 수야……, 그러면서 길순이는 어머니의 자지러지는 비명을 들었다. 눈을 홉뜨고, 피를 토하고, 죽어버린 어머니를 보았다. 그런 꿈들은 고슴도치를 알몸뚱이로 만들었고, 똬리를 힘들이지 않고 풀어버렸다. 길순이는 뿌연 안개가 끼어오는 눈을 쓸며 허청허청 작업장으로 돌아왔다.

무슨 병인지 알 수가 없다. 병원에 가려고 해도 돈이 없다. 돈만 보내지 말고 누나가 내려와야겠다. 길순이는 끈적끈적하고 스멀스멀한 느낌으로 다리를 감고 있는 푸르딩딩한 것도 불그죽죽한 것도 거무튀튀한 것도 아닌 탕 속의 물에 주저앉아버렸으면 싶었다. 그래서 가슴이 잠기고 목이 잠기고 끝내 머리까지 꼴깍 잠겨서 시궁창보다 더러운 물에 짓눌려 차라리 죽고 싶었다. 편지에 담긴 동생의 목소리가 자신을 닦치며 울부짖고 있었다. 병원에 가려고 해도 돈이 없다. 돈이 없다. 누나가 내려와야겠다. 땅벌 강씨 아줌마, 그 징그러운 웃음. 다시 알몸뚱이가 되는 고슴도치. 어머니의 신음 소리, 동생의 다급한 목소리, 2개월 전부터 아픈 어머니, 땅벌 강씨 아줌마…….

"얘, 뭘 하고 섰니?"

길순이는 정신을 되잡고는 들고 있던 옷감을 물 속에 담갔다.

일과(日課) 끝을 알리는 종이 울리자 길순이는 누구보다 먼저 탕을 뛰어나와 수도로 달려갔다. 수돗물을 틀어 다리를 대충 씻어냈다. 이미 마음을 작정했으면서도 자꾸 눈시울이 뜨거워졌다. 어금니를 꼭 물고 눈물을 삼켰다.

"어머 길순이 아냐? 우리 이쁜이가 어쩐 일이지? 얼굴이 좀 축났구먼. 앉아, 어서 앉아."

땅벌 강씨 아줌마는 양철 지붕에 소나기 쏟아지는 목소리로 호들갑을 떨었다.

"아줌마, 나 그 일 하겠어요."

길순이는 돌덩이 같은 얼굴로 대뜸 찾아온 용건을 밝혔다.

"뭐라구? 목소리가 너무 커."

강씨 아줌마는 화들짝 놀라며 빠르게 주위를 휘 둘러보았다. 그리고 길순이의 팔을 잡아끌어 가까이 오게 했다.

"그게 증말야, 길순이?"

"나 돈이 급해요. 빨리 시작할수록 좋아요."

길순이의 목소리는 쇠판에 부딪는 니켈 핀셋 소리처럼 싸늘했다.

"급한 돈 마련이야 십상이지. 급하다니까 당장 오늘 밤부터 하도록 하자구."

강씨 아줌마는 낮은 음성으로 빠르게 속삭였다.

"얼마씩예요?"

"응? 아 난 또……, 두(頭)당 천 5백 원. 길순이도 단수가 보통은 아니셔?"

땅벌 강씨 아줌마는 정말 땅벌이 날 때 내는 것 같은 기묘한 웃음을 낄낄거렸다.

"한 시간 뒤에 그 전파사 앞에서 기다릴게."

강씨 아줌마의 다짐을 뒤로하고 길순이는 돌아섰다.

서둘러 집에 돌아와 옷을 갈아입었다. 돈 계산을 해두는 수첩에서 종이 한 장을 찢어내 간단히 적었다. 돈을 구해 내려간다. 공장에 말해 달라. 못 보고 떠나 미안하다. 곧 올라오겠다. 팔이 후들거려 글씨가 제대로 되지 않았다. 봉자나 분옥이를 만나게 되면 일은 낭패가 된다. 선반에서 가방을 내려가지고 방을 뛰쳐나왔다.

공장의 아는 얼굴들을 만날까 봐 조바심하며 전파사가 건

너다보이는 골목에서 강씨 아줌마를 기다렸다. 헤아릴 수 없는 슬픔이 밭매기를 하면서 보았던 소나기구름처럼 그렇게 몰려오고 있었다. 뭉클뭉클 피어오르고 뒤엉켜 감기던 그 검은 구름. 그건 어쩌면 슬픔이 아니라 앞으로 치러야 될 일에 대한 간추릴 수 없는 공포인지도 몰랐다. 산수 시험을 잘못 치러 불려나가 매를 맞던 때. 다른 애들이 맞는 것을 보며 차례를 기다리는 동안 얼마나 견디기 어려운 몸살이 났던가. 몸이 비비 꼬이고 연신 오줌이 찔끔거려 발을 동동 구르다가 막상 맞고 보면 별것이 아니었다. 이 일도 그러리라고, 별것이 아닐 거라고 길순이는 스스로를 애써 어루만졌다.

"목욕부터 해둬."

낯선 집의 마루에 앉자마자 강씨 아줌마가 일렀다.

목욕을 하면서 길순이는 새삼스럽게, 정말 새삼스럽게 자신의 살결이 희다는 것을 깨달았고 유방이 손아귀에 다 잡히지 않도록 크다는 사실을 알았다. 그리고 자신이 처녀라는 너무 당연한 사실을 떠올리며 불두덩을 씻다가 그만 흑 울음을 터뜨렸다.

자신들이 먹는 밥에 비하면 걸직한 저녁이었다. 그러나 길순이는 두어 숟갈 뜨다가 말았다. 그런 자신을 강씨 아줌마가 곁눈질하며 묘한 웃음을 흘리는 것을 길순이는 모르고 있었다.

"먼저 청한 일이니까 그럴 리는 없지만, 괜히 촌스럽게 굴지 말어."

강씨 아줌마의 태도는 공장에서와는 달리 돌변해 있었다. 당당하고 위압적이었다.

몇 달 전 강씨 아줌마는 점심을 먹고 오는 길순이를 불러세웠다. 갈수록 함박꽃처럼 핀다느니, 일이 힘들지 않느냐는 등 한바탕 호들갑을 떨고 나서, 이렇게 힘들이지 않고 돈을 벌어보지 않겠느냐고 넌지시 미끼를 던졌다. 이 공장 여공이년 누구나 마찬가지로 길순이도 그런 말에 귀기 솔깃하지 않을 수 없었다. 아무나 소개를 하는 게 아니고 길순이처럼 얼굴이 예쁘고 마음씨가 착해야 사람이 정이 가는 게 아니냐고, 아무리 뜯어봐도 이런 험한 일로 썩어가기는 아까워서 그런다며 수선을 피웠다. 길순이는 난데없는 소쿠리 비행기까지 타고 이빨 사이에서 침이 스멀거릴 지경으로 구미가 동하고 있었다. 그래서 어느 직장 어떤 일인가고 대답을 답쳤고, 돈벌이만 좋다면 무슨 일인들 못하겠느냐고 결의를 표했던 것이다. 강씨 아줌마는 정색을 하고 몇 번인가 다짐을 하고 길순이는 그때마다 다부진 대답을 해주었다. 그리하여 강씨 아줌마는 길순이의 귀에다 속삭이기 시작했다.

"어머머, 사람을 뭘로……, 아줌마 미치지 않았수?"

길순이는 불화로라도 잘못 안았던 것처럼 서너 걸음 튕겨 물러서며 소리를 질렀다. 그런 길순이의 약간 질린 듯한 얼굴에는 싸늘한 독기가 서렸다.

"떠들지 말어!"

강씨 아줌마는 길순이를 노려보며 짧게 소리쳤다.

"평양 감사두 제 싫으면 그만이지. 허나 아가리 함부로 나불대지 말어. 이 땅벌한테 쏘이고 나서 후회 말고."

강씨 아줌마는 이빨을 뿌드득 갈아붙이고는 돌아섰다. 무슨 일에든 억척스럽다고 막연하게 알고 있는 땅벌이라는 여자. 그 여자는 별명에 걸맞은 무서운 독침을 숨기고 다녔다. 무슨 이유에서든 길순이는 그 일을 입 밖에 내지 않았다.

어스름을 타고 강씨 아줌마를 따라나섰다. 몇 개의 골목을 돌아 어느 집에 이르렀다.

"생김은 삼삼하구먼."

담배 연기를 뿜어내며 여자가 심드렁하게 말했다.

"내가 언제라고 헛말 이릅디까?"

강씨 아줌마는 뻐기는 투로 말을 받았다.

"마침 빈방이 있어. 얘, 일어나라. 길순이랬지?"

길순이는 여자의 쉰 듯한 목소리의 이 말을 들으며 정신이 아찔해졌다. 그리고 다음 순간 옆구리가 뜨끔하는 아픔과 함께 정신을 가다듬었다.

"아, 어서 일어나. 촌스럽게 굴어서 기분 잡치게 해주지 말구."

강씨 아줌마가 옆구리를 찔러 재촉을 하며 다시 주의를 시켰다. 길순이는 더디게 일어섰고, 목에 줄이라도 감긴 듯 주인 여자를 따라 방을 나섰다.

고개를 옆으로 돌리고 누운 길순이의 감긴 눈에서는 줄곧 눈물이 흘렀다. 정작 매를 맞을 때처럼 아래의 찢기는 아픔뿐 아무런 생각도 떠올릴 수가 없었다. 머릿속은 하얀 색깔이었다. 어쩌면 새까만 색깔인지도 몰랐다. 이대로 죽어버릴시도 모른다는 생각이 어렴풋이 스쳤을 뿐이다.

문 여닫는 소리가 나고 길순이가 가까스로 눈을 떴을 때 술 냄새 뿜던 사내는 없어진 뒤였다. 길순이는 후닥닥 일어났다. 그리고 소스라치게 놀라며 다후다이불을 끌어다가 뒤집어썼다. 옷은 하나도 걸치지 않은 자신의 알몸뚱이가 드러났던 것이다. 이불을 뒤집어쓴 길순이는 그제야 가늘게 느껴울기 시작했다. 그러면서 옷을 끌어다가 이불을 뒤집어쓴 채로 서둘러 입었다.

통금이 가까워서 다른 방으로 밀려 들어갔다. 네 차례나 시달리면서 뜬눈으로 밤을 새웠다. 논에 들어가면 으레 거머리에 뜯기곤 했다. 그러나 찰거머리는 손바닥으로 몇 번씩 때려도 떨어지지 않았다. 눈이 툭 불거진 사내는 영락없이 찰거머리 그대로였다. 그 짓이 끝나고도 목을 휘감아 안고는 코를 골았다. 간신히 빠져나오면 언제 코를 골았느냐 싶게 잠이 깨서는 전신을 더듬어내리다가 그 짓을 시작하곤 했다. 꼭 구렁이에 감긴 것 같은 욱죄여드는 징그러움이었다. 꼭 털투성이의 왕송충이가 기어가는 것 같은 소름 끼치는 진저리를 치게 했다.

낮에는 강씨 아줌마 집에서 보냈다. 하는 일 없이 보내야 하는 하루는 너무 길었다. 마음은 이미 고향으로 가 있어서 진종일 초조와 조바심으로 애를 끓였다. 이럴 줄 알았더라면 공장은 그대로 나가는 건데. 그러나 안 될 말이었다. 이런 일을 봉자나 분옥이가 알게 되면……. 기왕 시작해 버린 짓. 낮에도 계속해서 하루라도 빨리 내려갔으면 싶었다. 그러나 차마 입 밖에 낼 수 없는 말이었다.

나흘 밤을 보낸 길순이는 만 4천 5백 원을 계산했다. 날이 밝자 주인 여자에게 오늘로 고향에 내려갈 뜻을 비쳤다. 곧 강씨 아줌마가 왔다.

아침을 먹은 다음 길순이는 돈을 받아들었다. 돈을 받아 든 순간 울컥 울음이 솟구쳤다. 그대로 집어넣을까 하다가 혹시 모른다 싶어 돈을 세기 시작했다. 이게 어찌된 일인가. 만 2백 원밖에 안 되는 것이다. 그럴 리가 없는데……, 5백 원짜리를 한 장씩 넘길 때마다 침을 발라가며 세었지만 역시 만 2백 원이었다.

"아줌마, 이게……."

"전부 만 4천 5백 원이란 말이지? 거기서 열한 끼 밥값을 뗐다구. 계산이야 틀림없지."

"예에……?"

길순이는 땅벌 강씨 아줌마를 멍청하게 바라보았다.

"왜 그렇게 놀래? 한 끼에 3백 원씩, 일 삼은 삼, 일 삼은 삼, 밥값은 3천 3백 원야."

길순이는 이빨을 앙다물었다. 저년, 저 땅벌을 와드득 쥐어뜯어 수고 싶었다. 누가 세 넌더러 3백 원짜리 밥을 먹어 달랬던가. 미리 말만 했더라면 50원짜리 국수로 거뜬히 해결할 일이었다. 어떻게 번 돈인데 저년이, 저 땅벌 같은 년이……. 돈을 꽉 움켜쥐고 일어서는 길순이의 손등에 눈물방울이 뚝 떨어졌다.

집에 도착한 길순이는 마당이 붕 떠오르고 집이 기우뚱하다가 와르르 무너지는 어지러움에 떠밀려 까무러치고 말았다.

사립문을 들어서던 길순이는 이상한 냉기가 전신에 끼쳐 오는 것을 느꼈다. 어머니가 병환 중이라는 선입감 때문만이 아니었다. 김이 매지지 않은 텃밭, 잡풀이 돋은 사립문 언저리 때문만도 아니었다. 두 동생은 툇마루에 멍청히 걸

터앉아 있었다.

"누나, 누나, 왜 인제 왔어."

두 동생은 맨발로 쫓아와 안기며 울음을 터뜨렸다.

"울지 마라, 엄마 놀라겠다. 어서 들어가자."

두 동생을 달래며 걸음을 옮기려고 할 때였다.

"엄마 없어. 엄마 죽었단 말야."

두 동생이 치마를 잡고 매달리며 소리쳐 울었고,

"뭐, 뭐……어, 어엄……."

길순이는 비틀비틀하다가 허리가 휘청 꺾이며 쓰러졌다.

이미 장례를 치른 다음이었다. 길순이는 어머니의 묘, 황토를 박박 긁어대고 뒹굴며 몸부림쳤다.

삼촌 내외의 부축을 받으며 산을 내려오고 있는 길순이는 산 사람 같지가 않았다.

"나는 알고 내려온 줄 알았지. 그그저께 돌아가시자 곧 편지를 띄웠으니까."

삼촌의 이 말을 듣고 길순이는 또 마룻바닥을 쥐어뜯으며 통곡을 했다.

두 동생이 아니더라도 다시 서울로 올라갈 생각은 털끝만큼도 없었다. 서울은 헤어날 수 없는 시궁창이었다. 구더기가 득실거리는 똥통이었다. 거기에 목까지 빠져서 허우적거리는 꼬라지가 다시 되고 싶지 않았다. 그러나 회사에 묶인 돈을 포기할 수는 없었다. 삼촌과 상의한 끝에 집을 처분하기로 했다. 자신이 자리가 잡히게 될 때까지 동생들을 삼촌이 맡고 매달 얼마씩의 돈을 보내기로 했다.

"사람이 늙으면 병나게 마련 아니냐."

삼촌은 너무 예사롭게 말하고 말았지만 그래서 길순이의 안타까운 설움은 봇물을 이루었다. 늙어서 생긴 대단찮은 병이었다면 일찍 손을 썼을 경우 나을 수도 있었다는 얘기다. 두 달 동안 단 한 번도 병원에는 가보지 못하고 돌아가신 것이다. 걱정을 끼친다고 알리지 못하게 한 어머니가 그토록 야속할 수가 없었다. 그때만 일렀더라도 공장에 맡겼던 돈을 몽땅 찾아 치료를 했을 것이다. 그럼 어머니는 돌아가시지 않았을지도 모른다. 설혹 그 돈을 치료비로 다 쓰고 어머니가 돌아가셨다고 한들 이처럼 원통하지는 않을 것 같았다.

우는 동생들의 전송을 받으며 열흘 만에 다시 서울로 올라왔다. 봉자와 분옥이를 찾아 그 비좁은 방에 들어섰을 때 어머니의 죽음을 알리는 편지가 윗목 구석 벽에 세워져 있었다.

임신의 공포에 시달리다가 새벽녘에야 잠깐 눈을 붙였다.

집을 나서면서 길순이는 분옥이나 봉자가 눈치채지 못하게 비상금으로 두었던 5백 원을 구겨쥐었다.

점심때가 지나면서부터 길순이는 다소 마음을 가라앉힐 수가 있었다. 임신이라면 다른 방법이 없다. 수술을 하는 것이다. 이렇게 마음을 다잡고 나자 공포증 대신 수술비 걱정이 밀어닥쳤다.

"먼저 들어가. 고향 친구한테서 연락이 와서 그래."

"밥은?"

"곧 들어갈 거야."

"시시하다, 얘. 고향 친굴 만난다면서, 뱃창자에게 고기 맛이나 좀 봬줘라."

이렇게 봉자와 분옥이를 따돌렸다. 큰길로 나서서 몇 개의 산부인과를 지나쳤다. 건물도 으리으리해서 돈도 비쌀 것 같은데다 가슴이 뛰고 다리가 후들거려 도저히 들어갈 용기가 나지 않았다. 큰길을 버리고 사람의 발길이 드문 뒷길로 접어들어 걷기 시작했다. 얼마를 헤매다가 퇴색한 간판을 찾아냈다. 칠이 벗겨진 간판이나 낡은 건물이 우선 마음을 놓이게 했다. 그러나 선뜻 문을 열고 들어설 수는 없었다. 망설이다가 그대로 지나쳐 걸었다. 걷다 보니 큰길이 나왔다. 놀라서 되돌아 걸었다. 다시 주춤거리다가 지나치고 말았다. 또 큰길이 나타났다. 돌아섰다. 그냥 돌아가 버릴까. 그럴 수는 없다. 기왕 내친걸음이었다. 어차피 임신이라면 언제고 당해야 될 일이었다. 다시 병원 앞에 이르러 있었다. 한참을 머뭇거리다가 문 앞으로 다가갔다. 눈을 꼭 감고 숨을 들이마셨다. 그리고 힘껏 문을 밀쳤다.

"벌써 두 달째라면 보나마납니다. 임신입니다. 어쩔 셈이오?"

수염투성이인 의사는 거침이 없었다. 시원시원하다고 할까 상스럽다고 할까. 하여튼 길순이로서는 다행이었다. 자신이 주저하는 이야기를 점이라도 치듯 미리 척척 알아맞혀 나갔다. 길순이는 고개만 끄덕이면 되었다.

"왜, 애인이 싫다고 합디까? 고얀 친구로군. 허나 고민할 건 없어요. 흔해빠진 일인걸."

이 대목에서도 길순이는 고개만 주억거렸다.

"기왕 그리된 일, 수술을 하셔야지. 수술은 빠를수록 좋아요."

길순이는 그런 의사에게 고마움을 느끼고 있었다,

"겁낼 것 없어요. 30분만 누웠다 일어나면 혼자 돌아갈 수 있는 간단한 거니까."

들어올 때에 비하면 아주 홀가분해진 마음으로 길순이는 병원을 나섰다.

길목이나 건물 등을 눈에 익히면서 길순이는 집으로 잰걸음을 쳤다.

3천여 원의 수술비 마련이 당장 문제였다. 길순이는 자칫 쏟아지려는 마음을 받쳐잡느라고 급급했다. 자신이 이런 궁지에 빠지게 된 것을 되씹지 않으려고 의식적으로 딴생각에 매달리려 했다. 한번 그 수렁에 빠져들기 시작하면 살을 물어뜯어도 풀리지 않을 안타까움과 서러움에 시달리다가 끝내는 뼈만 앙상하게 남은 처량한 자신을 다시 주체하게 될 뿐이었다. 어서 빨리 다 잊어버리고 싶었다. 수술과 함께 아무 일도 없었다고 거짓말을 해가며 다 잊어버리고 싶었다. 남은 문제는 수술비를 구하는 일이었다. 몸서리쳐지고 끔찍한 일이었지만 그 방법밖에 없었다.

다음날 점심 시간에 길순이는 땅벌 강씨 아줌마를 찾아갔다.

"그래? 길순이라면 언제든지 환영이지. 길순이도 이제 맛들렸나부지?"

강씨 아줌마가 여전한 호들갑을 떨며 손을 잡자 길순이는 홱 뿌리치고 돌아섰다.

"끝나는 대로 우리 집으로 오라구."

이런 말을 등뒤로 들으며 길순이는 콧등이 매워졌다.

분옥이와 봉자에게는 친구 어머니가 중태라서 같이 돌봐드려야 되겠다고 때워 넘겼다.

공장에는 나가면서 이틀 밤을 거기서 보냈다. 먹지도 않은 이틀 치 밥값을 물었다.

사흘째 되는 날 오후 길순이는 그 병원을 찾아갔다.

"난 낳기로 한 줄 알았는데 이제야 오셨군."

의사는 능청스럽게 말했다. 길순이는 의사의 물음에 고개만 끄덕였고, 곧 수술실로 들어갔다.

어머니가 너훌너훌 춤을 추며 하늘로 들어가고, 동생들이 물에 빠져 떠내려가고, 커다란 개에게 쫓기고……, 그러다가 자신이 안개가 아니면 연기가 가득 찬 네모난 통 속에 갇혀 있음을 어렴풋이 느끼고, 얼마가 지나 다시 눈을 뜬 길순이는 수술이 끝나고 자신이 살아났음을 비로소 깨달았다.

방에는 전등이 켜져 있었다. 이두워진 모양이었다. 길순이는 벌떡 일어났다. 그러나 마음뿐, 머리만 약간 들렸다가 그대로 떨어졌다.

"어머, 인제 깨나셨군요. 얼마나 걱정을 했다구요."

간호사가 서 있었다. 길순이는 다시 일어나려 했다. 소용이 없었다.

"더 뉘 계세요. 잠깐 나갔다 올게요."

간호사가 나가고 나자 길순이는 곧 토해질 것처럼 속이 메슥거리고 모래라도 한줌 털어넣은 듯한 꺼칠거리는 갈증을 느꼈다.

"깨났다고? 참 큰일날 아가씨였어. 뭘 먹고 살았기에 몸이 그처럼 약하지?"

간호사를 앞세우고 들어선 의사는 쩝쩝 입맛을 다셨다. 의사의 말을 듣는 순간 길순이의 눈에는 눈물이 핑 돌았다.

한 시간 이상을 더 누웠다가 겨우 일어날 수 있었다.

"다시 수술하지 않도록 몸조심하세요."

간호사가 부축을 해주며 나직하게 말했다. 길순이는 보일 듯 말 듯 고개를 끄덕였다.

"택시 타고 가도록 하시오."

의사가 퉁명스럽게 말했다.

병원을 나섰다. 어둠이 훅 끼쳐왔다. 눈앞이 어릿어릿했다. 의사의 말이 아니었어도 택시를 타고 싶었다. 도저히 걸어갈 자신이 생기지 않았다. 그러나 수술비를 내고 남은 돈은 백 원뿐이었다. 담에 의지해서 골목을 빠져나오기까지 꽤 긴 시간이 걸렸다. 이마에 식은땀이 배었다.

버스에서 떠밀려 내린 길순이는 곧 쓰러질 것처럼 비틀거렸다. 간신히 몸을 가눈 길순이는 입을 딱 벌리며 아랫배를 눌렀다. 쇠꼬챙이로 사정없이 쑤셔버리는 것 같은 찢기는 아픔이 머리 끝까지 솟더니 뭔가가 뭉클 쏟아지는 느낌이 들었다. 길순이는 그 자리에 주저앉았다.

땅이 출렁거리고, 전봇대가 껑충껑충 뛰고, 건물들이 제각기 비틀거리고, 불빛이 히히덕거리고, 사람들이 빙글빙글 돌고……. 길순이는 으깨지도록 주먹을 말아쥐고 한사코 눈을 부릅뜨며 후들거리는 다리를 옮기고 있었다. 입술이 푸들거리는 창백한 얼굴은 땀으로 범벅이 되어 있었다.

집에 당도하기까지 몇 번을 주저앉았는지 모른다.

분옥이를 불러놓고 길순이는 툇마루에 쓰러져버렸다.

"너 이게 웬일이니. 길순아, 정신 차려. 정신 차리라니까."

뛰어나온 분옥이와 봉자가 길순이를 일으켰다.

"괜찮아. 잠을 못 자서 그래. 간호하다가, 간호하다가……."

길순이의 목소리는 기어 들어가고 있었다.

"이 맹추야, 그러니까 자면서 눈치껏 했어야지."

분옥이가 울상이 되어 쏘아붙였다

"밥 먹었다니까. 자면 날 병이야. 나 추워, 이불, 이불……."

길순이는 전신이 오그라드는 한기에 떨며 잠인지 혼수 상태인지 모를 깊은 곳으로 빠져 들어갔다.

분옥이와 봉자는 두어 시간을 지켜 앉았다가 겹쳐오는 졸음에 못 이겨 자정이 가까워 잠이 들었다.

분옥이는 감감하게 느껴지는 이상한 소리를 들었다. 그러나 뭉텅이로 몰려드는 잠을 이겨낼 수 없었다. 그런데 또 이상한 소리는 이어졌다. 잠결에 잘못 들은 소리가 아니었다. 분옥이는 번뜩 정신이 들었다. 그건 길순이의 신음 소리였다. 분옥이는 전등을 켰다.

"어머!"

분옥이는 소리치며 주춤 물러섰다. 저 피. 검붉은 피는 요와 이불 그리고 길순이의 하반신에 맥질이 되어 있었다.

길순이는 거의 혼수 상태였다. 분옥이는 물부터 떠다가 길순이의 이마를 축이고 입에다 떠넣었다.

"길순아, 정신 차려라. 나야, 나. 이게 어찌 된 일이냐!"

길순이가 간신히 눈을 떴다.

"나 수술, 수술했어."

"무슨, 무슨……?"

"이, 임신……?"

"뭐 임신?"

"나 죽으면 안, 안……."

"어떤 돌팔이 새끼가…… 야 봉자야, 쌍 일어나!"

벌떡 일어선 분옥이는 봉자의 허벅지를 걷어차며 소리 질렀다.

길순이를 병원에 옮긴 것은 먼동이 터오는 시간이었다.

은행이 문을 여는 시간까지만 참아달라고, 사람부터 살려야 게 아니냐고, 제발 딱 한 번만 도와달라고, 분옥이와 봉자는 손바닥에서 닭똥 냄새가 나도록 빌었다.

길순이가 수술실로 실려 들어가는 것을 보고 둘이는 의자에 주저앉았다. 분옥이는 속입술을 잘근잘근 씹었다. 곧 눈물이 터질 것만 같았다. 불쌍한 길순이, 딱한 길순이. 길순이가 그런 험한 꼴을 당하는 동안 그렇게 감쪽같이 몰랐다니. 알았다 한들 또 어떻게 할 수나 있었을 것인가.

"분옥아, 병원비는 어쩔 거니?"

봉자의 풀이 죽은 목소리였다.

"걱정 말어, 내가 구해올 테니까."

분옥이는 천천히 일어섰다.

"한두 푼도 아닌 돈을 무슨 수로?"

"넌 그런 걱정 말고 길순이가 나오면 옆에 꼭 붙어 있어. 나 곧 갔다 올게."

분옥이는 병원을 나섰다.

주저할 것이 없었다. 방법은 그 길밖에 없었던 것이다. 기왕 버린 것이었고 어차피 구겨진 것이었다. 열여섯 살 때였으니까 벌써 3년이 지났다. 그 길은 어둡기도 했지만 민가가 없어서 어쩔 도리가 없었다. 집들이 있었더라도 상대가 세 놈이었으니 또 어쩌지도 못할 형편이었다. 그놈들은 입부터 틀어막고 덮쳐왔었다. 길순이보다야 잘나지 못했지만 보는 남자마다 섹시하다는 인물이니까 땅벌 제 년도 거절은 못하겠지.

한 2만 원쯤 빌려야 되리라 생각하며 길을 건너던 분옥이는 질겁을 하며 뒤로 물러섰다. 차가 바로 코앞을 스치며 지나갔다.

"이 쌍놈에 새끼야!"

분옥이는 욕을 퍼부었다. 검정색 세단은 저만치 미끄러져 가고 있었다. 분옥이는 차를 향해 침을 내뱉다가 언뜻 양돼지를 떠올렸다. 그러고 보니 그 차는 양돼지의 것과 너무나 흡사했다. 저리도 거침없이 달리는 바퀴 밑에 길순이가 깔려버린 것이라는 순간적인 착각을 일으켰다. 그리고 봉자나 영숙이나 순자나 정심이는 방금 자신이 아슬아슬하게 피한 것처럼 그렇게들 살고 있다는 생각이 꼬리를 물었다.

"이봐, 뒈지고 싶어? 왜 길 가운데서 어정거려?"

젊은 택시 운전사가 상반신을 내밀어 소리치며 지나쳐갔다.

"너나 뒈져라, 병신아. 이런 꼴 면할 때까지 난 악착같이 살아야겠다."

멀어져가는 차 꽁무니에 대고 이렇게 소리를 질러놓고 분옥이는 쓰게 웃었다. 갑자기 자신이 처량하게 느껴졌다. 그 생각을 떼치기라도 하듯 분옥이는 빠르게 길을 건너갔다. 그러면서, 자신은 틀림없이 섹시하게 생겼다고 스스로에게 강조하고 있었다.

〈1974년〉

방아깨비

"신 다악소, 구두 다악소."

건성으로 외치다가 또 몸을 으스스 떨었다.

길수는 배가 고프다. 그리고 춥다. 배가 고프니까 추운 것인지 추우니까 배가 고픈 것인지 모르겠다. 두 가지 다다. 꼰대 메기가 가진 트랜지스터에서 오늘의 날씨는 영하 3도라고 했었다. 갑자기 추워진 날씨다. 어제도 춥기는 했지만 영하는 아니었다. 그런데 옷은 어제 입은 그대로다. 11월에 들어서면서 꼰대 마누라 족제비가 배급한 낡은 남방셔츠와 무릎을 때운 코르덴바지였다. 그 옷들은 해지고 낡은데다 몸에 맞지 않아 헐렁헐렁했다. 그러나 별수가 없다. 여름 내

내 입은 나일론 티셔츠와 반바지에 비하면 그것만이라도 꿀떡이었다. 그 옷으로 어제까지는 견딜 만했다. 그런데 오늘은 영 개판이다. 헌 옷일망정 몸에 맞기나 했으면 좋겠다. 통이 커서 헐렁헐렁한 셔츠 소매와 앞섶, 바짓가랑이 밑으로 영하 3도의 바람이 제멋대로 들락날락했다. 옷을 입으나 마나다. 꼭 지하도 속에 발가벗고 서 있는 기분이었다.

 몸을 잔뜩 웅크려박아도 소용이 없다. 그런데다 오늘 아침에도 밥은 역시 딱 한 공기씩이었다. 그것도 그릇 높이로 싹 깎아버려 보리 한 알 위로 솟지 않은 한 공기였다. 반찬은 김치. 그 김치는 언제나 시퍼렇게 살아 올라오는 폼으로, 너희들이 날 먹겠어? 어디 먹을 테면 먹어봐 하며 용용이를 치고 있었다. 그러나 그따위 용용이쯤 새발의 피였다. 많이만 있으면 좋겠는데 그것도 기껏 한 접시였다. 길수는 언제나 밥이 모자랐다. 모자라는 정도가 아니라 병아리 눈물이었다. 길수뿐만이 아니었다. 짱구, 똥파리, 빈대떡, 빌빌이, 모두 마찬가지였다.

 언젠가는 그 한 공기의 밥을 어떻게 하면 좀더 배가 부르게 먹을 수 있을까 하는 의견이 나왔다. 그들 다섯은 하나같이 눈을 똑바로 뜨고 침을 삼켜가며 제 나름대로의 생각을 털어놓았다.

 "밥을 오래오래 꼭꼭 씹어먹으면 배가 불러."

똥파리 경남이의 말이었다.

"웃기네. 그냥 씹지 말고 막 넘겨야 돼."

짱구 찬호가 툭 튀어나온 이마에 주름을 잡으며 맞섰다.

"그래, 씹지 말고 막 넘겨야 돼."

빌빌이 남철이었다.

"다 틀렸어! 한 공기를 더 먹으면 돼."

빈대떡 봉만이의 화가 난 음성이었다.

"저런 쪼오다, 그따위 걸 말이라고 해?"

"저 벼엉신, 빈대떡 납짝 대가리가 별수 있니?"

"뒈져라, 뒈져."

셋은 한꺼번에 욕을 퍼댔다.

"요런 병신 새끼들아! 꼭꼭 씹어먹으나 그냥 처넣으나 한 공기는 똑같은 한 공긴데 뭐가 더 배가 부르고 안 부르고가 있니? 밤새도록 우김질 해봐라, 이 그지 새끼들아!"

빈대떡은 이렇게 대질러놓고는 때에 전 이불을 뒤집어서 버렸던 것이다. 그래서 모두는 시들해져 버렸다.

빈대떡의 말은 맞는 말이었다. 그러나 길수는 똥파리 경남이의 편이었다. 배가 부르고 안 부르고가 문제가 아니었다. 어떻게 먹으나 배는 차지 않을 양이었다. 밥이 공기에서 줄어드는 게 아까웠다. 그래서 입 안에서 풀이 되도록 꼭꼭 씹어서 넘겼다. 꼭꼭 씹다 보면 달차근한 맛이 입에 가득 고이는 게 넘기기가 아쉬웠다.

이렇게 춥고 배가 고플 때 고구마라도 한 개 먹었으면……. 길수의 이빨 사이사이에서는 금방 군침이 스며나왔다. 동시에 눈앞에는 김이 무럭무럭 오르는 주먹만 한 고구마가 어른거리고 콧속에는 그 회가 동하는 고구마 냄새가 물씬거렸다.

그 뜨끈뜨끈한 밤고구마를 한입 가득 베물어 입을 딱 벌린 채 김을 훅훅 뿜어내 가며 식혀 먹는 맛이란…… 그런 때 뜨거움을 못 견뎌 턱은 턱대로 떨리고 혀는 혀대로 춤을 추었지.

엄마는 고구마 삶는 솜씨가 그만이었다. 학교에서 돌아오기 전에 고구마를 삶았을 때는 놋그릇에 담아 아랫목 이불 속에 묻었다가 내주곤 했다. 고구마는 뜨거워야 제맛이 난다는 것이었다. 엄마의 말은 사실이었다. 식어버린 고구마 맛은 뜸이 안 든 밥맛이나 다를 게 없었다.

그러나 그 꿀맛이던 뜨끈뜨끈한 밤고구마를 먹지 못하게 된 것은 아버지가 돌아가시고 나서부터였다. 그리고 학교도 4학년에서 그만두었다. 그뿐만 아니라 어머니와 헤어져야 했다.

아버지는 시멘트 일을 하는 미장이였다. 두 동생들과 길수는 추석이나 설에는 새 옷을 얻어입을 수 있을 만큼 아버지의 벌이는 괜찮았다. 길수가 4학년이던 5월 아버지는 뜻밖의 사고를 당했다. 새로 짓는 건물의 4층에서 떨어진 것이다. 아버지는 병원에서 보름 가까이 앓다가 돌아가셨다. 회사에서 치료비를 대주긴 했지만 아버지가 돌아가신 다음에 집이 남의 손에 넘어갔다. 어머니는 회사에 몇 차례 찾아갔지만 더 돈을 받아오지는 못했다. 돈 있는 놈들이 더 지독하게 구는 세상이라고 통곡을 하고 난 다음부터 엄마는 더 회사에 찾아가지 않았다. 엄마는 남의 집 품팔이를 했다. 그러나 점심을 굶기 시작했다. 길수는 남의 집 감나무 밑에 떨어진 풋감을 수으러 다녔다.

그해 8월, 서울서 돈벌이를 한다는 동네 청년을 따라 엄마와 헤어졌다. 서울에 가서 기술을 배우고 한 입이라도 더 줄여야 엄마가 힘이 덜 들 것이기 때문이다.

"열한 살짜리를…… 무슨 팔자가 기구해서…… 길수야, 길수야……."

엄마는 눈물을 주체하지 못하고 울었다.

청년이 데려다 준 곳이 지금의 꼰대 메기네 집. 배우는 기술이라는 게 구두닦기(구두 모아들이는 일)였다.

그동안 설이 두 번이나 지나갔다. 꼰대가 불러준 대로 쓴 편지를 딱 네 번 보냈을 뿐이다.

"야 갈비! 왜 그렇게 멍청히 서 있니? 어디 아파?"

"응? 아냐, 아냐."

길수는 황급히 벽에서 등을 뗐다.

"너 울었구나? 누구한테 터졌니?"

똥파리가 바싹 다가들며 빤히 쳐다보았다.

"아냐, 아무것두……"

길수는 검정 고무 슬리퍼를 겨드랑에 끼며 손등으로 눈을 쓱쓱 문질렀다.

"갈비 너 말야, 누가 뭐라든 아니꼬워 생각 말고 싹싹 빌어. 이 세상에 우리보다 힘 약한 놈이 어디 있니? 참는 거야, 아무리 아더메치라도 참는 거야. 너 많이 닦았니? 빨리 뛰어, 이러고 섰으면 더 춥다."

똥파리가 어깨를 두드려주고 휑하니 찬바람 속을 달려갔다. 똥파리의 또다른 별명은 살살이다. 길수 자기보다는 두 살이 많은 열다섯이다. 그는 고아라고 했다. 열 살 때부터 이 구두닦기를 했다는 것이다. 그래서 그런지 그는 퍽 어른스러웠다. 별명대로 누구에게나 살살 비위를 잘 맞췄고 무슨 일에든 빌기부터 먼저 했다.

똥파리가 맘보빌딩으로 뛰어들어가는 것을 보고 길수는 마음이 급해졌다. 이러고 있을 때가 아니다. 점심때가 가까워오는데 겨우 19켤레밖에 닦지를 못했다. 40켤레는 못 되더라도 점심때까지는 적어도 35켤레는 닦아야 한다. 지금쯤

두 운전사(낡아온 구두를 닦기만 하는 사람) 사이에 놓인 종이에는 '正'자가 여섯 개는 만들어져 있어야 한다. 그래야 얼마 안 남은 점심때까지 마저 다섯 켤레를 채우면 하루의 책임량인 70켤레의 반 35켤레가 되는 것이다. 그런데 이제 겨우 19켤레, '正'자는 네 개가 채 못 되는 것이다.

길수는 맘보빌딩을 지나 장안빌딩으로 들어섰다. 맘보빌딩은 지금 똥파리가 설치고 있을 것이기 때문이다.

"어서 오세…… 애, 나가! 재수 없게."

손님인 줄 알고 얼씨구나 돌아서던 마담이 눈 꼬리를 치세우며 쏘아냈다. 난로를 피워 훈훈한 기운과는 반대로 싸늘한 목소리였다.

'재수 없는 것 좋아하시네.'

길수는 못 들은 체 마담을 피해 의자 사이로 들어섰다.

"애, 내 말 안 들려? 썩 못 나가니?"

어깨를 획 낚아챘다. 길수는 비틀하다가 돌아섰다. 마담의 독 오른 눈이 잔뜩 노려보고 있다. 길수는 그만 고개를 떨구었다. 이런 때 똥파리는 살살거리며 웃거나 대뜸 두 손바닥을 싹싹 비벼대며 한번만 봐달라고 할 것이다. 그러나 길수는 그게 싫었다. 그렇게 해야 된다고 생각하면서도 막상 되지가 않았다. 이 강 마담 앞에서는 더욱 그랬다. 이 여자는 다른 다방 마담들보다 유별난 데가 있었다. 이상하게

빙하기 59

도 그들을 못 잡아먹어 앙탈이었다. 그래서 그들에게 강 마담은 독사로 불렸다. 꼰대 메기조차도 이 강 마담만큼은 어쩌지 못하는 모양이었다. 그들이 비너스다방 출입을 좀 수월하게 만들어달라고 하면 꼰대는 금방 오만상을 찌푸렸다.

"그 쌍년! 제 년도 낯짝 팔아먹는 주제에…… 정말 그년 낯짝을 싹 후벼놓고 말까 부다."

꼰대는 그 큰 메기 아가리를 씰룩이는 것이다. 그러나 강 마담의 낯짝은 언제나 반반한 채 윤정희 닮은 웃음을 손님들 앞에서 뿌리다가는 그들만 보면 금세 독 오른 뱀 대가리가 되는 것이다. 그래서 그들은 꼰대의 당수 2단도 말짱 헛것이라고 히히덕거렸다. 빈대떡의 말로는 강 마담 앞에서 꼰대는 영 헬렐레더라는 것이다. 언젠가 꼰대가 비너스에 들어가는 걸 보고 뒤를 따랐다는 것이다. 오늘이야말로 강 마담의 반반한 쌍판이 당수 2단의 주먹에 으스러지는구나 생각하며. 그런데 다방에 들어간 꼰대는 마담을 후려까기는커녕 꾸벅꾸벅 절을 하는 게 아닌가. 빈대떡이 더 놀란 것은 그런 꼰대를 마담은 본 체도 안 한 것이었다. 그래서 그들은 누구나 비너스다방에 가기를 꺼려 했다. 그러면서 그들이 하는 불평은, 다른 다방들은 마담이 그리 자주 바뀌는데 강 마담 저년은 비너스 귀신이 될 작정인 모양이라는 것이 고작이었다.

"어서 나가!"

마담은 등을 밀어댔다. 그때였다.

"야 구두, 이리 와."

길수는 고개를 번쩍 들었다. 저쪽 구석에서 손짓을 하고 있었다.

길수는 후딱 고개를 돌려 마담을 치켜보았다. 마담은 여전히 독 오른 눈이었다.

'약 오르지, 요년아. 요건 몰랐지?'

마음 같아서는 있는 대로 혓바닥을 빼서 용용이를 쳐주고 싶었지만 차마 그럴 수는 없었다.

"닦아오너라. 빨리 닦지?"

"예예, 그럼요."

"잘 닦아야 해."

"염려 마세요. 때 빼고 멕기까지 올려요."

길수는 신바람 나게 대꾸하며 손을 빠르게 놀려 벗은 구두를 꺼내고 발 밑에 슬리퍼를 놓았다.

"잘못 닦으면 돈 안 준다!"

"염려 마시라니까요."

'지지한 공갈치시네. 30원짜리 구두 한번 닦으면서.'

"자, 내 것도 닦아라."

맞은편 사람이 발을 내밀었다. 길수의 손은 거침없이 그 남자의 구두에 닿았다. 그건 흡사 강한 자석에 쇠붙이가 끌리는 것과 같았다. 길수는 이미 배고픈 것을 까맣게 잊고 있었다. 곧 날아갈 것 같은 기분이었다. 한 켤레도 아니고 두 켤레다. 땡을 잡은 것이다.

신이 나서 의자 사이를 빠져나오는데,

"왔니? 두 켤레나 맡았구나."

미스 김 누나가 조용히 웃고 서 있었다.

"안녕하세요?"

길수는 고개를 끄떡해 보였다. 미스 김 누나가 옆으로 비켜섰다.

"춥겠다."

길수는 이 말을 뒤로 들으며 문을 밀치고 밖으로 나섰다.

미스 김 누나는 슬픈 얼굴이었다. 길수가 뱀 대가리 강 마담이 싫으면서도 그래도 비너스다방에 들르는 것은 이 미스 김 누나가 있어서다. 막상 미스 김 누나가 없어져버려도 일거리를 낚기 위해서는 강 마담의 눈총을 받으며 드나들 수밖에 없기도 했다. 그런데 미스 김 누나가 있기에 한결 발길이 수월해지고 어딘지 든든한 기분이 들었다. 다른 아이들 말하는 걸 들으면 그렇지도 않은 모양인데 자신에겐 싫은 소리 한번 한 일이 없었다. 강 마담이 설칠 때를 빼놓고는 다른 레지들이 쫓아내려 들면,

"얘, 내버려둬라. 좀 힘들겠니?"

이런 말로 자신의 편을 들어주었다. 그 말이 얼마나 고마운지 길수는 미스 김 누나의 치마를 붙들고 왈칵 울어버리고 싶었다. 그러나 미니스커트를 입은 미스 김 누나의 다리는 너무 깨끗했고 자신의 옷이며 손은 너무 더러웠다.

길수는 그 누구에게도 미스 김 누나가 자기에게 잘해 준다는 내색을 하지 않았다. 그리고 어느 때라고 한번 미스 김을 '누나'라고 불러본 일은 물론 없었다.

언제라도 미스 김 누나의 구두를 반짝반짝 광이 나게 닦아주었으면 싶었다. 그러나 그건 마음뿐이었다. 구두를 한번 공짜로 닦아주고 나면……, 계산부터 앞서기 때문이었다.

"여기 두 마리요."

길수는 구두를 내밀며 외쳤다.

"갈비냐? 아니, 이 새끼 왜 이 모양이야? 너 지금 몇 신 줄이나 알아? 점심 시간이 한 시간밖에 안 남았어, 요런 쪼다야. 너 날도 추운데 밥까지 굶을 작정이냐? 야 임마, ×나게 비벼, ×나게."

고고인가 꽈배기 양춤인가를 기차게 잘 춘다는 운전사 아랑드롱이 연필과 종이를 들고 앉아 소리를 질렀다. 그는 유명한 배우가 되겠다고 떠들며 말끝마다 "이 코래아의 아랑드롱이……" 어쩌고 씨부려대는 허풍쟁이다. 그러나 구두 하나만은 정말 놀랍게 잘 닦았다. 멕기를 올리느라 한창 열이 오를 때는 입에서는 연상 푸푸 소리가 나고, 그때마다 구두 코에는 침이 이슬방울처럼 떨어져내리고, 헝겊을 질끈 감아돌린 손가락은 어찌나 빨리 움직이는지 제대로 보이지 않았다. 아무리 더러운 구두도 그의 손만 닿으면 번들번들 윤이 올랐다. 그리고 어떤 구두고 한 켤레를 닦는 데 5분이 넘지 않았다. 그는 열 살 때부턴가 구두를 닦았다고 했다. 그는 지금 열아홉 살이었다.

"야, 갈비! 빨리 쑤셔. 똥파리와 빈대떡은 벌써 40 고개를 넘었어."

아랑드롱이 눈을 부라렸다. 길수는 연탄불 옆으로 더 바싹 다가앉았다. 그러면서 이 불에 오징어 다리나 하나 구워 먹었으면 싶었다.

"너 정말 밥 굶을래? 이게 쥐약을 처먹었나, 빨리 안 일어서?"

길수는 마지못해 일어섰다.

'씨이파알놈 지랄하네. 밥을 굶어도 내가 굶지 누가 제 놈더러 달랬나? 제 놈 손에 들어갈 쇳가루가 적어지니까 저 지랄이지.'

길수는 이렇게 욕을 퍼대며 장안빌딩 사무실을 쑤셔보기로 했다.

자꾸만 으슬으슬 추운 게 영 발동이 걸리질 않았다. 이제 겨우 21켤레. 70켤레의 반이면 35켤레. 앞으로 한 시간 동안에 14켤레를 낚아야 한다. 그것도 방금처럼 재수 좋게 땡을 네댓 탕만 잡으면 어려운 일도 아니었다. 땡을 잡으려면 사무실보다는 아무래도 다방이 나았다. 더욱이 오늘처럼 갑자기 추워진 날은 다방에 손님이 끓게 마련이고 몸을 녹이기에도 안성맞춤이었다. 그러나 길수는 우선 장안빌딩부터 쑤셔볼 작정이었다. 다른 네 놈도 그런 생각에 다방을 들쑤시고 다닐지 모른다. 그럼 사무실은 비게 마련이었다.

  그런데 똥파리와 빈내떡은 어찌 된 일인가. 벌써 40마리를 넘어 낚았다니. 길수는 어깨가 자꾸 무거워왔다.

  그들 다섯 명이 구두를 거둬들일 수 있는 땅(범위)은 맘보빌딩과 장안빌딩 두 개였다. 그 두 개의 빌딩에는 각기 두 개씩의 다방이 지하와 1층에 자리 잡고 있다. 그리고 맘보빌딩 1층에는 화식(和食)집과 경양식집이 하나씩이었다. 장안빌딩 1층 다방 옆에는 제과점과 분식 센터가 있다. 그리고 두 빌딩이 똑같이 2층에서부터는 사무실이다. 그런데 맘보빌딩의 화식집과 경양식집은 있으나마나다. 지배인도 지배인이었지만 꼰대가 그 두 곳의 출입을 못하게 했다. 꼰대가 그러는 것은 그 두 곳의 주인이 바로 맘보빌딩의 주인이었던 것이다. 그들이 재미를 보는 낚시터는 주로 네 개의 다방과 맘보빌딩이었다. 맘보빌딩은 10층인데다가 둘레도 어찌나 큰지 한 층에 수십 개의 방이 있는 건물이었다. 그래서 장안빌딩에 비해 다섯 배 이상 일거리가 많았다. 그 대신 10층까지 오르내리기란 보통 힘드는 일이 아니었다. 물론 엘리베이터가 있다. 그것도 자그마치 15명씩이나 타는 넓고 좋은 것이다. 그러나 그걸 탈 수는 없었다. 꼰대의 엄명이었다. 아침에 한차례 10층까지 오르내리고 나면 배가 푹 꺼지고 만다. 그러나 하루에 70켤레를 거두어들이려면 못해도 네댓 번은 맘보빌딩 꼭대기까지 오르지 않을 수가 없었다. 그들 다섯 명은 매일 이 두 개의 빌딩을 상대로 70켤레씩의 구두를 낚기 위해 헐떡이며 계단을 오르고 조심스레 사무실 문을 밀치고 하는 것이다. 물론 그들 다섯 명 외에 다른 녀석들이 이 두 개의 빌딩에 얼씬거릴 수는 없었다. 그리고 그들도 장안빌딩 옆의 승리빌딩이나 맘보빌딩 왼쪽으로 선 반도빌딩에 아예 발길을 할 생각도 하지 않았다. 그건 엘리베이터를 타지 못하게 하는 것보다 몇 갑절 무서운 꼰대 메기의 명령이었다.

  장안빌딩 1층의 제과점과 분식 센터는 현관에 다다르기 전에 있었다. 길수는 그 앞에서 잠시 망설이다가 그대로 지나치고 말았다. 제과점이나 분식 센터에는 별 일거리도 없는데다 항시 뱃속을 뒤집어놓는 것이다. 제과점의 곰보빵·핫도 그가 그랬고, 분식 센터의 냄비국수·고기만두가 환장을 하게 만들었다. 그리고 눈에 거슬리는 것은 그 두 곳 손님 중의 상당수를 차지하는 학생들이었다. 길수는 그런 곳에서 제 나이 또래의 학생들을 대하는 것이 무엇보다도 싫었다. 슬퍼지고 외로워지고 창피하고 화나고……, 순식간에 몰려드는 그 기분은 무어라 형용할 수가 없었다. 그런 기분은 날이 가고 해가 바뀌어도 조금도 덜해지지가 않았다. 그런 기분은 언제부턴가 길수의 마음에 자리 잡기 시작한 그 결심을 더 굳혀줄 뿐이었다. 다음에 어른이 되어서 누가 더 잘사는가 보자. 너희들이 핫도그고 고기만두를 사먹을 때 나는 그 돈을 모은다. 너희들이 쓰는 돈은 부모가 준 돈이지만 나는 내가 벌어서 모은 돈이다. 두고 보자, 누가 더 잘사는가. 이렇게 마음을 다지고 나면 슬픔도 창피스러움도 배고픔도 어디론지 사라지고 손바닥은 으레 왼편 가슴께를 누르고 있었다. 손바닥에는 녹두색 저금 통장의 빳빳한 감촉이 뿌듯하게 전해지는 것이었다.

장안빌딩으로 들어선 길수는 곧장 2층으로 뛰어올랐다. 조심스럽게 사무실 문을 하나씩 밀쳤다. 계속 허탕이었다. 다방에서도 그렇지만 사무실 출입을 할 때는 눈치 빠르게 설쳐야 했다. 손님과 이야기 중인가 아닌가. 그것도 기분 좋은 이야기인가 힘든 이야기인가. 높은 사람이 호통을 친 다음인가 아닌가. 그런 것들을 재빨리 알아차리고 덤벼야지 멋모르고 설치다가는 재수 없게 엉덩이를 차이거나 머리를 쥐어박히기가 십상이었다. 사무실에서는 목소리도 한층 낮춰야 한다. 그리고 "신 다악소, 구두 다악소"가 아니라 "안녕하세요, 아저씨? 구두 닦으세요"로 바꾸어야 된다. 그러고 보면 다방에서도 눈치가 빨라야 되는 건 마찬가지다. 남자 둘이서 오만상을 찌푸려가며 이야기하거나, 손짓을 해가며 열을 올리고 있는 경우에는 보나마나다. 젊은 남녀가 나란히 붙어앉아 있을 때는 찰거머리 전법을 쓰면 대개 성공이다. 그 다음으로 좋은 것이 혼자 앉아 있는 사람. 그때도 눈치 없이 덤비다가는 재수 옴 붙었다. 상대방을 너무 기다리다 기분이 나빠진 것 같으면 가까이 안 가는 것이 상책이었다.

3층으로 올라갔다. 세 번째 사무실 문을 가만히 밀었다.

"얘!"

길수는 들은 척도 안 했다. 여자 목소리기 때문이다. 재수 없게 또 쫓아내려는 개수작이다.

"얘, 구두! 이것 좀 보라니까."

"......?"

길수는 얼른 돌아섰다. 낯익은 여사무원의 표정은 다른 날과는 달랐다.

"구두 닦으시게요?"

어느새 길수는 여사무원 옆으로 다가서 있었다.

"그래, 이건 얼마니?"

여사무원이 책상 밑에서 발을 빼내며 물었다. 무릎까지 차오르는 부츠였다. 이게 웬 떡이냐.

"60원인데요."

"60원? 너무 비싸다 얘. 50원만 하자."

'요런 얌생이, 만 원짜리 구두는 해신으면서. 10원 깎아 뽀빠이 사처먹을래나.'

"딴 데서는 80원씩 받아요. 우린 단골이니까 그렇죠."

아쭈 공갈이다. 이런 메뉴쯤은 얼마든지 준비하고 있다.

"알았어, 잘 닦아오기나 해."

대개 여기서 끝나게 마련이다. 그렇지 않고 굳이 깎으려 들면 그때부터는 창피 주기 작전으로 바뀐다. "그까짓 10원 아껴 뭐하시게요." "그까짓 10원 거저라도 주겠네요." 이런 식으로 시작하면 안 넘어가는 경우는 없었다. 역시 메기의 가르침은 효과가 좋았다.

사무실을 나온 길수는 부츠를 양쪽 손에 하나씩 들고 벌렁벌렁 춤을 추듯 했다. 이것 한 켤레로 남자 구두 두 켤레를 닦은 벌이를 한 것이다. 추워진 날씨 덕을 본 셈이었다.

길수는 4층은 올라갈 생각도 하지 않고 계단을 다람쥐처럼 뛰어내렸다.

"아쭈, 갈비 끝발 오르는데?"

아랑드롱이 부츠를 받아들며 헤벌레 웃었다.

길수는 손등으로 코를 쓱 문지르며 제 이름 밑에 작대기 두 개가 그어지는 것을 확인하고 이미 닦아진 비너스에서 낚아온 구두를 집어들었다.

닦은 구두를 가지고 다방에 들어설 때처럼 당당할 때도 없었다. 그러나 그 당당한 기분 한구석에는 이 길로 일거리가 또 하나 생겼으면 하는 바람이 간절하게 도사리고 있었다.

"아저씨, 구두 가져왔어요."

구두를 각기 발 밑에 놓아주었다. 아까 가져갈 때 한 사람 것만은 유심히 보아둔 것이다. 구두를 뒤바꿔 놓았다가 괜히 기분을 상해줘서 좋을 것은 아무것도 없는 일이었다.

"자, 수고했다."

"……?"

손바닥에는 동전이 하나 덜렁 놓였다. 다시 확인을 했다. 분명히 50원짜리였다.

"아저씨, 이거 50원인데요?"

길수는 조심스럽게 말했다. 10원을 더 받아야 하는 것이다.

"뭐? 그러면 됐잖아."

"아녜요. 10원 더 주셔야죠. 한 켤레에 30원씩, 60원이에요."

"아 시끄러, 시끄러."

남자는 팔을 뻗쳐 밀쳐냈다. 길수는 두어 걸음 비척비척 뒤로 떠밀렸다. 나무토막 같은 팔이었다.

그러나 이대로 물러갈 수는 없다. 10원을 받아야 하는 것이다. 길수는 다가섰다.

"아저씨, 10원 더 주셔야죠."

길수의 목소리는 약간 뜨거웠다.

"아 구찮게시리. 잔돈이 그것밖에 없다니까 짜식이."

남자는 거들떠보지도 않고 팔을 뒤로 휘저었다. 길수는 얼른 옆으로 피해 섰다. 이건 순 도둑놈 심보다. 잔돈이 없다고 맘대로 10원을 떼먹을 작정인 것이다. 10원을 떼일 수는 없는 일이다. 이 추운 날 헛일을 한 셈이다. 아니 10원이면 헛일을 한 손해뿐만이 아니라 2원의 생돈을 물어야 될 판이다. 안 된다. 10원은 꼭 받아야 된다.

"근데 백만 원밖에 못 벌었단 말씀야. 조금만 기다렸으면 50만 원 한 장은 거뜬히 더 남는 건데……."

그 남자는 상대편에게 열심히 떠들고 있었다.

"아저씨, 잔돈 바꿔다 드릴게요."

"이 짜식이 정말! 너 꼭 구찮게 굴래?"

남자는 눈을 부라리며 버럭 소리를 질렀다. 길수는 마음을 다잡았다. 이젠 공격밖에 없는 것이다. 더 이상 얌전해서는 안 된다. 창피를 주는 것이다.

"그럼 뭐예요, 왜 10원을 떼먹으려고 그래요!"

맞대고 소리를 질렀다. 그때였다.

"이 쌔끼 건방지게, 어디서 그따위 말버릇이야!"

눈에서 불이 번쩍했다. 정신이 아찔했다. 뺨을 얻어맞은 것이다. 더 덤빌 필요가 없다. 겁을 주는 것이다. 길수는 얼굴을 감싼 채 바닥에 나동그라지며 비명을 질렀다.

"아이고 아이고, 아이고 귀야, 아이고 나 죽네……."

다방은 수라장이 되었다.

"아니 얘가 왜 이래. 얘, 얘……."

강 마담의 겁이 나면서도 앙칼진 목소리였다.

"마담은 뭘 하는 거야. 이거 빨리 끌어내라구, 재수 없게!"

그 남자의 거친 목소리였다.

레지 두 명이 달려들어 일으켜세우려 했다. 길수는 버둥거리며 혹시나 해서 눈을 빠끔 떠보았다. 그런데 이게 어찌된 일인가. 길수는 벌떡 일어났다. 그 남자가 자리에 없었다. 문 쪽으로 몸을 돌렸다. 카운터에 돈을 치르고 나가는 참이었다. 길수의 눈에는 불이 켜졌다.

"내 돈 10원 내, 이 도둑놈아, 내 돈 10원 내!"

길수는 울부짖으며 의자에 부딪히고 비틀거리며 문 쪽으

로 뛰었다. 10원을 떼이는 것이다. 얻어맞기까지 했다. 그 억울함과 분함이 주체할 수 없는 설움으로 바뀌면서 울음이 터졌다.

문을 박차고 나섰다. 그때 누가 어깨를 낚아챘다.

"얘!"

길수는 멈칫 섰다. 미스 김 누나였다.

"가지 마. 또 얻어맞는다. 자, 이거……."

미스 김 누나의 두 손가락 끝에는 10원짜리 동전이 매달려 있었다. 길수는 그만 울컥 울음이 터져올랐다.

"싫어요. 꼭 받고 말겠어요."

길수는 미친 듯이 계단을 뛰어올랐다.

찬바람이 가득 찬 냉랭한 거리에 그 남자의 모습은 찾을 수가 없었다. 자꾸만 흐르는 눈물을 소매 끝으로 닦아내는 길수의 흐린 시야에는 엄마와 두 동생들의 얼굴이 겹치고 있었다. 그리고 50원을 내놓았을 때 운전사 아랑드롱이 퍼댈 욕설이 두려웠다.

길수는 건물의 벽에 등을 대고 무너지듯 주저앉아버렸다. 귀찮았다. 모든 것이 귀찮았다. 주먹을 폈다. 50원짜리 동전이 덩그렇게 놓였다. 돈, 돈, 돈…… 돈을 벌어야 한다. 이렇게 춥고 배가 고픈 것을 면하려면 돈을 벌어야 한다. 엄마와 두 동생과 함께 살려면 어서 돈을 벌어야 한다. 돈이 없어서 엄마와 헤어졌고 돈을 벌려고 이 고생이다. 돈이 최고다. 꼰대의 입버릇처럼 돈은 뛰는 호랑이 눈썹도 뽑고, 아무리 죄 많이 진 놈이라도 천당엘 보내주는 것임에 틀림없다. 돈이면 안 되는 것이 없으니 말이다. 그런데 10원을 떼였다. 그리고 얻어맞기까지 했다. 억울하다. 분하다. 그러나 어쩔 수가 없다. 돈이 없으니까 당하는 일이다. 그래서 더 서럽고 슬프다.

동전이 놓인 손바닥을 물끄러미 내려다보고 있는 길수의 눈에서 뚝뚝 눈물이 떨어져내렸다.

구두 한 켤레를 낚으면 4원을 먹는다. 나머지 26원에서 운전사들이 10원을 먹고 16원은 꼰대의 차지다. 그런데 하루의 책임량이 70켤레다. 일요일도 없이 뛰니까 한 달이면 대략 2천 백 켤레 정도가 된다. 그럼 줄잡아 한 달 수입이 8천 4백 원이 되는 셈이다. 그러나 그것이 그대로 수중에 들어오는 것이 아니다. 하숙비와 밥값을 떼야 한다. 4천 원이다. 그럼 수입은 4천 4백 원이 된다. 이것은 매일 70켤레씩을 낚았을 경우의 계산이다. '正'자 14개에서 단 한 획만 빠지는 날에는 16원씩이 날아간다. 매일 한 획씩을 채우지 못하면 한 달에 480원이 없어진다. 매일 '正'자를 12개밖에 못 올리면 도로아미타불, 한 달 내내 뛴 것이 말짱 헛것이 되고 만다. '正'자가 12개에서 한 획만 빠지면……, 생각만으로도 소름이 끼치는 일이다. 그때부터는 한끼의 밥을 굶어야 한다. 싹 깎아버린 한 공기의 밥. 그것마저 굶는다는 것은 곧 죽는 것이다. 그러나 그 굶는 것도 마음대로 하는 일이 아니다. 2천 원이 될 때까지만인 것이다. 4천 원 중 나머지 2천원은 방값이기 때문이다. 그러니까 낚시꾼인 자신들이 책임량 70마리씩을 낚지 못해도 꼰대는 아무런 손해가 없었다. 그런데 책임량 이상을 낚았을 때는 한 마리당 4원씩의 이익이 4천 4백 원에 더해질 뿐이다. 물론 뜨내기 손님은 아무리 많아도 소용이 없다. 두 운전사, 아랑드롱과 개똥이 4원까지 합쳐서 개구리 피리 감추듯 해버리는 것이다.

그러니 방금 낚은 두 켤레는 이만저만 손해가 아니다. 10원을 떼어버렸으니 낚으나마나가 아니라 부츠를 낚아 벌게 된 8원에서 오히려 2원을 까먹고 들어가게 된 것이다. 거기다가 얻어맞기까지 했다.

'쌍놈에 새끼, 가다 차에 깔려 뒈져라. 염병을 앓다가 피똥을 싸고 뒈져라.'

무슨 욕을 해도 억울함과 분함은 가시질 않는다. 길수는 일어섰다. 언제까지나 이러고 앉아 있을 수는 없었다.

—가지 마. 또 얻어맞는다. 자, 이겨…….

미스 김 누나의 두 손가락 끝에 매달린 동전이 떠오른다.

안 받기 잘한 것이다. 구두도 한번 공짜로 닦아주지 못하고 있는 터였다. 한번 공짜로 닦아주려면 26원이 없어진다. 그럼 여섯 켤레 반을 닦아야 한다. 밥으로 치면 한 공기 반이 넘는 액수다. 그래서 마음뿐이었다. 미스 김 누나가 고맙고 오늘따라 헤어지던 날의 엄마 같은 생각이 얼핏 들기도 했다.

길수는 걸음을 멈추고 눈물을 닦아냈다. 병신 취급을 당하고 싶지는 않았다.

"이게 뭐야, 갈비!"

돈을 받자마자 아랑드롱이 외쳤다.

"놓쳐버렸는데 아무리 찾아도 있어야지."

닦아놓은 부츠를 집어드는 체하며 고개를 숙이고 어물거렸다.

"요런 퍼엉신 헬렐레 같은 새끼야! 너 같은 새낀 일찌감치 나가뻘어야 해. 사람 새끼 되긴 어차피 조졌단 말야. 쪼다 같은 새끼, 10원이랬지?"

길수는 아랑드롱이 연필과 종이를 집어드는 걸 곁눈질로 보며 부츠를 들고 일어섰다.

"요런 쪼다야, 요번엔 아주 다 잃어버리고 와라 응?"

아랑드롱은 뒤에서 꽈배기를 틀어댔다.

"개새끼, 사람 되긴 틀린 것 좋아하시네. 그래도 제까짓 새끼처럼 되지도 않을 딴따라가 되려고 미친 지랄은 안 해."

길수는 화가 난 목소리로 중얼거리며 걷고 있었다. 그런 길수의 오른쪽 손바닥은 왼쪽 가슴께를 꼭 누르고 있었다.

길수는 나폴레옹 같은 용감한 장군이 되고 싶었다. 2학년 때까지 그랬다. 3학년이 되어서 달걀을 품은 에디슨의 이야기를 읽고는 에디슨 같은 훌륭한 과학자가 되리라 했다. 4학년에 올라가서는 슈바이처 박사처럼 남들을 돕는 사람이 되기로 결심했다. 그러나 낚시꾼 노릇을 시작하면서부터 길수는 나폴레옹도 에디슨도 슈바이처도 까맣게 잊어버렸다. 처음에 이 일을 시작하고는 하루에 두 끼까지 굶은 날이 있었다. 두 끼를 굶고 나니 창피할 것이 없었다. 구두가, 구두가 모두 한 공기의 밥으로 보였다. 눈앞이 흐릿해지고 어질어질한 머리를 감싸잡으며 휘청거리는 다리로 미친 것처럼 뛰었다. 기운이 없어 자꾸 기어 들어가는 목소리를 애써 크게 내어 "아저씨, 구두 닦아요"를 외치듯 하며. 그래서 밥을 굶게 되는 것은 면했지만 돈을 모을 수는 없었다. 넉 달째 되는 11월에 처음으로 7백 원을 벌었다. 그렇게 기쁠 수가 없었다. 그 7백 원을 꼭꼭 접어 속주머니에 넣고는 하루에도 몇 번씩 만져보았다. 변소에 가서 남몰래 세어보기도 수십 번을 했다. 잠을 잘 때는 주머니가 방바닥에 닿도록 옆으로 누워 잤다. 12월에는 1,020원을 벌었다. 곧이어 설이 다가왔다. 꼰대는 편지를 받아쓰게 했다. 몸 편안히 잘 있다는 내용이었다. 그리고 그동안 모은 돈으로 집에 보내고 싶은 것이 있으면 사라고 했다. 그래서 고아인 똥파리와 빈대떡을 뺀 그들 셋은 꼰대 마누라를 따라 남대문시장엘 갔다. 길수는 노점 싸구려판에서 엄마 고무신과 두 동생의 양말 한 켤레씩을 샀다. 그것을 꽁꽁 묶어 꼰대가 주소를 썼다. 그리고 다음날 꼰대를 따라 우체국에 가서 부쳤다. 모두 640원이 들었다. 설이 지나고 열흘쯤 되어 앓아눕고 말았다. 머리가 짝짝 갈라지는 것처럼 아프고 온몸이 바늘로 쑤시는 것처럼 비비 틀렸다. 그리도 맛있던 밥도 단 한 숟가락을 떠넣을 수가 없었다. 그러나 길수는 이빨을 앙다물었다. 이틀을 앓았다. 더 심해지기만 했다. 꼰대는 눈을 부라리며 소리를 질렀다. 정 약을 안 사다 먹겠다면 내다 버리고 말겠다고 얼렀다. 길수는 하는 수 없이 속주머니에서 돈을 꺼내주었다. 이틀을 더 앓고 일어났을 때는 그 아꼈던 돈은 약값으로 다 날아가고 한푼도 없었다. 그렇게 애석하고 아까울 수가 없었다. 그래도 천만다행한 것은 일을 못 한 나흘 동안을 계산에 넣지 않은 것이었다. 그때처럼 꼰대가 감사하고 고마운 때는 없었다. 길수는 매달 버는 돈을 꼬박꼬박 저금했다. 그러나 그 돈도 계산처럼 그렇게 불어나지를 않았다. 이발도 해야 했고 신발도 사신어야 했다. 더구나 겨울이 닥치면 아무리 싸구려 내의일망정 껴입어야 했고 면장갑이라도 끼지 않고서는 배겨낼 도리가 없었다. 길수는 겨울이 싫었다. 그동안 모은 돈이 34,720원. 길수는 기술자가 될 결심이었다. 아버지처럼 떨어져 죽어야 하는 기술이 아니라 안전하면서도 돈벌이가 잘되는 고급 기술을 배울 작정이었다. 그러려면 기술 학교나 기술 학원을 다녀야 된다고 했다. 그때까지 돈을 벌 생각이었다. 고급 기술자가 되어 돈을 벌고 그 돈으로 배가 터지게 먹고, 겨울에도 땀이 나도록 두껍게 옷을 입고, 엄마와 동생들과 함께 살고, 텔레비전도 사고, 집도 사고, 구두도 뒤이고, 그때는 정해진 값의 몇 곱셀씩 주고…… 그런 꿈을 꾸다 보면 한 공기의 밥이 양에 차지 않는다고 똥파리처럼 20원을 내고 한 공기를 더 먹을 생각은 아예 나지 않았다. 춥고 배가 고프고 일이 힘들 때면 길수는 맘보빌딩을 우러러보았다. 고개를 한참 뒤로 젖혀서야 꼭대기가 보이는 맘보빌딩. 그 주인은 자가용을 두 대나 가진 무지무지한 부자였다. 그런데 그 주인도 젊었을 때는 많은 고생을 했다고 들었다. 길수는 자기도 고생을 견디며 열심히 일하고 착실하게 돈을 모으면 그렇게 될 수 있다는 생각이 언제부턴가 마음 깊이 자리 잡기 시작했다. 맘보빌딩을 우러르고 서 있는 길수의 손은 으레 왼쪽 가슴께를 누르고 있었다. 그러면서 길수는 생각했다. 나는 지금 저 높은 맘보빌딩의 벽에 매달려 있다. 어떻게 해서라도 저 벽을 기어올라야 한다. 손톱이 다 닳아지고 피가 흐르고 미끄러지고 그래서 무릎을 깨고 또 피를 흘려도 기어이 꼭대기까지 기어 올라가야 한다. 그때는 나도 저런 빌딩을 가진 돈 많은 주인이 될 것이다. 통장에 돈이 조금씩 늘어날 때마다 그만큼 빌딩의 벽을 기어오르는 것이라고 생각했다.

그래서 길수가 우선 바라는 것은 운전사가 되는 일이었다. 그럼 구두 닦느라고 애를 쓰지 않아도 된다. 더구나 벌이는 배 이상이 아닌가. 그러나 그걸 바라는 것은 당장 자가용을 타는 부자가 되기를 바라는 것만큼이나 허황된 꿈이었다. 지금의 아랑드롱이나 개똥이가 언제 그만둘지 막연한 것이다. 그럴 리도 없겠지만 만약 둘이 한꺼번에 그만둔다 하더라도 자신의 차례는 멀기만 했다. 짱구, 똥파리, 빈대떡의 순서로 자신의 뒤에는 빌빌이가 있을 뿐이다. 짱구의 말마따나 "하나님 아버지시여 벼락을 치시려거든 돈벼락이나 쳐주십시오" 하는 기도나 드리는 것이 더 그럴듯한 일인지도 몰랐다.

"구두 가져왔어요."

여사무원은 부츠를 받아들어 여기저기 살폈다. 길수의 눈길은 이미 남자들의 구두에서 구두로 옮아가고 있었다.

"이것도 닦은 거라고 닦았니?"

길수는 못 들은 체했다. 대꾸할 필요조차 없는, 여자들이 으레 하는 시큰둥한 시비였다. 지금 길수로서는 남자들의 구두가 전부 콜드 마사지를 해버린 것이 아쉬울 뿐이었다.

"자, 돈!"

　동전이 책상 위에 부딪는 소리를 듣고 눈길을 돌렸다. 내려오는 길에 사무실과 다방을 뒤져 낚은 두 마리와 부츠 닦은 돈 60원을 내밀었다.

"어디 보자아, 오늘 갈비가 19마리에서 두 마리를 더 낚았는데 10원을 잃어잡수셨으니까 두 마리는 죽어서 도로 19마리고, 그 다음에 대구 한 마리를 낚았으니 두 마리 폭인데 빚 2원을 빼니까 한 마리 반에 가설랑은에, 또 두 마리를 낚아왔으니 한 마리 반에 두 마리면 세 마리 반이 되고, 19마리에 세 마리 반을 보태니깐두루 22마리 반이로구나. 어때, 맞지?"

　아랑드롱의 말에 길수는 고개만 끄덕였다.

"이걸로 오전 시마이다. 가서 점심진지 잡수시지, 갈비씨."

　아랑드롱이 몸을 털고 일어섰다.

　22마리 반. 30마리까지는 아직도 일곱 마리 반을 낚아야 된다.

"난 그만둘래. 아줌마한테 말해 줘."

　길수의 목소리에는 힘이 하나도 없었다.

빙하기 81

"굶겠단 말이냐?"

길수는 고개만 끄덕이고 돌아섰다.

"잘 생각했어. ×나게 뛰어, ×나게."

아랑드롱은 또 꽈배기를 꼬고 있었다. 길수는 맘보빌딩 쪽으로 걸음을 옮겼다. 점심을 굶는 것으로 수입금이 줄어드는 것을 때우려는 생각이었지만 남들이 점심을 먹으러 간 사이에 나머지 일곱 마리 반을 낚을 심산이기도 했다.

"야, 구두!"

길수는 얼른 돌아섰다.

"혹시 여기 어디서 짐꾼 좀 빨리 불러올 수 있니?"

길수는 그만 맥이 풀렸다. 그 남자의 옆에는 책 뭉치가 쌓여 있었다. 길수는 혹시나 해서 물었다.

"이걸 옮기시게요? 어디로 옮기는데요?"

"저 6층으로."

남자는 고개를 뒤로 젖혀 높은 현관 천장을 가리켰다. 길수의 마음은 금방 환하게 밝아졌다.

"아저씨, 이걸 내가 옮겨도 되죠? 그렇죠?"

"네가……?"

남자는 길수의 위아래를 훑어보았다. 길수는 그만 몸이 달았다.

"아저씨, 문제없어요. 이래봬도 통갈비란 말예요."

"통갈비? 너 정말 자신 있니?"

"염려 마시라니까요. 돈만 많이 주세요."

"그래, 그럼 옮겨봐라. 운임은 얼마나 주랴. 5백 원이면 되지?"

"예에?"

순간 길수는 머리가 띵했다.

"왜, 적단 말이냐?"

"아녜요, 아저씨. 이걸 6층 어디로 옮겨요?"

길수는 서둘러 책 뭉치를 집어들며 물었다.

"만세기발 알지? 그래, 기기로 옮기면 돼."

길수는 펄쩍펄쩍 뛰고 싶었다. 이런 노다지가 또 어디 있으랴. 백 원만 받아도 어디냐 싶었던 것이다. 점심 굶기를 잘했다고, 이런 횡재를 하려고 오전 일거리가 그 모양이었던 것이라고 생각하는 길수의 전신에선 불끈불끈 힘이 솟았다.

책은 30권씩이 한 뭉치로 되어 있었는데, 모두 16뭉치였다. 네 뭉치로 포개어 등에 업어보니 힘에 부쳤다. 세 뭉치씩 나르면 많아야 여섯 번만 오르내리면 된다.

5백 원이 몽땅 내 것이 된다. 구두 한 켤레에 4원씩인데 몇 켤레를 닦아야 될 돈인가. 책 세 뭉치를 업고 숨을 씩씩거리며 계단을 오르고 있는 길수는 도무지 계산을 해낼 수가 없었다.

책은 계단을 오를수록 무거워졌다. 곧 뛸 것만 같은 마음과는 달랐다. 5층에서 주저앉아버리고 싶은 것을 이를 악물며 참아 가까스로 6층까지 올라갔다. 책을 내려놓고 나니 다리가 휘청거리며 헛디뎌졌다. 두 뭉치씩만 나르기로 했다. 그럼 여덟 번을 오르내려야 했다. 애들이 점심을 먹고 나오기 전에 다 끝내야 하는데…… 마음이 조급해진 길수는 곧 넘어질 듯이 급히 계단을 뛰어내렸다.

세 번째, 네 번째…… 허벅지가 꽉꽉한 솜 뭉치였다. 눈앞에서 자꾸 빨강 파랑 불똥들이 엇갈렸다. 가슴에선 불덩이가 이글거렸다.

여섯 번째로 계단을 오르다가 똥파리를 만났다. 길수는 가슴이 섬뜩했다.

"너 돈벌이 한번 삼삼하게 잘하는구나. 야, 혼자만 재미 보지 말고 나도 좀 끼어보자."

대뜸 똥파리가 내뱉은 말이었다. 길수는 잠시 망설였다. 그러나 그럴 수는 없는 노릇이었다. 언제 또 걸릴지 모르는 이런 횡재의 기회를 나눠 먹어야 할 하등의 이유가 없었다. 똥파리 제 놈도 밥을 한 공기씩 더 사먹을 때도 빈말이라도 먹어보라는 한 마디 하지 않았다.

"남이 찍은 일에 간섭하지 말어."

길수는 싸늘하게 말했다.

"그래? 알았어. 잘해 봐."

똥파리는 휭 계단을 뛰어 올라갔다.

일곱 번째로 4층의 계단을 오르고 있는 길수의 다리는 바들바들 떨리고 있었다.

"요런 덜떨어진 새끼야!"

이런 고함소리와 함께 길수는 책 뭉치를 떨어뜨리며 픽 쓰러졌다. 책 뭉치는 두어 번 계단을 굴러내리다가 와르르 쏟아지며 책들이 사방으로 흩어졌다. 계단 모서리에 정강이를 사정없이 박은 길수는 꼼짝을 못하고 있었다.

"빨리 일어나지 못해!"

길수는 뒷덜미를 틀어잡혀 일으켜졌다. 길수는 그때서야 그 사람이 꼰대라는 것을 알았다. 순간 등골이 오싹해지며 똥파리의 얼굴이 휙 지나갔다.

"요런 쥐새끼 같은 놈아, 누구 허락 받고 이따위 짓 해, 엉? 왜 딴 짓 해, 왜!"

"아저씨, 잘못……."

길수는 말을 맺지 못하고 나둥그러졌다. 꼰대가 후려친 것이다.

"아저씨, 아저씨, 잘못했어요."

길수는 후닥닥 일어나서 손바닥을 맞비볐다.

"아가리 나불대지 말어. 요런 쥐새끼 같은 놈아!"

길수는 또 핑 돌듯 하다가 푹 고꾸라졌다. 그리고 목덜미를 잡혀 계단을 끌려 내려갔다. 길수는 끌려가면서 "아저씨 잘못했어요"를 숨이 닿도록 되풀이하고 있었다.

 "일할 시간에 딴 짓 하는 못된 버르장머리를 단단히 뜯어고쳐. 딴놈들 물들지 않게 시범조로 손 좀 봐주란 말야."

 꼰대는 길수를 아랑드롱에게 떠다밀었다.

 "네 놈 이익만 위해 그따위 얌체짓 하는 버르장머리를 싹 뜯어고쳐 주지."

 아랑드롱이 벌떡 일어섰다. 길수는 정신없이 빌기만 했다.

 "자, 가보실까."

 아랑드롱이 길수의 팔을 낚아챘다. 길수는 끌려가서는 안 된다는 생각밖에 없었다. 그대로 주저앉으며 두 다리를 내뻗었다.

 "이게, 이게, 요런 쌍……."

 길수는 숨이 컥 막혔다. 허벅지를 짓밟힌 것이다.

 길수는 끌려가지 않으려고 발버둥을 쳤다. 그러나 아랑드롱의 기운을 당할 수가 없었다. 질질 끌려가던 길수의 눈에 잡히는 것이 있었다. 세워둔 자가용차였다. 벌떡 일어난 길수는 그 꽁무니를 붙들고 매달렸다. 그러나 손잡이라곤 아무데도 없는 트렁크에 제아무리 손바닥을 찰싹 붙였다고 해도 끌어당기는 아랑드롱의 힘을 이겨낼 도리는 없었다. 거미 다리처럼 꺾어세워진 열 개의 손가락은 바들바들 떨리며 뒤로 밀려나고 있었다.

"이런 망할 새끼, 죽어라고 닦아논 차를……."

어디선가 달려온 자가용 운전사가 길수의 옆구리를 내질렀다. 길수의 몸이 축 늘어졌다. 따라서 열 개의 손가락이 주르르 미끄러지듯 하며 검은 윤기가 번들거리는 차체에는 꾸불꾸불한 열 개의 줄이 그어져내렸다.

"야, 아랑드롱! 그 자식 내버려둬. 오늘부터 아주 잘라버려야겠다!"

옆구리를 감싸잡고 나둥그러신 길수는 이런 말을 바람결처럼 들었다. 뭐, 뭐라고……, 길수는 그 높은 맘보빌딩의 벽에서 굴러떨어지는 착각에 휘몰리며 가물가물 정신을 잃어가고 있었다.

운전사의 서너 차례 걸레질로 손자국이 말끔히 가셔버린 검은 윤기 나는 차체에는 맘보빌딩의 우람한 모습이 담겨져 있었다.

〈1974년〉

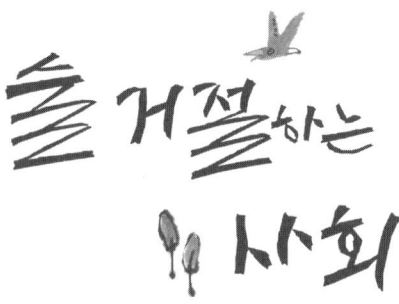
즐거워하는 사회

현도는 그 돈으로 친구들에게 술을 사기로 한 것은 과연 묘안이라고 또 한 번 속으로 무릎을 치며 사무실을 나섰다. 그런 현도의 가슴은 청명한 가을 하늘이었고 팔다리는 소풍을 떠나는 국민학생이었다. 현도는 어느새 계단을 경쾌하게 뛰어내리고 있었다. 이 녀석들, 어디 두고 봐라. 코가 비틀어지고 다리가 낙지발이 되도록 퍼마시게 해주고 말 테니까. 현도는 휘파람을 불며 현관을 나섰다. 판에 박힌 수위 영감의 "안녕히 갑쇼" 하는 인사에다 "예 안녕히 계십시오. 수고하십니다." 좀 수선스런 대꾸까지 해주었다.

 노처녀 미스 강도 한번쯤은 필요한 때가 있었다. 노처녀

—세상에서 이것들처럼 징그러운 족속들이 또 있을까. 어디가 어찌 됐길래 허구한 여자가 다 가는 시집을 못 간단 말인가. 제 나름대로 이유가 있겠지만 미스 강처럼 불도저로 마구 문질러버린 것 같은 생김 때문이라면 비참은 극에 달한다. 그런 생김새의 노처녀가 신혼 여행에서 돌아온 신랑에게 첫날밤 재미가 어쨌느냐, 아들을 낳을 자신이 있느냐, 치근덕거리기 시작하면 그 징그러운 도는 송충이나 뱀을 비웃게 된다. 하루에도 서너 번씩 손거울을 들여다보며 루즈를 바르거나 분을 토닥거릴 때는 안쓰럽기도 했고 그럴듯한 영화라도 상영되면 총각만 골라 구경을 시켜달라고 덤빌 때는 가엾기까지 했다. 그러나 영 밥맛이 떨어지는 노처녀 미스 강, 그네가 자신을 도와주리라고는 예상조차 못했던 것이다. 사실 따지고 보면 미스 강의 행동은 역시 노처녀의 징그러운 몸짓에 불과했고 현명한 쪽은 자신이었다. 입이 찢어져라 하품을 해대며 기지개를 켜고 나서 "아 술이 고프다. 누가 술 한잔 안 사나." 미스 강은 외친 것이다. 그때 끙끙대고 있던 현도는 '그렇지!' 무릎을 쳤던 것이다.

사람들 틈에 섞여 걷고 있는 현도의 머리에는 불그레하게 익고 달착지근하게 감기는 분위기의 술집이 들어앉아 있었다. 거기 아늑한 자리에 학철이, 태문이, 영환이 들이 이마가 맞닿게 마주 앉아 허허대고 건배하고 욕하고 권하는 것이다. 현도는 걸음을 좀더 빨리 했다. 태문이 녀석부터 덜미를 채야 하는 것이다. 그리고 녀석의 기분 나쁠 지경으로 잘 생긴 허연 이마빡에다 멋진 대포를 한 방 쏘아댈 참이었다. "가자, 술 마시러. 내가 한잔 사지." 이런 직사포를 한 방 맞고 녀석의 이마는 어떻게 될까. 생각할수록 상쾌 통쾌하다. 그러나 그 능글첨지는 십중팔구 태연한 체하며 딴전을 피울지도 모른다. "여긴 사당동이 아닌뎁쇼. 길을 잘못 드셨군요" 하거나 "해는 분명 서쪽으로 넘어가고 있는데, 유언비어겠지, 유언비어." 이러면서 사람 좋게 흐흐거릴 확률이 크다. 그때는 여지없이 녀석의 그 버르장머리 없는 주둥아리에 스트레이트 펀치를 먹이리라 했다. 녀석은 진담 반 농담 반으로 자신을 사당골 불출이니 북청 물장수니 놀려댔다. 목 감긴 강아지 격으로 마누라한테 매여 술 한잔도 제대로 못하여 불출이고, 그 선하품밖에 안 나오는 월급으로 집을 장만했다 하여 북청 물장수였다. 녀석의 그런 놀림은 으레 학철이나 영환이가 동석한 자리에서였고, 그러다 보면 두 녀석도 합세를 하곤 했다. 녀석들의 놀림에는 전혀 악의가 없었고 그건 또한 사실이었다. 그러나 현도는 싫었다. 그 놀림이 사실이기 때문에 싫었다. 명칭도 가지가지인 공제액을 떼고 나면 수중에 드는 월급은 5만여 원. 애 둘에 동생 둘을 거느린 여섯 식구가 살아가기에는 깊은 물 속에서 꿀깍 잠겨버리지 않으려고 허우적거리는 꼴을 면할 수가 없었다. 그래서 아무런 저항도 시도해 보지 못한 채 불출이가 되었다. 그런데 아내는 인도 태생도 아닌데 마술을 부려 사당동이 진창길이던 시절에 시늉만의 집을 마련하기에 이르렀다. 결국 아내의 마술이라는 것이 하도 가상한 것이어서 불출이가 안 되려야 안 될 수도 없었다. 세 녀석은 모두 천복을 타고나서인지 처음부터 딸린 식구가 없었다. 그런데 제 아버지 덕을 약간 본 태문이 녀석을 빼고는 학철이나 영환이는 아직 전세방 신세를 면하지 못하고 있는 터였다. 그래서 그런지 평소의 돈 씀씀이가 자기보다는 한결 낫다는 것도 알고 있었다. 그러니 녀석들의 농담에 악의가 없다고는 하지만 어쩌다 만나는 경우 커피값 한번 선선히 내지 못한 처지에서 그런 농담은 묘하게 마음 어느 구석엔가 걸러지지 않는 감정을 남겨두곤 했다.

"야 임마, 난 이민이라도 간 줄 알았다."

태문이의 걸쭉한 목소리였다. 녀석은 언제나 푸짐하고 밝았다. 그리고 넷의 우정을 위해 곧잘 음모를 주도하기도 했다.

"이민은 아무나 가? 먹고 남는 놈들이나 가지."

현도는 시큰둥하게 대꾸했다. 그러면서 숨을 몰아쉬었다. 녀석을 놀래주려고 전화를 걸지 않고서는 행여 퇴근을 해버렸을까 봐 달음박질을 치다시피 와서 약간 숨이 가빴다.

"무슨 바람이냐?"

"퇴근은 아직 멀었어?"

"다 됐군. 아 지겨워."

시계를 들여다본 태문이는 책상 위에 펼쳐진 서류를 서랍에다 쓸어넣듯이 했다.

회사를 나와 태문이는 엉거주춤 섰다.

"다방에라도 갈까?"

현도는 이때라고 생각했다. 아까부터 준비했던 직사포를 쏘았다.

"커피 가지고 목구멍에 낀 때가 빠져? 가자, 술 마시러. 내가 한잔 사지."

"술……?"

"그래, 술. 학철이, 영환이도 불러라."

현도의 목소리는 출렁거렸다.

"글쎄……, 난 말야……."

태문이의 목소리나 표정은 가재걸음이었다. 현도는 순간적으로 직사포가 빗나간다는 것을 느꼈다.

"왜, 무슨 일이 있어?"

현도는 답쳐 물었다.

"글쎄 뭐 별일은 아닌데……, 근데 그게……, 하여튼 술을 마실 수가 없게 됐어."

"무슨 소리야? 어울리지 않게 똥 사절하는 개 시늉 좀 그만 해라."

현도는 태문이 녀석의 등을 밀었다. 녀석은 얼른 피해 서며 제발이라는 듯 고개며 팔까지 내저었다. 도대체 무슨 일이냐고 캐물었다. 태문이는 몹시 거북하고 난처한 표정이 되어 어물거렸다.

그럴수록 현도의 비위 상하는 궁금증은 꼬리를 물었다. 그래서 현도는 친구를 술자리에 끌어들이는 데 남성 동포들이 흔히 애용하는 '병신 만들기 전법'으로 몰아세웠다. 그러나 태문이 녀석은 쉽사리 걸려들지 않았다. 구석으로 몰리는 듯하다가 빠져나가고 빠져나가고 했다. 아내가 아프다고 했다가 집안에 급한 일이 생겼다고 했다가, 평소의 녀석답지 않게 궁색한 이유만을 내세우며 태문이는 풋감을 씹었다. 현도는 더 이상 어쩌는 도리가 없었다.

"빌어먹을, 임질 매독에 걸렸거나 간이라도 썩어간다면 억울하지나 않지. 웃긴다고, 웃겨."

태문이는 엉뚱한 소리를 내갈기고는 돌아섰다. 녀석은 가래침이라도 곧 뱉어버릴 것처럼 무엇엔가 잔뜩 화가 나 있었다.

태문이가 버스를 타고 떠나버린 다음에도 현도는 길바닥

에 한참이나 서 있었다. 태문이 녀석이 없는 술자리. 소금이 빠진 설렁탕이고, 고춧가루가 안 든 매운탕이었다. 술은 소주로 하기로 했다. 맥주를 배꼽이 요강 꼭지가 되도록 마실 수 없는 처지에 술꾼의 술은 단연 소주였다. 거기다가 1번 타자로 얼큰한 동태찌개가 오르고 이어서 간천엽 홍어회 낙지볶음 파전 아무거나 좋다. 2홉들이 소주 두 병씩이면 멋지게 취하는 그만그만한 주량들이니까 돈으로 남고 처진다. 사장도 전무도 상무도 도매금으로 개새끼고, 게거품을 물고 시국담에 열을 올리다 보면 더없는 지사요 애국자요 드골이나 처칠의 따귀도 가차 없이 갈겨버릴 수 있는 틱월한 정치가로 둔갑하기도 했다. 푸짐한 안주에 소주는 역시 술꾼의 술이었고 술은 언제나 속임수가 없이 용기와 생기와 진실과 배설과 용서를 아낌없이 배급해 주었던 것이다. 그런 술자리를 오랜만에 자신의 손으로 마련하려고 했던 현도는 길바닥에 덩그러니 선 우스운 꼴이 되고 말았다. 그 망할 자식, 첩이라도 하나 생겼나, 원 꽁무니를 빼기는. 가면 그냥 갈 것이지 임질 매독이 어떻고 투덜대는 건 또 뭐야. 제 놈 아니면 술 마실 놈들이 없나, 제기랄. 이렇게 위안을 하려 했지만 마음 한구석이 허전한 것은 어쩔 수가 없고 난감하기도 마찬가지였다. 현도는 언뜻 속주머니에 든 일금 만 원을 생각했다. 이러고 있을 때가 아니었다. 학철이와 영환이를 붙들어야 한다. 현도는 오줌이라도 급한 사람처럼 허둥지둥 공중 전화를 찾았다.

다행히 학철이는 자리에 있었다.

"불출이로구나? 웬일이냐, 먼저 전활 다 걸구."

"짜식, 입 한번 걸다. 다 끝났지? 그럼 그 지하 다방에 내려와 있어."

"무슨 일인데?"

"나와보면 알아. 전화 끊는다."

"야, 야, 네까짓 게 무슨 거룩한 성명이라도 발표한다고 이렇게 일방통행이냐? 서론만 말해 봐, 서론만."

네까짓 게……? 그래 어디 맛 좀 봐라. 현도는 서론이 아닌 결론을 직사포로 갈겼다.

"술을 마시자는 거야. 내가 한잔 멋지게 살 테니까. 어때, 이만하면 놀랄 만한 성명이지?"

현도는 흠 목까지 다듬으며 빙그레 웃었다.

"뭐, 술을 사……?"

목소리만으로도 학철이의 놀란 표정을 보는 듯했다.

"그래, 이 형님이 드디어 민생고를 해결하려고 발 벗고 나섰다. 그럼 전화……."

"야, 가만, 가만…… 술 사는 건 대환영인데 말이지. 난 좀 곤란하게 됐어. 요즘 영 몸이 찌뿌드드한 게 엉망이야.

병원에서는 금주에 금연령까지 내렸어. 그리고 또⋯⋯."

"너 임마, 구질구질하게⋯⋯."

"글쎄 내 말 들어봐. 그것뿐만이 아니라 군대 간 동생이 사고를 내고 형 회사에 감원 바람이 불어서⋯⋯."

"요런 병신아, 그게 너하고⋯⋯."

"글쎄 요즘 형편이 개판이야, 개판. 씨팔, 나도 부글부글 끓어오르고 못 견디겠다구. 끓어오른 거품은 어차피 술을 퍼마셔서라도 토해내 버려야 하는 걸 누가 몰라? 근데 그게 글쎄 씨팔, 나 전화 끊는다."

학철이 녀석은 구구한 변명을 늘어놓다가 제풀에 화가 나서 마구 소리를 지르더니 전화를 끊어버렸다.

현도는 한참 동안이나 송수화기를 든 채 멍하니 서 있었다. 도대체 무슨 영문인지를 알 수가 없었다. 녀석은 금주고 금연이고 늘어놓으며 엄살을 피우다가 동생, 형까지 동원해서 허풍을 치더니만 느닷없이 욕설을 퍼대며 화를 내고 말았다. 현도는 몇 번이고 고개를 갸웃거리며 전화 박스를 나왔다.

학철이가 없는 술좌석, 그건 록클라이밍이 빠진 등반이거나 기생이 빠진 풍류였다. 녀석은 술을 즐기며 마실 줄도 알았지만 특히 노래가 일품이었다. 학철이 녀석이 뽑아대는 〈두만강 푸른 물〉이며 〈목포의 눈물〉은 가난한 술자리를 일순에

술 거절하는 사회 99

풍성하게 만드는 마력을 지니고 있었다.

 이제 어떻게 하면 좋을까. 현도는 또 길바닥에 덩그러니 서서 허전하고 난감한 기분을 배로 안은 채 갈피를 못 잡고 있었다. 일금 만 원, 어쩔 수가 없다. 마지막, 영환이를 잡아야 한다. 말수가 적고 넷 중에 술도 제일 약한 녀석이지만 만 원을 써없애 버리려면 다른 방법이 없는 것이다. 현도는 깜짝 놀란 듯이 서둘러 걷기 시작했다.

 엉뚱하게 참으로 엉뚱하게 생긴 돈. 현도는 생각할수록 더럽고 구역질이 치솟아 견딜 수가 없었다. 한 5분만 사무실을 일찍 나섰거나 늦게 나갔더라도……, 부질없는 아쉬움이었다. 이제 남은 것은 만 원을 남김없이 써버리는 길밖에 없었다.

 점심 시간이었다. 하던 일을 마저 다 마치고 나니 사무실은 텅 빈 뒤였다. 현도는 혼자 사무실을 나섰다. 오늘은 순두부백반을 먹을까 칼국수를 먹을까 생각하며 복도를 중간쯤 걸어나왔을 때였다.

 "여보게, 여보게!"

 뒤에서 들리는 다급한 목소리에 현도는 얼른 돌아섰다.

 "……!"

 현도는 우뚝 멈추었다. 사장이 이쪽으로 급히 달려오듯 하고 있었다.

"백 군이었군. 자네 바쁘잖은가?"

"예, 무슨 시키실 일이라도……."

현도는 어느덧 손을 앞으로 모아잡고 허리를 굽실거렸다.

"이걸 말이지, 파리호텔 902호실에 좀 전해주게. 자네, 파리호텔 아나?"

"예, 알고 있습니다."

현도는 사장이 내민 얄팍한 사각 봉투를 받아들며 또 굽실했다.

"될 수 있는 대로 빨리 갔다 와서 내 방에 들르게."

"예, 알겠습니다. 곧 다녀아서 빕겠습니다."

현도는 복명복창하고 단거리 선수가 스타트하듯 내달았다.

택시를 잡아탔다. 택시를 타고 나서야 현도는 그때까지 손에 들려 있는 봉투를 발견했다. 그걸 얼른 속주머니에 넣었다. 사장이 그러라고 호통이라도 치는 듯이. 현도는 백 원을 주고 10원은 받을 생각도 하지 않고 택시에서 내렸다. 먼 발치에서만 보아왔던 20여 층의 파리호텔로 들어선 현도는 빨간 융단 위를 걸어가며 자꾸 다리가 헛디뎌지는 어지러움에 시달렸다. 엘리베이터를 타고 9층에서 내리고 902호실 앞에서 심호흡을 했다. 대 풍천무역주식회사 사장의 전권대사—현도는 흘러내리지도 않은 머리칼을 쓸어올리고 넥타이를 바로잡은 다음에 똑똑 조심스러운 노크를 했다.

"들어와요."

기다렸다는 듯이 흘러나온 목소리.

"……?"

그건 뜻밖에도 여자의 목소리였다. 현도의 머리는 찡 감전이 되었다. 그리고 생각은 급회전을 했다.

문을 열었다. 초록색 융단이 깔린 방, 소파가 놓인 저쪽 건너의 침대에 잠옷 바람의 여자가 담배 연기를 내뿜으며 비스듬히 누워 있었다.

"저희 사장님께서……."

소파 옆에 엉거주춤 선 현도는 속주머니에서 사각 봉투를 꺼내들었다. 그 목소리는 이상하게 떨리고 있었다.

"알고 있었어요. 수고했어요."

여자는 저쪽에서 포즈만큼 당돌하게 치하의 말씀을 내던졌다. 현도는 봉투를 탁자에 놓으려고 허리를 구부렸다.

"그것 이리로 가져와요."

"……!"

현도는 견디기 어려운 굴욕감을 억누르며 침대를 향해서 걸었다. 둘째 동생밖에 안 될 나이.

902호실을 나온 현도는 어깨를 늘어뜨린 채 "흐, 흐" 짐승 같은 소리를 낮게 토하며 발을 옮길 줄을 몰랐다.

―될 수 있는 대로 빨리 갔다 와서 내 방에 들르게."

현도는 긴 한숨을 내뿜고는 터덕터덕 걷기 시작했다. 털 끝만큼도 예상하지 못했던 일이다. 어느 외국 상사 대표에게 전하는 중요 용건이거나 그게 아니라면 최소한 회사 일에 직접 관련된 일이라 생각했었다.

택시를 잡았다. 내릴 때는 10원을 착실히 챙겨받았다.

계단을 오르고 있는 현도는 하루 350원의 용돈에서 10원밖에 남지 않았다는 것을 계산했고, 점심을 굶었다는 사실을 떠올렸고, 집에 갈 때는 영락없이 걸어갈 수밖에 없는 꼴이 된 것을 의식하며, 이 쌍놈에 세상을 나 불 질러버릴 수 없을 바에는 칵 죽어버리는 길밖에 없다는 막다른 생각에 몰리고 있었다.

사장실에는 사장 혼자뿐이었다.

"다녀왔습니다."

"응, 방금 전화 받았네. 수고했어. 자, 이것 받아두게."

"……?"

"어서 나가 일하게."

사장은 명령을 하고 있었다. 현도는 봉투를 받아가지고 물러났다. 만 원짜리 지폐 한 장, 이건 견딜 수 없는 아픔이었다. 감당해 낼 수도 피할 수도 없는 폭력이었다. 부랑배들에 걸려 마구 짓밟히고 깨지고 터지는 아픔은 그래도 후련

술 거절하는 사회 103

하기나 한 것이다. 모독은 최소한 이런 것은 아니었다. 박봉에 목을 매고 가난에 시달리며 헉헉거려도 그래도 그런 생활을 견딜 수 있는 것은 한 가닥 남은 자존 때문이었다. 일금 만 원정. 이 사실을 입 밖에 내는 날에는 알겠지? 그 돈은 수고비라는 계산을 넘어서서 이런 폭력까지를 행사하는 이중 효과를 발휘하고 있었다. 20분 정도의 수고와 190원을 투자한 수입치고 만 원은 거액이었다. 월급의 5분의 1에 해당하는 돈. 쌀 한 가마니를 팔 수 있는 돈. 그럼 여섯 식구의 한 달 먹이가 거뜬히 해결된다. 이것만이 아니더라도 아내에게 갖다 주면 요긴하게 쓰일 구멍은 너무나 많은 것이었다. 그러나 그럴 수는 없었다. 쌍놈에 세상, 돈이면 99퍼센트가 해결되도록 돼먹었다고 한다. 안 되는 1퍼센트가 죽음이라는 것이다. 그러나 현도는 이 야만적 논리를 납득할 수는 있어도 수용할 수는 없었다. 지금의 만 원을 놓고는 더욱 그랬다. 그래서 일방적으로 행사된 폭력에 짓밟혀버렸다는 사실을 부인할 수 없는 반면에 그 짓밟힘을 자신의 선에서 멈추게 해야 된다는 생각은 더욱 강하게 작용되었다.

그래서 점심도 굶은 오후의 일과는 다 망쳐지고 말았다. 이 더럽고 구역질 나는 돈을 어떻게 없애버려야 할까를 생각하며 오후 내내 끙끙거렸다. 박박 찢어버릴까, 성냥을 그어대 버릴까, 이런 막힌 생각뿐 묘안이 떠오르지 않았다. 그러면서, 이 돈이 길에서 주운 것이었다면 얼마나 좋았을까. 그럼 아내에게 떳떳하게 내놓을 수 있었을 텐데. 이런 가당찮은 생각에 빠져들기도 했다. 그런데 퇴근이 임박해서 노처녀 미스 강이 해결책을 마련해 준 셈이었다.

현도는 영환이의 회사를 향해 씩씩거리며 걸었다. 그러면서 계획을 변경했다. 소주에서 맥주를 마시기로 했다. 계집애들이 있는 맥주홀로 간다. 거기서 계집애들을 끼고 오붓하게 둘이 마신다. 계집애들의 옷을 좀 구겨주고 그 대신 학수고대하는 팁을 뿌리며 사장놈에게 당한 아픔을 깡그리 토해버린다. 그렇다, 태문이 학철이가 떨어져나간 것은 차라리 잘되었다. 현도는 좀더 빨리 걸었다.

"못 만나셨어요? 김 선생님 방금 나가셨는데요."

"뭐라고?"

현도는 전신에 맥이 풀렸다. 영환이 녀석이 퇴근을 해버리다니. 이렇게 난감할 수가 없었다.

"이 옆 연인다방에 가보세요. 김 선생님 단골이거든요."

"그래?"

사환아이의 말에 귀가 번쩍 뜨인 현도는 급하게 돌아섰다.

한참을 두리번거리던 현도는 어둠침침한 구석 자리에 턱을 고이고 앉아 있는 영환이를 찾아냈다. 쫓아간 현도는 영환이의 팔을 덥석 잡았다.

"어쩐 일이냐?"

영환이 녀석의 눈은 거슴츠레했다. 피곤해서 잠깐 졸았는지도 모른다.

"또 무슨 사색이냐?"

"훙, 거추장스럽게 그런 걸 왜 해."

녀석은 콧방귀를 뀌었다. 녀석은 언제나 시들했다. 태문이와는 반대였다. 그래서 어딘가 깊어 보이기도 했다. 사실 녀석은 말수가 적으면서도 제법 정연한 논리와 정확한 판단을 가지고 있기도 했다.

"너 별일 없지?"

"나야 별일 없지."

"너만? 나도 그래. 그런데 말야……"

"모르는 소리. 넌 무슨 일이 있어. 다 무슨 일이 일어나고 있는 거야. 나만 없어, 나만."

영환이 녀석은 피식피식 웃고 있었다.

"너 또 무슨 소릴 하려는 거냐?"

"아냐, 아무것도, 다 쑈지 뭐. 커피나 마셔."

녀석은 이런 기름에 물 도는 식의 말을 곧잘 했다.

"야 영환아, 너 별일 없으면 나가자. 내가 맥주로 한잔 살테니까."

"술을 마시잔 말이냐? 너 혹시 이상한 것 아니냐?"

녀석은 정색을 하더니만 손가락을 머리 가까이 대고 두어 번 뺑뺑이를 돌려 보였다.

"이런 짜식, 이상한 건 너다, 임마. 술 마시자는데 갑자기 그게 무슨 짓이냐?"

"그으래?"

녀석은 빤히 쳐다보는 것이었다. 조금 전의 거슴츠레한 눈이 아니었다.

"맥주고 양주고 난 사양하겠어."

녀석은 자리를 고쳐앉으며 단호하게 잘랐다. 현도는 그만 따귀를 얻어맞은 기분이었다. 이런 빌어먹을 자식들이 왜 이 꼬라지들이야. 좆같이 생긴 돈으로 생색 좀 내렸더니 이 새끼들이 누굴 약을 올리나. 현도는 그만 화가 치밀었다.

"태문이 새끼부터 내빼더니 학철이 그리고 너까지 이 모양이구나. 오랜만에 술 한잔 사겠다는데 뭘 그리들 비싸게 구는 거냐? 짜식들이 사람을 말야……."

"내가 종착역이란 말씀이지? 태문이 학철이한테도 거절을 당하셨겠다? 넌 머리가 모래사장은 아니라고 알고 있는데. 역사 시험 때마다 우리 컨닝을 도와준 생각 안 나? 그런 머리로 모르겠어? 우정에 금이 간 것이 아니고 반대로 돈독한 우정의 발로란 걸 알아야 해. 그래도 모르겠어?"

녀석은 기분 나쁘게 키들키들 웃었다.

"무슨 소릴 하는 거야? 좀 분명하게 말해 봐."

현도는 쏘아대면서 머리로는 태문이와 학철이의 반응을 되짚고 있었다.

"넌 정말 인간 불출이까지 되고 말았구나. 박카스의 절대 권능은 모두를 훌륭한 웅변가로 만드는 거야. 그 훌륭한 웅변이 바로 그 숱한 공해 품목 중의 하나라는 거지. 공해 중에서도 제일 고약한 정치공해는······."

"알았어, 알아. 그만······."

현도는 팔을 내저으며 비로소 그 말의 의미를 깨닫고 있었다.

"술 살 돈 마누라한테 갖다 주고 더 착실한 불출이가 되는 거야. 자 그만 나가자."

영환이는 쓰디쓰게 웃으며 일어섰다. 현도도 따라 일어서며 시계를 보았다. 6시 반이 가까워 있었다. 노처녀 미스 강도 사무실을 나갔을 시간이다. 이럴 줄 알았더라면 술이 고프다던 미스 강에게 술이나 부르도록 실컷 퍼마시게 해주고 함께 취하며 웅변이 아닌 시시껄렁한 소리를 씨부리며 노처녀의 체취에라도 취하는 것이었는데. 그렇다고 일금 만 원을 내일까지 수중에 간직할 수도 없었다. 그 견딜 수 없는 아픔과 감당할 수 없는 폭력을 내일까지 지킬 이유가 없었다. 벗어나려야 벗어날 수 없었던 그 폭력의 아픔을 마사지조차 할 수 없게 욱죄여진 울타리. 현도는 휘청휘청 다방을 나섰다.

"이 웃기는 세상, 다 그런 거야."

영환이는 쓰게 웃으며 어두워지는 하늘을 휘 둘러보았다.

"또 보자."

이 말을 남기고 영환이는 어둠 속으로 사라졌다.

현도는 자신을 에워싼 어둠이 가늘고 질긴 끈으로 변하여 전신을 친친 감아오는 압박을 느꼈다.

현도는 두리번거리다가 가게를 찾아냈다. 허둥지둥 달려가서 소주를 한 병 샀다. 만 원짜리를 내놓고 소주 한 병을 사면 어쩌느냐는 불평에 내키지 않는 오징어도 샀다.

가게를 나온 현도는 택시를 잡았다.

"어디로 가실까요?"

"수원 쪽으로."

"고속 도로를 타셔야죠?"

"가다가 내리기 쉽고 다시 차 잡기 쉬운 길로 갑시다."

"그럼 고속 도로는 못 타시겠는데요? 목적지가 일정치 않으시군요?"

"아 그러니까 수원 쪽으로 가자고 하잖았소."

현도는 벗긴 병마개를 팽개치며 버럭 소리를 질렀다. 차는 곧 움직였다. 현도는 소주병을 입에다 틀어박았다.

현도가 내린 곳은 안양을 조금 지나서였다. 집이라곤 없는 벌판에 어둠만 겹으로 쌓여 있었다. 이미 술에 취한 현도는 그 어둠 속을 비틀대고 걸으며 알아들을 수 없는 소리를 고래고래 질렀다. 그 소리는 메아리도 없이 어둠에 빨려들었고 얼마 후에는 현도의 모습마저 어둠에 먹혀버린 채 악쓰는 소리만 먼 불빛처럼 울려오고 있었다.

〈1974년〉

'가'동과 '나'동으로 나누어진 3층의 천심아파트는 자정을 넘어선 밤의 고요에 묻혀 잠들어 있었다.
"모릅니다. 난 몰라요."
그네는 잠결에 이런 소리를 어렴풋이 들었다.
"모른다니까, 몰라요."
그네는 튕기듯 일어나 앉고 말았다. 그런 그네는 옆구리를 문지르며 남편을 원망스럽게 내려다보고 있었다. 남편은 오늘 밤에도 잠꼬대를 하여 잠을 깨워놓았다. 거기다가 잠버릇까지 험하게 하여 그네의 옆구리를 걷어찬 것이다.
"난 몰라, 그런 말……."

남편은 고개까지 마구 흔들었다. 남편의 목소리는 잠꼬대라고 하기에는 너무 분명하고 너무 컸다. 팔다리도 허우적거리거나 휘젓는 것이 아니었다. 무엇을 걷어차거나 후려치는 것 같은 느낌이 들도록 마구 치뻗는 것이고 내지르는 시늉이었다.

"한 일 없어. 난…… 난……."

남편은 몸을 바짝 웅크리고 소리를 지르더니 돌아누웠다. 그네는 입술을 깨물었다. 손을 맞잡아 비비 틀었다. 안타까워 견딜 수가 없는 것이다. 오늘 저녁은 유독 심하다. 병세가 날로 악화되고 있는 모양이었다. 남편을 깨울 수도 내버려둘 수도 없는 것이다. 남편이 흉악한 꿈에 시달리지 않도록 하려면 깨워야 한다. 그런데 깨워놓고 나면 날이 밝도록 잠을 설치고 마는 남편이었다.

"난 그런 말……, 난 없다니까."

그네는 남편을 덥석 끌어안았다. 더 이상 보고 있을 수가 없었다. 남편을 구해내야 했다. 누구에겐가 붙들려 얻어맞거나 결박당해 몸부림치는 흉악한 꿈에서 남편을 구해내야 했다.

"여보, 여보, 정신 차리세요. 여보, 일어나요."

그네의 울음 섞인 성급한 목소리는 '나'동 302호에 가득 찼다.

"믿어주십시오. 안 들었어요."

경숙이는 잠옷 자락을 획 잡아당겨 발등을 덮으며 무릎을 곧추세웠다. 그런 경숙이의 입술이 바르르 떨렸다.

"글쎄, 정말……."

남편은 한숨까지 내쉬는 것이다. 경숙이는 분해서 견딜 수가 없었다. 뻔뻔스럽게, 결혼 6개월 동안 딴 짓을 해오다니. 얼마나 속이 타고 못 견디겠으면 밤마다 이따위로 헛소리를 해댈까. 오늘 밤엔 그대로 넘어가나 보자. 어디 그 입에서 딱 한 마디, 여자 이름만 나와봐라.

"진정입니다. 서로 좋은 일이죠."

턱을 받치고 있던 경숙이의 다리가 힘차게 내뻗친 것은 이때였다.

"일어나요! 당장 일어나욧!"

남편의 엉덩이를 걷어찬 경숙이는 소리를 지르며 남편을 마구잡이로 흔들었다.

"뭐, 뭐야. 왜 이래, 이거 왜……."

"대요. 어물거리지 말고 빨랑 대란 말예요."

"뭘, 뭘……."

잠이 덜 깬 남편은 정신을 제대로 차리지 못하고 허둥댔다.

"그년 이름을 대라니까요. 그년이 도대체 누군데 그렇게 믿어달라, 정말이다, 진정이다, 그따위 애걸복걸을 해요?

살풀이굿

그 잘난 여자가 누군지 대란 말예요."

"뭐, 뭐라구? 내가 그런 소릴 해?"

남편은 소스라치게 놀랐다. 찬물이라도 한 바가지 뒤집어쓴 뒤처럼 정신이 든 표정이었다.

"오늘 밤뿐인 줄 아세요? 매일 밤예요, 매일 밤……."

"매일 밤? 여보, 저 저, 커튼 좀 내려."

남편의 다급한 목소리였다.

"발뺌하지 말구 빨랑 그년 이름을 대란 말예요."

경숙이의 카랑카랑한 목소리에 밀리듯 벽시계의 2시를 알리는 종소리는 '가'동 207호의 어둠에 묻혀들었다.

"없어요, 없어요……."

김 여사는 언뜻 이런 소리를 들은 듯싶었다. 그러나 깊이 빠진 잠에서 쉽사리 헤어날 수가 없었다.

"난 진짜……."

김 여사는 좀더 분명하게 이런 소리를 들었다.

"본 일 없다니까요."

김 여사는 이불을 차고 일어났다. 귀를 기울였다. 조용했다.

"아, 아, 정말 없어요……."

분명 아들의 신경질이 돋는 잠꼬대였다. 김 여사는 급히 방을 나와 거실의 불을 켰다. 그리고 아들의 방문 앞에서 머뭇거렸다. 깨울까 말까, 깨울까 말까……. 아들은 다른 때도 그렇지만 특히 잠을 자는 동안에 신경을 건드리는 것을 무엇보다도 싫어했다. 그도 그럴 것이 아르바이트다 공부다 하여 항시 지친 몸을 풀기에는 잠을 푹 자는 길밖에 없을 것이었다. 저것이 몸이 허약해져서 저러지 아마……. 어서 보약이라도 좀 달여 먹여야지. 헛소리를 밤마다 저리하니, 원……. 이런 생각을 하며 김 여사가 막 돌아설 때였다.

"아, 사람 미쳐. 글쎄 본 일 없어요, 없어."

김 여사는 후닥닥 돌아섰다. 그리구 마구 문을 두들겼다.

"아 철균아! 철균아. 정신 차려라. 이 문 좀 열어, 어서."

속이 허해 가위가 눌리기 시작할 때 그대로 두면 끝내 깨어나지 못하고 만다는 생각에 사로잡혀 외치는 김 여사의 다급한 목소리는 '가'동 105호에 넘쳐나오고 있었다.

아침 햇살은 남향으로 앉은 '가' 동의 옆구리를, 동향인 '나' 동의 안면을 어루만지고 있었다.

"여보, 오늘은 꼭 병원엘 가도록 해요."

"허어, 또 그 소리……."

"그럼 어떻게 하겠다는 거예요. 밤마다 그렇게 헛소릴 하면서……."

"글쎄 내 걱정일랑 말라니까……."

"그건 당신 생각예요. 얼마 전부터 책도 통 안 보고, 벽만 바라보고 앉아 있기가 일쑤고, 그러다가 잠자리에만 들면 헛소릴 하니……. 그게 건강이 나빠졌다는 증거가 아니고 뭐예요."

"난 아무렇지도 않으니까 더 말 말아요."

그러나 그네는 이대로 물러설 수가 없었다.

"당신은 정신 노동을 하니까 신경과 진찰쯤 받아둬도 괜찮잖아요."

"날 아주 미친 사람 취급이군. 당신 말마따나 그게 병이라 해도 좋아. 내 병은 내가 알아서 할 테니까 당신은 제발 병원이니 뭐니 들먹이지 말아."

남편은 현관을 나섰다. 그네는 남편의 썰렁한 듯싶은 뒷모습을 바라보며, 미친 사람이 자기가 미쳤다고 하는 경우는 없다더니…… 생각하고 있었다. 그러면서 오늘은 혼자서라도 병원엘 가보리라 했다.

"당신 잠꼬대처럼 당신을 믿어도 되죠?"

경숙이는 또 다짐을 했다.

"참 당신도 어지간하군. 몇 번씩이나 대답을 해야 되나."

"어지간한 건 당신이었어요. 어쩜 6개월 동안 단 한 번 따뜻하게 안아줘 보지도 못해요."

경숙이는 얼결에 이 말을 해놓고 그만 비위가 상해버렸다.

"내가 그랬던가? 그럼 크게 사과하지."

"난 당신의 직업이 직업이라 생활이 약간 무질서한 것까진 이해할 수 있어요. 그러나 나에게 무관심한 건 용서할 수 없단 말예요."

"글쎄, 알고 있어. 또 같은 말을 되풀이하는 것이지만, 내 잠꼬대하고 당신하곤 아무 상관이 없는 거야."

경숙이는 더 이상 남편에게 부담을 주고 싶지 않았다. 자신의 추리는 터무니없는 오해였다. 그건 남편의 진지한 표정의 해명이 아니었어도 유감으로 이미 깨달을 수 있었다. 지금 경숙이에게 중요한 문제는 왜 남편은 거의 매일 밤 헛소리를 하며 괴로워하는 것일까 하는 점이었다. 도대체 그 무엇이 남편을 그렇게 괴롭히며 신혼 생활까지 무미 삭막하게 해버릴 수 있단 말인가. 경숙이는 조바심이 일어 견딜 수가 없는 것이다. 그러나 남편은 그저 아무 일도 없다는 것으로 일관했다.

"당신, 누구에게 의심받고 있는 거죠?"

"그럴 리가 있나. 내가 뭘 잘못했길래……?"

"그럼, 누군가를 속이고 있죠?"

"내가 그럴 사람이던가?"

남편은 반문을 계속했다. 경숙이는 막상 더 물을 말이 없었다.

"이것도 저것도 아니라면 당신은 건강이 나쁜 거예요. 그렇잖고선 그렇게 헛소릴 할 리가 없어요. 더 악화되기 전에 병원엘 가보도록 해요."

"여보, 제발 일을 번잡스럽게 만들지 말어. 난 아무렇지도 않아. 그만 가봐야겠군, 시간이 늦었어."

경숙이는 서둘러 방을 나서는 남편의 뒤를 따랐다. 왠지 남편이 측은한 생각이 들었다.

"철균아, 너 요즘 너무 과로하는 건 아니냐?"

김 여사는 생선 접시를 아들 앞으로 밀어놓았다.

"매냥 하는 일인걸요, 뭐."

"철균이 너 혹시……"

김 여사는 말을 끊었다. 필요 이상으로 자기의 생활에 관심을 두는 것을 싫어하는 아들이었다.

"무슨 말씀인데요?"

아들은 밥을 우물거리다가 말고 물었다.

"저어…… 혹시 날 속이고 하는 일이 있는 건 아니겠지?"

조심스럽게 묻는 김 여사의 말이 끝나기가 무섭게 아들이 대꾸했다.

"그럴 리가 있어요? 왜 어머니를 속이겠어요."

김 여사는 고개를 끄덕였다. 저런 표정은 천상 제 아비다.

"헌데 참 이상하다. 아니, 이상할 게 없지. 공부도 힘이 드는데 아르바이트까지 하려니 허약해질 수밖에……."

김 여사는 중얼거리듯 했다.

"어머니는 또 그 말씀이군요? 제 걱정은 마시라니까요."

"글쎄, 모르는 소리 그만 해. 몸이란 마음과는 다른 거니까."

김 여사는 뇌출혈로 쓰러져 하룻밤 사이에 불귀의 객이 되어버린 남편을 생각하고 있었다. 어쩌면 저리도 닮았으랴 싶었다. 남편은 비대한 편인 체구였는데 곧잘 잠자리에서 식은땀을 흘렸다. 자신이 걱정을 하면 남편은 오히려 큰소리를 쳤다. 그러다가 끝내 하룻밤 사이에 세상을 떠나버린 것이었다. 변을 당하기 전에 어떻게 해서든 병원엘 가지 못한 것이 김 여사에게는 첩첩의 한이 되어 있었다. 그런데 이제 아들이 병원에 가는 것을 생전의 제 아비보다 더 싫어하는 것이다.

"여러 말 말고 오늘은 꼭 병원부터 가도록 하자."

"아이구, 잘 알겠어요, 어머니. 삼가 불효 자식 이만 물러가나이다."

아들은 이렇게 익살을 떨며 뒷걸음질을 쳤다. 저것이 벌써 컸다고 어미 눈속임을 하느라 저러는 것뿐, 무슨 속 근심을 앓아도 보통으로 앓는 것이 아니지 아마……, 이런 생각을 하고 있는 김 여사의 가슴에는 슬픔과 기쁨이 함께 엇갈리고 있었다.

ㅅ의대 종합병원과 천심아파트의 직선 거리는 1킬로미터 남짓이었고 택시로는 돌고 돌아도 기본 요금밖에는 나오지 않아 가끔 양심을 사진틀에 넣어두고 다니는 운전사들을 약 올려 주기에 심심찮았다. 그뿐 아니라 이 아파트가 비슷한 시설을 갖춘 다른 아파트보다 시가가 비싸면서도 내놓기가 바쁘게 팔려버리는 이상(異常) 인기의 몇 가지 이유 중에 ㅅ의대가 가깝다는 것도 빼놓을 수 없었다. 그 이상 인기의 몇 가지 이유야 막상 풀어놓고 보면 별로 대단한 것도 아니었다. 그러나 언제부턴가 이 아파트 거주자들은 그걸 무슨 당연한 자랑처럼 내세우는가 하면, 주변의 호화 독립 주택 사람들에게는 자위(自慰)의 자부심으로 간직하는 모양이었다.

그 이유의 첫째는 전체가 120세대에 불과하다는 것이었다. 그것에 비해 공지 면적이 넓어 일반 아파트가 지니는 불편—빨래 말리기의 곤란이라거나 장독대 처리와 김장 김칫독 묻기 등—이 전혀 없었다. 둘째 관리의 철저였다. 첫 번째 이유로 빨랫줄이나 장독대가 정연하여 대부분의 아파트가 지니는 철근 콘크리트 건물의 살벌한 분위기를 일소해 버렸는데 이에 조화라도 이루듯 24시간의 철통 같은 관리가 행해졌다. 그래서 지능적인 아파트 도난 사건의 쇼킹한 보도는 어디까지나 신문의 기사에 지나지 않았다. 그리고 그 세 번째 이유는 입주자 거의가 학식 정도가 높고 인격과 교양이 고루 갖추어진 사람들이라는 점이었다. 그래서 큰길가의 슈퍼마켓에선 천심아파트 사람이라면 끔찍이 알았고, 동장(洞長)은 주민의 협조를 얻어야 될 일이 있으면 으레 천심아파트부터 달려와 호소를 하는지도 몰랐다. 그외에 교통이 편리하다거나 어린이 놀이터 시설이 훌륭하다거나 하는 잡다한 이유가 따랐다.

그런데 한 가지 웃지 못할 사실은 이상의 몇 가시 이유로 이상 인기가 생겨 직접적으로 생계에 도움을 받고 있는 사람들이 몇몇 있었다. 서너 개의 주변 복덕방이었다. 20~30만 원짜리 전세방 하나 성사를 시키려면 서너 번씩 발걸음을 하고, 있는 거짓말 없는 거짓말을 주워섬겨야 하는데 이 아파트의 거래는 '구찌'가 크면서도 그렇게 손쉬울 수가 없었다. 그러나 입주자를 소개하는 데 잊어서는 안 될 조건이 있었다. 어디까지나 '점잖은 사람'이어야 했다. 이건 관리소에서 복덕방에 내린 지엄한 명령이었다. 잘못 소개를 해서 아파트의 공동 관리에 협조를 안 하거나 말썽을 부리는 경우가 생기면 그 복덕방에서는 다시 소개를 할 수가 없게 되는 것이다. 특히 무시 못할 사실은 이 아파트의 주민이 모두

'학식이 높은 점잖은 사람들'이라는 사실과 함께 이사를 가는 사람들은 하나같이 이 아파트에서 돈을 모아 집을 늘려간다는 소문이었다. 이 소문의 진부는 가릴 수도 없는 채로 당연한 것처럼 통하고 있었고, 이 사실은 관리소 사람들의 입에서 강조되고 복덕방 영감들의 입에서 제창되었다. 그래서 입주를 원하는 사람은 기가 죽어 몸이 달고 거주자들은 배부르지 않은 즐거움으로 겨드랑이가 간질간질해지는 것이었다.

각설하고 천심아파트는 항시 깨끗하고 아늑했으며, 조용하고 밝은 기운이 가득했다.

경숙이가 진찰권을 끊은 것은 10시 30분경이었다. 불안한 마음과 열없는 기분으로 신경정신과를 찾아갔다. 진찰권 접수를 시켜놓고 복도의 의자에 막 앉았을 때였다.

"새댁은 어떻게 오셨수?"

경숙이는 얼른 고개를 돌렸다. 수심이 깃들인 얼굴의 50대 여인. 어디서 본 듯한, 그러면서도 언뜻 잡히지 않는 얼굴이었다.

"실례지만 누구신지……?"

"가동 207호에 사는 새댁이 맞지요?"

"네, 그래요."

경숙이는 반가움과 경계심이 한꺼번에 일어났다.

"난 105호에 사는……."

"아 네 네, 알겠어요. 장학생 아드님을 두신……. 몰라봬서 죄송해요."

경숙이는 이 여인의 아들과 자신의 남편이 선후배 관계라는 것을 함께 떠올렸다. 김 여사도 한결 마음이 가라앉았다.

"새댁은 어떻게 오셨수?"

김 여사는 처음 물었던 말을 되물었다.

"저어……."

경숙이는 선뜻 말을 꺼낼 수가 없었다. 아무에게나 도움을 청하고 싶은 마음과는 달리 남편의 흠을 내보이는 것 같아서였다.

"어서 말해 보우. 병이란 소문을 내야 명약을 구하는 법이니까. 병은 흉이 아니우."

"저의 그이가 글쎄 밤마다……."

"새댁두? 새댁두 그래?"

"어머!"

경숙이는 그만 깜짝 놀라 주춤 물러나 앉았다. 그만큼 김 여사는 갑자기 소리를 치며 경숙이의 손을 덥석 잡고 달려든 것이다. 이때였다.

"아니, 105호 아주머니 아니세요? 가게엔 안 나가시고 여긴 웬일이세요?"

"나는 나지만, 웬일들이시오?"

경숙이도 고개를 돌렸다. 세 여인이 서 있었다. 한눈에 모두 얼굴들이 익은 사람들이었다.

"가동 313호, 나동 302호, 나동 104호. 한꺼번에 어쩐 일들이오?"

김 여사는 뭔가 불길한 예감을 떨칠 수가 없었다.

"아주머니, 글쎄 이게 무슨 변이죠?"

'나'동 104호 여인이 김 여사에게 다가들며 불안한 음성이었다.

"이분들을 오다가 만났거든요. 이야기를 해보니까 어쩜 우리 아빠하구 병세가 똑같군요, 글쎄."

"밤마다 헛소릴 한다는 거지요?"

김 여사는 멍한 눈길로 정말 헛소리하듯 말했다.

"아주머니는 어떻게 알고 계셔요? 아드님이 그런가 보죠?"

"이게 무슨 놈의 병이람. 돌림병치곤 큰 병이로구먼."

김 여사는 중얼거리며 털썩 주저앉아버렸다.

"최철균 씨이, 최철균 씨이——."

간호사의 호명이 길게 늘어져 긴 복도를 뻗어나갔다.

김 여사는 쇠붙이가 자석에 끌리듯 의자에서 일어났다. 김 여사가 서너 발짝 옮겨놓았을 때 '가'동 313호 여인이 김 여사를 붙들었다.

"잠깐 기다리세요. 아주머니 말씀대로 이상한 돌림병이에요. 이야기를 해보니 증세가 거의 비슷비슷해요. 그러니 따로따로 들어갈 게 아니라 다 한꺼번에 들어가서 물어보도록 해요. 여럿이 의사를 대하면 좀더 자세한 얘길 할 수 있을 게 아녜요. 그럼 처방도 훨씬 정확할 거구요."

"그래요, 그게 좋겠네요. 확실히 민이 엄만 엔지니어 부인이라서 계산이 빨라."

'나'동 104호 여인의 말이었다.

"누가 할 소릴……. 계산으로 치자면 지점장 대리 부인인 영희 엄말 당할 사람이 여기 있을라구."

"그럼 빨리 서두릅시다. 벌써 오전이 다 가네요."

여태껏 말없이 서 있던 그네가 입을 열었다.

그래서 그들 다섯은 한꺼번에 진찰실로 밀려들었다. 그들의 긴장된 진지한 표정 앞에서 간호사의 제지는 홍수에 떠밀리는 초가집꼴이었다.

다섯 명의 여자가 제각기 지껄여대고, 예를 들고, 보충하고, 삽입하고, 원인 규명을 위한 추측과 추리와 분석이 가해지고, 진단과 처방을 위한 협조 발언까지 있은 다음 장탄식을 끝으로 제물에 지칠 때까지 그 긴 시간을 의사는 턱을 고인 채 침묵으로 일관하고 있었다.

살풀이굿 127

의사는 눈을 스르르 내려감았다. 그리고 침묵은 계속되었다.

다섯 명은 차츰 불안해지기 시작했다. 견디다 못한 그들은 서로를 쳐다보며 겁먹은 눈알만 굴렸다. 그러다가 서로에게 눈짓으로 애원을 하기 시작했다.

결국 그네는 숨이 목에까지 차오르는 질식할 것 같은 기분을 터뜨리고 말았다.

"선생님, 어쩌면 좋겠어요."

그런 그네의 목소리는 흡사 울고 있었다.

의사는 몹시 힘에 겹게 눈꺼풀을 밀어올렸다. 그리고 또 아무 말이 없었다.

"입원을 해야 하나요?"

'가'동 313호의 엔지니어 부인이 물었다.

의사의 고개는 보일 듯 말 듯 좌우로 움직였다.

"휴양을 해야 하나요?"

'나'동 104호의 지점장 대리 부인이 물었다.

의사의 고개는 보일 듯 말 듯 좌우로 움직였다.

"휴직을 해야 하나요?"

경숙이가 물었다.

의사의 고개는 보일 듯 말 듯 좌우로 움직였다.

"그럼 어쩌란 말이오. 푸닥거리라도 하리까?"

김 여사가 버럭 소리를 질렀다.

의사는 비로소 떨구고 있는 눈길을 들었다. 그리고 엷은 웃음을 입가에 띠었다.

"아주머니 맘대로 해보세요. 뭐 특별한 약이 있어야지요……."

의사는 들릴 듯 말 듯한 목소리로 말하고 후딱 자세를 바로잡더니 담배를 꺼내물고는 칙 성냥을 그어댔다.

"이봐! 미스 최, 다음 손님."

의사의 목소리는 크게 울렸다. 그들 다섯은 쫓기듯 진찰실을 몰려나왔다.

그들 다섯은 누가 먼저라고 할 것이 없이 한달음에 현관까지 나와 있었다. 그리고 약속이나 한 것처럼 모두 멈춰서고 말았다.

그들은 각기, 그러나 똑같은 생각에 사로잡혀 있었다. 오늘 밤에 그런 잠꼬대를 또 듣게 되면 어떻게 하나 하는 걱정이었다.

그들은 누군가의 뒤를 따라 하나의 벤치에 전깃줄의 참새들처럼 빼곡히 끼여앉았다.

여러 가지 말이 많이 오갔다. 현대 남성들의 신경과민 현상이니 텔레비전 무슨 연속극 때 광고하던 그 약을 복용시키자는 유식론이 나오는가 하면, 신경과민 치료에는 투약보다는 등산이나 가벼운 운동이 효과가 있을 거라는 스포츠 권장론이 대두되고, 신경과민이고 신경쇠약이고 모두 양기 부족에서 생기는 병이니 첫째도 보신, 둘째도 보신인데 보신에는 한약이 최고라는 동양의학 우위론이 제창되기도 했다. 그러나 그런 말 모두가 한 사람이나 듣는 사람이나 가슴에 차오는 감이 전혀 없었던 것이다.

 누군가의 입에서 당장 오늘 밤에 어쩌면 좋으냐는 본론이 튀어나왔다. 그 순간 모두는 입을 다물어버렸다. 그 침묵은 지루하도록 오래 계속되었다.

 "아, 좋은 방법이 생각났어요. 수면제를 먹여 재웁시다."

 누군가 환성을 지르듯 했다.

 "수면제요?"

 "글쎄……?"

 "효과가 날까요?"

 "그럼요. 꿈을 못 꾸게 하면 되거든요. 수면제로 아주 곯아떨어지게 만드는 거예요."

 "그렇지만 하루 이틀도 아니고 몸이 더 상하면 어떻게 해요."

 "우선 그래 놓고 고칠 방법을 찾아야지요."

 "고칠 방법은 뭐 없을까요?"

 이 말에 모두는 또 입을 다물어버렸다. 또 얼마 동안 침묵이 흘렀다.

"내 아무리 생각해도 그 방법밖엔 없어요."

김 여사의 단호한 말에 모두의 눈길이 쏠렸다.

"세상을 살다 보면 별 해괴망측 이상야릇한 일도 많은 법인데 이번 일이 그래요. 이런 땐 뭐니뭐니 해도 용한 점쟁이 신셀 지는 수밖에 없어요. 세상이 제아무리 발달하고 달나라에 사람이 왔다갔다한다지만 천지신명이야 사람 힘으로 어쩔 수 있나? 아까 의사도 뭐랍디까. 우리 아파트도 상량식 때 돼지 대가리 삶아놓고 빌면서 진 집이 틀림없을 테니 이러고들 앉아 있을 때가 아녜요."

김 여사는 벌떡 일어났다.

"점을 쳐가지고 될까……."

그네가 망설이는 표정으로 중얼거렸다.

"내 참 그런 어설픈 생각 땜에 풀릴 일도 꼬여요. 내 친척 중에 준이네 같은 학자님 집이 있었어요. 그 집이 이사를 갔는데 아, 주인이 시름시름 앓기 시작했지 뭐예요. 별의별 약을 다 써도 소용이 없고 병은 더 심해지기만 했어요. 그래서 내가 나서서 용한 점쟁이를 찾아갔지. 영락없어요. 터가 센 데다가 이사를 들어오면서 귀신한테 밥을 안 먹여서 노한 것이래지 뭐요. 굿을 해야 된다는 점괘였어요. 그런데 그 유식한 양반이 어찌나 고집불통인지 그런 게 통해야지. 그래

별수 없이 굿을 하는 만큼의 돈으로 부적을 떼다가 집 구석 구석에 붙이고 주인 몰래 옷에다 넣고 했지. 그랬더니 사흘 만에 말끔히 나아 열흘이나 못 나가던 직장엘 거뜬히 나가지 않았겠어요. 이런 일은 너무나 많아요. 자, 어서들 일어납시다."

"해서 나쁠 건 없지."

"지금 좋고 나쁜 걸 따질 정신이 어딨어요?"

"아주머니 말이 맞아요. 점도 무시 못해요."

분위기는 이미 김 여사의 고견(?)에 압도적인 지지를 보내고 있었다.

"갑시다. 내가 잘 아는 곳이 있으니까 가서 속시원하게 들어봅시다."

모두는 김 여사의 뒤를 따라 일어섰다.

그들 다섯은 택시를 채찍질했다.

처녀 귀신이 들렸다는 40객의 점쟁이 여인은 복채 투정이 끝나자 점괘를 풀어내렸다.

"동서남북 전후좌우 사방팔방 십육방에 오만 잡귀 곡을 하니 사업인들 될 게 뭐며 건강인들 오죽할꼬. 잠든 귀신 사는 땅에 인간 만사 순조롭고, 발동하는 귀신 앞에 성한 인간 어디 있나. 귀신을 배곯리면 화를 면치 못하리니 시루로 떡 만들고 진수성찬 장만하여 푸지게 응대하고 귀하게 떠받들어 깊은 잠 곤한 잠에 취해 자게 해야겠네. 어허, 곡을 한다 곡을 한다 귀신이 곡을 한다. 귀신의 곡소리가 따로 있는 소리인가. 인간 시켜 하는 소리 그게 바로 귀곡일세……."

그들 일행은 점쟁이의 점괘 풀이에 따라 불안과 긴장과 초조와 기대와 놀람을 거쳐 절대적 신뢰와 해결의 하소로 변색하는 감정의 소용돌이로 빠져들고 있었다.

그들은 처음부터 자신들이 의사 앞에 와 있는지 점쟁이 앞에 앉아 있는지 구별을 못했다. 그래서 병원 의사 앞에서처럼 다투어 자료 제공에 열중했던 것이다. 그런 행위가 점쟁이에게 얼마나 가소롭게 보이며 식은 밥 취급을 당하는지에 대해선 미처 따질 여유가 없었다.

점쟁이는 옛날 공동 묘지 자리에 아파트를 세우면서 터를 제대로 다지지 못해 귀신이 요동을 시작한 것이라 했다. 앞으로는 날로 귀신의 요동이 심해져 더 많은 사람들이 시달리게 될 것이라 했다. 지금도 표가 안 나서 그렇지 귀신에 잡혀 있는 사람은 부지기수라는 것이었다.

"그럼 어찌하면 좋습니까?"

김 여사가 다가앉으며 물었다.

"터줏대감은 달래고 잡귀는 몰아내야지."

"그걸 어떻게 합니까. 보살펴주십시오."

김 여사는 합장을 했다.

"잡귀를 몰아내는 데야 푸닥거리밖에 더 있는가?"

반말을 지껄이는 점쟁이는 자못 부처님의 표정을 닮아 있었다.

모두는 서로의 얼굴을 번갈아 보며 수긍하는 눈길을 주고받았다. 특히 김 여사의 눈은 내 생각이 어떠냐는 말을 열심히 해대고 있었다.

"언제쯤 하면 좋을까요?"

"그야 손 없는 날로 택일을 해야지."

"근데, 푸닥거리는 밤에 하는 거지요?"

누군가가 물었다.

"물을 것도 없지요."

김 여사가 눈을 흘기며 대꾸했다.

"그럼 야단났어요. 우리 아빤 푸닥거리라면 딱 질색이에요."

이 말에 김 여사를 제외한 나머지 세 여인도 난색이 되어 고개를 끄덕였다.

"아니, 이 급한 판국에 질색이고 싫고가 다 어디 있수?"

김 여사가 손에 잡힌 송충이라도 버리듯 짜증스럽게 말했다.

"그렇게 헛소리를 하고 시달리면서도 병원에도 안 가는 고집들이 아니난 말예요. 아주머니도 다시 생각해 보세요.

아드님이 알면 뭐라고 하겠어요."

당당하던 김 여사의 표정도 금세 풀이 죽었다.

향이 피어오르고 있는 방안에 잠시 멀뚱한 고요가 머물렀다.

"무슨 좋은 방책이 없겠어요? 형편이 형편이라서……."

김 여사는 또 합장을 했다.

"글쎄……."

점쟁이는 턱을 끌어당기며 입 꼬리를 늘어뜨렸다. 이때 빨간 댕기를 넣어 쪽진 낭자 머리는 어쩌면 그리도 위엄 있게 보이는지 몰랐다.

"정 형편이 그러하다면 딱 한 가지 방법이 있긴 한데……, 허나 그건 내가 너무 힘이 들어서……."

"어떤 것인데요? 제발 잘 좀 보살펴주세요."

김 여사가 애걸을 했고 나머지 네 사람도 따라서 어깨를 움츠렸다.

"낮에 하면 되지, 낮에."

이 너무 수월한 대답에 모두는 '그렇구나!' 생각하며 긴장이 탁 풀렸다.

"허나…… 귀신을 낮에 불러들여 몰아내기란 내 힘이 몇 갑절 더 드는데……."

"그건 염려 마세요. 비용은 곱으로 장만할 테니까요."

김 여사가 잽싸게 말을 받아넘겼다.

이리하여 푸닥거리할 날짜를 받고 시간을 정하고 비용 계산을 끝낸 다음 일행은 점쟁이 집을 나섰다. 그들 다섯의 마음은 이제 고무풍선이었다.

큰길까지 나온 일행은 빵집으로 들어갔다. 우선 물을 한 컵씩 마신 그들은 이틀 후에 굿을 하고 나면 남편이나 아들이 말끔히 낫게 될 거라는 기대와 안도감에 부풀어 있었다.

"근데 우리 애아빠 잠꼬대는 영 종잡을 수가 없어요. 무슨 말인지 한 일이 없다고 하는가 하면, 어느 날 밤엔 또 뭔가 본 일이 없다고 야단이거든요."

"우리 아빠도 그런 식이에요."

"그러니까 헛소리 아니겠어요. 세상살이가 얼마나 고달프면 글쎄 그런 신경쇠약이 다 걸릴까. 딱하고 불쌍해라. 바가지도 작작 긁어야지……."

"우리 그이는 주로 뭘 들은 일이 없다고 자면서도 애가 타서 죽어요. 점쟁이 말도 맞겠지만 내 생각으론 아마 회사에서 무슨 일이 자꾸 꼬이는 게 아닌가 싶어요."

"댁 혼자라면 그렇다고 할 수도 있지만 우리 아들은 직장에 나가지도 않는데 그런 헛소릴 곧잘 해요. 틀림없이 잡귀들이 매달려 목을 조이고 숨통을 막고 팔다리를 비틀어 꺾고 눈알을 빼서 젓갈을 담고 귀에 말뚝을 박고 입에 솜방망이를 틀어넣고 야단법석 생난리판을 벌이는 거예요. 아까 점쟁이도 그랬지만 한 많은 잡귀가 날치는 날에는 멀쩡한 사람 혼 다 빼먹어 버려요."

"그러니 어쩔 뻔했어요, 글쎄."

"푸닥거릴 한다고 괜찮아질까요?"

"그럼, 괜찮다마다. 씻은 듯이 깨끗해져요."

"그랬으면 오죽 좋으랴. 그 점쟁이만 믿을 수밖에. 모레랬지요?"

"자, 그만 일어납시다. 또 수면제를 살 일이 남았잖아요."

"수면제는 가까운 완치약국에서 사도록 합시다."

택시에서 내린 그들은 아파트 입구 완치약국에서 각기 이틀분씩 수면제를 사들었다.

그들이 아파트로 돌아오고 두어 시간이 지나서 그 이야기는 아파트 집집마다 퍼졌다. 그런데 정작 놀란 것은 그들 다섯이었다. 어쩌면 그리도 용한 점쟁이가 있을 수 있느냐는 것이다. 점쟁이의 말대로 아파트의 거의 모든 집 남자들이 흡사한 병에 걸려 있다는 사실과, 부인들은 너 나 할 것 없이 밤마다 신경을 쓰며 잠을 설친다는 것이었다. 다만 그 정도의 차이가 있을 뿐이었고 개중에는 몹시 심한 사람도 있었는데 어떻게 할지 방법을 몰라 애만 태운 경우도 있었다.

아파트 어린이 놀이터에서는 아주 자연스럽게 회의가 벌

어졌다. 이 장소에서는 가끔 공동 관리 문제—도장(塗裝)을 한다거나 소독을 하는 등—를 협의하기 위해 회의가 소집되곤 했다. 그러나 이때 사람들은 절반 정도밖에 나오지 않았다. 나머지 사람들은 위임의 뜻으로 불참하는 것이었다. 그런데 이번 회의는 다른 때처럼 하루 전에 알리지도 않았는데 거의 모든 집 주부가 참석하고 있었다.

김 여사가 병원에 갔던 일이며 점쟁이를 찾아가게 된 동기며 푸닥거리를 모레 하기로 한 경위를 깨알 세듯 세세하게 보고했다. 그리고 모레 할 푸닥거리는 우리 아파트 전체를 위한 일이니까 다 함께 참가하도록 하고 그 비용도 각 세대별로 균등하게 나눠서 부담하는 것이 좋겠는데 어떠냐고 물었다. 이 말에 반대하는 사람은 하나도 없었다. 오히려 그런 혜택을 받게 된 것을 다행하게 여기는 눈치들이 완연했다.

다음날 아침 10시까지 푸닥거리 비용을 관리소에 내기로 결정하고 회의는 끝났다.

"모두 잊어버리지 말구 지금 당장 수면제를 사도록 해요."

김 여사는 다시 한 번 손가락을 쳐가며 주의를 환기시켰다.

완치약국에서는 30분이 못 되어 수면제가 동이 나 오토바이까지 동원하여 긴급 수송 작전을 펴야 했다.

그날 밤 여자들은 남편에게 두 알의 수면제를 복용시키느라 제각기 있는껏 수완을 발휘했다. 여자들은 그 두 알의 정제가 수면제라고 하지 않았다. 피로 회복제, 영양제, 간장 보호제, 종합 비타민, 정력제 등등으로 둔갑했다.

다음날 아침 출근 시간이 지나자 여자들은 다시 어린이 놀이터로 모이기 시작했다. 여자들은 모두 밝은 표정들이었다.

곯아떨어진 남편을 보니 어쩐지 미안하더라. 미안하긴, 그런 헛소리를 질러야 하는 악몽에 시달리지 않게 한 일이 얼마나 장하냐. 일어나지 않으려고 해서 혼이 났다. 신경을 안 쓰니 살 것 같더라. 잠을 설치지 않으니까 화장이 잘 먹어 기분이 이렇게 좋을 수가 없다. 진즉 수면제를 먹일 설 잘못했다. 수면제를 장복하면 몸을 상하게 될 텐데 어쩌면 좋으냐. 그러니까 내일 푸닥거릴 하는 게 아니냐…….

여자들은 밤사이 참새를 몇 꾸러미씩이나 구워먹었는지 쉴 사이도 없이 잘도 떠들어댔다.

각기 다른 명칭의 두 알씩의 정제를 남편에게 두 번째 먹인 여자들은 다음날 아침 일찍부터 바쁘게 돌아갔다.

정오가 가까워서였다.

지잉 지잉 지잉 지잉
챙챙 챙챙챙 챙챙 챙챙챙
깨갱 깽깽 깨갱 깽

징과 자바라와 꽹과리 치는 소리가 한데 어울려 천심아파트를 휩싸고 돌았다.

 "비나이다 비나이다 신령님께 비나이다. 백두산에 천지신령 태백산에 태백신령……."

 점쟁이는 색색의 깃대를 흔들며 주문을 외우기 시작했다. 그 뒤에 수많은 여자들이 몰려서서 두 손을 합장하고 있었다.

 점쟁이의 주문이 차츰 열을 올릴수록 그네의 마음은 반대로 싸늘해지고 있었다. 이래서는 안 된다고 생각하며 굿에 정신을 모으려 했지만 소용이 없었다. 그네는 더 견딜 수가 없어서 미적미적 뒷걸음질을 했다.

 "어디 가세요, 아주머니?"

 옆에 섰던 경숙이가 낮으나 빠른 목소리로 물었다.

 "네? 아, 나 소변이 좀 급해서……."

 그네는 얼결에 대답하고 사람들 틈을 빠져나왔다.

 서둘러 아파트 정문을 나선 그네는 큰길 쪽으로 뛰다시피 했다. 점이고 푸닥거리고 다 부질없는 짓이라 싶었다. 어서 의사를 만나야 된다는 생각뿐이었다. 그날 의사의 태도나 기색으로 보아 의사는 병명을 알고 있을 거라는 확신에 그네는 지배당하고 있었다. 현대 의학은 미처 정복 못한 몇 가지 병은 있을지언정 최소한 병명만은 다 알아낼 수 있다는 생각과 함께. 그리고 그네는 이 돌림병의 공통점을 의사에게 확인시킬 작정이었다. 첫째 사회 생활을 하는 남자들만 병에 걸렸고, 둘째 모두가 누구에겐가 협박당하거나 고문당하는 것처럼 공포에 질린 반응을 보이는 것이고, 셋째 잠꼬대는 대략 세 가지로, '듣지 못했다, 보지 못했다, 말하지 않았다'였다. 이렇게 정리하고 보면 그네로서도 무언가 그 원인이 곧 잡힐 것 같기도 했다.

그네가 택시를 잡아탄 시간에 아파트에서는 징과 꽹과리 소리가 한결 숨 가쁘게 거칠어지며 휘감겨 뒤엉키고 있었다.

〈1975년〉

꿈의 흔적

황 검사(檢事), 그 자식 생각할수록 얄밉다. 얄미울 뿐만 아니라 괘씸하다. 그리고 아니꼽다. 하지만 막상 딱지고 보면 얄미울 것도 괘씸할 것도 아니꼬울 것도 없다. 그저 창피하고 낯 뜨겁고 켕기는 마음을 감출 수가 없다. 그래서 또 그 자식 황 검사가 얄밉고 괘씸하고 아니꼬워지는 것이다.
"여보게 진우, 자넨 내 친구지?"
 황 검사는 정색을 한 채 느닷없이 이렇게 물었다.
"무슨 소리야……?"
 그는 잠시 어리둥절했다. 그러나 곧 가래침을 뒤집어쓴 것 같은 모멸감에 포박당했다.

황민찬 검사, 아니 중학을 거쳐 고등학교 동창이며 과(科)
는 달라도 같은 대학을 나온 민찬이는 분명 '여보게 진우'
했고 '자네'라는 말을 썼다. 마흔이 내일 모레인 그들 몇몇
사이에서는 여태껏 단 한번도 선택의 영광을 받아보지 못한
단어들이었다. 야 임마, 짜아식, 요런 맹추—얼마나 애용했
고 친숙해진 말들이던가. 끝없는 우정의 상징으로, 변질되
지 않는 신의의 대명사로 만남의 첫마디를 장식했던 말들이
다. 그런데 민찬이는 정말이지 황당무계하게도 여보게, 자
네 어쩌고 지껄인 것이다. 얼굴은 환히 보이면서 음성이 들
리지 않는 투명한 유리벽을 사이에 둔 것 같은 거리감이 왈
칵 몰려들었다. 그건 견디기 어려운 모멸감이었다.

"……."

그는 할말이 없었다. 황 검사를 바라보고 있는 그의 표정
은 백치의 그것이었고 헤벌어진 입, 그러나 입술이 가늘게
경련하고 있었다.

"자네까지 이러면 난 어떡하나?"

황 검사는 여전히 포진(布陣)을 풀지 않은 표정이었다. 저
건방진 것도, 근엄한 것도, 교만한 것도 아닌 표정. 아 그렇
구나, 그때 그 얼굴이다. 스물일곱의 나이에 검사가 된 황민
찬. 자식은 제가 맡은 첫 번째 사건 공판 때 클럽 친구들을
초대했었다. 그들 다섯은 열 일 젖혀놓고 재판소의 방청객

이 되었다. 조직 밀수단 사건의 원고가 된 검사 황민찬의 일거일동은 그야말로 멋들어지고 믿음직스러운 모습이었다. 그들 다섯은 황민찬의 영광을 맘껏 축복했고 그런 친구를 두었다는 사실과 그런 친구의 친구라는 사실로 환장하게 기분이 좋을 수 있었다. 그날 민찬의 표정은 시종 건방진 것도, 근엄한 것도, 교만한 것도 아닌, 그렇다고 그 셋이 합해진 표정도 아니었다. 분명한 것은 함부로 접근하거나 대들 수 없는 어떤 의지와 신념의 덩어리였다는 것이다. 그날 밤 축하 술자리에서 이야기가 나왔을 때 민찬이는 "그랬던가?" 하며 얼버무렸다.

그때 이후 처음 본 민찬의 그 표정. 아아…… 그는 신음을 삼켰다. 그리고 문을 닫았다.

황민찬은 굳이 커피값을 내겠다고 했다.

"야 임마, 날 끝까지 병신 취급할 작정이냐?"

그는 그만 발끈 화를 내며 '야 임마'에 힘을 주고 있었다.

"요런 맹추, 넌 내 직장까지 찾아온 손님이 아니냔 말야."

"염려 말어, 그 부탁과 이 커피값과는 아무런 상관이 없으니까."

"에라 짜식아, 나가죽어라."

황민찬은 그의 등짝을 갈겼다.

"진즉 그럴 것이지."

그는 돌아서며 중얼거렸다.

"뭘?"

"아냐, 아무것두."

그는 구름 걷힌 기분으로 대꾸했다. 그리고 껄껄거리며 홀가분하게 헤어졌던 것이다.

그런데 다시 황 검사 그 자식의 태도를 꼬치꼬치 셈하게 된 것은 큰딸년이 졸라대는 피겨 스케이트를 사려는 생각이 떠오른 때부터였다. 어차피 집에 들어가서 아내를 대하게 되면 다시 되씹어야 할 민찬이놈이었다. 그러나 미리 되새김질을 하다가 그만 술집으로 발길을 돌리게 된 게 어이가 없었다.

큰딸년 하면 아내 생각이 떠오르는 것은 그에게 있어 일종의 조건반사였다. 그건 아마 아내의 입장을 난처하게 만들 지경으로 큰딸년이 에미를 닮은 데서부터 비롯된 이런저런 기억 때문일 것이었다.

오늘 아침에도 큰딸년은 그의 회사 자가용을 기다리고 있었다. 과장급 이상 간부 사원들의 출근을 돕기 위해 회사에서는 자가용을 내고 있었다. 그의 다음에 타는 사람이 영업부장이었고 큰딸년의 학교는 영업부장이 타기 전이었다.

"아빠, 시간이 넘었는데?"

큰딸년은 가방을 집어들며 차의 지각을 추궁하고 있었다.

"오겠지. 좀더 기다리려무나."

그는 조간을 뒤적이며 건성으로 대꾸했다. 전화가 매미 울음을 운 것은 조금 뒤였다.

"회사지 아빠?"

그가 전화를 끊자 큰딸년은 코앞에서 배시시 웃고 있었다.

"그래, 어서 가자."

"아빠 웃으세요, 웃어요. 웃어야 젊어져요."

딸년은 벌써 그를 놀리고 있었다. 차가 못 온다는 걸 알고 있는 것이다. 전에도 더러 그런 일이 있었고 그럴 때면 꼭 전화가 걸려왔다. 그렇게 되면 버스로는 학교에 지각이라고 딸년은 앙탈이었다. 그는 영락없이 택시 요금을 없애야 하는 엉뚱한 봉변을 당하곤 했다. 처음 한두 번, 너 때문에 괜한 돈을 없애는 거라고 언짢아했더니 딸년은 토라져서 눈물까지 훌쩍이는 귀여운 악마의 근성을 발휘하여 그를 녹였다. 그리고 언제부턴가는 이렇듯 배시시 웃으며 선수를 치고 드는 것이다.

"그래, 일소일소라더라. 어서 가자."

"엄마한테 택시값 받아야지, 아빠."

"너 아빨 그렇게 무시하기냐?"

딸년은 헤헤거리며 "엄마 다녀오겠습니다"를 건성으로 외치고 나갔다.

"그럼…… 다녀오세요."

매일 아침 하는 이 말을 아내는 요 며칠째 몹시 힘들게 했다. 그런 아내의 눈에는 금세 물기가 번지는 것이다. 그 눈을 대하면 그는 그만 안타까워졌다.

"여보, 염려 말구려. 내 힘껏 손을 써보리다."

그는 진정으로 아내를 위로하고 돌아섰다. 대문을 나서려다 말고 다시 돌아서서 아내의 손을 꼭 잡았다.

"이러다가 몸 상하겠는데……, 걱정 말아요. 내 힘은 없지만 그 일 하나 처리 못하겠소. 오늘 그 친구도 만나볼 테니까."

아내는 곧 울 것 같았다. 그는 더욱 아내가 안쓰러워졌다.

택시가 움직이자 딸년이 가볍게 옆구리를 두어 번 찌른다. 그는 고개를 돌렸다. 딸년이 말끔히 쳐다보고 있다. 맑은 눈이다. 제 에미 눈이다. 그런데 그 눈엔 눈물이 어리지 않았다. 아내의 처녀 시절의, 아니 그 일이 터지기 전까지 아내가 지니고 있었던 그 눈이다. 요건 제 에미를 빼박았다. 자신을 닮은 데라곤 단 한군데도 없다. 미안해서인지는 모르나 장모님이 굳이 찾아낸 곳이 귀다. 그때 제일 기뻐한 사람이 아내였다. 자신도 아내만큼 기뻐하며 딸년을 안고 거울에 비춰가며 귀를 비교해 보고 비교해 보고 했었다. 어느 친구는 자넬 닮은 데가 없어 퍽 억울할 게야 했고, 누군가는, 거 기분 나빠 어떻게 키우느냐고 불난 집 부채질이었다. 그러나 그는 반대로 아내를 빼박은 큰딸년이 자신을 상당히 닮은 작은딸년보다 더 귀엽고 예쁘니 도시 모를 일이었다.

"아빠, 아빤 날 사랑하나?"

"허, 또 무슨 요구 조건이신가. 유도 신문은 그만두시고 본론부터 말씀하실까?"

"아유, 아빤 냄새 나. 내가 거래처 상인인 줄 아나 뭐."

딸년은 입술을 삐쭉하며 돌아앉았다. 하, 또 실수로구나. 요게 벌써 중 3이 아닌가 말야. 저 말하는 솜씨까지 제 에미라니.

"그래, 그래. 아빠가 딴 일로 복잡해서 그런 거야. 자 어서 말해봐."

이래서 여자가 뚱뚱한 게 좋으냐, 날씬한 게 좋으냐, 날씬하려면 밥을 안 먹는 게 좋으냐, 먹을 건 먹고 운동을 하는 게 좋으냐, 운동을 하는 데는 그럼 어떤 운동이 좋으냐, 월동 준비는 다 됐느냐 안 됐느냐, 뭐 이런 식으로 열두 고개쯤 지나서 딸의 건강과 월동 준비를 위해 피겨 스케이트를 새것으로 바꿔줄 것에 동의했고 손가락까지 걸어서 확약을 한 다음 딸년은 택시에서 내렸던 것이다.

오늘 황 검사를 만나보겠다고 단언한 것은 완전히 즉흥적이었고 그건 순전히 아내의 눈물 때문에 유발된 것이다. 이렇게 말하면 언뜻 아내는 악어의 눈물을 지었고 자신은 거기에 속아넘어간 우둔한 물소꼴이 되지만 결코 그런 의미는 아니다. 아내의 눈물은 그 사건이 그만큼 고통이 되고 괴롭고 그래서 마음이 절박하고 아프다는 표시였다. 그런 아내를 보고만 있을 수는 없었다. 처남 철균이를 구해낸다기보다는 아내가 겪고 있는 고통이나 아픔을 없애는 것이 그의 급선무였다.

천광협 씨가 회사로 전화를 건 것은 그해 정월이 다 가고 있을 무렵이었다.

천광협 씨인 것을 확인한 그는 송수화기를 두 손으로 받쳐잡은 채 대답을 할 때마다 연신 허리를 굽실거렸다. 갑자기 걸려온 장군의 전화를 받으며 안절부절을 못하는 일등병의 모습과 흡사했다. 사실 그의 마음속에 자리 잡고 있는 천광협 씨는 일등병에게 비치는 장군의 존재보다 덜할 것이 없었다.

"예, 예 찾아가 뵙겠습니다. 5시까진 뵙도록 하겠습니다."

"으응, 그래 주게나. 고마우이."

안녕히 계시라는 인사 도중에 전화가 끊겼다. 그는 휴우 막힌 숨을 뿜으며 송수화기를 무슨 사람 얼굴이나 되는 것처럼 들여다보고는 놓았다.

"아휴, 대창 같은 영감님."

그는 비로소 걸상에 앉으며 중얼거렸다.

독립 투사 천광협, 어쩌면 한 시대를 주름잡던 언론인으로 더 이름이 알려진 분이었다. 이씨(李氏)가 영도하는 정당이 부패의 악취를 풍겨대며 권력의 횡포를 일삼아온 세월 동안 천광협 씨는 정면에서 시퍼렇게 날이 선 필봉을 휘둘러댄 인물이었다. 그래서 그분의 별명이 '칼날'이었을 것이다.

말로만 들어오던 천광협 씨를, 좀더 정확하게 말해서 날카로운 비판, 정연한 논리, 해박한 시식을 통해서 순수한 야당성을 야생적으로 발산하던 그분을 처음으로 대하게 된 것은 아내와 결혼한 직후였다. 신혼 여행에서 돌아오기가 바쁘게 그는 친가 쪽에 인사를 마치고 처가 쪽 어른들을 찾아다니던 참이었다. 그날도 아내는 구정물 몇 방울 튀었을까 말까 한 집인데 인사를 가란다고 부모님들의 처사에 불평을 털어놓고 있었다.

"무릎부터 주물러 두세요."

골목을 돌아서며 아내가 한 말이었다.

"말이 많으신 분인가?"

"될 수 있는 대로 말대꾸를 하지 마세요."

아내가 걸음을 멈춘 집, 그는 문패를 보는 순간 소스라치게 놀랐다.

"아니, 천광협 씨!"

"어머…… 이분 알고 계세요?"

"존경하고 있소."

그는 거침없이 대답했다.

"아유 큰일 났네. 제발 시국 얘길랑 꺼내지 마세요. 그런 얘기가 나와도 대꾸하지 말구요. 끝이 없으니까요."

아내는 곧 울상이 되어 그에게 매달리듯 했다.

그분의 집에서 나왔을 때는 밤 10시가 지나 있었다.

"허허, 내 말년에 조카사위 하나 잘 두었네. 숙아, 네 남편 봉양 잘해라. 너보다 열 배 낫다. 참 반가우이, 자주 놀러 오게나."

그분은 대문 밖까지 배웅을 해주었다.

"진우 씨가 그런 다혈질의 우국지사고 청렴한 애국잔 줄은 미처 몰랐었군요."

오늘로 세 집을 돌면 인사가 다 끝나게 되어 있는 계획이 빗나가서 아내는 이렇게 꽈배기를 틀고 있었다.

"우리도 잘살긴 틀렸나 부죠? 그 아저씬 광적인 데가 있어요. 혼자선 만족하는지 몰라도 그 부인꼴이 뭐예요. 그 흔해빠진 나이롱 치마 한 벌 못 얻어입고……."

"염려 마사이다, 난 백번 죽었다 깨나도 그분같이 되긴 틀렸으니까. 그분과 나 같은 인간과는 아예 피가 틀려요, 피가."

그는 택시 안에서 이렇게 아내를 얼렀다.

과원들에게 일을 찢어 맡겨놓고 부랴부랴 천광협 씨 댁에 도착한 것은 약속 시간보다 30분 가까이 지난 뒤였다.

"보게, 이놈이 내 큰손주라네. 금년 고등학교 졸업반인데 예비고사에서 낙방이지 뭔가."

"피이, 할아버진 괜히 창피하게……."

"이놈, 주둥아리 닥쳐라! 모자란 녀석 같으니라구."

천광협 씨의 눈에서 불이 튀었다. 그러더니 다음 순간 그분의 노안에는 안개빛의 수심이 냉기로 뒤덮였다.

"재수를 시켜도 필경 또 낙방일걸세. 내 뜻으론 제 힘으로 안 되는 녀석, 대학이고 뭐고 그만두는 건데 지 애비가 막무가내구먼. 저도 대학을 못 나온 판에 자식까지 그럴 순 없다는 게야. 애비가 이렇게 완강하니 난들 할말이 있겠나. 헌데 이놈이 예비고사가 필요 없다는 예능계 대학에 시험을 치르지 않았겠나. 또 낙방이지 뭔가. 그것도 연극영화과래나 뭐래나……."

천광협 씨의 그 더할 수 없이 쓸쓸한 표정과 착 가라앉은 음성은 그로선 10여 년 만에 처음 대하는 것이었다. 나라를 찾는 데 젊은 시절을 앗겨버린 그분이 가정을 돌보았을 리가 없었다. 외아들이 열 살 땐가 나무에서 떨어졌는데 변변히 치료를 못해 다리 불구가 되어버렸다는 사실은 이미 알고 있었다. 부인의 힘으로 근근이 고등학교까지는 마쳤으나 대학은 아예 보낼 엄두도 낼 수 없도록 천광협 씨는 빈주먹이었다는 것이다.

"이놈이 그 연극영화과엘 들어가겠다고 법석이래는구먼. 그것도 돈을 써가면서 보결로 말야."

천광협 씨는 한숨을 길게 내쉬며 담배에 불을 붙였다. 그의 머리는 벌써 연극영화과가 있는 대학을 추려내고 있었고, 거기에 손이 닿을 만한 사람이 누구인지를 더듬어나갔다.

"이놈 꼴 좀 보게나. 어디 배우가 될 낌새라도 있나 말야. 쟝 카방이나 거 얼마 전에 타계한 김승호 정도가 될 소질이 있다면 몰라. 이놈 대가리나 몰골로는 아예 틀려먹었거든. 그리고 연극이나 영화가 예술인 게 분명하지만, 허 천광협의 손주가 배우라······."

천광협 씨의 음성은 허탈한 것만은 아니었다. 무언가 견디기 어려운 아픔을 잘근잘근 씹는 느낌이었다.

그의 머리를 스치는 두 개의 얼굴이 있었다. 도산 안창호 선생과 필립 안이라는 배우였다. 할리우드 배우라는 필립 안이 모국을 방문하고서야 비로소 안창호 선생의 아들임을 알게 되었을 때의 그 어지러움. 실망이라기보다는 충격이 분명했던 그 감정을 수습하는 데는 어느 어느 독립 투사 자손들이 학교는커녕 끼니조차 때우지 못한다는 사실을 상기해 낸 다음이었다.

그는 필요한 몇 가지를 적어가지고 일어섰다.

"최선을 다해 노력하겠습니다. 너무 걱정하진 마십시오."

"그래, 부탁하네. 진정 고마우이."

천광협 씨의 주름잡힌 눈 언저리에는 물기가 젖은 듯싶었다.

"내가 교육계에 아는 사람이 있어야지. 더구나 현직에서 물러나 이렇게 박혀 있으니 아는 손이 다 끊기잖나."

그분은 애써 웃으려고 했다. 그러나 일흔셋의 늙은 얼굴은 맞바라보기 난처할 지경으로 일그러지고 있었다.

이틀 후 천광협 씨는 굳이 학교까지 가겠다고 했다. 눈이 녹다 얼어붙어버린 비탈길을 손자와 그에게 부축을 받아 오르며 그분은 몹시 숨을 헉헉거렸다.

그가 전해주는 입학금 고지서를 받아들고 함빡 웃음을 담던 그분은 너무 평범한 노인이었다.

"이놈아 큰절해라. 너 땜에 얼마나 고생을 하셨냐. 앞으로 공부 좀 잘하고."

손자의 등을 쓸어내리며 그분은 여전히 웃고 있었다.

"손님은 무슨 고민이 많은가 보죠?"

"응? 으응, 참 너 심심하겠구나."

그는 여급에게 담배를 불쑥 내밀었다.

"그것 대신 잔을 좀 줘보세요."

심각한 체 그만 하고 술을 좀 흥나게 마셔보라고 여급은 일깨우고 있었다. 그러고 보니 맥주가 네 병째 비어가고 있었다. 줄곧 따라주는 술만 들이켠 것이었다.

"잔 하나 더 가져와서 따라 마시라구."

"가라는 말이군요. 실례하겠어요."

여급은 발끈 일어났다. 그는 술을 따라 단숨에 들이켰다. 거품이 흘러내리는 컵의 밑부분, 유리가 두꺼운 오목한 자리에 얼굴이 비쳤다. 아내의 얼굴이다. 수심이 가득 차 있다. 그는 얼른 컵을 입에서 뗐다.

"그분은 제일 친한 친구들 중에 한 분이잖아요."

이런 아내의 물음이 아닌 추궁에 뭐라고 대답을 할까. 아내는 이해가 안 될 것이다. 도저히 이해할 수가 없을 것이다. 아내는 그 일이 지금껏 수긍이 안 되고 있으니까. 막내며 독자인 고 귀여운 아들 영규가 젖먹이 시절, 젖이 모자라던 아내는 일제 '모리낭아'나 미제 '시미락' 분유를 먹이겠다고 한사코 고집이었다. 이에 맞서 그는 그럴 필요가 없음을 내세웠다. 값도 별다른 차이가 없다, 값이 비싸서가 아니다. 위생 처리가 잘못되어 있지 않느냐, 분유는 정부 허가 식품이니 그런 염려는 안 해도 된다. 각종 영양가 조절이 엉터리며 특히 비타민 함유량은 절대 믿을 수 없다, 다른 애들이라고 잘만 크는데 그 무슨 흉측한 모략이냐. 우량아 콘테스트에 나온 애들이 국산 분유 먹은 줄 아느냐 모두 모두 외제 분유 먹였다더라, 거 재판소에 끌려갈 소리 작작해라 무슨 뚱딴지 같은 소리냐. 이렇게 다투다가 급기야 아내는 "도대체 뭐예요, 뭐냔 말예요"를 되풀이하며 울어버렸고 "한국 놈 국산 먹고 크는 것 당연하지 않소." 그는 허허대고 웃었다. 아내의 말을 좀체로 꺾지 않는 것이 그의 장기요 모자람이었지만 그 일만은 수긍할 수가 없었다. 뭐 이렇다 할 이유가 있었던 것은 아니지만 자꾸 속이 메슥메슥해지고 구역질이 솟았던 것이다. 아내는 불만인 채 그가 고른 국산 분유를 먹였다. 영규놈은 6개월이 되도록 배탈 한번 나지 않고 잘 커갔다. 매달 1회씩 병원에 다니며 육아 상담을 할 때도 언제나 표준 이상을 유지했다. 이쯤 되자 아내도 외제 분유에 대한 애착을 차츰 버리게 되었다. 그런데 그가 궁지에 몰리게 된 일이 벌어진 것은 바로 이즈음이었다.

동생의 상대 동창인 박 군이 찾아왔다. 재학 시절에는 둘 다 염불보다는 잿밥에 더 군침을 흘리던 축들이었다. 세상의 괴로움은 저희들이 다 불하라도 맡은 것 같은 심각한 얼굴들을 하고 다녔다. 그들은 탁견을 지닌 정치인이었는가 하면 절개 푸르른 지사(志士)로 둔갑하기도 했다. 어떤 때는 가망이 없는 주정뱅이가 되어 하늘아 찢어져라고 기염을 토했다. 저것들이 아마 상대를 법대로 혼동하는 것이 아닌지 몰라, 그는 혀를 끌끌 차며, 왜 이 나라 경제가 항상 빈혈 상태에 있는지에 대한 해답이라도 얻은 것처럼 언짢은 표정을 짓곤 했었다. 그러나 그런대로 그들의 사람값을 쳐주었던 것은 술을 퍼마시고 떠벌려대는 말 중에도 제법 뼈가 든 소리들을 추릴 수 있었기 때문이다. 그들은 난타전을 벌이는 아마추어 권투 선수들처럼 정신없고 신바람 나고 맹렬하게 대학 생활을 마치더니만 곧 군대에 끌려 들어갔다. 군대 생활을 마치고 돌아온 그들은 한결 어른스런 냄새를 풍겼다. 그건 군대의 '빳따' 효과였는지 아니면 '사회'라는 고이얀 늪에 뛰어들어야 하는 공포 때문이었는지 확실하진 않았다. 어찌 되었든 그들은 취직이라는 구체적인 사실을 놓고 미간에 주름을 잡는 무게를 과시했던 것이다.

"득남 소식은 진작 들었는데 인사가 너무 늦었습니다."

자리를 잡고 앉은 박 군의 깍듯한 인사치레였다.

"나도 마찬가지 아닌가. 그래, 자네 아들은 잘 크나?"

"예, 무병하게 큽니다."

이렇게 말하는 박 군의 표정은 밝고 차분히 가라앉아 있었다. 그는 그런 박 군한테서 자리가 잡힌 어른을 만나고 있었다.

"거 다행이군 그래. 아빠가 된 감회는 어때?"

"뭐…… 나쁜 편은 아니더군요. 근데 어깨가 뻐근한 느낌입니다."

"아직 멀었네. 셋쯤 돼야 그 무게가 실감이 나지. 물론 애는 예쁘겠지?"

"생각보다 예쁘더군요. 우리네 부모들이 대여섯씩이나 어떻게 키웠는지 약간은 알 것 같기도 합니다."

"그러게 인생을 쳇바퀴라 하잖던가. 그런데 자네 회사는 어떤가?"

"한창 제철을 만난 셈입니다."

"주문이 많은가 보구먼?"

"다행히 시장이 넓어져가고 있습니다."

"그게 어디 다행인가. 자네 같은 사원들이 헌신적으로 일한 당연한 결과겠지."

이야기는 서로가 관심을 두고 있는 방향으로 바뀌기 시작했다.

박 군은 토산품(土産品) 수출 회사에 근무하고 있었다. 박 군의 승진은 장마철의 죽순 크듯 했다. 입사 1년 만에 계장, 2년이 다 못 되어 과장이 되더니만 곧 부장이 될 것이라는 소식이었다. 아무리 신흥 회사라곤 하지만 쉽지 않은 일이었다. 그렇다고 경영주와 인척 관계가 되거나 지연(地緣)이 맺어진 사이도 아니라고 했다. 그의 도리질을 동생은 너무 간단하게 멈추게 했다.

"그 자식 알몸으로 부딪치는 거죠 뭐. 머리 싸매고 연구하고 그 담엔 행동으로 보여주는 겁니다. 정신없어요. 누가 이기나 보자 하고 덤비는 데야 결판이 안 날 수 있나요."

동생의 말을 납득하기는 어렵지 않았다. 사원이 월급쟁이로서의 의무감만이 아니라 경영주의 뜻에 부합하는 책임감이나 사명감을 가지고 일을 할 때 얻어지는 결과였다. 박 군은 분명 대학 시절을 난타전을 벌이는 아마추어 권투 선수처럼 보냈던 식으로 회사에서도 정신없고 신바람 나고 맹렬하게 일을 해치우는 것이라고 그는 짐작했다. 역시 어쩌다 만나보는 박 군한테서는 오뉴월의 햇볕 같은 생기가 넘치고 있었다. 특히 수출 상품의 시장 확보에 대한 박 군의 지론은 지극히 순박했다. 그러나 그 순박성은 곧 의지와 진실로 통하고 있었다. 저렴한 가격, 질 좋은 상품—그건 어쩌면 지론이랄 수도 없었다. 그러나 상업의 근본이 바로 그것이었고 너무 상식화되어 버렸기 때문에 자칫 망각하거나 등한시해 버리기 십상인 것이 또 그것이었다. 그 근본의 실천 여부가 끝내는 상업의 성패를 좌우하는 절대 요인이 된다는 것도 상식이었다. 박 군은 그 상식을 새롭게 받아들일 줄 아는 그릇이었다. 거기다가 토산품을 수출한다는 데에 촌스러울 지경의 긍지까지 가지고 있었다. 결국 박 군의 급진적인 승진은 우연이 아니었던 것이다. 그런 박 군을 가끔 만나는 것을 그는 즐거워했다. 비늘을 번쩍이며 수면(水面)을 치솟는 잉어를 볼 때처럼 때 벗어지는 풋풋한 감정의 꿈틀거림을 만날 수 있기 때문이었다.

"시장하실 텐데 저녁 드시면서 얘기 계속하세요."

아내가 저녁 준비를 알렸기 때문에 자리를 옮겨 앉았다.

"애기 몇 개월째죠?"

아내는 밥을 푸면서 물었다.

"저희 애가 아마 한 달 정도 늦을 겁니다."

"뭘 먹이세요. 젖 먹이시죠?"

"아뇨, 안사람이 직장엘 나가다 보니까 천상 우율 먹일 수밖에 없군요."

"아참 그렇지요. 무슨 우율 먹이세요?"

"뭘 먹이시는데요?"

박 군은 아내에게 되물었다.

"우린…… ××분유예요."

그는 아내가 자신을 흘끗 쳐다보는 걸 의식했지만 모른 체했다.

삶의 홈집 163

"그으래요오…… 왜 하필 그걸 먹이십니까?"

박 군의 말에 그는 흠칫했다.

"박 선생님네는 뭘 먹이시는데요?"

아내도 그와 같은 느낌이었는지 밥 푸던 손을 멈추고 답쳐 물었다.

"거 시미락이라고 있잖습니까?"

"아, 미제 말이군요. 그 통이 파란 색깔인……."

아내의 목소리는 신음하듯 잦아들었고,

"그렇지요, 파란 색깔 바탕에 하얀 글씨로 시미락이라 썼지요. 구하기가 여간 어렵지 않아요."

박 군은 손짓까지 해가며 신이 나고 있었다.

그는 눈을 질끈 감았다 뜨며 두어 번 헛기침을 했다.

"애 먹이는 건데 국산은 도무지 믿을 수가 있어야죠."

"그래요, 맞아요. 국산은 먹이면서도 불안해 죽겠어요."

우리 앤 어쩌면 좋으냐는 조바심이 뚝뚝 떨어지는 아내의 맞장구였다.

"국산 먹이는 것하고 미제 먹이는 것하고 성장의 차이가 엄청납니다. 국산을 먹여가지고는 그애들과 경쟁이 안 돼요. 어림없지요."

"그래요. 틀림없이 그럴 거예요."

"자넨 미국 애들과 국제 레슬링 시합이라도 시킬 참인

가?"

그는 담배를 찾아 일어섰다.

"안 됩니다. 이 나라 걸 뭘 믿습니까. 사기 아닌 게 없는걸요."

박 군은 밑도 끝도 없는 말을 필요 이상 큰소리로 떠벌렸다.

아내는 당장 다음날부터 미제나 일제로 갈아치울 기세였다. 그는 부처님 시늉만 계속했다. 눈치만 살피던 아내는 다음날 저녁부터 미소를 앞세운 설득 작전을 펴기 시작했다. 온갖 감언이설이 그의 귀를 간질였지만 그는 끈기 있게 마귀의 유혹을 물리친 부처의 자세를 지켰다.

"당신 미쳤어요? ××분유회사에서 와이로라도 받아먹었어요? 자매 결연이라도 했냔 말예요."

아내는 급기야 냄새 나는 모성(母性)의 밑바닥을 벌겋게 드러내고야 말았다.

아내는 끝내 사랑스러운 아들 영규에게 그리도 소원이던 일제나 미제 분유를 먹여보지 못했다. 아내는 4년이 지난 지금까지도 그 일이 가슴에 서운하게 박혀 있는 모양이었다. 자신의 심중을 이해할 수 없고 몸에 좋다는데 먹여서 나쁠 건 뭐냐는 식으로 신축성 있게 조립된 아내의 의식 구조로는 황 검사의 처사가 납득이 될 리 만무일 것이다.

"그분은 제일 친한 친구 중에 한 분이잖아요?"

아내가 이런 식으로 반문 아닌 반박을 해온다면 그로서는 할말이 없을 것은 뻔하다. 제일 친하다는 친구가 그런 것도 안 봐주면 친구랄 게 뭐 있나요. 매달 한차례씩 모여 돈 없애고 술 마시며 키운 우정이 고작 그건가요. 우리 집에서 상을 차린 것만도 그동안 몇 번인 줄 아세요. 그분도 너무해요. 내 얼굴을 봐서라도 그럴 순 없어요. 아녜요, 그게 아녜요. 결국 또 당신이 속은 거예요. 당신 생각으로만 제일 친한 친구였지 그분은 그게 아니었단 말예요. 당신을 어떻게 보았으면 그럴 수가 있어요. 당신을 전적으로 무시한 거예요. 아내의 그 한 마디는 이 정도의 말은 담고 있을 것이다. 아내로서는 의당 할 수 있는 말이고 자신으로서는 무슨 말을 해도 구구한 변명밖에는 안 될, 옷에 똥 싸버린 입장에 빠진 것이다.

그렇다. 아내는 박 군의 일과 사촌오빠의 일을 놓고 둘 다 '어쩔 수 없는 일'이라는 결론을 내렸었다. 그 의미는 '당연한' 또는 '불가피한', 더 나아가서는 '필요한'이란 뜻까지 내포하는 것이었다.

아내의 사촌오빠는 매해 서울대학에 30명 정도 합격시킨다는 속칭 2류 고등학교의 역사 선생이고 교무주임이었다. 그분은 서양사보다는 동양사를, 그중에서도 국사에 남다른 저울대를 가지고 있었다. 마흔다섯이 넘도록 교직에 몸을 담고 있으면서도 그분은 훈장 냄새를 풍기지 않았다. 약간쯤 위선적이고 약간쯤 유아독존적이며 약간쯤 인격이 있는 듯하면서도 전체적으로 상당히 막혀버렸거나 예상 외로 구지레한 것이 대다수의 그들이었다. 그런 것들에 습관화되면서 그들은 수도 파이프 사고(思考)에 고정되기 십상이고 더 심해지면 녹음 테이프와 의형제를 맺게 되기도 했다. 그러나 그분에게서는 그러한 점이란 놀라울 만큼 찾아보기가 어려웠다. 그분 나름의 뚜렷한 역사관이나 비판 의식, 폭넓은 식견 등이 교직에서 익힌 겸손과 위엄과 자세 등으로 잘 반죽이 되어 언제나 안정감 있는 지식인의 면모를 보여주고 있었다. 신라의 삼국 통일에 대한 그분의 견해 같은 것은 귀 기울일 만한 가치가 충분했다. 삼국 통일은 씨족이 부족으로 부족이 다시 국가로 발전해 나가는 과정에서 필연적인 귀결이라는 당위성을 일단 기정 논리로 인정한 다음, 왜 신라가 삼국 통일을 하게 되었으며, 그 방법론이 현대사에 미치는 영향은 어떠하였으며, 통일신라의 지배가 형성한 민족성은 어떤 양상으로 후대에 전해지고 있는가에 대해 그분은 독특한 논리를 신랄하게 전개하곤 했다.

그분의 이야기는 대체로 비약에 비약을 거듭하고 시대와 시대를 초월해서 현대에 걸쳐지기가 일쑤였다. 어느 부분이

건 약간 독선적이고 억지스러운 데가 없지도 않았지만 그분의 이야기를 듣고 있노라면 가슴이 시원시원해서 좋았다. 역사 시간이란 잘못되면 연대(年代) 암기하느라 지겨워지고 어느 경우는 옛날얘기 시간이 되기 쉬웠다. 그러나 그분이 이끌어가는 역사 시간은 꽤나 색다르리라고 그는 미루어 생각했다.

이런 아내의 사촌오빠가 금반지를 사들고 집에 온 것은 영규놈 돌잔치 때였다. 친척들은 입을 모아, 거참 똘똘하게 생겼다, 달덩이처럼 훤하다, 한자리하게 생겼다, 아주 실하게 컸다, 영규놈을 비행기 태우고 있었다. 아내는 그저 몸살이 날 지경으로 좋아서 어쩔 줄을 모르더니 엉뚱하게 분유 이야길 꺼내놓았다. 그때는 이미 영규놈의 악착스러운 거부권 행사로 우유를 끊은 지는 한 달이 넘어 있었다. 어쨌든 아내의 심정은 이해할 수 있었다. 그만큼 섭섭함이 컸다는 것이고, 남들의 칭찬을 받다 보니까 외제 분유를 먹였더라면 훨씬 좋았을 텐데 하는 여자의 단순한 욕심이 모성까지 자극한 탓일 것이었다. 그런데 문제는 아내의 이야기를 듣고 난 사람들은 하나같이 그를 공박해댔다.

"허, 자네 알고 있던 것보단 심한걸. 자네가 교육감이었다면 나 같은 사람은 당장 파면이었겠는데."

사촌오빠였다. 그분의 말에 의하면 몇 달 전에 실시된 대학 예비고사에 원서를 제출하면서 커닝 작전을 폈다는 거였다. 그 시험은 지구(地區)를 나누어 몇 개 고등학교가 한 단위가 된다. 수험 번호 배정은 응시자가 많은 학교와 적은 학교를 한 파트로 하여 많은 학교의 두 명 사이에 적은 학교 한 명씩을 끼워넣어 정해지는 게 상례였다. 그래서 응시자 전원을 통틀어놓고 반으로 나눠 공부 잘하는 학생 뒤에 성적이 부진한 학생의 원서를 놓는 방법으로 하여 접수를 시킨 것이다. 그럼 다른 학교 응시자의 원서가 어디에 끼여들든지 간에 포진은 완벽한 것이었다.

"아니…… 형님 별명은 스피어 학생주임이라면서요?"

"이 사람아, 그게 무슨 상관인가?"

"그럼 학생들에게는 그 사실을 알려주었습니까?"

"이런 답답한 사람 봤나. 사도(師道)라는 것 모르나, 자네? 저희들이 어련히 알아 했을라구."

그는 머리가 띵했다.

스피어 학생주임—그분에게 퍽 어울리는 별명이라고 여기고 있었다. 학생주임 못지않게 학생들을 엄하게 다루기 때문에 붙여진 별명이라 했다.

"효과는 보셨습니까?"

"그만 하게, 돌잔치 망치겠네. 조카 돌을 축하하는 뜻에서 내 노래 한 곡 부르지."

삶의 흠집 169

아내의 사촌오빠는 돌 축가(祝歌)로는 영 어색한 〈황성 옛터〉를 구성지게 불러대기 시작했다.

—내가 자네 돈을 받고 그런 일을 할 것 같았으면 여태까지 전셋집에 살고 있겠나?

황 검사의 목소리는 너무 절실했다. 물론 우정을 빙자하여 해결하기에는 그 일은 너무 큰 사건이었는지도 모른다. 한 사람의 생명을 앗아버린 형사범을 무사하게 풀어달라는 자신의 부탁이 더없이 어리석은 것이었는지도 모른다. 죽은 생명은 아랑곳하지 않고 제 가족이라는 살인범의 안전만을 꾀하여 우정을 낚싯대 삼고 돈을 미끼로 하여 분별없이 덤벼든 뻔뻔스러움이었는지도 모른다.

황 검사는 언젠가 술자리에서 허탈하게 말한 일이 있었다. 사회적으로 명성도 있고 신망도 두터운 어느 종교인의 다이아몬드 밀수건에 관해서였다. '사회 정화와 종교인의 사명'이란 주제를 내걸고 세계 종교인 대회가 열렸다. 한국 대표로 참가하고 귀국하는 길에 그 종교인은 다이아몬드를 밀수한 것이다. 그 사람이 소지한 다이아몬드를 검거한 것은 이미 입수된 정보에 의한 것이었다. 세관원은 그 사람의 짐을 샅샅이 뒤졌다. 예상한 것처럼 다이아몬드는 나오지 않았다. 몸수색을 하는 방법밖에 없었다. 그 사람은 특별히 마련된 탈의실로 안내되었다. 세관원은 몸수색을 해야겠다는 정중한 사과부터 했다. 그 점잖은 종교인은 노발대발이었다. 사람을 어떻게 아느냐, 감히 누구를 이따위 취급이냐고 불호령이었다. 그러나 세관원의 재빠른 손은 이미 그 사람의 전신을 한차례 더듬어내린 다음이었다. 다 알고 있으니 신사적으로 내놓으시든지 옷을 벗으시든지 택일을 하라고 세관원이 말했다. 세관원의 말은 이제 정중한 것이 아니라 명령의 냄새를 풍기고 있었다. 그러나 그 종교인은, 이런 몰상식한 녀석들이 내가 누군데 감히 이따위 짓이냐고 또 고함을 지르다가 신분증을 꺼내 세관원의 코앞에나 디밀어 흔들어대며 나 이런 사람인 줄 알기나 하느냐고 대들었다. 너희 놈들이 이따위로 발칙하게 구니까 외국 손님들에게 욕을 먹는 게 아니냐고, 그래선 못쓰는 법이라고, 그 경황 중에도 종교인다운 훈계까지 하고 있었다. 그러나 세관원의 자동 탐지기보다 예민한 반응을 일으키는 손바닥은 그 사람의 왼쪽 옆구리에 빨간 등을 깜박이고 있었다.

"정 이러시면 완력으로 하겠습니다."

말이 끝나기도 전에 세관원의 손은 그 사람의 왼쪽 옆구리를 덮쳤다.

"혁대를 푸시오!"

세관원의 차가운 명령이었다. 그러나 이미 세관원의 다른 손에 의해 혁대는 풀린 다음이었다.

"여보시오 젊은이······ 이거 너무하잖소. 내 안사람한테 선물하려던 것이었는데, 너무하잖소."

그 점잖은 종교인은 얼굴이 질리고 목소리는 표나게 떨렸지만 애써 침착을 가장하고 있었다.

분홍색 화장지로 싸고 또 싼 속에서 솜이 나왔고, 그 솜 속에 5캐럿의 다이아몬드가 들어 있었다. 솜을 펼치자 다이아몬드는 어머 깜짝이야 하는 듯 그 특유의 섬세하고 화사한 광채의 미소를 활짝 짓고 있었다.

그 종교인은 검찰에서도 오랜 종교 생활을 통해 몸에 밴 인내심을 나타내 보였다.

"아내의 선물이었습니다."

"글쎄, 그렇다면 왜 옆구리에다 숨겼습니까?"

"쓰리를 당할까 봐 그런 겁니다."

"선물이었으면 정식 신고를 했어야지요."

"정말 아내의 선물이었습니다."

"이렇게 적발되지 않았다면 그게 밀수지 뭡니까?"

"믿어주십시오. 아내의 선물이었습니다."

"끝까지 속이지 않았습니까. 그게 바로 계획적인 밀수를 기도한 거란 말입니다."

"저의 양심을 믿어주십시오. 아내의 선물이었다니까요."

수사관은 맞은편의 종교인을 한참이나 빤히 쳐다보고 있었다.

"그럼 선물이었다고 합시다. 댁은 무슨 권한으로 통관세를 물지 않아도 됩니까? 그 행위가 바로 밀수란 말입니다."

"그럴 리가 있나요. 하늘에 맹세하지만 아내의 선물이었습니다."

수사관은 또 한참이나 빤히 쳐다보다가 일어났다.

"좋습니다. 증거는 이것으로 충분하니까요."

그 사람은 법정에서도 아내의 선물이었다는 사실을 강조할 뿐 끝까지 범행 사실을 시인하지 않았다.

"그렇게 악착스럽게 부인(否認)만 하지 않았더라도 좀 가벼워졌을지도 모르지. 종교인도 사람 아닌가. 5캐럿짜리 다이아몬드를 아내에게 선사한다는 것이 상식 밖이지만 그거야 애정이 대단한 결과라 치고, 또 견물생심이라고 음흉한 마음으로 시작할 수 있는 일이니까 솔직했어야지. 차비라도 빼려고 잘못 저지른 일이었다는 식으로 군색한 변명이나마 했더라도 좀 나았을 거야. 그런데 이건 똥 싼 놈 큰 체하는 격으로 공판이 진행 중인데 압력이 들어오잖아. 기가 막혀서. 볼 것 있나, 법대로 내리칠 수밖에. 내 참 더러워서."

그러나 황 검사는 깨끗하게 술잔을 비웠다.

"형은 얼마나 받았는데?"

"야, 그렇게 구체적으로 나오지 말아라. 술맛 떨어진다."

이제 와서 처남을 나무랄 필요는 없다. 한 번이라도 더 면회를 가서 안심을 시키고 위로를 해야 할 단계다. 운전도 서툴면서 왜 사장(社長) 차를 끌고 시내로 나왔느냐고 타박해 봐야 해결될 일이 아니다. 그런 말은 차를 전신주나 담벼락에 들이받혔을 때나 필요할지 모른다. 사람을 치어 현장에서 숨지게 해놓고 구속된 처지에 말은 결코 필요한 물건이 아니었다.

아내는 며칠째 줄곧 눈물을 담고 지내왔다. 안절부절못하면서 자신의 눈치만 살피고 있었던 것이 분명했다. 그도 머리를 짜가며 해결책을 찾아보았지만 별다른 묘안이 없었다. 그가 감당하기에는 사건이 너무 컸는지도 모른다. 오늘 아침에 그런 자신만만한 말을 해버린 것은 순전히 아내 때문이었다. 그 시달리는 모습을 더 볼 수가 없어서였다.

"필요한 비용은 염려 말고 일을 좀 해줘야 되겠다."

힘겹게 한 그의 말에,

"내가 자네 돈을 받고 그런 일을 할 것 같았으면 여태까지 전셋집에 살고 있겠나?"

황 검사의 거침없는 대꾸였다.

그는 잔을 비웠다. 시계를 보았다. 10시 20분이다. 아내가 기다릴 시간이다. 초조할 게다. 동생 일 때문에 누구라도 만나면서 늦어지는 줄 알고 있을지도 모른다.

"그럼 그 사람은 여태껏 단 한 번도 원칙에 벗어나는 일은 안 했단 말인가요?"

아내의 푸들거리는 음성이 체온 40도에 육박한다.

"전세살이 한다는 것만으로 그 결백을 어떻게 믿어요. 그게 더 지능적인 위장술인지 누가 아느냔 말예요."

아내는 감정의 노도(怒濤)에 밀리기 시작한다.

"당신 부탁을 거절한 건 당연해요. 여태까지 가장해 온 결백이 탄로나는데 들어줄 리가 있어요? 그렇다고 돈을 안 받고 해주긴 헛수고라 억울하고요."

아내의 말은 맞다. 아내의 입장에서 아내의 말은 맞다. 다만 자신이 대꾸할 말이 없을 뿐이다.

아내의 우는 얼굴이 어른거린다. 10시 40분. 그는 일어났다. 머리가 윙 울리며 눈앞이 아찔해진다. 공복에 술이 과했는지도 모른다. 계단을 비틀거리며 내려오는 그의 흔들리는 시야 속에서 쓰러지는 사람이 있었다. 천광협 씨였다. 황 검사가 내리친 몽둥이에 천광협 씨는 픽 거꾸러졌다. 황 검사는 계속 몽둥이를 휘둘렀다. 그때마다 한 사람씩 거꾸러지고 나둥그라지며 머리에서 코에서 입에서 피를 흘렸다. 박 군이, 아내의 사촌오빠가, 점잖은 종교인이 차례로 쓰러져

삶의 흠집 175

갔다.

"야 임마, 민찬아!"

그는 소리쳤다. 그리고 열 개쯤 남은 계단을 굴러떨어지고 있었다. 그는 한참 만에 보이의 부축을 받으며 일어섰다. 시야가 깨끗해져 있었다.

"술이 과하셨던 모양입니다. 조심해 가십시오."

그는 보이를 뿌리쳤다.

"이마에 피 닦으시구요."

허우적거리며 걷고 있는 그는 보이의 이 말을 알아듣지 못했다. 아내의 우는 얼굴이 걸음을 옮길 때마다 일정한 간격을 두고 따라 움직이고 있었다. 팔을 내저었다. 소용없었다. 눈을 마구 비볐다가 떴다. 아내의 얼굴은 또 거기 공간에서 울고 있었다.

그는 사방을 두리번거리다가 약방을 찾았다. 여자 약사는 하품을 늘어지게 하며 솜과 머큐로크롬을 내놓았다.

"이거 말고 수면제를 한 두어 알 주시오, 수면제."

"취하셨군요. 빨리 바르셔야 해요."

"아, 수면제를 달라니까요."

"이거 보세요."

여자 약사는 짜증을 내며 거울을 그의 앞에 가져다 놓았다. 거울 속에는 이마에서 피가 나고 있는 벌겋게 주기(酒

氣)가 밴 상스러운 얼굴이 담겨 있었다. 그는 손수건을 꺼내 쓱쓱 문질렀다. 흰 손수건에 묻어난 피를 그는 물끄러미 내려다보았다. 철창을 붙든 처남의 겁에 질린 얼굴이 떠올랐다.

"매형······."

면회 시간 동안 처음이고 끝으로 한 처남의 말이었다.

"여보세요, 수면제를 한 두어 알 달라잖소, 수면제 말이오!"

그는 멋대로 소리를 질러댔다. 여자 약사는 어쩔 수 없다는 듯 약병을 꺼내 빨간 두 알이 정제를 그에게 내밀었다. 그러나 그건 수면제가 아니라 소화제였다. 그걸 입에 털어 넣고 물을 마신 그는 어지러운 걸음으로 약방을 나섰다. 그리고 택시를 잡았다.

"약수동 갑시다."

그는 집에 도착하기까지 적어도 15분 동안은 무슨 일이 있어도 잠이 들어선 안 된다고 다짐하며 눈을 부릅떴다.

〈1975년〉

이방지대

"고기 한 근 주세요."

"한 근이라 가설랑은에……, 얼마짜리로 드릴까요?"

"네……?"

한눈을 팔고 있다가 갑자기 지적을 당한 아동처럼 나는 지갑에서 돈을 꺼내다 말고 어리둥절했다.

"얼마짜리로 한 근 쓰실 거냐구요."

쇠막대에다 칼을 칙칙 문지르고 있는 더벅머리 청년은 미간을 일그러뜨렸다. 왜 같은 말을 두 번씩 하게 만드느냐는 짜증이 역연했다.

"쇠고기 한 근에 천 원 아녜요!"

나는 목소리를 높이진 않았다. 그러나 말에다 꼬챙이를 넣었다. 순간적으로 일어난 불쾌감이 따끈한 물줄기로 솟아 목에 걸렸기 때문이다.

"영 캄캄하시구면요. 이 동네서 며칠 밤 잤습니까요?"

"뭐라구요?"

나는 얼결에 되묻고는 얼굴이 화끈해졌다. 새로 이사를 와서 모르면 잔소리를 하지 말라는 뜻이었다.

"아니, 쇠고기 지정 가격이……."

"어서 오십쇼, 사모님. 안녕하세요?"

내 뒤쪽에다 대고 더벅머리 청년은 환성을 올렸다. 그리고 그때까지 장난 삼아 칙칙 문질러대는 것같이 보이던 칼과 쇠막대기를 후닥닥 놓더니 이쪽으로 급히 돌아왔다.

"어떻게 사모님께서 이렇게 직접 나오셨습니까?"

전신에 돈 냄새를 포마이커 칠하듯 한 40대 여자가 마악 걸음을 멈춰서고 있었다. 그 앞에서 더벅머리 청년은 허리가 푹푹 꺾이는 신종 기계체조를 하고 있었다. 칼을 칙칙 갈아대던 두 손은 가상하게도 아랫배쯤에 공손히 포개져 있었다.

"그으래, 시내 나가는 길에 들렀다. 고기 있겠지?"

"천 2백 원짜리 말씀이죠? 있구말구요."

"냉동은 잘됐나?"

"예, 예, 염려 마십쇼. 얼마나 쓰실 건지……."

"고기 30근하구, 갈빈 말이지, 세 짝만 잘 손질해서 배달해."

"고기 30근, 갈비 세 짝, 곧 배달 올립죠."

"쥔 아저씬 어디 갔나?"

"물건 하러 갔는데 곧 올 겁니다요. 편히 댕겨오십쇼."

"우리 집 알겠지?"

돌아서다 말고 여자가 물었고,

"그러믄요. 점보맨션 아닙니까요."

더벅머리는 나가는 여자의 엉덩짝에다 내고 연신 고개를 주억거렸다.

"찌빠빠 루울라 지스 마이 베이비……."

이렇게 목청을 뽑으며 더벅머리는 제자리로 돌아왔다.

"저어 푸른 초원 위에, 뚜루 뚜루 뚜루 뚜루……."

키 두 배쯤 높이의 어마어마한 냉장고에서 갈비짝을 끌어내 도마 위에 쌀 가마니 부리듯 하며 청년은 더욱 신바람이 나고 있었다.

나는 이미 없었다. 나는 내 말을 빼앗긴 채 정육점에는 이미 없는 존재였다. "아니, 쇠고기 지정 가격이 얼만지 몰라서 그런 엉뚱한 말을 하나요?" 나는 빼앗겨버린 이 말을 되찾을 기력마저 빼앗겨버린 다음이었다. 코를 풀어 던진 휴지꼴이 되어 나는 정육점을 떠밀려나왔다. 청년의 "한 번 보고 두 번 보고 자꾸만 보고 싶네……"를 외치는 고함에 압도당한 채로.

풀어헤친 이삿짐을 이리저리 옮겨가며 대충 정리를 끝내기까지는 꼬박 하루 반이 걸렸다. 이 사실을 대학 다니는 여동생이 알면 또 핀잔도 놀림도 아닌 속사포 공격을 퍼댈 것이다. 뭐 대단한 살림살이고 얼마나 넓은 집이라고 하루 반씩 탕진해 가며 그렇게 죽기 살기로 덤비느냐. 이까짓 15평짜리 아파트 하나 허겁지겁 장만해 놓고 그렇게 감격할 수가 있느냐. 언니의 그런 궁상이 천상 구질구질한 월급쟁이 여편네로 찍어낸 게 아니냐. 제발 작작 사람 실망시키고 이 청춘 슬프게 하지 말아라. 뭐 이런 식의 객기로 기염을 토할 것이다. 삼복 더위에도 팬티 자국이 드러나도록 옥죄여 끼는 바지를 입고 설치며 더위를 무찌르는 철부지 나이니까 그만한 객기 없으면 오히려 탄력 잃은 공처럼 흉할지도 모른다.

동생이야 무슨 말을 어떻게 하건 나는 진실로 감격하고 있었다. 평소에 가지고 싶었던 인형을 여행에서 돌아온 아버지의 가방에서 찾아내 품에 안은 소녀처럼 내 가슴은 뜨겁게 달아올랐다. 결혼 4년만에 전세방으로부터 탈출하게 되는 적금을 마지막 붓던 날부터 나는 밤마다 무지개를 잡으러 가는 소년 같은 꿈을 꾸었다. 적금을 굳이 현찰로 찾아다가 남편 앞에 놓았던 날 밤 입만 열면 곧 울음이 쏟아질 것만 같아 나는 아무 말도 할 수가 없었다. 돈을 물끄러미 내려다보고 있던 남편은 내 손을 가만히 감싸잡았다. 그러고는 차츰 힘을 주었다. 남편의 그 떨리는 포옹 속에서 내 손은 조여들며 뜨끈뜨끈한 행복의 즙(汁)을 분비하고 있었다. 4년에 걸친 셋방살이의 통속적 서러움이 말끔히 씻겨나가는 순간이었다.

남편은 집 장만을 내 뜻대로 하라고 전권을 위임했다. 나는 건강한 망아지가 되어 다방만큼 흔해빠진 복덕방을 뒤지고 다녔다. 며칠 만에 정한 것이 한강변의 15평짜리 공무원 아파트였다. 편리하다는 이유에 앞서 영등포에 근무처를 둔 남편을 우선으로 한 처사였다. 계약하기 전에 아파트 내부를 둘러본 남편은 오래간만에 월급쟁이가 아닌 남자의 웃음을 웃어주었다. 그리고 "부엌이 제대로 됐군." 짤막한 소감을 피력했다. 나는 이 말을 듣는 순간 신혼 여행을 떠나던 기차에서처럼 열기로 끼쳐오는 당황한 행복감에 바르르 전율했다. 그때 남편은 쉰 듯한 막힌 음성으로 "차암 예쁘군" 했던 것이다. 남편은 셋방살이를 하는 동안 블록 담에 슬레이트 천장을 걸친 간이 부엌에서 살아야 했던 내 고충을 마음속에 조각해 두고 있었던 것이다.

일요일인 어제 오후 1시경부터 오늘 오후 6시경까지 하루 반을 나는 살림살이들과 격전을 치렀다. 그건 단순한 살림 정리가 아니었다. 내 집을 장만한 감격과 기쁨을 더 짜릿한 실감으로 어루만지고 싶은 욕심에서 한 일이었다. 액자 하나까지도 두세 번씩 위치 변경을 당하는 등, 거의 모든 세간이 제자리를 잡기까지 갖은 수난을 겪었다. 나는 서둘러 청소를 마치는 것으로 대충 정리를 끝냈다. 어제 하루 종일 시달리고 오늘 아침까지 성의 없는 밥상을 받아야 했던 남편이 퇴근할 시간이었다. 역시 남편은 훌륭했다. 흐트러지지 않고 비틀거리지 않는 걸음걸이로 생활을 걸어준 남편이 아니었더라면 오늘은 아직도 먼 내일로 남아 있을 것은 너무 간단한 산수였다. 진종일 종종걸음을 친 분주 속에서 시집은 틀림없이 잘 온 거라는 주책없는 생각이 문득문득 솟곤 했다. 그때마다 딸 선희를 돌봐주러 오신 어머니에게 들키기라도 할까 봐 그 생각을 문지르기에 당황했다. 간단하게 요약하면 남편은 건실한 남자였다. 그러나 텔레비전을 절대군주로 모시는 그런 빛 바랜 시민은 아니었다. 술에 만취당하는 즐거움을 책 사는 것으로 대신하고, 서재 갖기를 말없는 소원으로 간직한 엔지니어였다.

남편과 어머니 앞에 미안하지 않은 저녁상을 차리려고 첫 시장길을 나섰던 것이다.

나는 어느새 쇼핑 센터라는 지하 상가를 빠져나와 대로변에 서 있었다. 점보맨션……, 점보맨션만을 되새김질하고 있는 나를 깨닫자 그만 울컥 화가 치밀었다. 머저리, 병신, 팔푼이, 점보맨션이고 점프맨션이고 염불 외듯 해서 어쩌겠다는 거야. 나는 나를 와드득 쥐어뜯고 싶었다. 정작 문제가 되어야 하는 건 점보맨션이 아니라 지정가격을 어겨 고기를 팔고 있는 정육점이었고, 그 버르장머리 없는 더벅머리 녀석이었다. 그런데 나는 어처구니없고 한심스럽게도 점보맨션이란 아파트를 탐정하고 싶은 굴욕적 호기심에 유혹당하고 있었다.

나는 그런 나를 다시 꼬집으며 시야의 초점을 조절했다. 시장한 남편을 위해서 이러고 서 있을 때가 아니었다. 잇대어진 상가를 따라 걸었다.

30근의 고기, 세 짝의 갈비. 한꺼번에 그걸 다 먹어치우려면 얼마만큼의 입이 동원돼야 할까. 한 사람 앞에 고기 한 근, 갈비 서너 대로 잡더라도 30개의 입이 필요하다. 30명을 한자리에 모을 수 있는 크기의 집이 있을까. 아마 이삼 일을 계속 치르는 잔치겠지. 그렇다면 이 여름에 고기가 견뎌내지 못할 텐데. 그럼 그 많은 고기를 저장할 수 있는 냉장고가 있단 말인가.

"어머……"

"앞 좀 보고 다녀요."

내가 미처 사과를 할 틈도 주지 않고 긴 홈 웨어를 입은 여자는 나를 훑으며 지나쳐갔다. 나는 역정이 났다. 어쩌자고 그따위 얼빠진 공상에 말려들다가 이런 창피를 당하는지, 나 자신이 풍기는 원색의 속물 냄새가 역겨웠다.

나는 새로 찾아낸 정육점 앞에서 잠시 멈췄다가 들어갔다.

"고기 한 근 주세요."

"어떤 걸로 드릴까요?"

"천 2백 원짜리로 주세요."

나는 얼결에 대답해 놓고 아차 싶었다. 그러나 곧 틀린 주문이 아니었다는 것을 확인했고 우습지도 않게 안도의 숨까지 쉬었다.

"예에, 암소 등심으로 쓰십쇼."

정육점을 나와 길을 건너며 나는 왠지 고기볶음이 맛없이 될 것만 같은 생각이 들었다.

짐이 정리된 집 안을 돌아본 남편은 예상했던 것보다 한결 흡족해 했다.

"가구가 기를 못 펴는 것 같은데, 그렇지?"

남편은 셋방살이를 전전하며 상처를 입은 낡은 가구에 신경을 썼다. 나는 남편의 그런 관심만으로도 번쩍거리는 자개장롱이나 화장대를 새로 가진 기분이었다.

"엄마, 테레비……."

설거지를 마치고 들어오자 할머니 무릎에 앉아 있던 선희가 눈치를 살폈다. 선희는 아빠와 함께 있을 때는 제 맘대로 텔레비전에 손을 대지 않았다.

"그래, 조금만 보고 자는 거야, 응?"

"알았어. 할머니가 심심해서 그래."

"아이구 내 새끼야. 그래, 이 할미가 심심해서 죽겠다. 어서 틀어라."

꼭 깨물고라도 싶은 듯 어머니는 선희를 끌어안았고, 신문을 들고 앉았던 남편은 사진에 박힌 것 같은 딱 멈춘 포즈로 기가 찬다는 표정을 짓고 있었다.

나는 텔레비전을 켰다. 이상하다. 다시 껐다가 켰다.

"엄마, 왜 그래? 고장났어?"

선희의 카랑하면서도 불안한 음성이다.

"가만있어 봐라. 엄마가 나오게 할 테니."

나는 콘센트를 살폈다. 제대로 꽂혀 있다. 다시 켰다. 마찬가지로 화면에는 아무런 소식이 없다.

"여보, 테레비 좀 봐줘요. 이상해요."

남편은 콘센트부터 점검했다. 이상이 없다. 켰다. 역시 화면은 엄숙한 표정일 뿐이다. 남편이 고개를 갸웃거리며 채널을 바꾸고 다시 켰다. 여전히 화면은 냉담했다. 남편은 한

참이나 실랑이를 하다가 떫은 입맛을 다시며 돌아앉았다.

"고장인가 보군. 병원엘 가야겠어."

"그럴 리가 없는데……, 인부들이 짐을 나를 때 내가 꼭 지켜서 있었는데……, 그럴 리가 없는데."

나는 여태껏 속으로만 되씹고 있던 말을 안타깝게 중얼거렸다.

생돈이 바숴지게 생긴 것이다.

"자넨 대학까지 나온 기계 기술자 아닌가. 왜 라지오방으로 보내나."

내 속을 점친 어머니의 계면쩍고 쑥스러운 참견이었다.

"제가 뭘 알아야죠. 병원도 신부인과 따로, 내과 따로, 치과 따로 있잖습니까. 기계 기술도 뭐 그런 건가 봐요."

남편은 빙그레 웃으며 담배를 빼들었다.

남편이 출근을 하자 나는 선희를 데리고 전기 용품상을 찾아나섰다.

전기 용품상은 한 방을 칸막이도 없이 복덕방과 반씩 나눠 쓰고 있었다. 아마도 방세가 비싸 그러는 모양이었다. 꽤 많은 가게들이 그런 식이어서 별로 어색하게 느껴지지도 않았다. 오히려 아파트로 정글을 이루다시피 한 이 지역 상가의 특색처럼 여겨지기도 했다.

"어디가 고장인지 봐야니까 거기 앉아서 잠깐 기다리시죠."

나는 남자가 권하는 소파에 앉았다. 맞은편에는 50객의 남자가 담뱃진이 밴 상아 물부리를 콧잔등에다 하릴없이 문지르고 앉아 있었다. 한눈에 복덕방 주인이었다.

"저어…… 말씀 좀 여쭤보겠는데요. 점보맨션 말예요……."

"아예 점보맨션, 조오치요. 사시게요?"

복덕방 주인은 밥을 보고 달려드는 며칠째 굶은 개의 형상이었다.

"아아뇨. 어떤 아파튼지 알아보려구요."

나는 그 남자보다 더 다급하게 말을 해치웠다.

"거야 뭐 알아보나마나 아뇨. 엘리베이디 설치된 18층이니 전망 트여 좋겠다, 자그마치 80평이니 넓어서 좋겠다, 내장(內粧) 일류로 뽑았으니 편리해 좋겠다, 천국이 별거고 신선이 따로 있답디까."

80평…… 80평……, 나는 더 이상의 아무 말도 들을 수가 없었다.

"아주머니, 이리 와보세요. 여기가 고장입니다, 보세요."

텔레비전을 들여다보며 남자가 목청을 돋우었다. 나는 복덕방 주인에게 말을 건 것을 후회하는 것만큼 다급하게 소파에서 일어섰다.

"바로 이것이 터졌습니다."

남자는 어지러울 뿐인 텔레비전의 내장 한 부분을 긴 드라이버 끝으로 가리켰다.

"비용이 얼마나……"

"뭐 간단한 거니까 4천 원만 내십쇼."

너무 비싼데 좀 싸게 해주세요. 혀끝까지 밀려나온 말을 나는 침으로 반죽을 해서 애써 삼켰다. 복덕방 주인이 이쪽을 빤히 쳐다보고 있는 것만 같았다.

"언제쯤 다되나요?"

"오후면 됩니다. 고쳐서 배달해 드릴 테니 댁을 알려주고 가세요. 렉슨가요?"

"아뇨."

"왕궁이세요?"

"아뇨."

"그럼 현댑니까?"

"아뇨."

"한신이군요?"

"아뇨."

"아아 민영에 사시는군요?"

"아뇨, 공무원 아파트예요."

"네에 그러어세요오."

남자는 늘여뺀 목을 연신 끄덕였다.

"엄마 나 아이스크림……"

"못써, 배탈나!"

나는 가당찮게도 선희에게 신경질을 부리고 있었다. 나는 나한테 울화가 치밀어 견딜 수가 없었다. 처음 렉스냐고 물었을 때 공무원 아파트라고 대답했어야 했다. 꼭 등신처럼 아뇨, 아뇨만 되풀이한 내가 그렇게 미울 수가 없었다. 그리고 수리비를 한푼도 깎지 못한 병신스러움이 뒤미처 고개를 들었다.

"엄마, 어디 나갈 거야?"

"아니."

"근데 왜 입술 칠해?"

선희의 말에 나는 새삼스럽게 거울 속의 나를 들여다보았다. 내 얼굴은 어느 외출 때보다도 짙게 화장이 되어 있었다. 나는 평소에 거의 화장을 하지 않았다. 그래서 내가 화장을 하는 것은 곧 선희에겐 외출의 신호가 되었다. 나는 지금 김칫거리를 사러 나가면서 엉뚱하게도 짙은 화장을 한 것이다. 나 스스로 어이가 없으면서도 화장을 지우고 싶은 생각은 없었다.

나는 남편이 즐기는 열무김치를 담그려고 열무단을 뒤적이다가 귀를 세웠다.

"예, 배추 두 단하고 파 한 단, 부추 한 단, 알았어요. 어디요? 아 예, ××맨션 706호요. 곧 배달 올립죠."

이방지대 193

주인 남자가 소리소리 지르며 전화를 받았다. 찬거리를 손수 고르는 것이 아니라 전화 주문을 한다. 그리고 배달. 나는 반사적으로 뒷덜미가 화끈해졌다. 상점에 나오는 여자는 전화가 없다는 표시를 내는 것이나 아닐까.

"아주머니, 아 그만 고르세요. 우리 집 물건으로 말할 것 같으면 모두 하이칼라 일등품이라구요. 자꾸 만지면 채소가 쉬 상해요."

주인 남자가 배추 두 단을 집어들며 퉁명스럽게 말했다. 나는 획 비위가 상했다. 그러나 마음과는 달리 한 마디 쏴댈 수가 없었다.

"아저씨, 우리 집에 계란 한 줄하고 고추 한 근만 보내줘요."

한 여자가 문밖에서 째지게 소리쳤고,

"예, 예, 나들이 가시는군요? 곧 배달 올립죠."

주인 남자가 헤프게 웃으며 굽실거렸다.

나는 주인이 계산을 뽑은 대로 돈을 치렀다. 결혼 후 처음의 일이었다.

"야 임마, 좀 빨랑빨랑 다녀. 배달이 산더미다."

주인 남자는 막 문을 들어서는 사내애를 향해 고함을 퍼댔다. 때와 땀에 전 구지레한 옷을 걸친 사내애는 알아들을 수 없는 말을 꿍얼거렸다.

"자아, 이 아줌마 것부터 배달해라."

주인 남자가 사내애 앞으로 내 시장 바구니를 밀쳐놓았다.

"아줌마 어디세요?"

사내애는 이마의 땀을 쓱 문지르며 나에게 물었다.

"가자, 공무원 아파트다."

나는 선희의 손목을 잡고 돌아섰다.

"공무원 아파트요? 얼마 안 되는데 그냥 가져가세요."

"뭐야?"

나는 나도 모르게 꽤액 소리를 지르며 돌아섰다.

"너 방금 뭐랬니?"

"아니 아주머니 왜 이러십니까?"

주인이 당황하고 놀란 표정으로 다가섰다.

"여기 감자 있어요?"

"있는데요……, 갑자기 감자는 왜……."

"한 관에 얼마예요?"

"350원인데요."

"두 관만 줘요."

주인은 영문을 알 수 없다는 표정으로 돌아섰다.

"빨리 이것 들어. 주먹만 한 게 벌써부터……, 다 똑같은 돈 내고 물건 사는 거란 말얏."

나는 야속하게도 흥분을 다스릴 수가 없었다.

사내애는 감자 두 관이 든 봉투까지 팔이 모자라도록 안고는 낑낑대며 걷고 있었다. 괜히 이 아파트촌으로 뛰어든 게 아닌가 하는 딱한 생각이 얼핏 떠올랐다. 그러나 나는 곧 완강하게 부정했다. 구더기 무서워 장 못 담그는 법은 없었다.

얼굴이 땀으로 젖은 사내애는 짐을 마루에 내던지듯 하고 돌아섰다.

"씨이팔 좋아하시네."

나는 팔을 뻗치며 입을 벌렸다가 그만두었다. 불러서 돌아설 애가 아니었다. 나무란다고 들을 애가 아니었다. 결국 패배한 것은 나였다. 그렇게 골탕을 먹여서 사내애의 버릇이 고쳐질 리가 없었다. 내가 감정으로 시작했기 때문에 사내애도 감정을 되뱉어내고 만 것이다.

나는 털썩 주저앉았다. 감당하기 어려운 피로가 전신을 눅눅하게 적셔왔다. 내 집을 갖게 된다는 감정의 이상(異狀) 팽창은 겪어보지 않은 사람은 모른다. 나는 그저 뿌듯하게 차고 햇솜처럼 부풀어오르는 기분을 아무하고나 신바람나게 떠들며 웃고 싶었었다. 그런 기분으로 집을 구하러 다닌 나에게 이 아파트촌의 황당한 기류가 감지될 리 없었다. 나는 강을 앞에 둔 패잔병처럼 뒤늦게 난감한 감정의 골짜기로 떨어져내리고 있었다.

"어머니 언제 가실 거예요?"

"짐도 다 풀었겠다 하룻저녁 잤겠다, 오늘은 가봐야겠다."

"어머니 가시기 전에 나 목욕 좀 하고 올래요."

"그래라. 목욕을 하면 노독이 다 가시니라. 김칫거리는 내가 다듬어줄 테니까."

나는 어머니를 만류하지 않았다. 어쩌면 그래 주기를 은근히 바랐는지도 모른다.

목욕탕에 들어선 나는 어리둥절해서 코를 벌름거렸다. 비누 냄새가 나야 할 탕에서 난데없는 채소 비린내가 끼쳐왔던 것이다. 그게 마사지용으로 달걀을 섞어 습이 되도록 간 오이 냄새라는 걸 알기까지는 내 직감은 너무 촌티에 절어 있었다. 나는 결국 배추 한 단을 사면서도 값을 깎아야 사는 맛을 아는 졸렬하기 이를 데 없는 밑바닥 목숨이었다. 이곳의 목욕탕은 때를 벗기러 오는 곳이 아니었다. 전신 마사지실을 겸한 휴게실이었다. 여자들은 병원의 진찰대처럼 생긴 비닐이 깔린 나무 침대에 벌렁 누워 있거나 넙죽 엎드려 있었다. 그 옆에 여자들이 하나씩 붙어서서 정성 들여 전신을 문질렀다.

"얘, 얘, 적당적당 해둬라."

"넌 왜 그리 안달이니."

"이놈의 마사지할래다가 사람 시들겠다."

이방지대 197

"아서라, 느이 서방님 몸살난다. 시들질랑 말아라."

서너 명은 주거니 받거니 하다가 까르르 웃어젖히곤 했다. 열한 명의 여자 중에서 때 벗기는 목욕을 하고 있는 사람은 나까지 네 명에 불과했다. 그 떼거리들과 등을 지고 이쪽으로 앉은 여자들이 그야말로 '목욕'을 하는 중이었다.

"얘, 넌 오늘 재료가 뭐니?"

"오늘이라고 별나니 뭐."

"맨날 오이 계란, 계란 오이, 피부도 식상하겠다 얘."

"아니, 그럼 넌 오늘은 달라?"

"아암, 메뉴에 변화를 줘야 피부가 식성을 돋구지."

"뭔데, 어디 봐."

"가만있어, 가만. 왜들 이러니?"

탕 안이 무당굿하는 방안처럼 어지러운 소란으로 터질 것 같았다. 나는 눈을 질끈 감은 채 탕에서 물을 퍼내 비누질한 몸에 쫙쫙 끼얹었다.

"뭐고 하니, 제주도 토종꿀을 섞었다 이거야."

"요런 깍쟁이, 너 정말 이러기냐?"

"좋아하시네. 그게 얼마나 귀한 건데 내돌리니?"

"진짠지 알게 뭐니. 꿀처럼 속이기 쉬운 것도 없대더라."

"미쳤니? 아빠 회사 지점장이 보낸 거라구. 가짜 보냈다가 제깍 날아가려구?"

"그렇담 진짜다!"

"그렇구나! 얘, 나두 좀 얻자."

"글쎄 돈 주고도 못 사는 물건이라니까."

"그러게 누가 공짜로 달래니. 홍보석에서 점심 뻐근하게 살 거야."

"얘, 얘 누구 죽는 꼴 보고 싶어 이러니? 내가 몇 킬론지나 알고 그런 악담이야?"

나는 눈을 꼬옥 감은 채 탕 속에 몸을 잠그고 있었다. 탕으로 들어오며 얼핏 본 그들은 서른대여섯 또래였다. 나는 내 나이가 서른인 것을 상기했다. 그리고 '벌써'라는 단어를 곱씹으며 아파하고 있었다.

세숫비누를 다이알로 바꾼 것도 얼마 전의 일이었다. 마사지라고는 결혼식 때 해본 것이 경험의 전부였다. 나는 이제 여기로 이사 온 것을 완전히 후회하고 있었다. 어제부터 그런 생각을 쳐부수기 위해 안간힘을 다한 노력의 제방은 여지없이 무너지고 있었다.

나는 집을 나서면서는 때밀이 처녀에게 몸을 맡길까도 생각했었다. 그만큼 몸은 피곤에 친친 묶여 있었다. 그러나 나는 단념해 버렸다. 때밀이 처녀가 정육점의 더벅머리나 채소 상회의 사내애가 되는 것을 더 이상 용납할 수가 없어서였다. 나는 건성으로 때를 밀고 목욕탕을 나왔다.

이방지대 199

남편은 옷을 갈아입으면서 말했다.

"오늘 회사로 영숙이라는 친구가 전활 걸어왔었어. 친구들하고 내일 오전에 찾아오겠다고 전하라더군."

"병신 같은 기집애, 오긴 뭣하러 와."

난 불쑥 이렇게 쏟아놓고 말았다. 이런 내 경솔이 안타까웠다.

"왜, 집 자랑하고 싶지 않아? 당신 어디 아픈가? 안 좋아 보여."

"아녜요, 좀 피곤해서 그래요."

나는 얼버무렸다.

남편은 나를 위해서 일찌감치 잠자리에 들었다. 남편의 그런 뜻과는 아랑곳없이 나는 잠을 잘 수가 없었다.

남편에게 이틀 동안 당한 이야기를 하면 십중팔구 조소로 일축해 버릴 것이다. 기껏 동조를 얻는대야 불필요한 것에 신경 괴민하게 쓰지 말라는 정도일 것이다. 그러나 이건 불필요한 신경 소모가 아니었다. 셋방살이를 하며 주인집의 일방통행으로 빚어지는 감정적 누명이나 피해도 거뜬하게 소화시켜 낸 무쇠 위장을 가진 나였다. 나는 가고 싶은 것이다. 풍요한 소비가 자랑인 이런 지역이 아니라 근면한 절약이 미덕이던 곳으로 돌아가고 싶은 것이다. 나는 내 집을 장만한 그 벅차오르는 보람의 사탕을 두고두고 핥으려 했다.

그런데 사탕은 걷잡을 수 없이 녹아내리고 있었다. 공무원 아파트의 세 배 이상의 높이인 맨션이란 아파트들은 꿈틀꿈틀 움직이며 괴물로 변해갔다. 공상영화에서 불을 뿜어대는 그런 거대한 괴물로 둔갑하고 있었다. 필경 그 불길에 타죽고 말 것 같은 두려움으로부터 나는 도주하고 싶었다. 그러나 남편에게 다시 이사를 가자고 할 수도 없는 노릇이었다. 남편은 돈의 필요성을 인식하면서도 그것에 매달려 사족을 못쓰거나 그것을 손에 넣기 위해 허겁지겁하는 꼴을 영 달갑잖게 여겼다. 더구나 그것의 위력을 무기 삼아 뻔지르르하게 으스대는 부류들을 똥 뭉개는 돼지 취급이었다. 남편에게 마음을 털어놓을 수 없다는 것보다 내가 왜 이렇게 흐물흐물해지고 있는지에 대해서 짜증을 부리다가 나는 잠이 들었다.

"친구들이 오면 오늘은 심심찮겠군."

남편은 어느 때 없이 건강한 표정으로 출근을 했다. 네 활개를 펴고 누울 면적이 제대로 남지 않는 서재였지만 남편은 무척 흡족해 했다. 나는 남편의 당당한 걸음걸이를 바라보며 미안한 생각이 들었다. 저렇게 실한 바람벽 뒤에서 나는 왜 그리도 심한 바람을 타는 것일까. 내 속은 구멍 뻥뻥 뚫린 시루였을까, 빈 소라 껍질이었을까. 난 뭐가 뭔지 도통 알 수가 없었다.

친구들이 몰려들기 전에 미장원에나 다녀올까 하다가 나는 이내 생각을 고쳐먹었다. 그전 동네에서도 팁 투정을 당했는데 여기는 오죽하랴 싶어서였다. 미장원에는 도저히 이해 못할 악습이 있었다. 팁을 강요하다시피 하는 몰상식이었다. 그것도 일정한 기준이 있는 것이 아니고 3백 원짜리 고데를 하고는 기분 내키는 대로 사람에 따라 백 원도 주고 2백 원도 던지고 갔다. 그래서 팁을 안 주는 사람은 일방적 피해를 입었다. 달갑잖게 대하는 것은 물론 빗질을 사납게 하거나 머리를 태워놓기가 일쑤였다. 나는 앞으로 클립을 말기로 작정해 버렸다.

성냥과 하이타이를 사든 친구 셋은 10시 반쯤에 습격해 왔다. 친구들은 안방에서 부엌으로, 마루방에서 서재로, 화장실에서 다시 안방으로 쓸고 다니며 제각기 떠들어댔다. 그들의 종합적인 심사평은 생각했던 것보다 알차고 쓸모가 있다는 것이었다. 우리는 마루방에 자리를 잡았다.

"나 같은 건 정신없어 어디 이런 동네에서 살겠니? 다 똑같은 모양으로 생겨먹어서 집 잃어먹기 꼭 알맞겠다."

숙자가 다리를 쭈욱 뻗으며 말했다.

"또 나사 빠진 소리 하고 앉았다. 여기가 바로 둘도 없는 별천지라구. 안 그러냐, 유경아?"

영숙이가 나에게 동의를 청해 왔다.

"이거 왜 이러니. 별천지 아니라 천당이라도 이사 온 지 사흘 만에 뭘 알겠니."

정미가 끼여들었다. 나는 얼른 정미의 말에 편승했다. 얼버무릴 수밖에 없는 내 대답을 아주 멋지게 대신해 준 말이었다.

"난 집 잃어먹을까 봐 걱정이 아니라 와르르 무너질까 봐 오금이 저리더라. 아까 집 찾으면서 멋모르고 올려다봤다가 혼이 났지 뭐니. 눈앞이 어질어질한 게 자꾸 속이 메슥거리더라니까."

정미가 설레설레 고개를 저었다.

"그것들이 그래봬두 다 40평이 넘는 맨션이래더라."

영숙이가 입술을 삐죽하고는 새우깡을 집어넣어 와삭 씹었다.

"허긴 그런 으스스한 데 사는 사람들이야 맨날 잘 먹고 살 테니까 어지럽지도 않을 게고 속이 메슥거릴 리도 없을 테지."

정미가 자조적인 웃음을 입가에 엷게 물었다.

"그거야 두말하면 잔소리다 얘. 내 동생 친구가 말이지, 제비를 기차게 뽑아서 부잣집 아들한테 시집을 갔대잖니. 바로 이 동네 50평짜리 맨션으로 새살림을 났대더라. 근데 식모하고 세 식구뿐이라 밤엔 무섬증이 생긴다는구나. 더 웃기는 건 말이지, 식당에다 상을 차려놓고 남편이 어느 방에 있는지 찾으러 다니기가 귀찮아서 얏호, 여보 식사하세요 하고 소릴 지른댄다 글쎄."

"어머머, 저걸 어째."

"아니 세상에……."

숙자의 말에 영숙이와 정미는 입을 딱 벌린 채 멍청해졌다.

"감자 삶아올 테니까 얘기들 하고 있어."

나는 자리를 털고 일어섰다.

친구들은 감자를 먹으면서 많은 것을 물었다. 아이스크림 하나라도 전화만 걸면 배달을 해준다는데 사실이냐, 상점의 물건이 최고급이라는데 정말이냐, 미장원이나 의상실이 서울에서도 일류들만 여기 모였다는데 진짜더냐, 물가는 어떻더냐, 대충 이런 것들이었다. 나는 그저 아직은 잘 모르겠다는 식으로 대답을 피해나갔다. 영숙이가 물었다.

"너 어디 아프니? 영 맥이 빠져 뵌다."

"피곤이 아직 덜 풀렸나 봐."

"네 성질에 어련했을라구. 이 집 정리해 놓은 걸 보면 알쪼지 뭐니. 이젠 극성 그만 떨어라. 쉬 늙어빠진다구."

"그래, 일어나자."

"점심이나 해먹구 가지 그러니."

"관둬라 얘. 신경질 나는데 우린 나가서 짜장면이나 곱빼기로 해치워야겠다."

"미장원에나 좀 가거라. 머리가 그게 뭐니."

나는 친구들을 보내고 나서 휴우 한숨을 쉬었다. 그들이 그렇게 고마울 수가 없었다.

설거지를 하고 들어오자 남편은 산보를 나가자고 했다.

"이 동네 구경도 할 겸 슬슬 나가볼까?"

신이 나서 뛰는 선희를 가운데 세우고 나는 내키지 않는 산보를 나섰다. 깔리기 시작한 어둠 속에서 백열등이나 형광등의 조명을 받은 상점들은 낮에보다 한결 윤기 있게 돋보였다.

"명동이 따로 없구먼."

느린 걸음을 걸으며 상점을 구경하던 남편의 말이었다.

"여보, 저기 저 장롱 어때. 쓸 만한 것 같은데?"

걸음을 멈춘 남편은 가구점 안을 손가락질하고 있었다. 나는 남편이 가리키는 장롱을 대뜸 알아볼 수 있었다. 어제 지나치며 눈길을 준 자개 무늬가 박힌 문이 네 개 달린 두쪽짜리 장롱이었다.

"여보, 우리 들어가서 구경하지."

남편의 말에 내 가슴은 침에라도 찔린 것처럼 뜨끔했다. 못해도 사오십만 원은 할 것이었다. 남편에게만은 내가 겪은 것 같은 그 비위 상하는 어지러움을 당하게 하고 싶지가 않았다.

"그까짓 거 보면 뭘 해요. 별로 좋아 보이지도 않아요."

"아냐, 미리미리 봐둬. 이번 보너스가 나오면 새로 사서 나쁠 건 없잖아. 돈이 좀 모자라면 월부로 살 수도 있는 거니까. 자 들어가, 쓸 만한지 가까이서 봐둬."

나는 어쩔 수 없이 남편에게 끌려 가구점 문을 밀었다.

"아 역시 두 분께서는 고급적인 눈을 가지셨군요. 이 장롱이야말로 대대로 물릴 수 있는 재산입니다, 예. 이 앞판이 바로 통짭입니다. 쪽나무를 이어붙인 게 아니라 그런 말입니다. 그리고 이 무늬는 전부 손으로 판 조작입니다. 얼마나 기막힙니까. 이 칠로 말할 것 같으면 바로 옻칠입니다. 장롱 속을 보십시오. 여기도 옻칠입니다. 뒤쪽을 보십시오. 여기도 옻칠입니다. 이렇게 정성 들여 만든 농을 보셨습니까. 옻칠이라는 것은 오래되면 오래될수록, 닦으면 닦을수록 광이 번쩍거립니다."

내 몸은 이미 바짝 굳어 있었다. 남자의 수다는 과장이 아니었다. 장롱은 그야말로 정교한 솜씨로 만들어져 있었다. 나는 제발 남편이 값을 묻지 않기를 조바심쳤다.

"이게 얼맙니까?"

나는 얼른 시선을 길 쪽으로 옮겼다.

"뭐 많이도 말고 350만 내십쇼."

"350이라니?……"

"예에, 삼, 백, 오, 십, 만 원이라구요."

나는 어떻게 해서 가구점을 나왔는지 모른다.

"제기랄, 딱 우리 집값이구먼."

남편은 집으로 돌아오는 길에 이 한 마디를 했다.

이불을 펴고 불을 끌 때까지 나는 차마 남편의 얼굴을 바로 쳐다볼 용기가 나지 않았다.

"여보, 자나?"

"아아뇨."

"미국 유학 가 있던 사장 아들이 불치의 병으로 곧 귀국하게 된대."

"……?"

남편이 내 손을 더듬고 있었다. 나는 내 손을 남편의 손에 놓았다.

"나 말이지, 가을이 되면 계장이 될 것 같은 눈치가 보여."

나는 비로소 남편이 무슨 말을 하고 있는지 알아차렸다. 목젖이 아프도록 눈물이 솟구쳤다.

"여보……"

나는 남편의 가슴으로 파고들었다. 남편은 숨이 막힐 지경으로 날 꼭 끌어안았다. 조여드는 압박 속에서 나는 남편이 아직도 젊다는 것을, 나에겐 박달나무 같은 남편의 억센 어깨가 있다는 것을 깨달으며 그동안 흐물거리던 내가 다시 단단해지는 것을 느꼈다. 나는 남편의 목을 끌어안았다.

⟨1975년⟩

의형극

나는 오늘 돈을 벌었어요. 무지무지하게 많은 돈이에요. 얼마냐구요? 3, 3천 원이라구요. 수염이 긴 임금님이 그려진 빠다라시 5백 원짜리 여섯 장을 내가 벌었다구요. 얼마나 쎈(신)나는지 모르죠? 깡충깡충 뛰고 싶고 목이 터져라 소릴 지르고 싶어요. 빠다라시 5백 원짜리를 양쪽 손에 세 장씩 쫙 펴쥐고 흔들면서 말예요. 그치만 그럴 순 없어요. 그러다가 날치기라도 당해버림 어떡하게요. 그리고 야코가 죽어 있는 창호 때문에도 참아야 해요. 창호 자식은 나하고 똑같은 일을 하고서도 5백 원밖에 못 벌었거든요. 자식, 김 팍 샜지 뭐예요. 오늘 아침에도 뺑뺑 공갈을 시켰거든요. 지가 틀림없이 3천 원을 벌 거라구요. 제비를 뽑아봐야 알지 네까짓 게 뭔데 큰소리냐고, 나도 기죽을 순 없었어요. 그런데 자식은 나를 기가 팍 죽게 만들어버렸어요.

"난 어젯밤에 돈을 수백 장 줍는 꿈을 꿨다, 어쩔래. 이래도 아니니?"

창호는 으스댔어요. 나는 겁이 났어요. 제비뽑기가 허탕이면 어쩌나 싶어서요. 억울했어요. 왜 나는 그런 꿈을 못 꾸었는지 말예요. 알고 보니 창호는 정말 공갈쟁이였어요. 꿈 이야기도 공갈이었을 거예요. 창호는 보통 때도 거짓뿌렁을 잘 시켰거든요. 즈네 삼촌이 공군 비행사라고 뻐기기도 하고 이모부가 사장이라고 폼을 잡기도 했어요. 그런데 한 번도 본 일은 없어요. 즈네 아빤 리야카 채소 장순데……. 창호 말을 믿는 아이들은 없었어요. 꿈 이야기가 정말이라면 누나 말이 맞아요. 꿈에서의 일은 낮에 반대로 나타난다고 했거든요. 누나의 이 말이 왜 이제야 생각이 나는지 모르겠어요.

엄마한테 이 돈을 주면 엄마는 날 얼마나 이뻐할까요. 잘은 모르지만 적어도 50원은 줄 거예요. 백 원을 줄지도 모르죠. 그러나 난 50원만 받을래요. 백 원을 다 까먹으면 어떡하게요. 아빠가 알면 다리 부러질 일예요. 10원짜리 엿 하나를 팔면 2원 남는다고, 돈을 아껴 쓰라고 아빠는 항상 울상이거든요. 50원을 받아서 난 껌 한 통을 살래요. 여섯 개짜리루요. 그래서 한 개를 네 동강이 내서 두고두고 씹을래요. 나머지 20원으론 만화 가게를 가야죠. 피, 웃기지 마세요. 만화는 글씨를 알아야만 보나요, 뭐. 그림만 봐도 무슨 뜻인지 다 안다구요. 나두 다음달부터 학교에 입학한다구요. 지금도 내 이름, 아빠 이름 다 쓸 줄 알구 천까지 거뜬하게 외울 수도 있어요. 그뿐인 줄 아세요? 쓸 줄은 모르지만 보아서 알 수 있는 글자도 많다구요. 참, 피, 온, 스, 카, 웃. 수, 사, 반, 장. 쇼, 쇼, 쇼. 맞아요, 테레비 프로예요. 어디긴요, 만화 가게에서 보죠. 10원을 내면 이런 신나는 프로를 볼 수 있고 만화도 두세 권은 덤으로 보여주거든요. 뽀빠이도 먹고 싶고 호빵도 군침이 돌지만 참을 수밖에 없어요.

 내 욕심 같아서는 이 빠다라시 5백 원짜리를 사진틀에 가득 차게 끼워두고 싶어요. 사진을 다 빼버리고 말예요. 사진틀의 사진들은 참 보기 흉해요. 엄마 아빠 결혼 사진, 형, 누나, 그리고 내 돌 사진 같은 것이 끼워 있는데, 모두 뻔디기 삶은 물처럼 누리꾸리하게 변해 있어요. 그 사진들을 다 빼버리고 이 빠다라시 5백 원짜리를 쭉 끼워서 걸어두면 얼마나 근사하겠어요. 앉아서도 보고 누워서도 보고, 참 앗싸한 기분일 것 같아요. 아빠도 이런 빠다라시 5백 원짜리는 벌어보지 못했단 말예요. 아빠의 국방색 돈주머니에서 쏟아지는 것은 거의 동전입니다. 요란한 소리를 내며 쏟아지긴 하지만 실속은 없어요. 흰색 동전은 별로 없고 노란 동전이 거반이거든요. 하루에 한 장쯤 5백 원짜리가 있긴 해도 모두 걸레예요. 아빠의 밥상 옆에서 그 돈은 엄마가 셉니다. 종이 돈부터 추리고 그 다음 흰 동전과 노란 동전을 고르지요. 난 손도 못 댄답니다. 아빠 말로는 애들이 돈을 가까이하면 못 쓴다고 그러지만 진짜는 내가 하나라도 슬쩍할까 봐 그러는 것 같아요. 아빠가 하루 벌어오는 돈은 3천 원이 약간 넘기도 하고 조금 모자라기도 해요. 그런데 그 돈이 다 번 것은 아니래나 봐요. 본전을 빼고 나면 이익은 얼마 없대요.

"이 지경으로 쥐꼬리만큼씩 벌어서 입에 풀칠을 하고 나면 도로 그꼴, 도로 그꼴. 다람쥐 쳇바퀴 돌기지. 헛참, 망할 놈의 신세."

엄마가 돈 계산을 끝내고 액수를 말하면 아빤 매일 똑같은 말을 화가 난 목소리로 하고는 상을 밀쳐버려요. 나는 아직 산수 공부를 배우지 않아 아빠가 하루 엿을 팔아 남기는 이익이 얼마인지는 몰라요.

"가서 잘 돌려라. 잘만 하면 아빠 엿새 벌이를 하는 셈이다."

엄마는 아침에 크림까지 발라주며 이런 말을 했어요. 사실 나는 창호의 꿈 이야기를 듣기 전, 이때부터 겁이 나기 시작했어요. 제비를 잘못 뽑으면 어쩌나 하고 말예요. 그렇게 되면 엄마한테 마구 두들겨맞을 것만 같은 생각이 들었어요. 나에게 발라준 크림은 쉐타 짜는 공장에 다니는 누나가 엄마 생일날 사다 준 거예요. 그런데 엄마는 그걸 다 헐어빠진 장롱 깊숙이 넣어두곤 한 번도 바른 일이 없었어요. 매일 집에서 봉투를 만드는 엄마는 다른 애들 엄마처럼 차려입고 어디 가는 일이 없거든요.

"저 새끼, 남 꼬봉 노릇 하러 가면서 크림은 발라 뭘 해."

자는 것처럼 엎드려 있던 형이 벌떡 일어나며 한 말이었어요. 그러잖아도 삐꺽거리는 방문을 형은 거칠게 닫고 나가버렸어요.

"저, 저것이…… 아휴 이놈의 팔자도……."

엄마는 형의 뒤를 쫓아나가려다 그만두었지요. 형이 화가 났을 때 엄마는 거의 이런답니다. 형은 아빠 앞에서는 꼼짝을 못하지만 엄마한테는 지금처럼 자주 화를 내요. 내가 이번에 1학년이 되면 형은 5학년이 돼요. 형은 공부를 잘하는 편인가 봐요. 아는 게 많아요. 학교를 다녔으면 중학교 2학년인 누나도 형에게는 쩔쩔매거든요.

나는 크림만 바른 게 아닙니다. 엄마가 세수까지 시켜주었어요. 기분이 얼마나 새콤했는지 모른답니다. 그걸 형이 몰라서 더 으쓱했죠. 그전에 엄마가 세수를 시켜준 일은 한

번도 없었어요. 손발 안 씻는다고 야단맞고 더럽게 씻었다고 머리를 쥐어박히곤 했었지요. 정말이지 엄마는 나보다 형을 더 이뻐했어요. 감자를 삶아도 큰 걸 골라 형을 주었고 끼니때마다 내 밥그릇에 보리가 더 많아요. 형은 성적표를 가지고 올 때마다 칭찬을 받지만 난 언제나 꾸중을 더 많이 들었어요. 옷을 더럽힌다, 신발을 험하게 신는다, 코를 흘린다, 엄만 나만 보면 기분 잡치게 만들었어요. 그런데 이틀 전부터 달라졌지요. 그 아줌마가 다녀간 다음부터랍니다.

"그 아줌마가 시키는 대로 잘해야 한다."

엄마는 옷을 털어주며 다정스러운 목소리로 주의를 주었어요.

"엄마, 걱정하지 말어. 아주 잘할게."

"그래, 우리 영찬이 똑똑하지. 큰길 양복점 옆이다. 너 그 아줌마 얼굴 알지? 그래, 차 조심하고······."

내가 골목을 돌아서면서 보니까 그때까지 엄마는 찌그러진 판자 대문을 붙잡고 서 있었어요.

구멍가게 앞에서 먼저 나와 기다리고 있는 창호와 만났지요. 창호도 다른 날과는 달리 얼굴도 깨끗하고 옷도 새것은 아니었지만 그럴듯했어요.

"아쭈, 멋 부렸구나? 이러느라고 늦었지? 그치만 넌 별수 없이 꽝이야. 허탕이란 말야, 허탕."

창호는 날 보자마자 재수 옴 붙는 소리를 지껄여 기분 잡치게 만들려고 했어요.

"웃기시네. 그따위 소리 아무리 해도 넌 미련한 두꺼비라구. 미련한 두꺼비가 제비뽑기를 다 해? 보나마나라구."

난 이렇게 맞섰지요. 창호는 금방 화가 나서 툭 튀어나온 눈을 디룩거리며 양쪽으로 퍼진 볼에 바람을 잔뜩 넣지 않겠어요. 이럴 때 창호는 영락없이 두꺼비예요. 나는 창호 약 올려준 게 깨소금맛이라서 뺑뺑이를 치며 웃어줬어요. 우린 만나기만 하면 욕하고 약 올리며 으르렁대요. 무슨 일에나 서로 지지 않으려고 다투는 사이에요. 그런데 오늘은 더해요. 뜀박질을 하려고 금에 발을 대고 서 있을 때나, 팔씨름을 하려고 손을 맞잡았을 때 나는 지지 않으려고 입술을 깨물어요. 나는 지금 그런 때보다 더 가슴이 뛰어요. 아마 창호도 마찬가질 거예요. 그렇잖음 왜 저렇게 화를 냅니까. 두꺼비란 별명은 이름만큼이나 자주 부르는걸요. 자식은 나보다 돈을 더 많이 벌겠다고 단단히 벼른 모양이에요.

약이 받친 창호 자식은 숨을 씩씩 불며 걷다가 불쑥 꿈 이야길 해버렸던 거예요. 그래서 나는 그만 기가 팍 죽어버렸지 뭐예요. 큰길 양복점 앞까지 가면서 자식을 꼼짝 못하게 할말을 아무리 생각해 봤지만 없었어요.

창호 자식 약 올려준 게 잘못이었다는 생각이 들었지만

어쩔 수 없는 일이었어요.

"얘들아, 여기다, 여기."

그저께 집에 왔던 아주머니가 우릴 먼저 알아보고 차에서 내리며 소리쳤어요.

"자, 어서 타거라, 바쁘다."

나와 창호는 새까만 세단 안으로 떠밀려 들어갔어요. 나는 그만 깜짝 놀랐어요. 차 안이 어찌나 넓은지, 우리 집 안방보다 더 넓은 것 같았어요. 그뿐이 아니에요. 자리엔 말예요, 거 있잖아요. 털이 난…… 거 뭐라더라…… 보들보들한 빠알간 털로 덮여 있었어요. 나는 그 털이 망가질까 봐, 내 옷에서 뭐가 묻을까 봐 엉덩이를 자리 끝에 겨우 걸치고 두 손으론 무릎을 꽈악 잡았어요. 그러곤 앞만 똑바로 쳐다보고 있었어요. 몸이 굳어져서 고개를 돌릴 수가 있어야지요.

차가 스르르 움직이기 시작했어요. 나는 또 기절을 할 뻔했어요. 갑자기 등뒤에서 노래가 터져나오지 않겠어요. 그것도 한쪽에서만 나는 게 아니었어요. 왼쪽에서 나는 것 같기도 하고 오른쪽에서 나는 것 같기도 하고 그러다가 가운데서 나는 것 같기도 해서 영 종잡을 수가 없었어요. 난 택시를 딱 한 번 탄 일이 있어요. 작년이에요. 놀다가 보니 점심때가 지났어요. 맛대가리 없는 밀가루죽이라도 한 그릇

먹으려고 집엘 들어갔어요. 방에서 이상한 소리가 나요. 방문을 열어보니 봉투 만든 종이가 흩어진 위에 엄마가 쓰러져 있잖겠어요. 말도 제대로 못하고 내가 누군지도 모르나 봐요. 나는 방을 뛰쳐나와 옆집으로 달려갔어요. 마구 울면서 말예요. 옆집 아줌마와 함께 엄마를 병원으로 옮겼어요. 급체를 했었대나 봐요. 그때 난 택시를 타보았는데 택시는 이 차에 대면 새발의 피예요. 2층집하고 판잣집 꼴이에요. 그때 엄마는 뒷자리에 누워서 병원까지 갔는데 문을 닫느라고 억지로 다리를 구부려야 했어요. 그런데 이 차는 다리를 쭉 뻗고 누워도 남을 것 같은걸요.

나는 이마를 앞자리 등받이에 쾅 부딪히곤 바닥으로 털썩 주저앉고 말았어요. 차가 신호등에 걸려 갑자기 정거를 한 때문입니다.

"아니 얘, 다치지 않았니?"

아주머니가 내 어깨를 붙들며 물었어요. 머리가 멍멍하고 정신이 얼떨떨했어요. 그치만 빠르게 대답했어요.

"괜찮아요. 아무렇지도 않아요."

나는 손을 짚고 일어나려다가 얼른 내 발 옆의 바닥을 가렸어요.

"얘, 어서 일어나거라."

아주머니가 겨드랑이를 잡아주었어요. 훅 풍겨오는 냄새.

매운 것도, 향긋한 것도, 달차근한 것도 아닌 냄새. 그건 엄마한테서 맡을 수 없는 냄새였어요. 엄마한테서는 김치 냄새, 설거지 냄새, 건건한 냄새, 찝찔한 냄새가 납니다. 어디서 맡아본 냄샌데……, 그렇지. 아까 바른 크림 냄새였어요. 그런데 그것보다 몇 배 진한 냄새였습니다. 나는 재빨리 아주머니를 피했어요. 엄마 말이 생각났거든요.

"목욕이라도 하고 갔음 좋을걸. 값이 좀 비싸야지. 집에서 잘못 씻다 감기 들면 약값이 더 무섭고, 낯이나 깨끗이 씻자. 냄새 풍겨 비위 상하게 하지 말구."

그러면서 엄마는 비누질을 두 번이나 해서 얼굴을 씻겨 주었어요. 머리는 어제 깎았구요. 난 엄마가 왜 크림을 발라주었는지 알았어요.

나는 곁눈질로 아주머니 눈치를 살폈습니다. 얼굴을 만지는 체하면서 손가락에 침을 발라두었거든요. 아까 넘어져서 일어나려 할 때 나는 바닥을 보았어요. 바둑 무늬가 새겨진 흰 고무판은 너무 깨끗했어요. 신발을 신고 밟기에는 아까울 만큼 말예요. 차 안이 우리 집 안방보다 크다고 했지만 바닥은 정말 우리 집 방바닥보다 훨씬 깨끗해요. 우리 집 방바닥은 벽이나 똑같이 부대 종이로 때운 데가 많아요. 그리고 봉투 만드는 풀이 말라붙고 해서 언제나 지저분하거든요. 그 깨끗한 고무 바닥에 흙이 묻어 있지 않겠어요. 내 신발에서 묻은 거예요.

"미스터 박, 김 국장 댁 앞에 잠깐 세워."

아주머니가 운전사에게 말하는 틈을 타 나는 재빨리 고무판에 묻은 흙을 닦아냈어요. 그러고 나니 마음이 시원해졌어요. 나는 휴우 숨을 내쉬었어요.

차가 골목으로 접어들어 커다란 철대문 집 앞에서 정거했어요. 운전사가 빵빵 소리를 내자 곧 문이 약간 열렸어요. 참 이상해요. 철대문 밑이 창살로 되어 있어 안쪽 시멘트 바닥이 들여다보여요. 거기에 사람의 발도 보이지 않았는데 그 무거워 보이는 철대문이 빙긋 열렸거든요. 조금 있다가 땅에 끌리는 긴 치마를 입은 아주머니가 나왔어요.

"애야, 넌 여기서 내려라."

아주머니가 창호더러 말했어요. 운전사가 창호 옆의 문을 열어주고 창호는 철대문 집 아주머니에게 팔을 잡혀 내렸어요. 그때서야 난 창호를 바로 보았는데 두꺼비 얼굴을 하고 있었어요. 그 두꺼비 얼굴은 화가 나서가 아니라 겁이 날 때의 얼굴이었어요.

"이렇게 수고를 하셨으니 어쩌죠. 영감도 주책이지, 오늘따라 회의는 무슨 회인지 몰라."

철대문 집 아주머니가 신나게 말했어요.

"그게 어디 국장님 잘못인가요? 그애 훈련 단단히 시키고, 시간 늦지 말아요."

"이앤 어쩐지 덜 똑똑해 뵌다. 그렇죠?"

"그럴 리가 있어요? 그럼 이따 학교에서 만나요."

아주머니가 말을 마치는 것과 함께 차 문이 탕 닫겼어요. 차가 움직일 때 다시 보니까 창호는 이제 왕두꺼비 얼굴을 하고 있었어요.

차가 다시 정거한 곳은 아까보다 더 큰 철대문 집 앞에서였어요. 나는 아주머니의 뒤를 따라 그 집으로 들어갔어요. 대문을 들어서자마자 개들이 쾅쾅 컹컹 왕왕 짖어댔어요. 나는 그만 그 자리에 얼어붙어 꼼짝을 할 수가 없었어요. 그렇게 큰 개 짖는 소리는 들어보지 못했거든요. 우리 집에서는 아무리 작은 개라도 기른 일이 없어요. 사람 먹을 것도 없는데 미쳤다고 개를 키우느냐고 언젠가 엄마가 말한 적이 있었어요. 우리 집만이 아니라 우리 동네에서 개를 기르는 집은 한 집도 없어요. 작년 여름에 갈색 개가 한 마리 동네에 나타났어요. 개는 순하디순했어요. 우리들이 돌을 던지고 막대기로 때리고 해도 왕왕 몇 번씩 짖기만 하고는 그만이었거든요. 그 개는 그날 밤에 죽었더랬어요. 어른들이 잡아서 보신탕이래나 왕왕탕을 해먹어버렸대요.

"물지 못하니까 빨리 들어가."

누가 등을 밀었어요. 뒤따라 들어온 운전사였어요. 차도 기막히게 좋았지만 운전사가 양복을 쭉 빼입은 신사인 것도 처음 보았어요. 개들은 쇠줄로 묶여 있었어요. 그러나 쇠줄을 뚝 끊고 달려와 콱 물어버릴 것 같은 무서움을 떼칠 수가 없었어요. 창경원에서 본 호랑이만큼 큰 개 두 마리가 마당 양쪽 끝에서 맞바라보고 이리저리 뛰면서 짖어대는걸요. 그러니까 현관 앞에 있는 발바리까지 덩달아서 왕왕거려요.

"미스터 박, 뭘 하는 거야. 시끄러 살 수가 없네."

아주머니가 획 돌아서더니 운전사에게 쏘아붙였어요. 운전사가 개들 이름을 부르며 손짓을 하자 곧 조용해졌어요.

나는 완전히 기가 죽고 말았어요. 숨도 제대로 쉴 수가 없고 걸음도 맘먹는 대로 걸어지질 않았어요. 어깨가 움츠러들며 내 몸이 자꾸만 자꾸만 줄어드는 것 같았습니다. 이렇게 무지막지하게 큰 집에 들어와 보기는 생전 처음이었거든요. 무지무지하게 으리으리하고 번쩍번쩍하는 게…… 기막히게 좋아서 말로 다 할 수가 없어요. 얼굴이 비칠 만큼 번질번질 윤이 나는 마루방은 우리 집 마당보다 배는 더 될 거예요. 그뿐인 줄 아세요. 꼭 지붕처럼 뾰족하게 생긴 높은 천장에는 수백 개의 구슬이 달린 전등이 길게 매달려 있구요. 구부러진 엿처럼 생긴 의자는 어쩌면 그렇게 큰지 몰라요. 그 검은색의 길고 큰 의자 가운데 한 아이가 커다란 책을 보고 앉아 있었어요. 김새게 왜 오줌이 자꾸 마려운지 모르겠어요.

"얘, 일루 와 앉아라."

아주머니가 방에서 나오며 말했어요. 나는 그때까지 마루 구석 벽에 기대서서 꼼짝을 못하고 있었거든요.

"낙준아, 책 그만 보구. 쟤가 네 일을 도와줄 영찬이란다. 인사해야지."

아주머니 말에 책을 보던 애가 나를 빤히 건너다보았어요. 나는 웃으려고 했지만 웃음이 나오질 않았어요.

"앉아, 여기."

낙준이란 아이는 턱으로 자기가 앉은 맞은편 의자를 가리키고는 다시 책으로 얼굴을 돌려버렸습니다. 울긋불긋한 쉐타를 입은 머리카락이 긴 낙준이는 나보다 훨씬 커보였어요.

"이리 와 앉거라. 어서 연습해야지 시간 없다."

아주머니 말에 나는 조심조심 걸어가 의자 끝에 앉았어요. 자동차에서처럼 엉덩이 끝만 걸치고요.

"자, 지금부터 내가 시키는 대로 따라서 해. 잊어버리면 안 되니까 꼭 외워두어야 한다. 알겠니?"

나는 침을 꿀꺽 삼키며 고개를 끄덕였어요.

"네 아버지 직업이 뭐지? 예, 우리 아버진 태양무역 사장입니다."

"예, 우리 아버진 태양무역 사장입니다."

"얘, 얘, 어깨를 펴고 똑똑한 목소리로 말해야지 그게 뭐니. 다시 해봐."

"예, 우리 아버진 태양무역 사장입니다."

"그래, 됐어. 너의 특기는 뭐지? 예, 저의 특기는 피아노입니다."

"예, 저의 특, 특……."

"야 임마, 특기야 특기!"

낙준이가 소리쳤습니다. 나는 얼굴이 뜨겁도록 창피했습니다. 특기, 특기가 무슨 말인지 알 수가 없습니다. 특기가 왜 피아노인지 모르겠습니다. '저는 득제 피아노를 가지고 있습니다.' 이 말과는 영 딴판이구요. 난 '특제'란 말은 잘 압니다. 누나가 쉐타 짜는 얘길 할 때면 곧잘 나오는 말이거든요. 나는 눈을 내리깔았습니다. 낙준이가 날 깔보는 웃음을 웃고 있었기 때문입니다.

"다시 해봐. 너의 특기는 뭐지?"

"예, 저의 특기는 피아노입니다."

"어디까지 공부했지? 예, 체르니를 다 마쳤습니다."

"예, 체, 체……."

나는 죽을힘을 다해서 아주머니의 말을 외우려고 했지만 이 대목에서 또 막히고 말았어요.

"저런 쪼오다. 체르니도 몰라, 체르니?"

낙준이는 또 화가 난 목소리로 소리질렀습니다. 나도 화가 났습니다. 그러나 화를 낼 수는 없었어요. 왜 그런지는 잘 모릅니다. 체르니를 외울 때까지 네 번이나 되풀이했지요. '어디까지 공부했지?'나 '무엇을 치고 있지?'는 똑같은 말이라고 아주머니는 다짐을 주었어요.

"너의 장래 희망은 뭐지? 예, 의사입니다."

"예, 의사입니다."

여기까지를 처음부터 다섯 번인가 연습했답니다. 연습을 마치고 나니 목이 말라 견딜 수가 없었어요. 그러나 물을 좀 달라는 말은 하지 않았습니다. 또 낙준이 새끼가 아니꼽게 지랄을 할까 봐서였어요. 낙준이 엄마 말로는 제비를 뽑기 전에 면접이 있을지도 모르니까 미리 준비를 해야 된다는 것이었어요.

"자, 이제 우리 낙준이 차례다. 한번 연습해 보자."

"아, 엄만 시시하게. 벌써 몇 번째예요. 다 안단 말예요."

"건방지게 굴지 말어!"

아주머니는 꽥 소리를 질렀어요. 나만 깜짝 놀랐지 낙준이 새낀 씽씽해요.

"아버지 직업이 뭐지?"

"예, 우리 아버지는 검사입니다."

"너의 특기는 뭐지?"

"예, 저의 특기는 피아노입니다."

"무엇을 치고 있지?"

"예, 쇼팽을 시작했습니다."

"너의 장래 희망은 뭐지?"

"외교관입니다."

낙준이는 술술 잘도 대답을 했습니다. 나는 아주머니의 물음에 따라 속으로 대답을 해나가다가 낙준이 것하고 헛갈려 생각해 내느라 낑낑댔어요.

아주머니는 콧노래를 흥얼거리며 방으로 들어갔어요. 나는 멍하니 창 밖을 내다보고 있었습니다. 자꾸만 슬픈 생각이 들었어요. 그리고 아빠 생각이 났어요. 어디선가 "깨엿 사려, 찹쌀엿이요" 하는 아빠의 쉰 목소리가 들리는 것만 같구요. 엄마 생각도 났어요. 아이고 이놈의 팔자, 그 다음에 빼놓지 않는 휴우 하는 한숨 소리도 들려요. 창호도 지금쯤 나처럼 고생을 하고 나서 즈네 엄마, 아빠를 생각할 것만 같았어요. 창호가 보고 싶습니다. 창호가 옆에 있으면 슬픈 생각이 안 들 것 같거든요.

아주머니는 옷을 한아름 안고 나왔어요.

"얘, 이 옷 좀 입어보자."

아주머니는 옷을 내려놓고 나를 끌어당겼어요.

"엄만 뭐야? 그런 거지 같은 새끼한테 내 옷을 입히면 어떡해."

 뭐 거지 같은 새끼? 나는 이빨을 앙다물었어요. 저 새끼, 돌로 골통을 까버릴까 부다. 너보다 몸집은 작아도 니깐 새끼 하나쯤 코필 터쳐놓기는 식은 죽 먹기다. 우리 동네에서 날 이길 놈은 하나도 없어. 그래서 내 별명이 쌩깡이다, 이 새끼야. 나는 당장 쫓아가 낙준이 새끼 주둥아리를 찢어놔야 분이 풀릴 것 같아서 뚫어지게 노려보고 있었어요.

 "낙준이 너 그런 말 하면 못써."

 아주머니는 낙준이를 나무랐어요. 그리고 나를 구슬렸어요. 나는 참기로 했어요. 여태까지 고생을 했는데 산통 깰 수가 없거든요. 엄마가 크림까지 발라줬는걸요.

 아주머니는 옷을 이것저것 대보았어요. 나는 계속 가슴이 두근거렸습니다. 내 옷을 벗기면 어떡하나 하는 걱정 때문이었어요.

 "네 몸집이 작아 마침 잘됐다. 옷을 벗지 말고 그 위에다 그냥 이걸 껴입어라."

 나는 살았다 싶었어요. 내 속옷은 엉망이에요. 팔꿈치, 무릎, 여기저기를 기운 누더기거든요.

 "그 옷을 입으니 너 참 미남이구나. 영 딴판이야."

 아주머니는 수다를 떨었어요.

 옷을 갈아입는다고 아주머니가 낙준이 새낄 데리고 방으

로 들어갔어요. 나는 그 넓은 마루방에 혼자서 멍하니 앉아 있었어요. 나는 지금까지 다음에 커서 어떤 사람이 되어야 겠다고 꼭 찍어 정해본 일이 없었어요. 전쟁놀이가 신나서 그냥 군인이 되면 좋겠다 생각했을 뿐예요. 그런데 오늘 낙준이 엄마가 시킨 대로 나는 의사가 되어야 합니다. 의사는 싫습니다. 나는 병원이 지독하게 싫은걸요. 그치만 죽었으면 죽었지 아빠처럼 엿장수는 안 될 거예요. 아까 낙준이 새끼가 된다는 게 무엇인지 모르지만 아마 기똥차게 좋은 건가 봐요. 이렇게 기막힌 부자로 사는데도 즈네 아빠와 같은 검사가 아닌 걸 보면 말예요. 낙준이 새끼가 뭐가 되든 나는 검사가 되기로 결심했습니다.

"오래 기다렸지? 자, 가자."

나는 낙준이 새끼의 구두 여섯 켤레 중에서 하나를 골라 신어야 했어요. 우주 소년 아텀이 다 지워져버린 헐어빠진 내 신발은 종이에 싸서 들었지요.

학교 운동장에는 자동차들이 수십 대 줄지어 서 있었어요. 몇 시부터 시작하는지를 운전사가 알아보러 간 사이에 난 차 속에 앉아서 낙준이 엄마가 묻는 말에 다시 차근차근 대답을 했습니다.

"곧 시작한답니다. 내리시죠."

운전사가 돌아와 알렸습니다.

인형극 229

"이걸 달고 나가야지."

아주머니는 핸드백에서 손바닥만 한 종이를 두 장 꺼냈습니다. 그걸 아주머니는 낙준이와 내 가슴에 하나씩 달아주었어요. 그 빳빳한 종이에는 2자 7자 5자가 씌어 있고 그 아래 내 이름이 적혀 있었어요.

나는 차에서 내려, 부잣집 아이들만 다닌다는 말로만 들은 '샛별 사립국민학교'를 볼 수 있었어요. 나는 순 엉터리라고 생각했어요. 우리 아랫동네에 있는 내가 다닐 학교의 반밖에 안 되는 크기였어요. 근데 소문에는 학교가 기막히게 좋아 들어가기가 영 힘들대나요. 그래서 나도 오늘 공갈로 입학하러 온 거지만요.

"자모님들께 알려드립니다. 자모님들께 알려드립니다. 신입생들의 추첨이 곧 시작되겠습니다. 자모님들께서는 아동들을 곧 강당으로 인솔해 주십시오. 자모님들께서는 강당에 들어가실 수가 없게 되어 있으니 식당이나 그외 장소에서 대기하시기 바랍니다. 다시 말씀드립니다."

마이크에서는 똑같은 말을 몇 번씩이나 되풀이했어요.

"엄마, 나 오줌 마려."

낙준이가 상을 찡그리며 말했어요.

"뭐어? 집에서 누고 오잖고. 영찬이 넌?"

아주머니는 나더러도 묻더니 대답할 사이도 주지 않고 말했어요.

"둘 다 가자. 미리 눠둬야지."

나는 변소엘 가보고 그만 찍소리도 못하게 기가 죽어버렸어요. 거 있잖아요. 오줌을 벽에 붙은 하얀 사기그릇에 누고 위에 달린 꼭지를 누르면 물이 쏴악 나와 오줌을 깨끗하게 설거지해 버려요. 문이 달려 있는 곳이 똥 누는 데가 틀림없는데 한군데의 문이 열렸길래 슬쩍 훔쳐보았더니 하아 텔레비전에서 본 그 의자같이 앉는 것이잖아요. 영 달랐어요. 내가 다닐 학교의 변소는 우리 집 것하고 똑같아요. 우리 집 건 벽이 판자고 학교 건 시멘트라는 것만 다르시요. 내가 다닐 학교 것에 비하면 이건 변소가 아녜요. 아무리 킁킁거려 봐도 냄새가 나야죠. 그뿐이 아녜요. 손 씻는 데도 있는데 비누, 수건까지 있잖겠어요. 누가 훔쳐가지 않나 모르겠어요.

"얘, 네 아버지 직업이 뭐지?"

아주머니가 갑자기 돌아서더니 물었어요. 나는 얼떨떨했어요.

"저어……"

난 어떤 걸 대답해야 좋을지 몰랐어요.

"아 벌써 까먹었어?"

아주머니가 짜증을 부렸어요. 난 정신이 퍼뜩 들었지요.

"예, 우리 아버진 태양무역 사장입니다."

"알았지? 넌 오늘 진짜 태양무역 사장 아들이야. 괜히 기죽어 빌빌거리지 말구 사장 아들답게 폼을 잡는 거야. 넌 지금 멋진 옷에 근사한 구두를 신고 있어. 알겠지?"

나는 고개만 끄덕거렸어요. 그러면서 차 안에 두고 온 종이에 싼 신발을 생각했어요.

넓고 넓은 강당에는 애들이 바글바글했어요. 선생님들이 애들의 가슴에 단 종이에 적힌 번호대로 줄을 세웠어요. 나는 낙준이와 떨어졌어요. 창호를 찾아보려고 뒤꿈치까지 들고 빙빙 돌았지만 창호는 보이지 않았어요. 애들은 지독하게 떠들었어요. 저쪽에 따로 선 계집애들이 더 시끄럽게 하는 것 같았어요. 나는 나도 모르게 고개를 빠뜨리고 있다가 변소에서 했던 아주머니 말이 생각나서 고개를 번쩍 들곤 했어요.

한참이 지나서 저 앞에 놓인 높은 책상에 선생님이 나타났어요.

"여러분, 여러분, 조용히 하세요. 지금부터 떠들면 안 됩니다. 곧 번호대로 추첨을 시작할 테니 조용히 차례를 기다려야 해요. 떠드는 사람은 맨 나중으로 빼놓겠어요."

강당 안은 금방 밤중처럼 조용해져 버렸어요.

"자, 여학생, 여학생만 뒤로오 돌앗!"

계집애들은 뒷문으로, 우리들은 앞문으로 네 명씩 선생님을 따라가기 시작했어요. 나간 애들은 다시 돌아오지 않았어요. 나는 가슴이 두근거리기 시작했어요. 제비를 잘못 뽑을까 봐 걱정이 되기도 했지만 내가 가짜라고 들통이 날까 봐 겁이 나는 것이었어요. 나도 좋은 옷, 좋은 구두를 신었으니까 아무도 모를 거라고 마음속으로 쌩폼을 잡아봤지만 왜 오줌은 자꾸 마려운지 모르겠어요.

나는 아빠가 엿장수인 것이 이렇게 창피한 것을 처음 알았어요. 그전에는 아빠도 돈 잘 버는 회사에 다니거나 큰 공장 기술자였으면 좋겠다는 생각은 했어도 이렇게 창피한 생각이 든 때는 없었어요. 창호 아빠 채소 장수, 영진이 아빠 고물 장수, 민규 아빠 뻥튀기 장수, 다 그게 그러니까 아무렇지도 않았어요. 아빠 왜 엿장수가 됐는지 모르겠습니다. 난 죽었으면 죽었지 엿장수는 안 될 거예요.

내 차례가 왔습니다. 나는 두 주먹을 꼬옥 쥐었어요. 자꾸 온몸이 떨려요. 선생님이 내 번호와 이름을 부를 때 어찌나 크게 대답을 했는지 선생님이 깜짝 놀라고 옆의 애들이 깔깔대고 웃었어요. 나도 모르는 일예요.

나는 다른 세 아이들처럼 동그랗게 생긴 제비 뽑는 기계 앞에 섰어요. 선생님이 가르쳐준 대로 손잡이를 잡고 돌렸어요. 눈을 질끈 감고 말예요. 그리고 그 교실을 나왔어요.

밖으로 나오니 아주머니들이 웅성거리고 있었어요.

"영찬아, 여기다, 여기."

낙준이 엄마였어요.

"잘했니? 자신 있어?"

아주머니는 내 머리를 쓰다듬어주었어요. 목소리도 아주 다정했구요. 난 무어라 대답해야 좋을지 몰랐어요. 아주머니에게 손을 잡혀 차로 돌아오니 낙준이는 빵을 우물거리고 있었어요. 나도 빵을 하나 받았지만 영 먹고 싶지가 않았어요. 제비 뽑은 것도 걱정이었지만 면접이래나 뭐래나 하는 그 거짓뿌렁시킬 일이 무서워서였어요.

"얘, 어서 먹어라. 참 고생 많았지. 괜히 하지도 않을 면접 땜에 널 못살게 굴었구나. 여기 우유도 마시고."

"……!"

엄마……, 난 눈을 꼬옥 감았어요. 그리고 속으로 몇 번이고 엄마를 불렀어요.

얼마가 지나서 운전사가 헐레벌떡 뛰어왔어요.

"사모님, 추첨 발표를 한답니다. 빨리 나오십쇼."

아주머니가 뭐라고 소리를 지르며 차에서 내려 운전사와 뛰어가고 그 뒤를 낙준이가 따라서 뛰었어요. 사람들이 차마다에서 내려 저쪽으로 몰려갔어요. 난 기운이 하나도 없었어요. 그리고 이상하게도 찬물로 낯을 씻을 때처럼 기분이 시원해졌어요. 나는 낙준이 새끼 구두를 벗었어요. 그리고 종이에 싸둔 내 신발을 꺼냈어요. 옷도 벗어버렸습니다.

"너 미쳤니? 여기서 옷을 벗으면 어떡해. 남들이 보잖니."

차로 돌아온 아주머니는 내가 옷을 벗은 것을 보고는 화를 냈어요.

"영찬이 아니었음 어떡할 뻔했니? 이 학끈 영영 못 다닐 뻔했다구."

아주머니는 자기 아들 낙준이를 나무라듯 말했어요.

"엄만 왜 자꾸 야단야. 그러니까 돈 줘가며 저 새낄 데려온 거지 뭐야."

낙준이는 대들듯 쏘아붙였어요.

이런 말을 듣고 나는 나도 모르게 두 손을 모아잡았어요. 그러면서 속으로 또 엄마를 불렀습니다. 그러나 아까처럼 울고 싶은 마음에서가 아니었어요. 그 반대로 펄떡펄떡 뛰면서 엄마를 소리쳐 부르고 싶은 거예요. 나는 제대로 제비를 뽑고 낙준이는 허탕을 치고 만 것이지요.

"자, 이것 받아라. 오늘 고생했다."

아주머니가 5백 원짜리 여섯 장을 세어서 내게 주었어요. 나는 그걸 접기가 아까웠지만 딱 가운데를 반으로 접어 주머니에 넣었어요.

운전사가 창호와 아까 본 아주머니를 찾아가지고 왔어요. 그 아주머니 옆에도 한 아이가 서 있었어요.

인형극 235

"경식이 엄만 괜히 수고만 했구려. 둘 다 돼버렸으니."

낙준이 엄마가 말했어요.

"누가 이렇게 될 줄 알았어야지요. 안전한 게 젤이지. 3 대 1이래잖아요. 그러나 어쩌죠, 또 폐를 끼쳐야 되겠으니. 오늘따라 무슨 놈의 회의가 글쎄……, 이 통에 공무원 못해 먹는다구요."

창호네 아주머니는 수다를 떨었어요.

"아무 걱정 말아요. 우리 집 차가 바쁠 땐 경식이 엄마 신셀 지는 걸. 재 빨리 태워요."

"옷은 어떡하죠?"

"거기 가서 벗기죠 뭐."

"그게 좋겠네요. 그럼 부탁해요. 이따 만나 고스톱이나 한 판 벌이자구요."

"좋지요. 먼저 가 계세요."

아침에 떠난 양복점 옆에 차가 정거하고 창호는 옷을 벗어주고 내렸어요.

창호는 화가 나서 인상을 쓰며 걸었어요. 구멍가게 앞에까지 왔어요. 창호와 헤어져야 합니다.

"잘 가."

"……"

창호는 대답도 안 하고 걸어갑니다. 나는 창호 자식 뒤에다 대고 용용이를 쳐주며 속으로 놀렸어요. 야 임마 몰랐지, 꿈은 반대라는 걸, 몰랐지. 콧쌤이다, 쌤통이다, 헤헤 용용 죽겠지. 창호를 놀리다가 언뜻 그 생각이 떠올랐어요. 내가 뽑은 자리에 낙준이 새끼가 들어가게 된다는 것 말예요. 그치만 어떡해요. 첨부터 그렇게 등록증을 뗀걸요. 그런 학교 못 간다고 슬퍼하면 뭘 해요. 우리 아빤 엿장수고 낙준이 새끼 아빤 검산걸요.

이런 쓸데없는 생각 더해서 기분 잡치고 싶지 않아요.

"엄마, 엄마, 나야."

나는 마당으로 뛰어들며 소리쳤어요. 방문이 열리며 엄마가 뛰어나왔어요.

"엄마, 난 3천 원이구 창호는 5백 원이야. 창호는 그 집 애도 뽑혀버렸거든. 이거야 이거, 돈. 3천 원이야, 빠다라시로 3천 원."

엄마는 돈을 받지 않고 나를 덥석 안았어요. 그리고 팔에 힘을 주어 꼭꼭 끌어안았어요. 그러면서 우는 거예요. 소리는 안 나지만 엄마 몸이 떨리는 것으로 알 수 있었어요. 나도 울음이 나오려고 했어요. 그러나 꾹 참았어요. 그러면서 커서 꼭 검사가 되겠다고 나는 다시 마음을 단단히 먹었어요.

〈1975년〉

검은 뿌리

"얘 봉순아, 내 스타킹 찾아와아."

원피스의 벨트를 조이며 진혜는 상큼하게 목청을 뽑았다. 그리고 벨트 라인에 두 손을 가볍게 올려놓고 발뒤꿈치를 바짝 세웠다. 진혜는 거울 속에서 느리게 좌로 돌고 천천히 우로 방향을 바꾸고 있었다. 발끝까지 숨김없이 드러나는 자신의 몸매를 훑어내리며 어느 때나 마찬가지로 싱싱하게 샘솟는 만족감을 포옹하는 것이다. 이 세상에서 제일가는 나의 보석. 162센티미터에 46.2킬로그램. 엄마의 그지없이 고마운 유산인 늙음을 모르는 유방과 도매금으로 황인종 취급당하기는 억울한 우윳빛 피부. 이것들이 궤도 이탈을 하기에 최적의 여건을 갖춘 남편의 애정에 쇠고랑을 채우고 있지 않은가.

"아줌마, 여기 팬티 스타킹요."

"으응, 그래. 강 기사 뭘 하니?"

"또 라디오 틀어놓고 있어요."

"어서 차 준비하래라. 시간 없다."

진혜는 서너 개의 스타킹 중에서 원피스 색깔과 같은 계통의 쥐색 빛을 골랐다. 원피스를 훌쩍 걷어올리고 앉아 스타킹을 꿰신기 시작했다. 이리저리 골라가며 양쪽 무릎까지 올린 다음 일어서서 허벅지를 거쳐 마지막 단계인 허리까지 끌어올렸다. 그리고 진혜는 고개를 들었다. 거울에 자신의 하체가 그대로 드러나 있었다. 쪽 곧은 다리와 삼각 팬티에 반쯤 가려진 군살이라곤 붙지 않은 아랫배. 이 배에 세 아이가 머물렀었다는 사실은 친구들의 시샘만이 아니라 자신도 믿기가 어려웠다. 물론 이런 아랫배를 간직하기 위해 바치고 있는 정성의 대가이기도 했지만, 다른 친구들은 같은 노력을 하면서도 거의 효과를 보지 못하고 있었다. 그래서 남편은 어쩔 수 없이 내 향기의 노예, 진혜는 뭉클 솟구치는 원색의 감정에 바르르 어깨를 떨었다. 팬티 스타킹을 신을 때마다 하체를 노출시켜 보는 것은 버릇이었고 그때마다 시디시게 저려오는 행복감이 짧게 소용돌이치는 것이었다.

"빨리 미장원으로."

진혜는 운전사에게 일렀다. 차가 골목을 빠져나와 큰길로 들어섰다. 진혜는 몸을 부리며 눈을 내려감았다. 가슴이 콩콩 뛰는 소리가 들려왔다. 흥분과 긴장이 엇갈리는 탓이었다. 오늘의 외출은 예사 외출이 아니었다. 낮인데도 남편이 선뜻 동행을 받아들였다. 자신이 먼저 동행을 제의하지 않았더라도 남편은 이미 그럴 심산이었을 것이다. 자식들에 대한 남편의 유별난 관심은 주변에 소문이 나 있었지만 큰아들 동찬이에겐 좀더 정색을 하는 편이었다. 동찬이 때문에 당연한 것이라고 생각하면서도 낮에 남편과 함께 외출을 한다는 사실에 진혜는 약간 들뜨고 있었다. 남편과는 한 달에 두어 번 정도 외출을 하곤 했다. 그런데 그 외출은 언제나 밤 시간이었다. 직장 생활을 하는 사람들의 경우 대개가 그런 식의 외출이 되겠지만 특히 남편에겐 일요일이 없었던 것이다. 연중무휴의 병원 운영이 남편의 방침이었다. 병에도 휴일이나 일요일이 있는 게 아니다. 우리의 상대는 모든 면에서 각 대학병원들이다. 원장인 남편의 이런 방침에 반대하는 의사들은 없는 모양이었다. 빼앗겨버린 일요일을 사는 불만이 적잖았다. 그러나 진혜는 표를 내는 맹꽁이 작전 같은 것은 펴지 않았다. 남편은 자신이 하는 그 어떤 일에나 무관심할 만큼 관대했지만 병원에 관해서는 단 한 마디의 말도 용납하려 하지 않았다. 일요일도 죽여가며 일을 하는 맹렬한 정열 때문에 남편은 마흔셋의 나이에 종합병원장을 하는지도 모를 일이었다. 일요일이나 공휴일은 달력에 그저 빨간색으로 표시한 숫자에 지나지 않는다고 진혜는 마음을 정리한 지 오래였다. 그런데 오늘은 남편이 낮에 시간을 낸 것이다. 동찬이가 멋들어지게 해치워야 할 텐데. 박수와 박수의 물결, 번쩍거리는 황금빛 트로피, 번갯불처럼 터지는 플래시, 신문마다 실린 동찬이의 사진과 이름. 가슴은 더욱 콩콩거리며 뛰었다.

"사모님, 염려 마십시오. 틀림없이 1등일 겁니다. 동찬이 실력도 뛰어나고 손도 그만큼 썼으니까 사모님은 잔치 준비나 하십시오."

선생의 말을 되씹다 말고 진혜는 가벼운 한숨까지 내쉬었다.

"점심 먹어야지."

차에서 내린 진혜는 그때까지 문 손잡이를 잡고 서 있는 운전사에게 천 원 권 한 장을 뽑아 건넨다.

"어머, 원장 선생님 사모님 어서 오세요."

"어머머머, 이 원피스 또 새로 하셨군요? 어쩜, 어쩜 요리 딱 어울리실까."

"증말, 이 심풀한 데쟈아인, 이 고상틱한 칼라, 딱 사모님한테만 어울리는 거야. 을마나 멋져, 글쎄."

미장원에 들어서자마자 진혜는 주인과 미용사들에게 포위당해 영접을 대신하는 찬사의 소나기를 한바탕 뒤집어쓰고서야 제자리를 잡았다.

"전신 맛사지하실 거죠?"

"아냐, 콜드 맛사지만 간단히 해줘. 나 지금 시간 없어."

"어디 약속 있으신가 부죠?"

"아빨 만나기로 했어."

"좋으시겠네요. 낮에 파티도 아닐 테고, 누구 결혼식에라도 가시나요?"

"시시하게 결혼식은. 오늘은 아주 가슴 조마조마한 근사한 날이지 뭐야."

"아아 알았어요. 두 분 결혼 기념일이군요. 그렇죠?"

"그것 참 그럴듯한데? 근데 그게 아니구 말이지, 우리 동찬이가 전국 음악 콩쿨 최종 결선에 나가는 날이야. 그러니 내 맘이 어떻겠어."

"어머 장하기도 해라. 노랠 불러요?"

"아니야, 바이올린이라구, 바이올린."

"어마, 그것 참 어렵다던데. 그래, 몇 년이나 했길래 결선에 올랐어요?"

"자꾸 말 시키지 말어. 맛사지하는데 주름잡히잖아."

검은 뿌리 245

진혜의 짜증에 마사지를 하던 미용사와 손톱을 다듬던 미용사가 찔끔하더니 서로 마주 보고 입을 삐쭉거렸다. 마사지대에 비스듬히 누워 눈을 사르르 내려감은 진혜는 연주하는 아들의 그 믿음직하고 자랑스러운 모습을 떠올리고 있었다.

마사지를 마친 진혜는 아직 굳어지지 않은 매니큐어 때문에 열 손가락을 거미 발처럼 벌려서 들어올린 채 화장실로 들어갔다. 진혜는 화장실에서는 일절 말을 하지 않았다. 화장을 하는 동안 입을 놀리면 안면 근육의 무질서한 수축과 팽창으로 화장이 제대로 먹히질 않았고 특히 실주름이 잡힐 엉뚱한 위험이 도사리고 있었다.

화장을 마친 진혜는 고데를 하기 위해 거울 앞에 앉았다. 미스 같다고 하기엔 좀 억지스럽지만 아홉 살을 싹 에누리해서 서른이라 하기엔 손색이 없는 거울에 담긴 자신의 얼굴을 향해 흡족한 미소를 머금었다.

"아까 몇 년 했느냐고 물었지? 다섯 살 때부터니까 만 7년이야."

"어머나 그럼 귀신이겠네요? 그 밑에 여자앤 뭘 하지요?"

"유미? 피아노야."

"그 태권도 뽐내는 막내는요?"

"형 따라서 바이올린."

"그 돈만도 꽤 많이 들겠네요."

"그것만이라면 얼마 되나 뭐."

"그럼 또다른 것도 가르치세요?"

"셋 다 미술 학원엘 다니잖아. 그리고 아들 둘은 태권도장에 나가지, 유미는 나하고 수영장엘 다니니까 그냥 죽을 지경이지 뭐야."

"그게 얼마나 행복한 생활예요. 원장 선생님이 잘 버시니까 끄떡 없잖아요. 우리 같은 신세론 꿈만 같은 얘기예요."

진혜는 또 느긋한 포만감을 즐기고 있었다. 정녕 부러울 것이 없는 생활이었다. 남편은 아무래도 뛰어난 사람이었다. 고리타분한 대학병원 생활을 걷어차 버리고 동창과 후배들을 규합해서 종합병원을 만든 것이다. 외과 전문인 남편의 수술 솜씨는 어느 한복집 아주머니의 소문만큼 믿을 만한 모양이었다. 남편은 미련스러울 정도로 노력을 했고 그에 걸맞게 야망도 항시 뜨거운 모래 바닥이었다. 굳이 흠을 잡는다면 거의 매일이다시피 찢고 째는 의사답게 과음을 하는 점이었다. 그러나 이 흠은 오히려 자신의 아내로서의 값을 올려주는 지극히 인간적인 틈새였다. 진혜는 이 흠을 꼬집으며 바가지라는 것도 가끔 긁어보는 고소한 맛을 즐겼고, 그 틈새로 스며드는 바람이라도 있을까 싶어 가지가지 음식물로 미리 땜질을 해가는 달착지근한 노동 속에서 아내로 건재하는 자신을 발견하는 터였다.

"1시 약속인데 벌써 시간이 다 됐네. 자아, 수고들 했어요."

두둑한 팁을 던지고 진혜는 다급하게 미장원을 나섰다.

차에서 내린 진혜는 7층의 병원 건물을 잠시 올려다봤다. 그 육중한 체구가 산의 무게로 가슴에 밀려들었다. 남편의 뜨겁게 달구어진 정열로 뭉쳐지다시피 한 이 건물이 남편만큼 미더웠다.

운전사가 열어준 현관문을 거침없이 들어서 몇 걸음 걷던 진혜는 문득 스쳐가는 서늘한 기운을 느꼈다. 확실하진 않지만, 비가 부슬부슬 내리는 희끄무레한 저녁 후미진 골목을 돌아섰을 때 끼쳐오는 그런 검은 빛깔의 소름이 돋는 기분이었다. 걸음을 멈춘 진혜는 환자 대기실을 겸한 넓은 현관을 휘 둘러보았다. 정면으로 진찰권 발급·접수구, 왼쪽으로 수납구, 오른쪽으로 투약구, 그리고 중앙과 벽을 따라가며 놓인 등받이가 없는 스폰지 의자에 줄지어 앉은 환자들. 가끔 와본 그대로의 대기실이었다. 그러나 정물적(靜物的) 풍경만 같았지 분명 다른 것이 있었다. 전에는 언제나 병원이 지니는 엄숙한 무게가 어떤 보이지 않는 질서로 정돈된 것 같은 차분한 분위기였다. 그런데 지금은 기묘한 냉기가 감도는 속에 그것이 흔들리고 헝클어진 느낌이었다. 고개를 갸웃하며 다시 대기실을 휘 둘러보던 진혜의 눈길이 환자들에게 머물렀다. 그리고 진혜의 눈꼬리가 꺾이며 미간이 구겨졌다.

"사모님, 왜 그러십니까?"

운전사가 조심스럽게 말했다.

"비켜서 있어."

진혜는 낮게 잘라 말하고 환자들 옆으로 다가섰다. 바로 환자들 때문이었다. 근심과 초조와 공포에 점령당해 있어야 할 환자들의 얼굴이 놀람과 비난과 음모로 들떠 있었다. 어항에 든 물고기가 금붕어에서 갑자기 미꾸라지로 둔갑을 한 것이었다.

"그래서 어찌 됐대요?"

"어찌 되긴요. 죽고 말았죠."

"저걸 어째, 저걸. 세상에 날벼락 맞아 죽을 놈들 같으니라구. 그래 그 산소 뭔가는 누가 뺐답디까?"

"아 누구긴 누구겠어요. 의사지."

"세상에 어찌 그럴 수가 있나 그래. 여덟 살짜리 입에서 차마 어찌 그걸 빼 글쎄. 죽을 걸 뻔히 알면서."

"그러게 돈 없는 목숨이 어디 목숨이랍디까. 짐승이지."

"돈을 구해왔다면서요."

"참, 이 아줌마 답답하네. 약속한 시간이 지나서 그랬다고 했잖아요."

"얼마나 지났길래요?"

"모르겠어요. 40분이래나 50분이래나 그렇답디다."

"세상에, 세상에 그 에미 애비가 환장을 안 하고 어찌 살 겠어요, 원통해서."

"그래 반 미쳐 저 난리지요. 난 그만 가봐야겠어요."

"아주머닌 어디로 가시게요?"

"어디 이놈의 병원에 몸 맡기겠수?"

"나도 함께 가요. 무서워서 더 못 있겠어요."

두 여자는 황급히 일어서 쫓기듯 현관을 빠져나갔다. 표독스러운 눈길로 그들을 쏘아보고 있는 진혜의 입술이 파르르 떨렸다.

"꼴 떠네. 재수 없게 하필 오늘 이따위 더러운 일이 터졌어 그래."

머리칼이 뒤엉킬 지경으로 홱 돌아서며 진혜가 내뱉은 말이었다.

진혜는 인사를 하는 간호사들은 거들떠보지 않고 원장실을 향해 다급하게 걷고 있었다. 복도를 돌아섰을 때였다. 여자의 통곡하는 소리와 남자의 껄껄한 외침이 뒤섞여 먼 듯한 느낌으로 들려왔다. 응급실에서 새어나오는 소리임을 진혜는 금방 알아차렸다.

"사람 속 썩이네."

진혜는 짜증스럽게 중얼거렸다.

"봐, 두고 봐. 느이 놈들 새낄 고이 키우나 두고 봐. 이 손으로 다 쳐죽이고 말 테니까 두고 봐!"

흡사 짐승의 울음 같은 남자의 울부짖음이었다. 응급실 문 앞에 멈춰섰던 진혜는 두어 걸음 물러섰다.

"이놈들아 내 자식, 내 자식 살려내애애! 어서 내 자식 살려내란 말이다아!"

여자의 찢어지는 외침이었다. 진혜의 얼굴에 어두운 빛이 덮였다. 건성으로 머리칼을 쓸어올린 진혜는 아까보다 좀더 빠른 걸음으로 걷기 시작했다.

"여보, 어떻게 된 거예요."

원장실 문을 벌컥 열고 들어서자마자 진혜가 쏟아놓은 말이었다.

"으응, 당신 왔구먼. 왜 그래, 무슨 일이 생겼어?"

책을 덮고 일어서며 남편이 웃음을 지었다.

"아니……, 당신 아직 모르고 계시는 모양이죠?"

"뭘 말야. 어서 이리로 앉기나 해."

"애 죽은 것 말예요. 당신은 그것……."

"허허 난 또 뭐라구. 벌써 두 시간 전에 일어난 일인데 내가 모를 리가 있나. 어서 일루 앉아."

진혜는 남편에게 손목을 잡혀 소파에 앉았다. 그러면서 순간적으로 눈앞이 환해지는 걸 느꼈다. 그러나 마음을 놓

검은 뿌리 251

을 수는 없었다.

"여보, 당신 괜찮으시겠어요?"

"뭐, 그 일 때문에?"

"그렇다니까요."

"이런 열녀 봤나. 그래서 얼굴이 그렇게 질려 있었군? 아무 염려 말어."

"정말 아무 일도 없는 거죠?"

"내 걱정 말고 하늘 무너지나 잘 살펴봐. 우리가 할 책임은 다했어. 근데 당신은 어떻게 알았지?"

"현관에서요. 아휴 인제 살 것 같애."

진혜는 가슴에 손을 얹으며 한숨을 내쉬었다.

"현관이라니?"

"현관으로 막 들어서니까 다른 때와 달리 기분이 이상하잖아요. 어수선한 것 같기도 하고 술렁거리는 것 같기도 하고 말예요. 그래 환자들 말을 엿들었잖겠어요."

"그럼 대기실 사람들이 모두 알고 있단 말야?"

원장이 언성을 높였다.

"네에……"

"요런 멍텅구리들 같으니라구. 응급실 밖으로 새나가지 않게 하라고 그렇게 일렀는데 도대체 어떤 바보 같은 것이 방정맞게 입을 놀려가지고……"

원장이 신경질적으로 성냥을 그어댔다.

"아무 염려 없댔잖아요."

진혜는 금방 질린 표정이 되었다.

"나야 아무렇지도 않지만 소문이 그렇게 빨리 퍼져서 좋을 게 없잖아."

"당신만 무사하면 됐어요. 어차피 소문은 퍼지게 마련 아녜요."

"근데 대기실 사람들 반응은 어때?"

"좋을 리가 없잖아요."

"그럴 테지. 너무 뻔한 걸 물었시."

원장은 담배 연기를 길게 내뿜었다.

"이 일로 환자가 줄면 어쩌죠?"

"염려할 것 없어. 환자는 얼마든지 생기게 마련이고, 세상 사람들은 무슨 일이고 잊어먹기 명수들이니까."

진혜는 거의 기분이 회복되었다. 그러나 께름칙하게 한 가락 남은 것이 있었다.

"그 부모한테는 보상금이랄까 그런 조로 뭘 좀 주나요?"

"돈을? 아니, 병원이 자선냄빈 줄 알아, 당신은?"

"그게 아니구요. 아까 응급실을 지나오다가 들으니까 애 아빤 모양인데, 느이 놈들 새낄 다 쳐죽이고 말겠다고 고래고래 소릴 지르잖아요."

검은 뿌리 253

"그게 겁나서 돈 주고 한번 봐달라고 빌기라도 하란 말인가? 그 친구 워낙 무식해서 법이 있다는 것조차 모르는 모양이군. 쓸데없는 데 신경 쓰지 마."

"그래도 어째 마음이……."

"어허 이렇게도. 그 친구 식이라면 이 세상 의사나 가족은 씨도 안 남아났겠잖아. 자아, 커피나 한잔씩 마시고 싹 잊어버려."

"커피는요, 시간 없어요."

"한잔해. 이런 때 마시는 게 별미야."

비서를 겸하고 있는 간호사가 가지고 온 커피를 마시자 생각했던 것보다 훨씬 기분이 가벼워졌다.

"몇 시부터랬지?"

"2시예요. 서둘러야겠어요."

"난 준비 완료야. 출발하지."

진혜는 남편과 나란히 걸어 뒷문을 통해 대기 중인 차에 올랐다. 다시 응급실 복도를 지나가지 않은 것이 그렇게 홀가분할 수가 없었다.

신호등이 바뀌면서 차가 급정거를 했다.

"차 천천히 몰아. 자넨 같은 말을 왜 몇 번씩이나 하게 만드나."

원장이 미간을 찌푸리며 꾸짖었고,

"죄송합니다. 바쁘신 것 같아서……."

운전사가 어물거렸다.

차가 다시 움직이기 시작하자 진혜는 남편 가까이 다가앉았다.

"여보, 동찬이가 1등을 하면 무슨 선물을 하실 거예요?"

"글쎄, 뭘로 하면 좋을까……."

"바이올린을 바꿔주도록 해요. 아주 좋은 걸 봐놨어요. 좀 비싸긴 하지만."

"1등을 해야 말이지."

"틀림없어요. 당신은 돈 준비나 하세요."

진혜는 남편 곁으로 더 다가앉으며 팔짱을 끼었다.

〈1976년〉

방황하는 얼굴

엄마는 남대문 도깨비시장의 미제 물건 장수다. 그리고 징그러울 정도로 열성인 크리스천이다. 엄마가 이런 것에 대해서 언니는 항상 종종걸음을 친다. 뭐 실제로 발을 방정맞게 까불어대거나 몸놀림을 빙충맞게 짓는 것은 아니다. 영 맺힌 데 없이 퍼져버린 매력 빵점의 얼굴에 언제나 죄스러운 그늘이 덮여 있는 것이다. 펑퍼짐한 언니의 얼굴 중에서 그래도 봐줄 만한 것이 있다면 눈인데, 그 눈마저 언제부턴가 김 팍 새서 목판에 나가뻗은 생선의 그것을 닮아가고 있다. 얼굴은 마음의 거울이니, 눈은 마음의 창이니 하는 고상한 말이 아니더라도 언니의 마음이 종종걸음을 치고 있음

방황하는 얼굴 259

을 나는 망원경 보듯 뻔히 알고 있다. 나는 그런 언니를 실눈 뜨고 보면서 코웃음 친다. 한 마디로 웃긴다는 생각뿐이다. 이런 태도의 나를 언니가 어떻게 점수 매기고 있는지를 잘 알고 있다. 수치도 체면도 모르는 어쩔 수 없는 계집애라고 철판 칸막이를 쳐두었을 것이 뻔하다. 그러나 언니는 그런 내색은 전혀 하지 않는다. 막 깨놓고 얘기해서 감히 그런 표를 낼 수 없는 것이다. 내가 두렵기 때문이다. 만약 그따위 얼뜬 수작을 했다가는 나의 무차별한 이중(二重) 공격에 떡이 되기 안성맞춤인 것이다. 나는 중학교 때 농구 선수로 뽑힐 정도로 키가 늘씬해서 두 살 위인 언니보다 한 뼘이나 더 크다. 그래서 언니는 늘 내 완력 앞에 백기를 든 지 이미 오래다. 거기다가 내 혓바닥은 보통 사람들보다 아마 두 배는 부드러울 것이다. 그러니 평균 점수 이하로 말이 느린 언니가 내게 당해낼 방법은 아무것도 없는 셈이다.

이팔청춘인 언니가 시절을 잃어버리고 병든 꽃처럼 되어 있는 것은 순전히 자기 책임이다. 보나마나 언니는 엄마 때문이라고 못 박겠지만 어림도 없는 수작이다. 바로 이 점 때문에 나는 코웃음을 친다. 언니는 아직도 애송이인 것이다. 배꼽이 등짝에 착 달라붙는 허겁지겁한 꼴을 당해보지 않아서 영화 보고 가슴 아파하는 식의 고민을 키우고 있는 것이다. 그 병신스러운 고민을 포옹하고 맘껏 애무할 수 있는 것은 바로 자기가 고민의 대상으로 삼고 있는 엄마의 벌이가 있기 때문이라는 구구법식 산수를 언니는 깨닫지 못할 만큼 어리다. 그래서 나는 언니를 용서하는지도 모른다. 언젠가 나는 완력을 써서 언니의 덜떨어진 생각을 뜯어고칠까 하고 고개를 갸웃거렸었다. 그러나 곧 보류했다. 겉으로 나타내지 않는 생각만은 그 사람의 자유에 속하는 문제라는 것을 중요시한 결과였다. 사람들은 나를 선머슴애라고 서슴없이 불러대고 나 또한 그런 호칭에 털끝만큼의 신경도 다치지 않는 계집애지만, 그 정도의 식견은 가지고 이 세상을 헤엄치고 있다 그런 말씀이다.

언니가 이 세상에서 가장 두려워하는 존재란 가당찮게도 하느님이다. 그리고 제일 좋아하는 노리갯감이 속죄다. 따라서 그 노리갯감에 붙은 액세서리들이 양심·진실·체면·위신 뭐 이런 것들이다. 하루하루가 심드렁해지거나 꺼끌꺼끌해지려고 하면 나는 가끔 언니의 일기장을 실례하는 버릇이 있다. 그 일기장에는 그 노리갯감과 액세서리들이 뻔질나게 등장하고 있었다. 언니는 지치지도 않고 매일 일기를 쓰고 있었고, 지치지도 않고 첫 줄에 '주여'를 느낌표까지 넣어 부르짖고 있었고, 지치지도 않고 속죄라는 노리개를 주물러대고 있었던 것이다. 그런데 눈 뒤집힐 일은 엄마를 죄인 취급해 가며 하느님한테 고자질하는 것이었다. 나는 잠에 곯

방황하는 얼굴 261

아떨어진 언니의 옆구리를 당장 내질러버리고 싶은 흥분에 휩싸이는 것이었지만 다음 순간 어금니를 물며 참는 것이다. 기분 내키는 대로 걸어챘다가는 일기장을 훔쳐본 파렴치범의 올가미를 벗어날 수 없기 때문이다. 자칫 팔랑개비처럼 가볍게 굴었다가 죄인이 됨은 물론 상대방의 생각의 자유를 인정해서 완력을 쓰지 않는 나의 높은 식견에 똥칠을 할 위험까지 있었다.

　진정을 한 나는 언니를 내려다보며 도깨비시장 아줌마들의 말을 흉내냈다.

　"쯧쯧쯧, 세상 물정 모르는 풋것 같으니라구……."

　이 말을 하고 나면 한결 가슴이 후련해지는 기분이었다.

　언니는 참 딱할 지경으로 풋것이다. "촌년이 반하면 속곳 밑에 자크 단다"는 약간 상스럽고 망측한 말마따나 언니의 폼 쓰는 꼴이 꼭 그짝이다. 미제 물건 팔아서 남는 이익금으로 세 끼 밥 때우는 고갯길 인생이면 그런 인생답게 꾸깃꾸깃 살아가야할 게 아니냔 말이다. 자기가 뭐 융단 타고 날아다니는 페르시아 공주라고, 고민이다 속죄다 해가며 속을 끓이는지 모르겠다. 막말로 해서 하느님은 무슨 놈의 쉬어터진 하느님이냐. 하느님, 그거 말짱 헛것이다. 돈만 있으면 천당행 승차권쯤 적당히 쓱싹할 수 있다는 말을 나는 확실히 믿는다. 나는 돈이 하느님보다 높다는 것을 실제로 겪어서 잘 안다. 돈은 못하는 일이 없는데 하느님은 할 수 있는 일이 뭐가 있는가. 이런 내 주장에 언니는 희게 질리며 쏟아놓는다. 하느님을 돈과 비교하는 것, 그건 용서받을 수 없는 죄악이며 사탄이나 지껄일 수 있는 악담이라고 제법 기를 세운다. 나는 그만 구역질을 느낀다.

"얼씨구, 자알 돌아간다. 그럼 한 가지 묻겠는데 말야, 예수님이 배꼽이 있게 없게?"

"뭐라구……?"

"모르시지? 그것도 모르면서 뭘 그리 흥분하고 야단야."

"너 지금 무슨 소릴 지껄이는 거야!"

언니는 갑자기 송곳으로 엉덩이라도 찔린 것처럼 바락 소리를 지른다. 가슴께에 모아진 두 손이 창백하게 떨리고 있다. 곧 기도로 돌입할 자세인 것이다. 나는 용용 죽겠지의 폼으로 씨익 웃어준다.

"예수도 배꼽이 있다는 걸 알아둬. 그도 평범한 인간이었단 말야. 다만 용기가 뛰어난 매력 넘치는 사내였지. 미남이었고 말야. 만약 언니나 내가 그 시대에 태어나서 예수한테 프로포즈를 했다면 예수는 단연 날 택했을 거야. 생김새는 그만두고라도 언니처럼 그렇게 무분별하게 치근치근 매달리는 여잘 좋아했을 리가 없잖아. 예수는 자기의 말을 깨닫는 센스 있는 여잘 좋아하지 해결을 강요하는 무디고 미련스런 여잘 좋아하지 않는다는 걸 알아두라고."

"오오 주여! 저 사탄을······."

결국 언니의 기도의 폭포가 쏟아져내리기 시작한다.

"저런 풋것 같으니라구."

나는 메스꺼움을 떼치느라고 이 말을 내던지고 돌아서버린다.

나는 언니가 괴로워하는 마음을 이해는 한다. 그러나 그걸 용납할 수는 없으며 더욱이 동조란 어림도 없는 일이다. 언니의 일기장에 밝혀진 바로는 엄마의 미제 물건 장사는 감시와 단속을 받는 떳떳지 못한 직업으로서 날마다 죄를 쌓아가고 있다는 것이다. 이 말까지는 그렇다 치더라도 내 비위를 비틀어놓는 것은 그 다음부터다. 그 죄는 체면을 깎고 수치를 키우는 어쩌고 하는 식으로 이어져나간다. 시장 바닥 말로 내갈겨버리자면, 개똥이나 체면이 밥 먹여주고 수치가 앞가려 준다더냐. 더 가관인 것은 그 다음이다. 날마다 죄를 짓고 주일이면 꼭꼭 예수님 앞에 서는 엄마의 모순된 행위를 주께서는 결코 용납하지 않으실 텐데 엄마는 그런 위선을 계속 저지르고 계신다. 이런 식으로 종이 위에다 수다를 떨고 있는 것이다. 나는 사전을 들춰서야 모순이란 말뜻을 알게 되었다. 나도 엄마가 일요일마다 교회에 나가는 것을 달갑게 여기지는 않는다. 그렇다고 언니 같은 이유 때문이 아니다. 거침없이 교회에 바치는 돈이 아까워서다. 엄마한테 딱 한 가지 불만이 있다면 바로 이 점이다. 얼마나 아니꼽고 더럽게 장사를 해서 번 돈인데 그걸 일요일마다 교회에 쏟아넣는지 모를 일이다. 아 글쎄 깨놓고 얘기해서 단속반이 시장 안을 난장판으로 만들 때 예수님이 한 일이 뭐가 있느냔 말이다. 목사의 말마따나 주께서는 우리의 영혼을 구제하시기 때문에 미처 그런 데까지 신경 쓰실 여유가 없으셨단 말인가? 그러면서도 전지전능은 또 뭐야. 배꼽이 하품할 시장스런 얘기다. 그러나 난 엄마가 교회에 나가는 심정을 충분히 이해한다. 엄마가 교회에 나가는 것은 언니의 얼빠진 소리처럼 미제 물건 장사를 하며 쌓은 죄를 용서받으려는 것이 아니라 외롭고 허전하기 때문이다. 보나마나 엄마는 기도라는 것을 하면서 사죄하는 것이 아니라 아빠를 만나고 있을 것이다. 엄마가 '주여!'를 부르짖는 것은 '여보!' 하며 아빠를 부르는 것이나 마찬가지다. 엄마는 요즈음도 숨이 콱 막히는 일을 당하면 으레 아빠를 부르는 것이다.

"여보! 이 일을 어쩌면 좋아요."

그러면서 두 손을 맞잡는다. 6년이나 교회를 다녔으면 '주여!'를 부를 만도 한데 교회가 아닌 데서는 엄마는 꼭 아빠를 불렀다. 그리고 아빠가 돌아가시자 곧 교회를 나가게 된 것만 보아도 엄마의 심정은 알 수 있는 것이다.

 엄마와는 달리 무슨 이유에서인지 모르게 예수의 열성적인 딸이 되어버린 언니가 잠꼬대처럼 중얼대는 속죄니 죄악이니 하는 말은 탓하지 않더라도 엄마까지 죄인 취급하는 데는 피가 곤두설 지경이다. 엄마의 모순된 행위를 주께서 용납하지 않아도 좋다. 그까짓 것 하나도 떨 것이 없으니까. 그런데 얄미운 것은 정작 언니다. 자기 목숨을 이어주는 밥이, 그리고 예수님 앞에 바친 돈이 바로 엄마의 모순된 행위로부터 나온 것임을 까맣게 잊어버리고 있는 점이다. 거기다 한술 더 떠서 어서 엄마가 다른 떳떳한 직업을 가져야 한다고 소갈머리 없는 소리를 지껄이고 있는 것이다. 위험하고 고달픈 장사니까 바꿔야 한다면 좀 기특하고 훈훈한 말일까. 이건 순전히 예수님한테 속죄하는 뜻으로 다른 장사를 해야 한다는 것이다. 물론 그런 철부지 소견머리에 어떤 장사가 좋다고 밝혔을 리가 없다. 언니는 불쌍하게도 이 세상의 모든 장사라는 것이 거짓말 콘테스트라는 평범한 진리를 깨닫지 못한 것이다. 그도 그럴 것이 우리 집안의 맏이답게 엄마의 명령에 순종해서 시장 바닥에는 얼씬도 안 했기 때문이다. 그와는 반대로 명령을 식은 죽 먹듯 어긴 나는 이제 엄마와 동업자처럼 되어버렸다. 그래서 나는 학생이라는 것 외에 미제 물건 장사 보조역이라는 이중 직업을 가지게 된 것이다.

 좀 어른스러운 말로 하자면 핏줄이라는 것은 더러워서 막상 언니를 미워하거나 따돌릴 수도 없다. 그래서 나는 굳이 언니의 좋은 점만을 보도록 노력하고 있다. 언니를 말하는데 단연 손꼽을 수 있는 것이 공부를 빼어나게 잘한다는 점이다. 그러나 이것도 점수 벌레들한테나 부러움을 살 일이지 나로선 별로 느낌이 없다. 아니 오히려 구질구질하게 여기고 있다.

 나는 언니하고 두 살 차이면서 학년은 1년 차이다. 그 이유는 분명히 있다. 언니가 국민학교엘 들어가고부터 나는 언니와 거의 똑같이 공부를 해냈다는 것이다. 그래서 아빠는 나를 1년 먼저 학교에 넣었다. 나는 아빠가 돌아가시기 전까지 4년 동안 언니와 나란히 1등을 먹었던 것이다. 아빠가 돌아가시고 난 다음부터 엄마와 언니는 교회에 다니기 시작했고 난 공부가 시들해지기 시작했다.

 내가 겨우 중간 정도의 공부를 하면서 언니에게 뻣뻣하게 대하는 데도 언니가 우등생족들이 범하기 쉬운 교만이나 경멸의 태도를 나에게 보이지 않는 것은 나의 이런 과거의 영광과 저력을 무시하지 못하는 탓이다. 나는 시금도 발동을 걸었다 하면 성적을 올리기에는 자신이 있다. 그러나 그럴 필요를 조금도 느끼지 않는다. 공부라는 것 잘해 보았자 오히려 초라하고 처량해질 뿐이다. 1등을 해서 어쩌자는 것인가. 아빠 없는 세상에서 우리 남매는 엄마한테 너무 무거운 짐이다. 1등이 필요한 사람은 따로 있다. 상업고등학교 졸업이 학벌의 전부가 될 나 같은 처지에서 1등이면 뭘 하고 우등생이면 별수가 있나.

그래도 성적이 좋아야 은행이나 재벌 회사에 취직이 될 게 아니냐고? 회충이 고고를 출 만큼 배고픈 이야기다.

시집가면 모가지 뎅경할 조건의 하품 나오는 취직 생활을 하는 건데 엘리베이터를 운전하면 어떻고 사무원 노릇을 한다고 무슨 뾰족한 수가 있단 말인가. 점잖은 양반들이 들으면 알로 깐 소리라고 날 불량한 계집애 취급을 하겠지만 나 같은 종자들이 취직을 하는 데는 실력도 실력이지만 미모가 차지하는 비중도 대단하다는 걸 나는 잘 알고 있다. 나는 내 미모에 대해선 자신이 있다. 주변 사람들이 한결같이 말하는 것처럼 언니와는 남남 같은 생김이다. 체구가 그렇고 얼굴이 그렇다.

난 아빠를 닮았고 언니는 엄마의 복사판이다. 나는 내가 아빠를 닮았다는 것을 아빠가 돌아가신 다음부터 차츰차츰 보배롭게 여겨오고 있다. 이건 어쩌면 아빠에 대한 그리움 때문인지도 모르겠다. 사람들은 내가 덜렁대지 않고 공부만 좀더 잘하면 언니보다 훨씬 나을 거라고들 한다. 걱정이 팔자인 사람들의 흰소리다. 내가 딱 질색하는 것이 몇 가지 있는데 그중의 하나가 바로 체하는 것이다.

　무식한 냄새를 온몸에 덕지덕지 바른 여편네가 공연이 끝나버린 오케스트라 관람을 하지 못했음을 뒤늦게 애석해 한다거나, 은어(隱語)랍시고 쓴 영어가 전혀 엉뚱한 뜻으로 빗나가는 경우 같은 때 나는 그만 미치기 직전에 다다른다. 오히려 내가 쑥스럽고 계면쩍고 겨드랑이가 스멀거리는 것을 참지 못해 상대방을 와드득 쥐어뜯고 싶은 충동에 고통을 당한다. 반 아이들 중에서 이런 여편네 후보생들이 나타났다 하면 나는 무지막지한 공격을 감행하곤 한다.

　그래서 그따위 덜떨어진 버르장머리를 싹 뜯어고쳐 버려야 직성이 풀린다. 내가 언니를 무릎 아래로 내려다보는 것도 언니의 태도를 이런 식의 격에 어울리지 않는 쉬어터진 짓으로 간주하기 때문이다. 지하실 도깨비시장 바닥에서 어떤 일이 일어나는지도 모르고 언니는 꿈속을 허우적거리고 있는 것이다. 미제 물건 장수 딸년답게 눈알 똑바로 뜨고 살라는 말이다.

　언니는 천상 3류 영화의 주인공이다. 홀어머니 밑의 4남매 중의 맏이. 거기다가 우등의 성적. 독실한 크리스천이며, 고민녀. 그래서 어쨌단 말인가. 여러분, 이 사람을…… 동전을 구걸하기에도 낡아빠진 레퍼토리인 것이다. 나는 이따위 자격 구비를 하게 될까 봐 끔찍해서도 공부는 벼락치기로, 마음은 유쾌하게 갖도록 노력하고 있다.

언니의 소리 없는 바람인 직종 변경 이전에 엄마는 벌써 서너 가지의 장사를 거쳐서 오늘에 이르렀다. 아빠가 엄마와 언니와 나와 남동생 준이가 보는 앞에서 순식간에 시체가 되어버린 다음부터 엄마는 어쩔 수 없이 그리고 당연하게 우리 집의 아빠까지 되어야 했다.

아빠는 우리들의 박수를 받으며 물 속으로 뛰어들었고, 한 번 머리를 쑥 내밀고 사라지더니 까마득하게 나타나지 않았다. 엄마의 파랗게 질리는 얼굴을 보고 우리는 한꺼번에 울음을 터뜨렸고 우리의 울음 소리에 놀란 엄마는 '사람 살려어'를 찢어져라고 외쳤다. 물안경을 쓴 남자들이 풀로 박혀 들어갔고 헤엄에 열중하던 사람들은 순식간에 물 밖으로 튕겨져나왔다. 건져올려진 아빠는 잠자는 것 같았다. 피부가 검게 번들거리는 남자들이 땀을 뻘뻘 흘려가며 인공호흡이라는 걸 시켰지만 아빠의 팔목은 다시 팔딱거릴 줄을 몰랐다.

눈이 썩지 않나 싶을 지경으로 길고 긴 날을 징징 울어대던 엄마는 엉뚱하게 장사를 시작한다고 나섰다. 흔해빠진 양품점이라는 것이었다. 그때 이미 엄마는 교회에 나다니고 있었고 언니는 표나게 말이 줄어들었던 것이다. 2년 가까이 되어 엄마는 양품점 문을 닫았다. 집을 팔아서 줄였고 엄마가 다시 시작한 장사가 분식 센터다. 그것도 1년이 조금 지나 그만두었다. 미장원엘 통 다니지 않는 탓도 있겠지만 엄마는 놀랍게 늙어 보였다. 그러는 사이 아빠 얼굴을 모르는 막내동생이 우리 아빤 어디 갔느냐고 따져물을 만큼 자랐다. 엄마가 세 번째로 시작한 것이 기름 장사다. 그것도 흐지부지되고 네 번째가 바로 미제 물건 장사였던 것이다.

중3 1학기가 지나면서부터 엄마는 나를 물끄러미 바라보는 횟수가 늘어갔다. 그런 때 엄마의 눈은 시큰하게 슬픈 빛을 담고 있었다. 나는 머잖아 그 안개빛 자욱한 슬픔의 이유를 알아냈다. 엄마는 이제 지치고 비틀거리는 형편이었다. 엄마는 나를 대학까지 보낼 자신이 없었던 거다. 그럴 바에는 인문고등학교보다 실업고등학교엘 보내야 했다. 그런데 그 말을 차마 하지 못한 채 슬픈 울음을 운 것이다.

"주희는 인문·실업 중에서 어떤 걸 택하고 싶지?"

담임의 이런 질문을 받는 순간 나는 엉뚱하게도 회색빛 커튼이 쳐진 창과 같았던 엄마의 얼굴을 떠올린 것이다. 그리고 더 이상 담임과 어리석은 숨바꼭질을 할 필요가 없음을 직감했다.

"실업학교 가겠어요."

"너 그게 정말이냐?"

담임의 음성은 놀라움보다는 반가움이 더 짙게 묻어났다.

"엄마의 부탁과 일치했죠?"

"아니, 그걸 어떻게……."

나는 재빨리 돌아섰다. 담임의 아무 책임 없는 위로를 받게 될까 두려워서였다.

그때까지만 해도 나는 철부지였다. 엄마가 아빠 노릇까지 하기가 그렇게 힘이 드는 줄은 미처 모르고 있었던 것이다. 나는 등나무 밑 벤치에 늦게까지 앉아 가을 냄새가 물씬거리는 깊디깊은 하늘을 자꾸 올려다보며 콧물을 들이마셨다. 이날처럼 아빠가 없는 흔적이 크게 느껴지기도 처음이었다. 하늘의 넓이로 커진 그 흔적은 그대로 외로운 바다가 되어 나를 에워쌌다. 나는 엄마가 미제 물건 장수라는 것을 새삼스럽게 깨달았고 우리가 다섯 식구라는 사실을 곱씹었다. 나는 몇 시간 사이에 어른이 되어 어스름을 밟고 집으로 돌아왔다.

며칠 후에 나는 엄마한테 능청을 떨었다.

"엄마, 내일 진학 분류를 한다는데 나 상업학교 갈까 봐. 영 공부가 하기 싫어 죽겠어."

엄마는 내 손을 꼬옥 잡으며 금방 울먹였다. 그리고 한참만에 힘들게 말했다.

"상업학교에서도 대학에 진학할 수 있다. 형편이 나아질

지도 모르니 열심히 하도록 해라."

 엄마는 이 말을 하지 말았어야 했다. 이건 엄마의 진심이었을 것이다. 엄마는 또 그럴 결심이었을 것이다. 그러나 이 말은 나에게 아무런 도움도 주지 못했다. 오히려 엄마를 비굴하게 느끼게 했을 뿐이다. 아빠가 없는 지금까지의 살림살이는 엄마의 노력과는 반대로 한사코 말라비틀어져 왔던 것이다. 마음 놓고 할 수 있던 장사도 거듭 실패를 했는데 쫓기고 쉬쉬해 가며 하는 장사가 번창할 리가 없었다. 엄마는 비굴하게 거짓말을 한 것이다.

 내 성적은 그때부터 내리막길로 굴러떨어지기 시작했다. 성적표를 받아볼 때마다 엄마의 얼굴이 엷게 일그러지는 것을 나는 놓치지 않았다. 엄마를 괴롭히지 말아야 된다고 생각하면서도 성적은 자꾸 미끄럼을 탔다. 나는 처음으로 스스로가 하는 일인데도 스스로의 힘으로 되지 않는 것도 있다는 경험을 하게 되었다.

 입학 원서를 쓰게 될 즈음이었다.

 "주희야, 어떡하면 좋으니."

 언니는 내 손을 어느 때 없이 꼬옥 눌러잡으며 눈물이 글썽했다.

 "무슨 일이 있어?"

 나는 이상하게도 섬뜩한 기분에 감기며 물었다.

"실망하지 말어. 앞으로 내가 대학을 택할 때도 너처럼 어쩔 수 없이 실리적인 쪽으로 기울어지고 말 테니까."

"……"

나는 아무 대꾸도 할 수가 없었다. 구질구질하게 왜 눈물은 핑 돌았는지 모른다. 언니의 이 말은 형편이 나아지면 대학엘 갈 수 있을 거라는 엄마의 말과는 영 딴판으로 내 마음을 아프게 했다.

언니가 예견한 날은 생각보다 빠르게 밀어닥쳤다. 내가 상업학교 학생이 된 것과 동시에 언니는 문과냐 이과냐를 골라잡지 않으면 안 되게 된 것이다. 언니는 며칠을 꽤나 괴로워하던 눈치더니 어찌된 영문으로 이과를 택했다. 언니는 당돌하게도 법관이 되고 싶어했었다. 그런데 그 반대인 이과를 택한 것이다. 이과에 속한 어떤 대학엘 진학하게 될 것인지 궁금했지만 나는 입을 열지 않았다. 어느 때든 기회를 엿보아 일기장을 실례하면 모든 궁금증은 샅샅이 풀릴 것이다.

나는 한동안 언니의 일은 감감하게 잊어버렸다. 도깨비시장에 홀려 있었기 때문이다. 내 노력과는 상관없이 마음은 고삐 풀린 망아지꼴이었다. 주산이며 타자에 아무리 마음을 동여매려 했지만 헛수고였다. 엄마가 들으면 기절초풍할 얘기지만 쥐콧구멍만 한 월급 받아보겠다고 주판이나 타자기 앞에 매달려 낑낑대느니보다 장사 수완을 익히는 것이 더 낫지 않을까 하는, 상당히 싸가지 없는 생각에 나는 유혹당하고 있었다. 그래 어느 날 갑자기 나는 엄마의 금족령을 어기고 도깨비시장을 급습한 것이다.

"아니 주희야, 이게 무슨 짓이냐!"

엄마는 놀라움과 노여움이 범벅 된 얼굴로 꾸짖었다.

"엄마, 미안해. 갑자기 보고 싶은 걸 어떡해."

나는 엄마의 푸르게 날이 선 눈길을 피하며 씨익 웃을 수밖에 없었다.

"못된 것! 어서 이리 들어와라, 어서."

엄마는 내 가방을 낚아채듯 하며 상품 진열대 안으로 끌어들였다.

"글쎄 여기가 어디라고……. 내 말 잊어버렸어? 잊어버렸느냐니까!"

엄마는 바락바락 소리라도 지르고 싶은 듯한 표정이었다.

"엄마, 나 야단치지 마. 기왕 와버렸잖아. 오고 싶은 걸 어떡해."

나는 엄마 팔에 매달리며 코맹맹이 소리를 냈다.

"못된 것. 거기 앉아 있거라."

엄마는 험한 표정을 무너뜨리며 일어섰다. 그리고 코를 들이마셨다.

나는 사방을 두리번거렸다. 도깨비시장은 도깨비가 나올 만큼 헐었거나 음침하진 않았다. 그러나 어딘가 모르게 칙칙하고 끈적끈적한 불길함이 감도는 것 같았다. 흐리멍텅한 형광등 불빛이나 매케한 먼지 냄새가 꿈틀거리는 지하실이기 때문이 아니다. 시늉뿐인 상품 진열대나 비좁은 통로나 지친 것 같으면서도 만만찮은 눈빛의 여자들, 이런 것들이 어울려 도깨비시장의 불길함은 숨 쉬고 있는 게 분명했다. 나는 엄마의 얼굴이 날로 바래가는 이유를 알았고, 여길 진작 찾아오지 못한 것을 후회했다.

나는 자리를 고쳐앉다가 주춤했다. 이상한 옷을 발견한 것이다. 나는 그 옷을 얼른 들어 펼쳤다. 그건 속옷이 분명한데 거의 빈틈이 없이 조그만 주머니들이 촘촘히 달려 있었다. 나는 옷을 더 펼쳤다. 한쪽 가랑이께에 조그만 주머니가 반쯤 꿰매진 채 바늘이 꽂혔다. 엄마가 주머니를 달다가 밀쳐둔 모양이다. 어디에 쓰는 옷일까. 왜 이런 손가락 세 개가 제대로 들어갈 수 없는 주머니들을 달까.

"얘, 주희야!"

나는 화닥닥 놀랐고 엄마는 그 속옷을 거칠게 낚아챘다. 엄마의 얼굴은 상상할 수 없도록 무섭게 들떠 있었다. 나는 그 서슬에 질려 엉거주춤 일어섰다. 엄마는 휴우 한숨을 쉬었다.

"앉거라, 주희야. 이거 마셔."

엄마는 유리잔을 내밀었다. 나는 그걸 얼른 받아 한 모금을 꼴깍했다.

"엄마, 이게 뭐야? 맛있는데?"

나는 유쾌한 음성으로 말했고,

"그래, 쭈욱 마셔라. 오렌지 주스다."

엄마는 내 등을 쓸며 엷게 웃었다. 나는 주책스럽게도 그 웃음에서 소나비 같은 울음을 보고 있었다.

'엄마, 미안해요. 이게 오렌지 주슨지 누가 모르나 뭐. 이러지 않고는 어쩔 수가 없잖아.'

나는 맛도 모르고 주스를 마시며 이렇게 엄마한테 소리 없는 사과를 했다.

그 옷이 루즈나 파운데이션 같은 화장품이나 기타 값나가는 물건을 숨기는 데 쓰인다는 것을 알기까지는 얼마간 시간이 걸렸다. 엄마나 도깨비시장의 여자들은 치마 속에 그 속옷을 입고 무수하게 많은 주머니에 온갖 물건들을 진열하고 있는 셈이다. 나는 언젠가 본 열쇠 장수 할아버지를 생각했다. 할아버지는 가슴과 등에 열쇠를 잔뜩 매달고 힘겹게 걸었다. 할아버지의 어깨는 열쇠들의 무게를 떠받치느라고 괴롭게 굽어져 있었는데 곧 무너질 것처럼 위태위태했다. 당장은 할아버지가 그 열쇠들로 목숨을 이어가지만 끝내는 열쇠들한테 먹히고 말 것 같은 초조로움을 떼칠 수가 없었다. 나는 엄마를 부축해야 된다는 새로운 결심을 했다.

나는 엄마의 눈총을 받으면서도 불쑥불쑥 도깨비시장에 도깨비처럼 모습을 드러냈다. 횟수가 거듭될수록 엄마의 눈길도 위력을 잃어갔다. 그날 내가 들어섰을 때 시장 바닥은 무법자들에게 짓밟힌 서부영화 속의 장면 같은 소란이 벌어지고 있었다. 나는 그것이 무엇인지 직감적으로 깨달았다. 엄마의 가게 쪽으로 내달았다. 내 눈에 들어온 것은 발을 동동 구르고 있는 엄마와 보자기에 물건들을 마구잡이로 싸고 있는 당당한 기세의 남자였다. 나는 전신이 욱죄여드는 고통에 떨었다. 눈을 질끈 감았다 뜬 나는 그 무법자를 향해 돌진했다. 나는 보퉁이를 들고 돌아서던 남자와 한 덩어리가 되어 나둥그러졌다. 그리고 엄마는 신통하고 장하고 위대하게도 그 남자가 놓친 보퉁이를 집어들고 삽시간에 자취를 감춘 것이다. 나는 그날 비로소 엄마가 훌륭한 도깨비라는 사실을 알았다.

"너 뭐야! 눈 똑바로 뜨고 다녀."

남자는 눈을 부라리며 소리쳤다.

"아저씨는요! 사과는 못할망정 왜 호령예요, 호령이."

나도 눈을 딱 부라리고 맞대거리를 했다.

"뭣이 어쩌고 어째? 학생이 뭣 땜에 이런 델 출입하는 거야. 너 어느 학교 다녀!"

"아저씨가 도대체 뭐예요. 여기가 극장예요, 다방예요. 시장에도 미성년자 출입 금지가 따로 있나요?"

"아니 이게 근데……."

남자는 어물거렸고 이와 때를 같이해서 도깨비들의 웃음소리가 히히히, 낄낄낄, 호호호 터져나온 것이다. 음산하기까지 한 엄마와 동업자 아주머니들의 웃음소리에 떠밀려 남자는 멀쑥하게 떠나갔다.

나는 이 혁혁한 공훈을 인정받아 도깨비시장에서 일약 스타와 같은 명성과 두각을 나타내게 된 것이다. 나에게는 여러 가지 훈장이 수여되었는데 그중에서 쓸 만한 것이, 지극한 효녀라는 것과 당찬 계집애라는 것이다. 이 모녀 합동 작전이 흐뭇한 미담으로 아주머니들의 가슴을 적셔준 것도 의외의 수확이었지만 엄마가 날 믿음직스럽게 여기는 역력한 눈치가 그렇게 만족스러울 수가 없었다. 내가 남자를 떠받고 넘어졌을 때 엄마가 내 이름을 부르며 붙들고 늘어지는 촌스러운 실수를 저지르지 않은 것처럼 나나 엄마는 그날의 일을 전혀 입에 올리지 않음으로써 또 한 번 멋들어진 모녀 합동 작전의 세련미를 보였다.

엄마의 손바닥만 한 외상 장부를 내가 마음대로 볼 수 있게 되었을 즈음에 엄마는 사고를 당했다. 잠복한 단속반에게 물건을 파는 현장을 잡혀 떼들어간 것이다. 다행히 외상 장부는 내 수중에 있었다. 이 외상 장부는 더없이 소중한 물건이다. 차츰 단속이 심해지면서 물건을 사가는 사람까지 덮치기 때문이다. 이 외상 장부가 들통이 나는 날에는 외상값 날리는 것은 말할 것도 없고 굵직한 단골을 싹 잃어버리게 된다. 그 다음이 어떻게 되는지를 지껄이는 것은 팔푼이 짓이다.

"물건은 많이 날렸나요?"

"아니다. 화장품 두어 가지뿐야."

"어떡하죠, 아줌마?"

"염려 마라. 한 사나흘 도닦고 나올 테니까. 그동안 집이나 잘 지켜."

건너편 아주머니는 태평이다.

"그치만 더 오래 못 나오면 큰일이잖아요."

"요러언, 누가 효녀 아니랠까 봐. 큰 물줄기를 막아야지 우리 같은 피래미 잡아다가 어쩌겠니? 다 한 번씩 거치는 일이니까 잊어버리고 있음 돼."

나는 미적지근한 기분으로 발길을 돌렸다. 언니는 내 말을 듣고는 못나게시리 쿨쩍쿨쩍 울기부터 했다.

"울지 말어. 애들이 눈치채잖아."

나는 언니를 핀잔했고,

"어쩌면 좋으니, 어쩌면 좋아."

언니는 내게 매달렸다.

나는 별수 없이 그 아주머니 흉내를 의젓하면서도 그럴듯하게 냈다.

다음날 학교를 가자마자 나는 가까운 아이들을 불러 집안에 경찰이 있나를 알아보았다. 그러나 이 한 가닥 희망은 실망으로 끝났다. 나는 학교가 끝나는 대로 관할 경찰서를 찾아갔다. 언니와 함께 갈까 싶었으나 괜히 짐스러울 것 같고 언니를 괴롭히는 일 같아서 혼자 나선 것이다.

"누굴 면회하려고?"

"엄마요."

"엄마가 무슨 잘못으로 여길 들어오셨는데?"

"……"

"말을 해야지 찾기가 쉽지."

"미이…… 미제 물건 장사요."

"미제 물건?"

나는 놀라는 순경의 눈을 빠안히 들여다보며 고개를 끄덕였다.

"애야, 그냥 돌아가거라. 면회가 어렵겠구나."

순경은 제복에 어울리지 않게 인정스런 어조로 말했다.

"왜 그래요? 죄가 무거워서요?"

"그렇진 않아. 그게 무슨 큰 죄가 되겠니? 그만 돌아가거라. 곧 나가시게 될 거다. 가서 공부나 해."

나는 순순히 물러섰다. 안 될 일에 치근치근 매달려 상대방 호의까지 망쳐버리는 그런 어리석은 계집애가 되고 싶지는 않았다.

엄마는 나흘 만에 집으로 돌아왔다.

"엄마, 고생 많이 했지."

나는 엄마의 손을 덥석 잡았고,

"이 짓도 어디 더 해먹겠니."

엄마는 혼잣말처럼 했다. 그런 엄마의 모습에서 나는 왈칵 가을을 느꼈다. 나는 막무가내 엄마를 끌어안아 버렸다.

이과를 택한 언니는 간호대학을 지망해야 할 것인지 아닌지 놓고 고민의 수렁에 빠져 있는 것이다. 언니의 일기장에 의하면 언니는 엄마와 목사님에게 압력을 받고 있는 모양이었다. 가장 싸게 다닐 수 있고, 따로 취직의 염려가 없으며, 거의 영구적인 여자 직업이라는 것이 압력의 이유였다. 결국 내가 상업고등학교를 택한 것이나 언니가 간호대학을 가지 않을 수 없는 것은 마찬가지의 귀결인 셈이다. 언니는 10년 후의 자신의 모습을 그럴듯하게 상상하면서 비통해 하고 있었다. 지금 자기보다 공부가 떨어지는 아무개 아무개가 의대를 지망한다는데, 10년 후에 그애들은 떳떳한 의사로 군림할 것이고 자신은 그들을 뒷바라지하는 간호사 신세라는 것이다. 언니는 그 무너뜨릴 수 없는 벽 앞에서 몸부림치는 흔적이 역연했다. 나는 간호복을 입은 언니를 떠올려보며 피식 웃었다. 볼품은 별로 없으면서 아는 것만 억세게 많은 간호사 원경희―환자에게도 의사에게도 과히 달갑잖은 존재가 될 것 같았다. 나는 이 점에 관심이 더 쏠릴 뿐 언니의 고민에는 별로 흥미가 없다. 나는 이미 오래전에 치른 홍역인 것이다. 지금 생각하면 구미 떨어지는 일이지만 그때 난 칵 죽어버릴까 하는 거친 충동에 시달렸다. 내가 상업학교엘 가다니…… 그건 견디기 어려운 굴욕이었다. 그러나 아빠가 예수가 아닌 이상 나는 아무도 거들떠보지도 않는 한 송이 패랭이꽃에 지나지 않았다. 언니도 뾰족한 수가 있을 리 없다. 홀어머니 맏딸답게, 미제 물건 장수 딸년답게 매력 없는 간호사가 되어 엄마의 짐을 어서 덜어드리는 길뿐이다. 그래서 더욱 완전한 자격을 갖춘 3류 영화의 주인공이 되는 것이다. 언니는 이 문제로 한층 시들어빠진 나날을 보내고 있었다. 그런데 언니는 참으로 우연한 일로 그 일을 결정해 버렸다. 나는 그런 언니가 딱하기도 했고 대견하기도 했다. 그러나 이 모든 일이 유쾌할 수 없다는 사실만은 분명했다.

나는 그날도 엄마를 위해서 교회를 나갔다. 엄마가 원하는 것이기 때문이다. 기도를 하고 설교를 듣고 하면서도 나는 줄곧 그 생각에 빠져 있었다. 어떻게 해서 그 돈을 받아내나 하는 것이었다. 며칠 전에 외상 장부를 들여다보다가 이상한 걸 발견했다. 만 7천 원이 적힌 옆에 '포기'라고 씌어 있었다. 분명히 엄마 글씨였다. 적지도 않은 외상값을 포기하다니, 나는 영문을 알 수가 없었다. 나는 그 집 주소를 머리에 새겼다. 그리고 엄마한테 넌지시 물었다.

"엄마, 이건 왜 포기하는 거지?"

"뭔데…… 으응, 넌 알 것 없다."

"왜, 떼먹겠대?"

"글쎄, 알 것 없다는데두."

엄마는 그만 역정을 냈다.

예배가 끝나자 나는 곧장 밖으로 나왔다.

"언니, 먼저 집에 들어가."

"넌?"

"한강아파트에 다녀올게."

"거긴 왜. 친구가 사니?"

"아니."

"엄마 심부름?"

"아아니."

언니는 금방 이상하다는 표정이 되었다.

"난 가면 안 돼?"

"뭐 그렇진 않아. 그치만 후회할지도 몰라."

"나두 함께 가자, 얘. 바람두 쐴 겸."

언니는 버스를 타고 가면서 무슨 일이냐고 서너 번 물었지만 그때마다 나는 가보면 안다고 같은 대답만 되풀이했다.

그 집은 쉽게 찾을 수 있었다. 엘리베이터가 설치된 12층짜리 고급 아파트의 6층에 그 집은 끼어 있었다.

"얘 무슨 일이니, 글쎄."

언니가 엘리베이터를 내리며 초조하게 물었다.

"실망하지 말어. 외상값 받으러 왔어."

나는 얼른 돌아섰다. 언니의 변하는 얼굴을 보고 싶지 않았다. 나는 호수(號數)를 확인한 다음 벨을 힘껏 눌렀다.

"누구세요오."

문이 철판이라서 그런지 목소리가 멀게 들렸다.

"동회에서 왔습니다. 여기 도장 좀 찍어주셔야겠어요."

나는 준비한 거짓말을 거침없이 내뿜었다. 그리고 숨을 크게 들이마셨다.

문이 열렸다. 나는 안으로 지체 없이 들어갔다. 피둥피둥 잘사는 냄새가 확 끼쳐왔다.

"주인 아주머니세요?"

"그래요. 무슨 도장이죠?"

주인 여자의 얼굴을 정면으로 대하는 순간 내 머릿속에는 '포기'라는 어색한 두 글자가 퍼뜩 스쳐갔다.

"도깨비시장의 돈암동 아줌마 아시죠?"

"뭐라구? 넌 누구야!"

여자의 눈썹은 순식간에 날카로운 발톱으로 변했다.

"딸예요. 외상값 받으러 왔어요."

"뭐 이따위 것들이 다 있어. 당장 신고해 버리기 전에 썩 나가!"

신고? 나는 비로소 '포기'의 이유를 깨달았다. 나는 가슴에 확 불이 붙는 것을 느꼈다.

"흥, 신고 좋아하시네. 당신은 성할 것 같애? 신고할 테면 해봐."

나는 아무것도 보이는 것이 없었다. 눈앞에는 희끄무레한 어둠 같은 것이 가득 차 있을 뿐이다.

"쥐방울만한 게 어디서 주둥아릴 나불대. 기다려, 당장 신 골 해줄 테니까."

"안 돼요, 그럼 안 돼요! 우리 그냥 돌아가겠어요, 아주머니."

나는 이렇게 외치는 언니에게 떠밀려 문밖으로 나왔다.

"당장 꺼져버려!"

이런 소리와 함께 덜컹 문이 닫혔다.

"가자, 주희야. 신골 하면 우린 당장 어떡하니. 참아야 해, 주희야. 엄마가 이런 일 시키지 않았잖니."

언니는 울먹이며 한사코 내 팔을 끌어당겼다.

"아빠, 우린 어떡하면 좋아요."

나는 복받쳐오르는 울음을 더 이상 참을 수가 없었다. 나는 울면서 언니의 부축으로 계단을 걸어내렸다. 내가 가까스로 울음을 그쳤을 때 언니는 웃으면서 말했다.

"더운데 아이스크림 사줄까?"

언니의 그 웃음은 아이스크림처럼 차갑게 느껴졌지만 이상하게도 운 흔적은 아무데시도 찾을 수가 없있다.

〈1976년〉

비틀거리는 혼

길종은 여인의 앞에다 얌전하게 차를 세웠다. 그리고 빠르게 몸을 돌려 뒷문을 열었다. 여인은 차를 세우던 때와 마찬가지로 차분한 몸짓으로 자리를 잡고 앉았다.
 "어서 오십시오. 어디로 모실까요?"
 길종은 백미러에 담긴 여인을 정중하게 영접했다.
 "응암동 가주세요."
 여인은 이마의 땀을 찍어내며 손 부채를 부쳤다. 기승을 부리던 해가 봐주겠다는 듯 어렵게 서산을 넘긴 했지만 더위는 여전히 가득 담겨 있었다.
 "응암동……."

길종은 얼버무렸다. 또 머릿속에서는 서울의 무수한 동네들이 뒤죽박죽되고 있었다. 더위의 탓이 아니었다. 새벽 열차를 내린 시골뜨기처럼 전혀 방향을 잡을 수가 없는 것이다. 서울의 지도가 대충 그려져 있다가도 막상 손님에게 목적지를 듣고 나면 그 지도는 물먹은 휴지꼴이 되곤 했다. 열 명의 손님을 태우면 대여섯 번 정도는 당하는 어지럼증이었다. 그러니까 머리에 들어 있는 지도란 지극히 어설픈 약도에 지나지 않았다. 거기에는 며칠 전까지 자신이 묶여 있었던 거의 규격화된 생활권과 익히 잘 알려진 몇몇의 동네들이 표시된 게 고작이었다. 사람을 찾으려면 서울은 끝도 없이 넓고, 몸을 감추려면 서울은 손바닥만 하게 좁다는 말을 실감할 수 있었다. 비안개로 덮인 숲속을 헤매는 기분으로 더듬더듬 차를 몰아가며 길종은 참으로 새삼스럽고 새삼스럽게 넓은 서울을 우러러 혀를 내둘렀다.

"죄송합니다만 응암동이 어디쯤 되는지요?"

어지간히 열없는 일이었지만 솔직할 수밖에 없었다. 괜히 어림잡고 몰아대다간 바가지 요금 씌우는 파렴치범으로 몰리기 십상이었다. 그래서 한번에 알아들을 수 있도록 또박또박 물었다.

"응암동을 모르세요? 서울 오신 지 얼마 안 되는 모양이군요."

백미러 속에서 여인은 약간 웃고 있었다. 우선 길종은 안심했다. 여인은 차를 갈아타버리는 변덕을 부릴 것 같지는 않았다. 그걸 예방하기 위해서 차를 이미 시내 쪽으로 몰고 있는 참이었다. 그러나 이런 예방책도 더러 무위로 끝나기도 했다. 어떤 사람들은 당장 차를 세우라고 호령이었다. 야속한 것은 이쪽 형편이지 떳떳한 권리 행사를 하는 손님을 탓할 수는 없었다. 식당 보이가 비프스테이크를 주문하는 손님한테 그게 뭐냐고 되묻는 거나 다름없는 일이기 때문이다.

"응암동은요, 독립문을 지나서……."

여인은 다시 이마의 땀을 찍어댔다.

"그냥 가세요, 가르쳐드릴 테니."

아예 모를 테니 필요한 길목에서 방향 지시를 하겠다는 뜻이었다. 여인은 여름에 약한 모양이었다. 될 수 있는 대로 말을 줄이려는 여인의 얼굴에는 더위가 끈적끈적한 질감으로 배어 있었다. 길종은 언뜻 미안한 생각이 들었지만 그걸 곧 말로 바꿀 수는 없었다. 감사합니다, 미안합니다, 고맙습니다, 죄송합니다, 이 다섯 자씩의 네 가지 말을 뻔질나게 잘하는 위인일수록 정작 그 속은 반대라는 가당찮은 고정관념을 길종은 가지고 있었다.

"천천히 가도 괜찮아요. 서울 길은 너무 복잡해요."

길종은 얼른 백미러를 보았다. 여인은 분명 불안한 눈길이었다.

"제가 운전을 한 지는 4년째 됩니다."

길종은 어색하게 웃었다.

"서울은 시골하곤 달라요."

여인은 그래도 불안을 떼치지 못했다. 날씨도 더운데 이런 부담까지 줄 수는 없었다.

"실은 시골에서 운전을 한 게 아니라 줄곧 서울에서만 해왔습니다."

"아니, 그런데 어찌……."

길종은 하마터면 핸들을 90도 이상 꺾을 뻔했다. 여인은 놀라움보다는 차가운 경계의 빛을 드러내고 있었다. 길종은 당황했다.

"그동안 자가용만 몰았거든요. 매일 거의 같은 길만 왔다 갔다하다 보니 다른 동네는 잘 알 수가 있어야지요. 영업용 몬 것이 오늘로 이틀쨉니다."

길종은 한달음에 이렇게 말했다.

"네에, 그랬었군요."

여인은 고개를 끄덕였는데 약간 민망한 듯한 웃음을 흘리고 있었다. 길종은 얼결에 거짓말을 한 것이 개운치 않았지만 굳이 정정을 위한 사족을 붙이지 않아도 되는 것이 다행스러웠다. 자가용 운전은 6개월에 지나지 않았다. 나머지 세월은 군바리 시절에 지프를 몰았던 것이다.

 전방의 제멋대로 생겨먹은 길을, 그것도 부대장을 태우고 오락가락하면서 지휘봉으로 골통 한번 얻어맞지 않고 핸들을 돌려댔으니까 운전 기술은 과히 나쁜 편은 아니었다. 그 시절을 무사히 넘긴 것은 난장판의 서울 거리를 헤엄쳐다닌 것과 별로 다를 바 없었다. 그렇다고 몽땅 4년을 서울에서 굴러먹었다고 얼렁뚱땅 넘기기에는 아무래도 억지스러웠다. 제아무리 자가용이라 하더라도 4년이면 이렇게 더듬거릴 수는 없는 노릇이었다. 그러나 여인은 여기까지 신경을 소모시키지는 않았다.

 "자가용이 훨씬 편할 텐데 왜 그만두셨어요. 무슨 사고라도 저질렀나요?"

 여인은 마음을 놓은 게 아니었다. 계속 자신을 믿지 못하고 있었다. 길종은 퍼뜩 그날의 일을 떠올렸다. 역시 사고는 사고였다. 교통사고가 아닐 뿐이었다. 더 이상 어쩌는 방법이 없었다. 중 보기 싫으면 절 떠난다고 했었다. 꼭 그런 심정이었다. 핸들 돌려 겨우겨우 목구멍에 거미줄 치는 꼴 면하는 주제에 뭐 진밥 마른밥 가려먹자는 시건방진 수작을 벌인 것이 아니었다. 걸핏하면 아무의 입에나 오르내리는 그 흔해빠진 '자존심'이란 말 한 마디조차 내세워보지 않았다. 다만 더 견딜 수가 없어서 물러난 것이었다.

비틀거리는 혼 295

"사고가 난 게 아니구요, 그러니까 뭐랄까…… 사람답게 살고 싶은 거…… 하여튼 더 견딜 수가 없었습니다."

길종은 쓴 입맛을 다시며 고개를 저었다. 다시 돌이키고 싶지 않은 기억이었다. 그 일을 생각하기만 하면 같은 밀도의 불쾌감과 통쾌감이 엉클어졌다.

"무슨 일로 다투셨나 부죠?"

안으로 접어드는 성품의 여자들이 대부분 그러하듯 이 여인도 한번 품은 의문에 대해서는 양배추를 벗기듯 차근차근 풀어가는 성미인 것 같았다.

"글쎄요…… 우리 같은 신세에 감히 어떻게 주인과 다투겠습니까."

"그치만 편한 일자릴 버리고 고된 일을 시작한 데는 그만한 곡절이 있었을 게 아녜요."

"모르셔서 그렇지 영업용이 훨씬 속 편하고 좋습니다. 손님이 가자는 대로 가고 미터에 나온 대로 돈을 받고, 이보다 더 심간 편한 일이 어디 있습니까."

"일하는 시간도 길고, 아무려면 자가용에 비할라구요."

"일하는 시간이 조금 짧으면 뭘 합니까. 속이 썩지 말아야 살지요."

"운전만 하면 그만이지 무슨 속 썩을 일이 그렇게 많나요?"

앞의 등받이를 잡은 여인은 백미러 속에서 궁금증이 짙은 눈빛으로 이야기를 요구하고 있었다. 서른이 됐을까 말까 한 여인의 차분한 얼굴은 묘하게도 포근한 느낌을 발산하고 있었다. 그건 여자의 냄새가 아니라 어머니나 누나 같은 냄새였다. 길종은 이 여인에게 그 이야기를 하고 싶은 주책스러운 유혹을 받고 있었다.

"속 썩는 일이 한두 가지가 아니랍니다. 들어보시겠어요?"

"네에, 하세요. 재미있을 것 같아요. 참, 이 다릴 건너서 오른쪽 정릉으로 꺾으세요. 북악터널로 가야죠."

길종은 여인이 시키는 내로 우회전, 북악터널이란 말을 듣고 보니 어렴풋이 눈에 익은 길 같기도 했다. 민 사장을 태우고 두어 번 지나간 기억이 있었다. 그때는 모두 밤이 늦어서였다. 세검정 쪽의 터널 입구 가까이에 자리 잡은 호텔에서 잠시 눈속임을 한 민 사장이 아가씨를 데려다 주려고 부랴부랴 지나친 길이었다. 그런 날은 으레 사업상 늦어졌다는 당연한 거짓말을 했고, 자신은 능청스럽게 사장의 거짓말의 증인 노릇을 그럴싸하게 해치우는 것이었다.

"미스터 최, 틀림없지!"

사장 부인은 이런 추궁이 팬티 바람으로 서 있는 거나 다를 게 없다는 것을 도무지 고려하지 않았다.

"그러믄요, 사모님."

길종은 언제나처럼 늘여빠진 목소리를 지어내서 사장에게 그리고 사모님에게 변함없는 충성을 증언하는 것이었다.
　"거짓말하면 없어요!"
　부인은 앙칼지게 협박으로 다짐했고,
　"이거 왜 자꾸 이래. 어디다 대고 감히 사람 체면을 깎는 거야!"
　사장은 사뭇 노여운 표정으로 꾸짖었다. 그럼 부인은 만족한 웃음을 선인장 꽃처럼 일시에 활짝 피운다. 역시 사장은 수완 좋은 젊은 사업가다운 거동을 취하는 것이었다. 이런 고역쯤은 재미로 치부할 수도 있었지만 문제는 잠자리였다. 이런 날이면 으레 통금에 임박하게 마련이어서 집으로 돌아갈 수가 없었다. 그러나 사장 내외는 자신의 존재 같은 것은 전혀 아랑곳하지 않았다. 길종은 어두운 마당 가운데 멍하니 서 있다가 차고로 내려오는 것이다. 차 속으로 기어들어가 웅크리고 누운 길종은 7만 원의 월급을 곱씹다가 아무 결론도 없이 흐물흐물 피곤에 풀리고는 마는 것이었다.
　"여기가 전부 정릉예요. 그래서 어떻게 됐어요?"
　여인은 여자다운 호기심을 발동시키고 있었다.
　"아 네, 그래서……."
　길종은 자리를 고쳐앉으며 약간 혜식은 웃음을 흘렸다. 그날의 일을 생각하면 이상하게도 픽 바람 빠지는 웃음이

나오는 것이었다. 달구어질 대로 달구어진 감정으로 저지른 일이면서도 돌이켜보면 꼭 영화 화면에서 익힌 잔상만 같았다. 그건 어쩌면 자신이 운전사가 된 것부터 영화 화면적인 것으로 느껴지기 때문인지도 모른다.

자가용 운전사—그것도 엄연한 직업이었다. 직업 중에서도 가장 흔해빠지고 손쉬운 월급쟁이였다. 산다는 것이 다 그렇고 그렇게 마련이겠지만 특히 월급쟁이라는 것은 목숨 저당 잡힌 빚쓰기 놀음이었다. 길종은 군대에 불려나가기 전에 1년 동안 직장 생활을 했으면서도 이런 막다른 결론에 부딪히지는 않았었다. 그때는 나이 탓도 있있겠지만 역시 직업도 직업 나름이었고 그에 따라 다소 정도의 차이는 인정했다. 그러나 월급쟁이는 어쩔 수 없는 월급쟁이에 지나지 않는다는 생각이었다.

길종은 다른 자가용 운전사들과 마찬가지로 민 사장을 위시한 그 권속들의 발 노릇을 빈틈없이 수행했다. 국민학교 2학년짜리 큰딸을 등교시키는 것을 일과 시작으로 하여 사장을 9시 반까지 회사로 모셔다 올리고 그 다음부터는 예고 없는 명령에 따라 핸들을 돌려대며 정해지지 않은 퇴근 시간을 향하여 하루를 밀어붙이는 것이다.

자가용은 사장보다 부인이 더 많이 쓰는 편이었다. 사장이 내린 다음 차를 지하 차고에 낑낑 몰아넣고 올라가면 비서실에는 어느새 부인의 호출 명령이 험상궂게 대기하고 있곤 했다. 길종은 부리나케 되돌아서 계단을 뛰어내리는 것이다. 딱지를 떼지 않을 만큼 잽싸게 교통 위반을 저질러가며 이태원으로 달려가야 했다. 그러나 부인은 언제나 고맙기 그지없는 환영사를 준비해 놓고 있었다.

"미스터 최! 젊은 사람이 뭐 이따위로 행동이 느려. 그래 가지고 이 험한 세상 살아지겠어."

길종은 입에 반창고를 겹겹이 붙이고 그저 머리만 주억거린다. 해명을 하면 변명이 되고 변명은 대꾸가 되고 대꾸는 불충이 되고 불충은 몹쓸 놈이 되고 몹쓸 놈은 모가지 싹으로 둔갑하는 것이다. 돈 없는 놈 먹고 싶은 것 많으면 군침이나 잔뜩 삼켜 헛배만 부르듯, 하고 싶은 말 질경질경 씹어 목젖이 뻐근하도록 삼키는 도리밖에 없었다. 젊은 사람 좋아하는군. 내 나이 스물여덟이면 당신하곤 겨우 세 살 차이밖엔 안 돼. 너무 이러지 말어. 나도 약속대로였다면 지금쯤....... 길종은 그만 마음을 닫고 만다. 그 일만 생각하면 자신이 더없이 처량해지기 때문이었다. 사회라는 것과 혼자라는 소외감은 참으로 견디기 어려운 병이었다. 그 수렁으로 다시 빠져들기 전에 길종은 자신을 부축하는 것이다.

어쩌다가 정말 늦어지는 경우가 있었다.

"뭐야! 미스터 최! 왜 꾸물거려 왜. 누구 죽는 꼴 봐야 속

시원하겠어? 또 한 번 그따위로 굴면 알지. 정신 똑바로 차리라구."

부인은 제멋대로 악다구니를 썼고 길종은 그 소나기를 송두리째 뒤집어쓰는 도리밖에 없었다. 자기 남편인 사장이 차를 썼기 때문인 것을 번연히 알고 있으면서도 그녀는 걸레쪽 같은 성질을 다스리지 못해 화풀이를 하는 것이었다. 길종은 이미 귀에서 귀로 맞통하는 굴을 뚫어놓은 지 오래였다.

이렇게 해서 부인이 납시는 곳은 미장원이거나 실내 수영장이 아니면 친구들이 모인 호텔의 커피숍 정도였다. 이런 때는 차를 대기시켜 놓은 채 10분 간격으로 비서실에 전화질을 해대는 것이다. 얼 빼고 차 안에 들어앉았다가 잠이라도 들었는데 회사에서 차를 찾게 되면 일은 떡치게 되는 것이다. 7만 원의 월급에서 거의 매일 백 원 가까운 돈이 통화료로 찢겨져나갔다. 다른 운전사들 말로는 더러 점심값 정도는 받아내는 모양이었지만 이들 내외는 전혀 그런 자선을 베푸는 일이 없었다. 길종은 차라리 그런 몰인정이 홀가분했다. 점심값이라고 5백 원짜리 한 장 던져주는 걸 받아서 배를 채우며 그런 푸대접을 받게 되면 더욱더 서글퍼질 것 같은 느낌이었다. 경리과를 통해 나오는 봉투에 든 액수만으로 만족하는 것이 오히려 떳떳한 일이었다. 그리고 그 돈만은 단 한푼도 헛되게 쓰지 않으려 했다. 그런데 매일 백원 가까운 돈이 통화료로 부서져나가는 것이다. 살을 베어내는 것처럼 아까웠지만 어쩔 수 없는 노릇이었다.

운전사 노릇을 시작하고 얼마 안 되어서였다. 그날도 부인은 호텔 커피숍에서 친구들과 키득거리고 있었다. 회사로 전화를 걸었더니 기다리고 있었던 모양으로 긴급 철수 명령이 떨어졌다. 길종은 헐레벌떡 엘리베이터에 뛰어들어 커피숍으로 갔다. 부인은 서너 명의 여자들과 구석 자리에 몰려앉아 안면 근육에 미용체조를 시키며 하 좋은 세월을 보내고 있었다.

"사모님, 사장님께서 급히 차를 쓰실 일이 생기신 모양입니다."

길종은 허리를 굽혔다. 여자들의 시선이 자신에게로 집중되는 것을 느끼며 길종은 엉거주춤해졌다.

"무슨 일이래요?"

"잘 모르겠습니다."

"오래 걸릴래나?"

"잘 모르겠습니다."

"아이 속상해! 곧장 돌아오도록 해요. 알았어?"

"네에……"

무례한 시선들에 주눅이 들어 부인의 반말지거리에 신경

쓸 여유가 없었다.

"애, 애, 느네 운전사 참 똘똘하게 생겼다."

"글쎄 말이다. 저만하면 생김새도 제법 갖추었는걸?"

"운전사로선 상품이다, 애."

"차암, 저만하면 우리 옥자하구 짝을 맞출 수 있겠다. 내 생각 어때?"

"느네 식모 옥자하구? 그것 참 멋진 생각인데?"

"어머머, 잘 어울리겠다."

뒤에서는 웃음 소리가 낭자하게 퍼지고 있었다. 길종은 하마터면 되돌아서 쫓아가 닥사를 엎을 뻔했었다. 그 위기를 어떻게 참아냈는지 자신도 알 수 없는 노릇이었다. 그날 밤 길종은 그 일을 되새기며 넝마가 된 스스로의 모습을 멀거니 바라보았다. 운전사 노릇을 작정했을 때 자신은 이미 사람으로 대접받기를 체념하기보다는 포기해버렸다는 확인이 있을 뿐이었다.

한번은 연락을 받고 예나 다름없이 황급하게 집으로 차를 몰았다. 부인은 집에서 입은 옷 그대로 슬리퍼를 끌며 차에 올랐다. 또 시장엘 가는 모양이라고 생각하며 길종은 입 안이 떫어졌다. 택시 기본 요금도 안 나올 거리를 꼭꼭 차를 불러들여 타고 가는 행투쯤이야 '제멋에 겨워 흥!'이니까 할 말이 없었다. 그러나 부인의 꽁무니를 강아지처럼 졸졸 따

비틀거리는 혼 303

라서 시장 바닥을 헤매야 하는 것은 딱 질색이었다. 무슨 놈의 악취미가 들여다 주고 배달까지 해주는 슈퍼마켓을 지나쳐서 너저분하고 북적대는 시장 바닥으로 나오는지 모를 일이었다. 삐딱하게 생각하면 자신을 골탕 먹이기 위한 수단이라고 오해하기가 십상이었다. 하지만 지엄하신 부인께서 무슨 할 일이 없다고 운전사놈 골탕 먹일 일을 도모하랴 싶으면 아직도 사람이기를 바라는 자신이 더욱 서글퍼지는 것이었다.

길종은 시장 어귀에다 차를 세우려 했다.

"아냐, 아냐. 저 로터리 극장 앞에 세우도록 해요."

부인은 앞의 등받이를 탁탁 두드렸다.

"극장 앞에요?"

길종은 의아해서 되물었다. 그 극장은 어디선가 자꾸 지린내가 풍길 것 같은 인상이었던 것이다.

"꼭 보고 싶었던 영화데 이 극장에 불쑥 나타났지 뭐야."

부인은 신나는 음성이었고, 길종은 서서히 핸들을 돌려 로터리를 돌았다.

차를 세운 길종은 버릇대로 급히 내려서 뒷문을 열었다. 기다리고 있던 부인이 내려섰다.

"회사에 들어갔다가 끝날 시간 맞춰서 다시 올까요?"

10분 걸러 전화질 해대기도 귀찮고, 회사에서 부르더라도 부인을 찾아내려면 번거로울 것 같아 길종은 이렇게 물었다.

"미쳤어요? 보다가 재미없으면 나와야 거 아녜요."

부인은 앙칼지게 쏘아붙였다.

아, 그땐 택시를 타면 될 거 아뇨. 그게 돈도 훨씬 싸게 먹힌단 말이오. 곧 터져나오는 말이었지만 길종은 꿀꺽 삼켜버렸다.

"그럼 기다리도록 하겠습니다."

길종은 머리를 꾸벅했고 부인은 슬리퍼를 칙칙 끌며 매표구로 다가갔다.

길종은 차를 빼서 딱지를 떼지 않을 자리면서 극장이 한눈에 들어오는 곳을 찾았다. 날씨가 푹푹 쪄대고 있었다. 어디 빵집에라도 들어가 콜라나 한잔 마시며 더위를 피했으면 싶었다. 그러나 부인의 말마따나 재미가 없어 언제 나오게 될지 알 수 없는 일이었다. 별수 없이 차 안에 처박혀 극장 앞을 지키며 통닭이 될 수밖에 없었다.

차가 신호등에 걸렸다.

"여기가 문화촌예요. 오른쪽으로 도세요. 근데 그 여자 참 어지간하군요. 그래서 속상해 그만두셨나요?"

"아니지요. 그게 뭐 속상할 일입니까. 운전사가 주인 기다리는 것, 당연하죠."

비틀거리는 혼 305

"그럼 그보다 더 속상하는 일이 있었단 말인가요?"

"말하자면 그런 셈이죠."

"참 너무들 하는군요. 그 집이 좀 유별났던가 보죠?"

"다른 운전사들 말 들어보면 뭐 별로 그렇지도 않은 것 같더군요. 잘해 준대야 그렇고, 다 오십보백보지요."

신호등이 노란 불로 바뀌었다. 길종은 차를 불광동 방향으로 우회전시켰다.

"그래서 어떻게 됐어요?"

백미러의 여인은 안쓰러운 표정이었다.

"네에, 그래서……."

길종은 군복을 벗은 다음날로 옛 직장을 찾아갔다. 그러나 교장은 바뀌고 없었다. 몇몇 낯익은 선생들과 손아귀가 아플 지경의 악수만 나누었을 뿐 신통한 말을 들을 수가 없었다. 교대(敎大)를 나온 신규 자격자들이 포화 상태를 이루어 그 해결책으로 신입생 정원을 줄이게 될 거라는 소식 앞에서 길종은 그만 암담해졌다. 군대의 세월 동안 세상은 변했고, 군대를 마음대로 끌어갔듯 복직의 보장도 없이 다시 멋대로 내팽개쳐버린 것이었다. 우선 구비 서류를 갖추어 교육위원회에 제출하라는 말만 듣고 그들과 헤어졌다. 운동장에서 왁자하게 떠드는 꼬맹이들의 반짝임을 물끄러미 바라보면서 길종은 왠지 모를 스산함을 느꼈다. 소외감이라고 할까, 이방감이라고 할까. 저 싱싱한 생명의 빛보라들과는 영영 멀어질 것만 같은 절망적 예감을 떼칠 수가 없었다. 영감(靈感)이라는 것이 지속적인 사고(思考)의 순간적 발화이듯이 역시 예감도 기존하는 사실로부터 비롯되는 사고의 가정적 판단이었던 것이다.

서류를 접수한 직원은 신학기까지 기다리라는 표정 없는 말을 했다. 그 말이 너무 막막해서 좌로 돌고 우로 돌아보았지만 몸을 기댈 만한 바람벽이 없었다. 별수 없이 모교를 찾아갔다. 어떻게 잘될 테니 염려 말고 기다리라는 것이었다. 사족이 더 붙었을 뿐 기다리라는 막막함은 더 짙은 색깔이 되어버렸다. 그후 3개월의 지루한 겨울을 이겨낸 인내는 좌절로 막을 내렸다. 눈을 휘둥그렇게 뜨고 사방으로 뛰어다녔지만 그 이유 설명이라도 하듯 신문에는 교대 출신들의 취업난에 따른 문제점들이 큼직큼직하게 실리고 있었다. 다시 2개월이 지나갔고 어느새 봄이 밀어닥쳐 있었다.

기약 없는 1년을 다시 기다릴 수가 없었다. 그때는 벌써 시계와 트랜지스터가 전당포 주인의 막창자 꼬리쯤을 기름지게 해준 뒤였다. 군대에 묶여 있던 세월 동안에 서울이 배나 커진 것처럼 느껴지는 것과 같이 뒤에서 밀어붙이는 사람들의 숫자도 그만큼 늘어나 있었던 것이다. 이 나라의 생산 품목 중 과잉을 이루는 것은 사람뿐이었다. 길종은 생각다 못해 책까지 내다 팔아 돈을 만들었다. 그리고 운전사 면허 시험을 치렀다.

그날, 7월 17일이 토요일이라서 무더운 주말은 연휴를 이루었다. 운전을 시작하고부터 일요일을 모르고 살아왔는데 사장은 또 영락없이 휴일을 앗아갔다. 유성온천으로 일가가 피서를 떠난다는 것이었다. 복더위 피서를 온천으로 가다니 기가 찰 노릇이라고 헛웃음을 쳤던 것을 곧 수정해야 했다. 짐을 실으며 애들 떠드는 소릴 듣고 나서야 사장 처가가 대전이라는 것을 알았다.

두 시간 가까이 고속 도로를 달려 10시쯤 대전에 도착했다. 그러고 나서도 잠시를 쉬지 못하고 땀을 뻘뻘 흘리며 핸들을 돌려댔다. 사장의 애들과 처가 쪽 애들을 대여섯 명 포개 싣고 여기저기 구경을 시키고 다녀야 했다.

사장 내외는 어스름이 깔리기 시작해서야 온천장으로 향했다. 부부가 호텔로 들어간 다음에야 길종은 시트에 허물어져내렸다. 하루종일 흘린 땀으로 전신은 끈적끈적했다. 얼마를 늘어져 있던 길종은 화단 옆의 수돗가로 가서 낯을 씻었다. 다소 피곤이 걷히는 것 같았다.

어둠살을 타고 개구리 울음 소리가 무슨 노래처럼 파문 짓고 있었다.

개골, 개골, 개골, 개골……

참으로 오랜만에 듣는 싱그러운 여름의 소리였다. 잔잔한 연못에 돌을 던졌을 때처럼 그 소리는 생동감 넘치는 물굽이를 이루며 퍼져나가는 것이다. 수많은 개구리가 제멋대로 울어대는 소리라서 불규칙할 것 같은데도 기묘하게 정연한 화음을 이루고 있었다. 까마득하게 잊어버렸던 노래였다. 그건 지워졌던 고향의 음성이었다. 길종은 뭉클한 서러움 같은 것을 느꼈다. 순식간에 많은 기억들이 파도로 밀려들었다. 교육대학을 갈 수밖에 없었던 가정 형편, 교직 1년 동안의 새로운 보람의 발견과 그에 걸맞은 새로운 실망의 절벽, 정지된 3년의 세월, 선생님에서 미스터 최나 최씨로 변한 자신의 호칭, 복직 소식은 감감한 채로 너무들 하시지를 되풀이하며 막연한 대상을 원망하는 실의에 빠진 어머니……. 길종은 코를 팽 풀었다. 그리고 뚜벅뚜벅 걸어 호텔을 나왔다. 배를 채워야 될 것 같았다.

얼음 덩이를 더 얻어 휘저어가며 냉면을 먹고 호텔로 돌아왔다. 사방에는 무더운 여름 밤이 드리워져 있었고, 모기떼가 극성을 부리기 시작했다.

꽤 시간이 흘렀는데도 사장 내외는 나타나질 않았다. 에어컨 시설이 잘된 나이트클럽에서 쇼를 즐기며 맥주를 들이켜느라고 혼을 빼고 있는지도 모를 일이었다. 서울로 되돌아가려면 별로 시간의 여유가 없었다. 그렇다고 눈치 없이 찾아나설 수도 없었다. 모기떼와 육박전을 벌여가며 땀만 삐질삐질 흘렸다. 꼭 더워서 나는 땀만은 아니었다.

신경질과 짜증이 조바심으로 바뀌기 시작했다. 현관으로 들어섰다. 벽시계는 염치없이 10시 10분을 지나고 있었다.

"빌어먹을……."

길종은 자신도 모르게 이렇게 쏟아놓고 있었다.

사장은 11시가 넘어 혼자 나타났다.

"내일 떠나도록 할 테니 그만 자게."

사장은 이 한 마디를 던지고 돌아서버렸다. 길종은 흔들 거리는 현관문을 멍하니 바라보고 서 있었다. 돈은 몇십 원 밖에 남아 있지 않았다. 하루에 3백 원 이상은 쓰지 않았다. 그래도 오늘은 넉넉히 5백 원을 넣어온 것이었다. 길종은 쩝쩝 입맛을 다시며 돌아섰다.

차 문을 열자 숨 막히는 열기가 훅 끼쳐왔다. 그러나 밖에 쭈그리고 앉아 이슬을 맞고 모기에 뜯길 수는 없었다. 모기 때문에 차창을 열 수도 없고 그렇다고 더워서 잘 수도 없었 다. 길종은 시트에 누웠다 일어났다 하다간 벌컥 문을 열고 나와서 마당을 서성댔다. 그러다가 다시 차로 들어가선 얼 마를 못 견디고 또 나왔다. 그 짓을 되풀이하는 동안 날이 번히 트여왔고 모기들의 극성도 잦아들었다. 그래서 차창을 열어놓고 겨우 한숨을 잘 수 있었다.

빵 하나로 아침밥을 때웠다. 그리고 사장 내외를 태우고 공주 마곡사엘 갔다. 사장은 점심으로 곰탕을 사주었다. 길종은 배가 아프다는 이유로 한 숟갈도 뜨지 않았다. 대전으로 돌아와서는 어두워질 때까지 애들을 태우고 다녔다. 도저히 견딜 수가 없어서 라면 한 냄비를 사먹었다.

대전을 출발한 것은 9시 30분이 지나서였다. 길종은 속이 부글부글 끓어오르고 있었다. 핸들을 잡은 손이 자꾸만 떨려왔다. 제아무리 속력을 낸다고 하더라도 서울에 도착하면 통금이 임박할 것이었다. 또 차고의 차 속에 틀어박혀 밤을 새워야 하는 것이다. 길종은 어금니를 꽈악 맞물었다. 먼발치로 휴게소를 확인하며 길종은 속도를 줄였다. 휴게소 중앙에 서 있는 차는 서울행 고속 버스가 틀림없었다. 길종은 휴게소로 차를 몰고 들어가며 20일 치의 월급이 퍼뜩 떠올랐지만 다음 순간 그 생각을 완강하게 뿌리쳤다.

"시간이 늦었는데 여긴 왜 들어와!"

사장이 벌컥 소리 질렀고,

"엔진에 불이 납니다."

길종은 쐐붙이듯 하고 재빨리 차를 내렸다. 그리고 고속 버스로 뛰어갔다.

"부모님이 위급해서 그러는데 나 서울까지 좀 태워주시오, 아가씨."

길종이 절박하게 말했고 놀란 표정의 안내양이 운전사에게로 시선을 돌렸다. 운전사가 표정 없이 고개만 끄덕였다.
 "빨리 타세요. 곧 떠나요."
 "예예, 잠깐만 기다려주십시오."
 길종은 차로 달려갔다. 그리고 뒷문을 거칠게 열어젖혔다.
 "나 드러워서 오늘부터 운전 안 해!"
 길종은 사장을 향해 열쇠를 내던졌다. 그리고 돌아서서 뛰기 시작했다. 길종이 오르자마자 고속 버스는 출발했다.
 "어머머, 그럼 그 사람들은 어떻게 됐을까요?"
 여인은 너무나 당연한 그래서 천치스럽거나 천진스러운 구분이 잘 안 되는 식의 물음을 던졌다.
 "글쎄요……."
 길종은 엷게 웃기만 했다.
 "참 믿어지지 않는 일이군요. 네에, 저기 가게 앞에 세워주세요."
 여인은 가늘게 혀를 차며 돈을 내밀었다. 길종은 차가 멎은 다음 여인에게 잔돈을 거슬러주었다.
 "가만있어, 이게 얼만가……, 이 돈 더 받으세요."
 여인은 받아든 동전을 몇 개 헤아려 다시 내밀었다.
 "감사합니다만 팁은 필요 없습니다."
 "이건 팁이 아녜요. 터널 지나올 때 대신 내신 50원예요."

여인이 딱한 표정으로 일깨웠고,

"아 그렇습니까. 정말 감사합니다."

길종이 쑥스럽게 웃으며 돈을 받았다. 여인은 멀어져갔고 그 뒷모습을 길종은 오래도록 바라보았다.

〈1976년〉

허깨비 춤

아침부터 햇살은 무수한 바늘 끝으로 내리꽂히고 있었다. 더위는 바람 업은 안개처럼 서서히 꿈틀거리며 피어올랐다. 출근길에 쫓기는 발길들이 부산하게 그 속을 헤치고 있었다.

끼이이익, 끼이익.

쇠가 맞갈리는 비명이 찢어져 퍼져나갔다. 자동차가 급정거하는, 그 피를 부르는 소리에 더위는 금방 싸늘하게 얼어붙었다. 그리고 부산하게 엇갈리던 발길이나 꼬리에 꼬리를 잇던 차량들도 얼음 덩이에 박힌 물고기가 되었다.

검은 윤기가 번들거리는 자가용이 꽁무니를 중앙선에 묶

인 채 주행로(走行路)를 가로막고 있었다. 그 옆구리를 곧 들이받을 기세로 버스가 험상궂은 표정을 하고 멈춰서 있었다.

"야, 이 개애새끼야, 너 개눈깔 해박았어?"

얼굴에 핏기가 가신 버스 운전사가 소리를 지르며 뛰어내렸다. 차체가 출렁할 지경으로 거친 조리질을 당한 버스 안은 수라장이었다.

"너 이 새끼야, 콱 뒈지고 싶어? 당장 이리 나와!"

젊은 버스 운전사가 자가용 문을 열어젖히며 숨을 몰아쉬었다.

"새파란 자식이 건방지게, 너 운전 똑바로 못하겠어?"

그때 마침 자가용 운전대를 놓고 나오려던 남자가 맞받아서 언성을 높였다.

"어어, 이게 정말……."

버스 운전사가 기막히다는 표정을 지으며 얼굴을 일그러뜨렸다.

"너 같은 새낀 죽여버려야 돼."

버스 운전사는 이빨을 뿌드득 갈았다. 그리고 막 문을 나서는 남자의 목줄기를 두 손아귀로 덥석 감아잡았다.

"이 새끼, 어디서 차를 돌려. 자가용 운전 해먹으면 다냐. 뒈져봐라, 이 새끼."

거무튀튀한 피부의 키가 작달막한 40대의 남자는 러닝 셔츠 바람에 반바지를 입고 슬리퍼를 신은 모습이었다. 그 남자의 차림새는 제복을 입은 버스 운전사와 좋은 대조를 이루고 있었다.

"이, 이놈…… 이……."

남자는 버스 운전사의 손아귀를 벗어나려고 버둥거렸다. 그러나 몸집으로나 나이로나 어림없는 일이었다. 한쪽 발의 슬리퍼가 벗겨져나간 채 비척비척 뒤로 밀리고 있는 남자의 얼굴은 벌겋게 들떠오르고 있었다.

"이봐, 이게 무슨 짓이야! 손 풀어, 어서."

뒤미처 쫓아온 교통순경이 버스 운전사의 어깨를 낚아챘다.

"이 새끼, 개값 물기 싫어 놔둔다. 운전 똑바로 해 처먹어!"

버스 운전사가 남자를 사정없이 밀쳐버리고는 무슨 더러운 것이라도 묻은 것처럼 손바닥을 털었다. 그런 그의 얼굴에는 이제 굳어진 긴장의 분노 같은 것은 가시고 없었다. 그는 급브레이크를 잡는 순간 까맣게 끼쳐오는 살인의 공포에 휘말렸다. 그 화살이 자신을 아슬아슬하게 비켜갔음을 깨닫자 비틀거릴 만큼 거세게 밀려든 안도감은 같은 밀도의 살의(殺意)로 표정을 바꾸었다.

"아니, 강 사장, 강 사장님 아닙니까."

나둥그러진 남자를 보고 교통순경이 당황했다.

"저놈, 저놈 잡아. 살인범이야."

남자가 교통순경에게 명령하듯 했다. 버스 운전사는 머리칼을 쓸어올리며 버스로 향하고 있었다. 교통순경의 얼굴에 잠깐 주저하는 빛이 머물렀다.

"아 뭘 해, 저놈을 잡으라니까!"

남자가 슬리퍼를 꿰신으며 버럭 소리를 질렀고,

"아 예, 그러죠."

교통순경이 움찔하더니 운전사를 불렀다.

"왜 그러슈? 나 지금 5분 뺑쳤단 말요. 빨리 손님 모셔야겠시다."

차에 한 발을 올려놓은 자세로 운전사가 대꾸했다.

"잔말 말고 이리 오라니까!"

교통순경이 노기를 뿜었다.

"지미럴, 재수 옴 붙어 설사 깔리네."

운전사가 투덜거리며 그들 쪽으로 다가갔다.

"왜 이분 목을 졸랐나?"

"아, 물을 것 없다니까. 살인범이니까 잡아넣어."

운전사의 눈 꼬리가 바르르 떨렸다.

"더럽게 유식하군. 내가 살인범이면 지금 떠벌리고 있는 건 귀신인가?"

운전사가 피식 코웃음을 쳤다.

"내가 목 조른 것이 저 작자가 중앙선을 침범해서 좌회전한 것보다 더 중요하진 않을 거요. 난 운전이나 해먹는 무식한 놈이라서 잘 모르지만 저 작자 목 조른 것이 폭행이라면 진단서 떼다가 정식으로 잡아가시오. 난 바빠 이만 갑니다."

"저, 저놈이…… 그래, 너 강촌운수가 틀림없지. 내가 누군지 알아? 넌 당장 모가지다, 당장 모가지야."

남자의 유난히 불거진 입에서 침이 튀어나오고 있었다. 남자의 고함에 내꾸라도 하듯 비스는 클랙슨을 요란하게 울려댔다.

"차부터 빼십시오."

교통순경이 남자에게 나직하게 말했다.

"저놈 목을 오늘 당장 치고 말아야지. 감히 내 목을 조르다니."

남자는 분을 못 견뎌 하며 자가용으로 올랐다. 그러면서 버스 번호판의 끝에서 두 자리 숫자 4·7을 똑똑히 머릿속에 새기고 있었다.

자가용이 거침없이 좌회전을 하자 교통순경의 호루라기 소리가 다급하게 이어졌다. 차량들이 정지당한 질서를 되찾아 움직이기 시작하면서 네거리에는 다시 더위가 꿈틀꿈틀

제 모습을 드러냈다.

 강 사장은 갑부복덕방 앞에다 차를 세우자마자 거칠게 클랙슨을 울려댔다. 황급히 달려나온 영감이 익숙한 솜씨로 문을 열어젖혔다.

 "아침은 드셨습니까, 강 사장님?"

 "고런 날파리 같은 새낄 당장 요절내고 말아야지."

 허리를 굽힌 영감을 거들떠보지도 않고 강 사장은 차에서 내리며 이렇게 내뱉고 있었다. 문을 조심스럽게 닫은 영감은 얼른 강 사장의 뒤를 따르며 기분을 살피기에 바빴다.

 "여기 강촌운수 송 사장 전화 번호 가지고 있소?"

 "예에, 있구말굽쇼."

 "당장 송 사장한테 전화 걸어."

 "당장 걸어올립죠."

 영감은 눈치껏 강 사장의 비위를 맞추며 복덕방으로 들어섰다. 그러면서 마음은 종종걸음을 치고 있었다. 볼품없이 불거진 강 사장의 입이 저렇게 씰룩거릴 때는 정신 바짝 다잡아야 했다. 누가 요절이 나도 크게 나고 손재수를 입어도 폭삭 내려앉을 만큼 입게 마련이었다. 괜시리 옆에서 얼뜨게 굴다가는 아무데고 걷어차이기 십상이었다. 강 사장은 열이 오르면 말을 제대로 하지 못했다. 불거진 입이 자꾸 씰룩거리며 부풀어오르다간 무엇이고 닥치는 대로 떡을 치고 걷어차서 난장판을 만들었다.

영감은 전화를 걸기 전에 조마조마한 마음으로 여자에게 다가갔다. 빠르게 귓속말을 했다.

"저분이 바로 강 사장입니다. 무슨 일로 잔뜩 화가 나 있으니 조금만 더 기다려요. 자칫하다간 성사를 못 시킬지도 몰라요."

"아니, 무슨 놈에 사장이……."

"아주머니, 입 조심해요. 무슨 난리를 당하려고 글쎄……."

당황한 영감은 곧 여자의 입이라도 틀어막을 기세였다. 만약 강 사장이 여자의 이 말을 들었더라면 갈 데 없이 복덕방은 난리를 한바탕 치를 게 뻔했다. 복덕방 소파가 엎어지거나 탁자나 의자가 박살이 나는 것쯤은 아무것도 아니다. 강 사장이 화가 풀린 다음에 내던지는 돈으로 오히려 새것을 장만하는 실속도 있었다. 그러나 몸살이 나도록 비벼대서 만들어놓은 일이 작파될 위기에 처한 것이다. 생각만으로도 으스스한 일이었다. 여름 들면서 하품 잦아지는 것이 복덕방 세월이긴 하지만 금년처럼 심한 손님 가뭄도 일찍이 없었던 괴변이었다. 푹푹 찌는 더위 속에서 까딱도 하지 않는 나뭇잎처럼 사람들도 짓눌려 꼼짝을 못하는 모양이었다. 그렇지 않고서야 다른 해라고 심심찮던 셋방 손님마저 씨를 찾아보기가 어려울 리 없었다. 매일 지글지글 끓는 아스팔

트 길만 바라보다가 아차 걸렸구나 하고 정신을 차려보니 이만저만 큰 게 아니었다. 낚싯대가 휘도록 큰놈을 끌어당기는 짜릿짜릿한 긴장이 전신으로 퍼져가는 판에 여자의 방정맞은 입이 산통을 깰 뻔한 것이다.

"아, 전화 걸잖고 뭘 하는 거요."

"예, 예, 지금 걸어올립죠."

영감은 다시 여자에게 눈짓을 해놓고 허둥지둥 전화기 쪽으로 갔다.

"내 전화라고 말하고, 송 사장 직접 대라고 해."

"예, 알겠습니다요."

영감이 다이얼을 돌리며 굽실거렸고,

"고런 쥐불알만 한 새끼가 감히 어디라고. 당장 모가질 비틀어버릴 거다."

강 사장은 질겅질겅 씹고 있던 담배를 문밖으로 팽개쳤다. 강 사장을 곁눈질하던 여자의 얼굴이 반사적으로 더 어깨 쪽으로 돌려졌다. 별로 억지스러운 데가 없는 차림의 여자는 속이라도 역겨운 듯한 표정을 짓고 있었다.

"송 사장님이죠. 여기 갑부복덕방인뎁쇼."

"이리, 이리 내."

강 사장이 송수화기를 빼앗아들었다.

"아 여보시오, 송 사장이오? 나 강 사장인데, 아, 강 사장이라니까. 뭐 긴 말 필요 없고, 나 딱 까놓고 잘라서 얘기하겠는데 말씀야, 당신네 차 47호 있지? 지금 뛰고 있다고? 그래, 맞았어. 그 운전사놈의 새끼 말야, 당장 모가지 쳐버려. 아 글쎄, 나 지금 열 받쳐 전화통에 대곤 다 말 못해. 이따 만나서 얘기하고, 그 새끼 한 탕 뛰고 들어오는 길로 모가지 쳐버리란 말야. 뭐 어떡해? 운전 기술이 1급이야? 아, 여러 말 말고 쳐없애라니까. 뭐라구? 마누라가 임신 중이라서 곤란해? 그거 더욱 신나게 됐다. 그런 싸가지 없는 자식은 물을 좀 멕여야 돼. 아니, 송 사장, 정 이러기야? 이렇게 나가면 앞으론 국물도 없어. 이기 공갈 이니라구. 내 성질 잘 알지. 글쎄, 그건 만나서 얘기하자니까. 정 알고프면 딱 한 가지만 알려주지. 그놈이 내 목을 졸랐어. 내가 왜 거짓말을 해. 알겠다구? 그래, 그래, 좋아. 당장 잘라버려. 좋았어, 이따 한잔 사지."

강 사장은 헛기침을 해대며 전화를 끊었다.

"사장님 목을 조르다니요. 그런 버르장머리 없는 놈이 대체 누굽니까요?"

영감이 자못 분개한 어조로 말하며 소매를 걷어올리는 헛몸짓까지 해보였다.

"영감은 상관할 것 없고, 더 덥기 전에 그 일이나 후딱 해칩시다."

강 사장이 영감을 몰아세웠다. 그러면서 벽 쪽으로 눈길을 돌리고 앉아 있는 여자를 찬찬히 훑어내렸다.

"그럭헙죠."

 영감은 얼씨구나 싶어 아까부터 책상 위에 펼쳐둔 매매 계약서 용지를 집어들었다. 이제야 이 여름 한철 풋재미가 알맹이로 영그나 보다. 영감의 가슴은 잔뜩 부푼 고무풍선이 되었다.

"강 사장님, 아 일루 앉으시구요. 아주머니, 강 사장이십니다요."

"아, 안녕하아, 세에……."

 강 사장에게 눈길을 돌린 여자는 말끝을 얼버무리며 고개를 돌려버렸다.

"허엄, 나 강 사장이란 사람이오."

 목젖이 부어오른 것 같은 느리고 뻑뻑한 목소리로 강 사장은 인사를 받았다. 그리고 담배를 터억 빼물었다. 날랜 솜씨로 영감이 성냥을 켜댔다. 고개를 뒤로 젖히고 입술을 있는 대로 세워 담배 연기를 푸우 뿜어내고 있는 강 사장의 앉음새는 요란스러웠다. 거무튀튀한 속살이 온통 드러나다시피 한 러닝 셔츠도 러닝 셔츠였지만 반바지를 입은 채로 왼쪽 다리를 꺾어 오른쪽 무릎에 올려놓는 바람에 맞은편에 앉은 여자에게는 깊은 허벅지 살이 유감없이 드러났던 것이다. 시커먼 털투성이의 장딴지나 발끝에 대롱대롱 매달린 슬리퍼 정도는 여름의 탓으로 돌리면 그만이었다. 그러나 자칫하다간 그 흉측스러운 물건까지 내비칠지도 모를 위험을 무릅써가며 여자는 고개를 바로 쳐들 용기가 없었다.

"그걸 얼마에 처분하겠다고?"

강 사장이란 자의 이 말에 여자는 얼른 고개를 돌렸다. 그러나 시선이 탁자 가운데에 놓인 재떨이 이상을 넘지 못하게 신경을 세웠다.

"아까 전화로 알린 대로 시가 천 5백짜린데……"

"노 노, 시가고 나발이고 때려치우고 치분할 선만 딱 잘라 말해."

강 사장이 영감의 말을 사정없이 토막쳐 버렸다.

"예에, 알겠습니다요. 그러니깐두루…… 한 장 선은 돼야 내놓겠다는 겁지요. 그렇지요, 아주머니?"

"네, 그래요. 천만 원 중에서 6백은 오늘 주셔야 하구요."

여자는 자신의 목소리가 푸들거리는 것을 의식하며 입술을 깨물었다. 이 고통스러운 흥분을 하지 말자고 수없이 되씹은 체념의 의지는 이다지 허망하게 무너지곤 했다. 이젠 더 이상 도망할 수 없는 막다른 골목이었다.

"거 김칫국부터 마시지 마슈. 6백이고 뭐고, 우선 매매값부터 쇼부가 떨어져야 할 것 아뇨."

강 사장의 코웃음 섞어 내뱉는 말에 여자는 파르르 긴장했다.

"값은 벌써 정해진 것 아녜요?"

여자는 자신도 모르게 강 사장의 얼굴을 응시하고 있었다.

"에끼 여보슈, 사람 잡을 소리 작작 허쇼. 나하고 생전 처음 대면하는 이 마당에 있어서 도대체 값을 정하긴 누구하고 정했다는 거요?"

"아니, 할아버지…… 이거 어떻게 되는 일예요. 아까 뭐라고 하셨어요."

여자는 소파 끝으로 걸터앉으며 영감을 추궁했다.

"내가 언제 딱 한 장이라고 못을 박았나요. 그 선이면 될지도 모른다는 말이었습죠."

"그게 무슨 말씀예요. 아깐 자신 있다고 하셨잖아요."

"허어참 아주머니도, 싸움은 말리고 흥정은 붙이랬다고, 흥정을 붙이는 판에 복덕방이 그 정도 말한 것이 뭐 그리 잘못한 일인가요 뭐."

"거짓말은 하지 말아얄 게 아녜요."

"그게 어찌 거짓말입니까요. 아주머니네 형편은 발등에 떨어진 불이고, 성사는 시켜야겠고, 나 아닌 다른 복덕방에선 이만큼도 어림없습죠, 어림없어."

"도대체 무슨 말을 하는 거예요?"

여자는 그만 울음이 복받쳤다. 복덕방 영감은 손바닥을 뒤집듯 예사롭게 거짓말을 했고, 고등 사기꾼처럼 뻔뻔하게 합리화를 시켰고, 명수사관처럼 잽싸게 자신의 약점을 꼬집고 들었다.

"에이, 이놈의 거래 김샜다. 날 더워오는데 난 생맥주나 빨러 가야겠다."

강 사장이 담배꽁초를 팽개치며 일어섰다. 여자는 가슴이 섬뜩했다. 얼결에 따라 일어섰다. 강 사장─한 가닥 남은 지푸라기였다. 내일이면 집을 빼앗기게 된다. 6백만 원의 빚 때문에 시가 천 5백만 원이 넘는 집을 날려버릴, 숨이 턱에 닿아버린 막판이었다. 집만은 지켜볼 욕심으로 아는 얼굴들은 깡그리 찾아다녔지만 이미 기울어버린 사업가에게 인정은 얼음판이었다. 맨주먹으로 길바닥에 내쫓기는 신세가 되느니보다는 전세 얻을 돈이나마 건질 수 있도록 파는 방법밖에 없었다. 복덕방 말마따나 고작 하루의 여유를 남겨놓고 계약 당일로 6백만 원을 내놓을 수 있는 작자를 물색하는 것도 쉬운 일은 아니었다.

"아이구 사장님, 왜 이러십니까요. 눈 깜박할 사이에 번개치기로 해치울 테니깐두루 딱 담배 한 대만 더 태우도록 하십시다요."

영감이 안절부절못하며 강 사장을 붙들어 앉혔다.

허깨비 춤 329

"아 이거 봐요, 아주머니. 지금 배부른 흥정하게 됐소? 어떡하시겠수, 딱 부러지게 값을 놔봐요."

여자는 영감의 도를 넘는 무례에 신경 쓸 여유가 없었다.

"내 뜻은 아셨으니까 이젠 사실 분이 말씀하셔야죠."

"순서야 바른 순서요. 그럼 내가 값을 놓지. 에에또 보자 아아, 8백 드리지."

"네에에……?"

여자는 몸을 들썩 일으킬 만큼 놀랐다. 우선 빚을 갚고 전세방을 얻은 다음 구멍가게라도 벌일 계산이었다. 제아무리 깎아도 자신이 부른 천만 원에서 50만 원을 더 깎으랴 했었다.

"왜, 의향이 없으쇼?"

"아닙니다, 사장님. 백만 원만 더 주세요. 그게 천 5백만 원짜리 아닙니까."

"싫으면 관두쇼. 이 강 사장, 여러 말하는 것 딱 질색입니다."

"사장님, 우리도 새끼들 데리고 살아야 할 것 아닙니까. 백만 원만 더 주세요."

"아, 6백만 원에 한 달 5부 이자만도 얼만 줄 아슈? 봐주면 봐준 줄이나 알아야지 이거 왜 이래요."

"사장님은 그래도 반값에 사는 것 아닙니까. 은혜는 잊지 않을 테니 다섯 목숨 살리는 셈치고……."

"난 예수쟁이가 아니니 그따위 소린 치워요. 난 관둘 테니 백 더 주는 사람 구해 잘해 보구랴."

강 사장은 자리를 차고 일어섰다.

"맘대로 해요. 도장 여깄어요."

여자는 울부짖듯 하며 얼굴을 감싸버렸다.

영감이 쓴 계약서에 도장을 누르고 난 강 사장은 두어 번 헛기침을 했다. 신문 쪽지에 인주를 닦아내고 있는 도장은 엄지손가락보다 훨씬 굵은 상아였다. 여자는 아예 도장을 복덕방 영감에게 내맡긴 채 눈물을 닦아내고 있었다.

"은행에 전화 걸어 지점장 불러요."

강 사장이 영감에게 일렀다. 영감이 부지런히 다이얼을 돌려 통화 연결을 한 다음 전화기를 강 사장 앞으로 옮겨왔다.

"지점장이쇼! 아, 나 강 사장인데, 지금 곧 6백만 빼서 보내주쇼. 여기 갑부요. 뭐 쥐불알만 한 것 하나 계약했소."

강 사장은 전화를 끊고 일어섰다.

"나 저 가게에서 맥주 한 컵 하고 있을 테니까 돈 가져오면 연락하쇼."

"염려 맙쇼."

영감이 뒤따라나가며 굽실거렸다.

"오늘 계약했으니 언제까지 해치울 수 있겠소?"

강 사장이 영감에게 낮은 목소리로 따지듯 물었다.

"작자를 둘 물색해 놨으니 닷새 안으론 틀림없겠습죠."

"실수 없도록 해치워요."

"그러믄요. 값은 얼마쯤으로 흥정을 붙일깝쇼?"

"천 3백까지. 더 아래론 안 돼."

강 사장이 영감의 눈을 똑바로 한 번 쳐다보고 돌아섰다. 길어서 닷새 안으로 5백이 도라꾸 바퀴를 달고 굴러 들어올 거라. 이 정도면 하루 치 장사 심심찮은 편이지. 강 사장은 만족스레 웃으며 불거져나온 입을 손바닥으로 야무지게 움쳤다.

강 사장은 무슨 간판이 붙은 기업체를 가진 것은 아니었다. 그런데도 주위에서들은 강 사장이라 깍듯이 호칭했고 자신도 당당하게 '사장'임을 과시했다. 사실 강 사장은 간판만 내걸지 않았지 사업은 꾸준하게 하고 있는 사장임에 틀림없었다. 오히려 사무실 운영비나 사원 인건비 같은 지출이 전혀 없는 강 사장의 사업은 양배추 속처럼 실속이 있는지도 몰랐다. 강 사장이 번드르르한 간판을 내건 기업체나 사원 거느린 사장들을 장화 신고 진창 치듯 실눈 뜨고 대하는 것도 결코 무리는 아니었다. 이 지역에서 헛기침깨나 한다하는 사장들도 대부분 강 사장의 돈줄에 매달려 대롱거리기 때문이었다.

강 사장의 직함은 사장뿐만이 아니었다. 이건 어디까지나 사업상 이용되고 있는 당연한 호칭에 불과했다. 강 사장이 애지중지 여기는 직함들은 따로 있었다. 보통 명함보다 한결 커보이는 강 사장의 명함에는 그 직함들이 고딕 활자로 거만스런 웃음을 짓고 있었다. 지역사회개발추진위원회 위원장, 향토정화위원회 위원장, 만세국민학교 사친회 회장, 이 세 가지 직함이 그것이었다. 강 사장은 이 명함을 상비하고 다니다가 기회만 있으면 척 내밀곤 했다. 사법서사에서 소개하는 돈이 필요한 사람들에게는 말할 것도 없고, 시장 뒷골목 니나노집에 들렀다가 못 보던 색시가 눈에 띄면 아착같이 옆에 불러 앉히곤 그 큰 명함을 기세 좋게 빼서 색시의 코앞에 디밀고는, 나 이런 사람이야, 거드름을 피웠다.

 이 지역에서 밥을 벌어먹고 사는 사람치고 강 사장을 모르는 사람은 거의 없었다. 우선 돈이 제일 많은 사람으로 꼽혔다. 소문대로라면 그의 재산이 8억이라고 하는가 하면 10억이라고 하기도 했다. 그러나 이건 소문일 뿐 그 누구도 강 사장의 확실한 재산을 아는 사람은 없었다. 몸을 가눌 수가 없도록 술로 곤죽이 되었을 때도 강 사장은 자신의 재산을 밝힌 일이 없었다. 누가 묻게 되면 그때까지 개개풀렸던 눈은 금방 똑바로 박히며 독기를 뿜었다.

 "왜, 군침이 돌아? 사주는 술이나 곱게 삭이라구. 딴생각하다간 괜히 우리 애들한테 칼침 맞아!"

 우리 애들이란 두 조카를 이르는 말이었다. 씨름꾼 같은 체구의 그들은 강 사장의 보디가드였던 것이다. 그들은 강 사장이 큰 돈을 거래할 때면 으레 양옆에 돌덩이처럼 버티고 서 있게 마련이었다. 특히 강 사장이 밤 출입을 하는 경우에 그들은 어김없이 모습을 드러냈다.

 강 사장이 돈 많은 사람으로 알려진 것처럼 또다른 몇 가지 사실이 뒤를 잇고 있었다. 채소밭에 퍼다 부을 똥을 얻으려고 겨울이면 응암동 고갯마루를 드럼통으로 만든 똥장군 끌며 오르내리던 신세가 도시 계획으로 하루아침에 벼락부자가 되어버렸다는 것이었다. 그리고, 선무당 사람 잡는다고 무식한 놈이 돈벼락을 맞고 나더니 뻐기는 꼬라지는 오장육부가 뒤집혀 차마 봐줄 수가 없다고 했다. 그뿐만 아니라 채독 아닌 돈독이 어찌나 야무지게 들었는지 돈을 긁어모으는 데는 배고픈 호랑이가 토끼 덮치듯 한다는 것이었다. 많은 입들의 이런 험담 속에서도 강 사장의 자가용은 거침없이 잘도 굴러다녔다.

 강 사장이 그 세 가지 직함을 사장이라는 것보다 우위에 놓고 끔찍하게 여기는 데는 그 나름의 이유가 있었다. 그건 그야말로 어마어마한 감투였기 때문이다. 소학교를 3학년에서 그만둬야 했던 강 사장은 아버지의 뒤를 따라다니며 똥바가지를 들어야 했다. 그 지긋지긋한 채소밭 일을 해나가면서 강 사장은 관공서 서기가 소원이었다. 순사는 너무 지체가 높아 엄두를 낼 수조차 없었다. 그러나 소원은 끝내 소원으로 끝나버리고 말았다. 전쟁이 터지고 뽑혀나간 군대에서 기막히게 신기한 자동차 끄는 기술을 배웠다. 강 사장은 가슴이 활짝 열리는 흥분에 들떴다. 이제야말로 똥장군 지는 신세를 면하게 되는구나 싶었다. 군대에서 나오자마자 아버지에게 밭떼기를 모두 팔자고 제안했다. 자동차를 사서 돈벌이를 할 심산이었다. 그러나 아버지는 펄펄 뛰었다. 집안 망쳐먹을 놈을 자식으로 두느니 치리리 호적에서 따내버리겠다고 거품을 물었다. 선조 대대로 물려 내려온 땅을 팔아치워 그 방정맞은 서양 달구지를 사자는 싹수머리는 어디서 배워 처먹은 거냐고 막무가내였다. 강 사장은 또 한 번 무릎이 꺾이는 좌절감에 빠진 채 똥바가지를 다시 들어야 했다. 그런데 3년 전 통일로라는 길이 뚫리면서 채소밭은 하룻밤이 지날 때마다 동에서 은으로, 은에서 금으로 둔갑을 계속했다. 그러면서 다른 사람들의 밭에는 신식 집들이 들어앉기 시작했다. 그 숫자는 날로 늘어나 자신의 밭을 향해 사방에서 꾸역꾸역 몰려들었다. 언제부턴가 강 사장은 밭에서보다는 복덕방에서 보내는 시간이 많아졌다. 복덕방 영감들과 땅장수들에게 둘러싸여 강 사장은 전혀 새로운 세상의 맛을 보기 시작했다. 나이가 들기도 해서였지만 더 이상 아버지의 고집에 순종할 수가 없었다. 밭 일부를 아버지 모르게 팔아치웠다. 꿈도 꿔보지 못한 무지무지하게 많은 돈을 손아귀에 거머잡고 강 사장은 밥맛을 잃을 지경이었다. 그때부터 채소를 벌레가 뜯거나 말라비틀어지거나 알 바 아니었다. 복덕방에 늘어붙어 앉아 땅으로 돈 버는 요령을 터득하기에 혼을 빼고 있었다. 이 땅을 저리 넘기고 저 땅을 이리 굴리고 하며 돈을 쓸어담기 시작했다. 이 복덕방에서 매입 계약을 하고 서너 집 건너의 복덕방으로 달려가 매도 계약을 마치는 것으로 2천여 만 원의 이익금을 몰아쥐게 되었을 즈음에는 강씨라는 호칭이 강 사장으로 바뀌어 있었고, 대여섯 개의 복덕방을 휘하에 거느리게 되었다.

강 사장은 날이 갈수록 돈의 위력에 대해 탄복해 마지않으며 무릎을 치곤 했다. 몇 해 전 주민등록증을 만들기 위해 동회에 출두했을 때만 해도 강 사장은 겁먹고 비실거리는 강아지였다. 약간쯤 화가 난 것 같은 표정으로 사람들이 묻는 말에 고개도 들지 않고 대꾸를 하면서 계속 글씨를 쓰고 있는 동직원이 그리도 높고 엄하게 보일 수가 없었다. 그러나 장마철 구름떼 몰리듯 돈이 불어나고 그에 따라 동회며 구청을 드나드는 횟수가 잦아지면서 동직원 정도는 한여름 냉수 한 사발 턱으로도 여기지 않게 되었다. 강 사장이 자가용을 사들인 것은 순전히 사장으로서의 위신과 체통을 살리기 위해서였다. 동회장과 트고 지내게 되고, 구청장과 벗을 하기에 이르고, 경찰서장을 아무때나 만날 수 있게 되면서 자가용 구입은 절실한 문제로 대두했던 것이다. 자가용을 손수 몰아대기 시작하면서 강 사장의 목은 한결 뻣뻣해지게 되었다. 이즈음에 난데없이 떨어진 벼락이 바로 지역사회개발추진위원회 위원장이란 감투였다. 동장이 자세한 설명을 한 다음 위원장 직책을 맡아달라고 했을 때 강 사장은 제대로 정신을 가눌 수 없었다. 어떤 말로 사양을 했는지조차 기억을 못하고 동장과 헤이져 술집으로 내달았다. 소주잔을 거푸 비워댔지만 가슴은 계속 펄럭거렸고 전신에 짜릿짜릿 전기가 통하는 증세는 가셔지지 않았다. 도저히 외울 수가 없는 그 길고도 긴 이름의 위원장이란 감투. 술에 취해갈수록 그 감투가 자신의 자가용에 딱 어울린다는 생각에 잠기기 시작했다. 양복에 댕기를 매고 어느 식장(式場)의 단상에 버티고 앉은 자신을 떠올리며 강 사장은 사양한 것을 후회하고 있었다. 닷새 후에 부랴부랴 맞춘 양복을 입고 강 사장은 위원장에 취임을 했다. 위원장 취임 기념 사업비로 강 사장은 액수를 밝히지 않은 거금을 선뜻 내놓았다. 사람 출세란 한 가닥 마디가 풀리기만 하면 그 다음부터는 마른 짚단에 불붙듯 하는 거라고 강 사장은 그 나름의 출세론을 정

립하기에 이르렀다. 줄지어 두 개의 감투를 쓰게 되었기 때문이다. 막내아들놈이 다니는 신설 사립국민학교의 사친회 회장에다가, 도둑 없고 밝은 내 고장 이룩을 위한 향토정화 위원회 위원장이 그것이었다. 사친회장의 체모를 손상하지 않도록 교장이 희망하는 대로 운동장에 설치할 운동 기구 제작비를 전담 희사했다. 그리고 향토 정화를 위해 역시 액수를 밝히지 않은 거금을 내놓았다.

번질번질 윤기가 도는 최고급 종이로 손바닥만 한 명함을 만들어 닥치는 대로 뿌려대면서 강 사장은 생판 딴사람이 되어버렸다. 아무에게나 반말을 찍찍 내갈겼고 먼 산을 바라보며 헛기침을 해대는 버릇이 붙은 것이다. 그리고 아는 사람을 만나도 결코 먼저 인사하는 법이 없었다. 강 사장은 명함을 가지면서부터 전신이 스멀스멀한 것도 근질근질한 것도 아닌 기묘한 몸살기를 앓고 있었다. 아무리 기운 센 젊은 놈이라도 한 방에 해치울 것 같은 기운이 불끈불끈 솟았고, 아무데나 갈기고 다니고 싶은 충동으로 마음은 항상 설레발을 치는 것이었다. 그래서 강 사장은 아침 7시면 자가용을 몰고 집을 나섰다. 차창으로 몰려드는 바람결에 숨쉬기가 거북해질 정도로 차를 몰아대며 속력의 쾌감을 만끽했다. 그렇게 달리다가 파출소 앞이나 쓰레기차 옆에서 끼이익, 급브레이크를 잡는 것이다. 간밤에 근무하느라고 수고가 많았다. 불미스러웠던 일은 없었느냐, 야근한 순경이나 방범대원들을 격려 위로했다. 꾀부리지 말고 열심히 치워라, 쓰레기는 모든 병을 일으키게 하는 잡것들이다. 청소부들을 지휘 감독하는 것이다. 이건 향토정화위원장으로서의 어엿한 임무 수행이었다. 이런 식으로 자가용이 들어갈 수 있는 모든 길을 누비며 관할 구역을 한바퀴 순회한 다음 조반을 드는 것이다. 왕성한 식욕으로 아침을 뚝딱 해치운 강 사장은 게트림을 담배 연기에 싸서 끅끅거리며 본격적인 출근을 했다. 출근처는 다름 아닌 열서너 개의 복덕방이었다. 이 복덕방들이야말로 강 사장에겐 없어서는 안 될 요새였다. 돈으로나 권세로나 그 누구 부러울 게 없는 오늘과 같은 자신이 되기까지 이 복덕방들이 발휘하는 힘을 강 사장은 너무나 잘 알고 있었다. 앞으로 계속 재산을 늘리는 데도 복덕방들은 달구지를 끄는 마소(牛馬)와 다를 게 없었다. 강 사장이 복덕방을 소중하게 여김과 마찬가지로 복덕방들도 강 사장을 신주 모시듯 했다. 강 사장은 그들의 실한 물주였다. 값은 고하간에 소유주가 확실한 것을 물어들이기만 하면 강 사장이 척척 사들였다. 한 가지 불만이 있다면 구전을 맵고 짜게 내는 점이었다. 그러나 막상 한푼도 내놓지 않는다 해도 찍소리 못할 형편이었다. 괜한 불만 실없이 털어놓았다가 강 사장이 인상을 바꿔버리는 날에는 제아무리 큰

허깨비 춤 339

노다지를 물어도 헛방귀만 뀌고 말 일이었다. 그래서 복덕방들은 매도자한테 구전을 톡톡히 받아내며 전세방 손님은 아예 거들떠보지도 않고 대어(大魚) 낚기에 혈안이 되어 있었다. 강 사장은 복덕방 앞에 차를 세울 때마다 황급히 뛰어나온 주인들의 130도 절의 영접을 받으며 순시를 계속하는 것이다. 그러다가 마음 내키는 곳에서는 화투판을 벌여 소주병을 까기도 했다. 화투판에서는 으레 강 사장이 돈을 따게 마련이었고 복덕방 주인은 그저 '사장님 솜씨 최고'를 읊어댔다. 복덕방을 다 돌아 허탕을 쳐도 강 사장은 결코 섭섭해 하진 않았다. 순시의 목적이 꼭 돈벌이에만 있는 것이 아니었다. 자신이 쟁쟁한 사장임을 확인하는 또다른 목적이 있었다. 각 복덕방마다 불러젖힌 실히 5백여 번은 넘을 '사장님' 소리를 듣고 나면 배가 뿌듯하게 불러오는 게 사는 맛이 그렇게 깨소금맛일 수가 없었다. 느긋한 기분으로 차를 몰아 점심 먹을 상대를 찾아나서는 것이다. 동장일 때도 있고 구청장일 때도 있고 교장일 때도 있고 서장일 때도 있었다. 그들을 매일 한차례씩 만나는 것은 오후의 스케줄에 들어 있었고, 점심은 대개 나흘 간격으로 하게 되었다.

"아이구, 위원장님 나오십니까."

동장은 항상 벌떡 일어나며 반색을 했다. 걸쭉한 악수를 하고 나서 강 사장은 소파에 몸을 부렸다.

"뭐, 애로 사항은 없습니까?"

강 사장은 담배를 빼물며 점잖게 물었다. 그런 그의 거만기 서린 진지한 얼굴은 이 말을 매일 되풀이하고 있다는 사실을 까맣게 잊은 것 같았다.

"위원장님 덕분에 잘되고 있습니다."

"내가 뭐…… 다 동장님이 훌륭해서 그렇지요. 어찌 됐거나 우리 지역 사회 개발이 잘돼야 할 텐데 말입니다."

"위원장님 같은 분이 적극 협조해 주시니 잘될 겁니다."

지역사회추진위원회 위원장 노릇을 하고 박하사탕 와삭와삭 씹은 기분으로 강 사장은 발길을 돌렸다.

"어서 오십시오, 회장님."

교장은 안경을 치켜올리며 자리를 권했다.

"제2세 교육에 애쓰십니다. 애로 사항은 없습니까?"

"네, 회장님께서 항상 헌신적으로 살펴주시니까요."

"뭘요…… 사친회가 더 큰일을 많이 해야 하는데 원."

"회장님께서 이렇게 열의를 보여주시니 영광입니다. 앞으로도 계속 관심을 기울여주십시오."

강 사장은 만세국민학교 사친회 회장으로서 현관까지 교장의 배웅을 받았다.

이런 식으로 향토정화위원회 위원장 노릇까지를 착실히 하고 나면 오후 4시 전후가 되곤 했다. 이 감투들을 쓰고 있으면서 수월찮게 들어가는 돈이 아깝지 않은 게 아니었다. 세 군데에 한차례씩 쏟아넣는 액수를 따지자면, 그 얼큰하게 취해오는 소주를 홀짝이며 〈목포의 눈물〉이나 〈황성 옛터〉를 간드러지게 뽑아대는 작부의 엉덩이를 닳아지도록 주물러대는 그 환장하게 좋은 짓을 1년 내내 해도 족할 돈이었다. 그러나 강 사장은 고개를 설레설레 저었다. 사람 사는 것이 꼭 돈만 많아서 되는 것이 아니라 싶었다. 구색이 맞아야 했다. 이 지역에서 막힐 것 없고 꺾일 것 없이 당당하게 행세하는 것도 돈만 가지고 될 일이 아닌 것이었다. 원금을 깎아먹으면 몰라도 자꾸 불어나면서 쓰는 그까짓 돈쯤은 대장부의 '기마이'라고 강 사장은 결론짓고 있었다.

그런데 강 사장에겐 고민거리가 있었다. 소주맛을 영 떼처버릴 수 없는 채 맥주에 가까워지지 않는 것이었다. 소줏집보다 맥주홀이 한결 고급인 것을 알면서도 어쩐지 엉거주춤한 게 마음에 착 감겨오지 않았다. 점잖은 자리는 으레 맥주이기 때문에 맛을 들이려고 애를 썼지만 혓바닥이나 배때기가 뜻대로 말을 들어주지 않았다. 이것과 마찬가지로 양복이라는 것이 또 말썽이었다. 겨울이나 봄가을에는 또 어찌어찌 견디겠는데 여름에는 딱 질색이었다. 여름이면 양복은 고사하고 남방셔츠나 긴 바지를 도통 걸칠 수가 없었다. 그 많은 감투의 위신과 체면과 체통을 위해서 악전고투했지만 결국 포기하고 말았다. 그리고 어찌 된 일인지 문안에만 들어가려면 주눅이 드는 것이었다. 그 누구에게도 지기 싫은 운전 기술이 갑자기 헝클어지고 말았다. 그래서 피치 못할 경우 택시를 타고 문안에 들어갔고, 자가용을 몰면서는 결코 무악재를 넘어본 일이 없었다. 그러나 이런 것들은 과히 시답잖은 일에 지나지 않았다. 정작 강 사장을 실의에 빠뜨리는 크나큰 고민거리는 따로 있었다. 큰아들놈만 생각하면 금방 기가 꺾이고 맥이 빠지고 동시에 역정이 솟고 숨결이 거칠어졌다. 예비고사를 두 번이나 낙방한 녀석은 조금도 속을 차리는 기미를 보이지 않았다. 강 사장은 아들이 법관이 되기를 갈망했다. 그러나 아들은 자신의 목마름은 아랑곳없이 어긋난 돼지 발톱이 되어가고 있었다. 강 사장은 부글부글 끓어오르는 감정을 그대로 눌러가며 공부에 마음을 붙이게 해보려고 중병 환자에게 별의별 처방을 다 써보듯 온갖 수단을 동원했다. 서너 달 전에 오토바이를 사준 것도 마음을 잡겠다는 다짐을 단단히 받고 나서였다.

  강 사장은 지점장에게 커피 대접을 받고 있었다. 은행은 매일 들르지 않았다. 며칠 간격으로, 카네이션을 듬뿍 친 그 쌉쌀한 커피 생각이 나거나 언제나 양복을 단정히 입은 지점장의 예의 바른 절을 받고 싶으면 불쑥 들르곤 했다.

  "강 사장님, 전화 받으시지요. 복덕방이랍니다."

지점장이 송수화기를 두 손으로 받쳐 소파에 묻힌 강 사장에게 건넸다.

"복덕방? 어디 봅시다."

강 사장은 팔만 뻗쳐 송수화기를 받아들자마자 은행 안에 가득 차는 발성을 하기 시작했다.

"나 강 사장인데, 재건복덕방이라구? 무슨 일이야? 뭐, 왕창 큰 게 걸렸어? 종류가 뭐야. 아, 우선 말부터 해. 들어보고 가망이 있어야 갈 게 아냐. 대지고, 응, 부도를 막으려고 내놔? 그 담에, 그래, 뭐? 시가에서 2만 원이 빠졌다구? 그거 공갈 아냐? 그 대신 어쩐다구? 일시불? 거 몇 평이야? 천 2백? 알았어, 나 곧 쫓아갈 테니깐 말야, 방정맞게 주둥아리 놀리지 말고 배짱 튕겨서 값을 더 후려때려. 뭐 더 이상은 못해? 그럼 주둥아리 죽치고 앉아 있어. 내가 맞장뜰 테니까."

전화를 끊은 강 사장은 흥분하고 있었다. 상기된 나머지 거무튀튀한 얼굴은 짙은 초콜릿빛으로 변해 있었다.

"지점장!"

"왜 그러십니까?"

"5만 원에 천 2백 평, 계산 좀 뽑아보시오."

"네, 그러죠."

지점장이 주판알을 드르륵 고르는가 싶더니 곧 대답했다.

"6천만 원입니다."

"6천이라, 그거 오늘 돌릴 수 있겠소?"

"오늘 말씀입니까?"

"왜, 안 되겠소?"

"아, 아닙니다. 할 수 있습니다."

"나 이만 갈 테니까 준비해 두시오."

강 사장은 소파에서 튕기듯 일어섰다.

"아 참, 지점장, 천 2백에 2만 원이면 얼만가 봐주시오."

"네에…… 2천 4백만 원입니다."

"2천 4백이라…… 어힘, 험, 일 보쇼, 지점장."

강 사장은 슬리퍼 끄는 소리를 요란하게 남기며 은행을 나갔다.

"이거 왜 이러십니까. 그 땅이 시가 얼마짜린지는 사장님이 더 잘 아시잖습니까. 더 깎자는 건 물에 빠진 놈한테서 판자쪽 뺏는 격이라구요."

상대는 생각보다 만만찮았다. 강 사장은 평당 4만 8천 원으로 깎아내리려던 고집을 꺾을 수밖에 없었다.

"좋소. 등기부등본, 인감증명 내놔 보쇼."

강 사장은 서류를 옆에 앉은 사법서사에게 넘겼다. 이렇게 큰 거래를 할 때는 꼭 사법서사를 동석시켰다. 돈 관리를 위해 강 사장이 믿고 있는 사람은 지점장과 사법서사, 그리

허깨비 춤

고 두 조카뿐이었다. 심지어 아내에게도 생활비 이외의 돈은 일절 맡기지 않았다.

"틀림없습니다, 사장님."

사법서사가 확인한 서류를 내밀었다.

"됐어. 계약서 써."

복덕방에게 턱으로 명령했다.

계약서를 쓰는 동안 강 사장은 눈을 지그시 내려감고 있었다.

세상만사 돈 놓고 돈 먹기다. 찬바람만 슬슬 일어나면 갑절 남기기는 땅 짚고 헤엄치기다. 강 사장은 그렇게 마음이 느긋할 수가 없었다.

"내가 오늘 밤 맥주로 한잔 멋지게 살 테니까 복덕방마다 연락해. 그리고 파리홀에 전화해서 딴 손님 못 받게 해둬."

계약을 마친 강 사장이 폭탄 선언을 했다. 어차피 계약을 치르고 나면 한잔을 내곤 했다. 예상하지 않은 노다지를 캔 김에 더위로 맥이 빠져 있는 복덕방들을 불러 걸쩍하게 한판 벌일 작정이었다.

8시부터 술자리가 벌어졌다. 칸막이를 밀어붙여 버린 홀에는 강 사장을 중심으로 12명이 둘러앉아 있었다.

"이 아가씨 어떻습니까, 사장님."

사내가 귓속말로 속삭였다. 강 사장은 재빨리 고개를 돌려 사내 옆에 고개를 수그리고 서 있는 아가씨를 실눈을 뜨고 올려다봤다.

"그래, 거 삼삼한데."

"신삥 아다라십니다, 사장님."

사내는 귓속말을 했고 강 사장은 흡족한 웃음을 터뜨렸다.

강 사장 옆에 아가씨가 앉고 나서 다른 자리에도 차례로 짝을 맞추었다.

"자아, 우리 다 같이 부우라아보오오."

강 사장이 맥주잔을 치켜들며 선창했고 모두는 따라서 외쳤다.

맥주병이 줄을 잇고 오만가지 때 묻은 노래가 헝클어지면서 술자리는 차츰 동물적으로 변해갔다. 강 사장은 아가씨를 끌어안고 얼굴을 비벼대는 것으로 모자랐던지 자꾸만 블라우스를 벗기려들었다. 아가씨는 곤혹스러운 표정에 웃음을 발라가며 강 사장의 손을 피하느라고 급급하고 있었다. 그럴수록 강 사장의 손길은 거칠게 공세를 취했다.

"왜 이러세요, 정말!"

더 못 견디겠다는 듯 아가씨가 쏘아붙이며 강 사장의 팔을 잡아 뿌리쳤다.

"어!"

강 사장이 손바닥으로 왼쪽 볼을 사납게 훔치며 험상궂은 표정이 되었다. 아가씨의 손끝이 볼을 스치고 지나갔던 것이다.

"요년, 개쌍년아!"

강 사장이 고함을 치며 일어섰고 거의 동시에 유리창 바쉬지는 비명을 지르며 아가씨가 나둥그러졌다. 강 사장이 맥주병으로 아가씨의 머리를 후려친 것이었다. 불그딕딕한 색정과 흐물흐물한 주기로 범벅이 되었던 홀에는 순식간에 살기가 퍼졌다. 쓰러진 아가씨의 머리에서 흐르는 피는 금방 홀 바닥에 번져나갔다.

"뭘 하는 거야, 지배인. 빨랑빨랑 병원으로 보내버려!"

강 사장은 버럭 소리를 지르고는 카악 가래를 돋우어 홀 바닥에 내뱉었다.

"네, 염려 마십쇼, 강 사장님."

지배인은 긴장한 표정인 채로 강 사장 앞에 규격 잡힌 절을 하고는 돌아섰다.

"최군아, 야 최군아, 빨리 와, 빨리."

의식 불명인 아가씨는 보이에게 업혀갔다.

"어느 병원으로 가요?"

보이가 늘어진 아가씨를 추슬러올리며 물었다.

"잔소리 말고 어서 나가!"

강 사장이 또 버럭 소리를 질렀다. 보이는 흠칫 놀라는 듯

하더니 곧 문 쪽으로 걸음을 옮겼다. 아가씨들이 우르르 그 뒤를 따랐다.

"요런 병신들아, 가만 자빠져 있어!"

강 사장이 팔을 내두르며 고함을 쳤다. 아가씨들은 하나같이 주춤 멈춰섰다.

강 사장은 또 침을 내뱉으며 사법서사를 불렀다. 강 사장은 귓속말을 했고 연신 고개를 끄덕이던 사법서사는 다급하게 홀을 빠져나갔다.

"에이, 새수 드립다. 제까짓 년이 뭐라고 감히 이 강 사장을....... 에이, 집쳤다."

강 사장은 미간을 일그러뜨리며 신경질적으로 빈 손바닥을 맞때려 털어댔다.

"사장님, 이거 참 죄송하게 됐습니다. 그게 시로도가 돼나서 그만 사장님 기분을 잡쳐드린 모양입니다. 아주 멋진 딴 아가씰 올릴 테니 이까짓 일쯤 싹 잊어버리시고 다시 기분을 푸시죠."

지배인이 손을 모아잡고 굽실거렸다.

"아아, 여기선 이제 틀렸어. 지배인이 미안해 할 건 없고. 자아, 이거나 받아두게."

강 사장은 한 뭉치의 돈을 지배인에게 건넸다. 그리고 짤막한 귓속말을 하고 돌아섰다.

허깨비 춤

"자아, 우린 2차로 갑시다. 잡친 기분을 확 풀어버려야 해."

강 사장이 사람들을 거느리고 유유하게 홀을 빠져나갔다.

"감사합니다. 또 오십시오."

돈 뭉치를 움켜쥔 채 지배인은 연신 배웅 인사를 올렸다.

그들이 다 나가버리자 홀에는 약간 서먹하면서도 약간 쓸쓸한 것 같은 적막이 드리워졌다.

"경자야아, 경자야……."

홀 구석에 웅크리고 서 있던 아가씨들 중에서 한 아가씨가 갑자기 이렇게 외치며 뛰어나왔다.

"뭐야, 야, 너 어딜 가!"

돈을 세고 있던 지배인이 놀라서 소리쳤다. 아가씨는 벌써 문을 박차고 나가고 있었다.

"저런 쌍것이 정말……."

지배인이 뒤따라 쫓아갔다.

"여기 놔요, 놓으란 말예요. 경자가 어느 병원에 입원했는지 알아얄 것 아녜요!"

지배인에게 끌려 들어오며 아가씨는 울부짖고 있었다.

"글쎄, 넌 그런 걱정 안 해도 된다니까. 너하고 무슨 상관야."

"경잔 죽을지도 모르잖아요. 병원을 찾아내야 해요. 왜 쉬쉬하는 거예요."

"닥치지 못해?"

"그럼 뭐예요. 강 사장 제까짓 게 뭐냔 말예요. 돈만 많으면 다예요. 왜 사람을 개 패듯 하고 병원까지 숨기냔 말예요."

"이 쌍, 닥쳐!"

지배인이 아가씨의 가슴팍을 후려쳤다. 아가씨는 가슴을 움켜잡고 비틀비틀 물러서다가 푹 쓰러졌다.

"팁들 받어, 만 원씩이다. 그리고 괜히 쓸데없는 일에 관심 쓰지 말어. 오늘 밤 일은 싹 잊어버리란 말야. 방정맞게 주둥아릴 나불댔다간 알지?"

아가씨는 숨이 마쳐드는 고통을 씹으며, 이런 말을 멀게 들으며 일어서려고 안간힘을 썼다. 무언가 미끈거리는 것 같은 감촉을 손가락에 느꼈다. 아가씨는 가까스로 눈을 떠서 손가락을 들여다보았다. 불그스름한 흐린 조명 아래 드러난 손바닥은 온통 검붉은 피투성이였다. 흠칫 놀란 아가씨는 다음 순간 그것이 경자가 흘린 피라는 것을 깨달았다.

아가씨는 고개를 묻으며 흑 울음을 터뜨렸다. 그러면서 꼭 경자를 찾아내고야 말겠다며 부르르 떨었다.

〈1976년〉

뿌리의 글레

"하이타이 노릇 작작 하시라구요!"

 제멋대로 공을 질러대는 패색(敗色) 짙은 탁구 선수처럼 미스 강은 울상이 되어 쏘아붙였다.

"뭐라구요? 하이타이……?"

"그래요. 하이타이예요, 미스터 한은……."

"나하고 지금 스무고개 놀이라도 시작할 작정이오?"

 나는 '레' 음(音)쯤에 머물렀던 발성을 예고도 없이 '시' 음쯤으로 올려버렸다. 이런 짓이 무례인 줄은 알면서도 나는 도리가 없었다.

"어머머……."

미스 강은 손바닥으로 양쪽 귀를 틀어막음과 동시에 발바리처럼 종종종 뒤로 물러서는 몸짓으로 놀라움을 과장했다.

"알고 보니 미스터 한은 지독한 야만성까지 가졌군요? 그 정도로 이 건물이 무너질 것 같애요? 좀더 크게 소릴 질러보시지 그래요?"

미스 강은 금방 냉수에 세수라도 한 것처럼 정신이 또렷또렷하게 윤곽을 잡은 표정으로 야유하고 있었다.

"하아참, 사람 화아안장하겠네. 좋소, 내가 하이타이든 미원이든 내 알 바 아니니까……"

나는 숨을 거듭 들이마시며 돌아섰다. 나 자신이 생각해도 영 못돼먹은 나의 이상한 증상에 태엽이 감기기 시작하고 있었다. 태엽은 감길 대로 감기면 터져야 하는 게 순서인 것이다. 더 감기기 전에 자리를 피할 수밖에 없는 일이다.

"방금처럼 발작적으로 소릴 질러대는 것, 그게 바로 하이타이란 말예요."

"뭐……?"

급히 돌아선 내 눈앞에 미스 강의 당돌한 눈동자가 고정되어 있었다.

"하이타이 거품 아시죠? 하이타이가 문제가 아니라 거품이 문제예요. 빨랫비누 거품이든 세숫비누 거품이든 거품이 문제라구요. 부피도 무게도 없이 훅 불면 날아가버리는 거품, 그게 미스터 한이란 말예요. 남들이 다 그렇게 부르는 별명이라구요. 때를 빼는 비누면 족하지 거품을 일으킬 필요는 없다는 거예요. 그래야 특종 비누래요. 오늘 같은 사고가 바로 불필요한 거품을 일으키는 일인 걸 알기나 해요? 하이타이가 제일 거품이 신나게 일어나죠. 이제 속이 시원하세요? 난 이만 가요."

토라진 미스 강의 구둣발 소리가 콘크리트 건물의 긴 복도에 건조한 메아리로 엉겼다가 사라질 때까지 나는 반쯤 열린 문을 등신처럼 바라보고 있었다.

미스 강을 향해 급속도로 감겨지고 있던 태엽이 매를 못 추도록 가속도를 얻어 풀어지고 있음을 나는 느꼈다. 그 뒤에는 졸렬한 미안함이 뽀얀 먼지로 일어나고 있었다. 졸렬한 미안함이라고 하는 것은 졸렬한 오해나 속단을 두고 하는 말이다. 나는 분명히 미스 강에게 졸렬한 오해가 아니면 졸렬한 속단을 저지른 것이다. 남들은 다 퇴근을 했는데도 굳이 그네만 남아 나에게 자폭하려는 탁구 선수의 포즈로 대들었을 때 뒤틀린 내 비위는 푹푹 찌는 한여름 오후의 생선 시장 냄새에 휘감겨버렸다. 나는 그 순간 가당찮게도 미스 강이 월권을 남용하고 있다고 판단해 버린 것이다. 그네는 언제부턴가 도둑고양이의 발걸음으로 나를 공격해 오고 있었다. 아무리 하찮은 풀이라도 햇빛을 향해 고개를 뻗치듯 나도 갈비뼈 하나 모자라는 동물답게 갈비뼈 하나 더 있는 동물이 제아무리 비밀스럽게 낮은 포복을 해온다고 해서 감지 못할 턱이 없었다. 그런 기미를 알아챈 다음부터 나는 방어 자세로 돌입해서 사슴이 뛰는 것 같은 경쾌한 풋워크를 구사하기 시작했다. 그런데 갑자기 그네가 그렇게 나오자마자 이건 약진 동작에 스트레이트를 겸한 공격이구나 오판을 하고 고슴도치꼴이 되었던 것이다.

그러나 숨길 수 없는 사실은, 이 일로 그네는 나를 향해 결박지어둔 평소의 감정을 용감무쌍하게 노골화시킨 것이다. 그리고 나는 언제부터인지 모르게 곤충의 더듬이같이 예리한 촉수를 세우는 야릇한 병에 걸려 있음을 확인하게 된 점이다. 그네의 열녀적 기질이 발동한 제보(提報)에 의하면 나의 이 병을 일컬어 주위에서는 '하이타이'라고 명명했다는 것이다. 이건 특별 보너스라도 하사할 만큼 큰 공적이고 소중한 정보였다. 이런 막중한 소임을 수행하느라 헌신을 망설이지 않은 그네를 속단해 버린 경박을 후회하면서 나는 졸렬한 미안함을 금하지 못하고 있었다.

나는 가슴팍이 터지도록 담배 연기를 들이마셨다. 별명을 알고 난 다음 쓰디쓰게 감겨오는 불쾌감을 다스리려는 물리적 노력이었다. 별명이란 주위 사람들에 의해서 붙여지게 마련이고 그건 일단 본인에겐 한동안 특종 비밀로 감춰진 채 사용된다. 누설이 된 다음에도 그건 공개된 비밀 취급을 받는다. 별명이란 한 사람을 대변할 수 있는 종합적 결점의 집약이 대부분이기 때문이다. 대개 그 결점은 당사자의 마음 깊숙이에 열등감이나 혐오감 같은 무늬의 포장지로 돌돌 말아 처박아둔 것들이다. 그래서 누구나 자신의 별명을 알고 나서 결코 기분 좋아하지 않는 것이다.

미스 강은 내가 발작적으로 소리를 질러댄 것을 가리켜 하이타이라 했다. 그리고 부장과의 충돌도 마찬가지라는 지적이었다. 그건 투명한 지적이었다. 그러나 거기엔 역시 투명한 내 나름의 이유가 있었다. 요약하면 '싫다'는 것 때문이었다. 남자에게 먼저 은밀한 접근을 시도하는 여자인 미스 강이 싫었다. 그리고 넥타이라는 목댕기를 매야만이 충실한 모범 사원의 자격을 획득하는 것 같은 해괴한 이론을 펼치는 부장이 딱 싫었다.

나는 무던한 놈이었다. 이건 내 의사가 전혀 고려되지 않은, 나를 잘 아는 사람들의 공통된 인물평이었다. 본성적 낭만이 그 향기를 가장 짙게 뿜어내는 10대 후반에 이 평은 나에게 상당히 고민거리기도 했었다. 무던하다는 것은 개성이 없다는 뜻이고, 좀더 고약하게 풀이하면 나사가 덜 감긴 놈이라는 의미는 아닐까 하는 의문이 고개를 숙이지 않았던 것이다. 그래서 나는 개성적인 놈이 되어보려고 그렇게 평판이 난 녀석들의 행동을 모방도 해보곤 했지만 역시 무던한 놈에 지나지 않았다. 무던한 놈이라는 것도 개성이라는 사실을 깨달은 것은 대학 지망을 결정하지 않을 수 없는 최종 단계에 이르러서였다. 구멍가게 같은 살림살이를 꾸려가야 하는 집안의 장남으로 가장 현실성 있는 것은 상대(商大)며, 너 같은 무던한 성품은 어느 기업체나 회사에서도 대환영일 거라는 담임의 그럴듯한 판정이었다. 그 판정에 이의 없이 상대에 진학했고, 무던한 것도 개성이라는 구김살 없는 자존심을 지니고 역시 무던한 놈으로 불리며 대학을 마쳤다. 그런데 내가 무던한 것이 개성을 넘어서 삶의 미덕이라는 확신을 갖게 된 것은 군대 생활을 통해서였다. 일의 진행 과정에서 빚어지는 약간의 차질은 접어두고, 군대의 조직 그것은 바늘 끝 하나 꽂을 수 없을 지경으로 잘 짜여진 세계였다. 거기에 사형을 불사하는 군기라는 휘발유를 마시며 군대라는 거대한 열차는 잘도 달렸다. 나는 한 개의 부속품 역할을 해내느라고 복무 기간 동안 불알에 땀이 걷힐 새가 없이 줄창 뛰었다.

"한 병장, 자넨 참 무던한 사람이야. 사회에 나가면 환영받을 거야. 사회라고 뭐 별건가. 자기가 하고 싶은 일을 선택할 수 있다는 것뿐, 군대나 마찬가지야. 어떻게 보면 군대가 차라리 신사적이지. 앗싸리 하거든. 약간 잘못하면

한 대 쥐어박고 그 담엔 깨끗하잖아. 사횐 그게 아니라구. 안 보이게 치고 까는 거야. 그치만 자넨 염려 없어. 여기서처럼 하면 곧 성공할 거야. 참 자네 무던한 사람이었어."

제대 출발을 하기 전날 밤 소대장은 이별주를 받아주며 이런 말로 섭섭함을 대신했다. 사실 나는 그 흔해빠진 '쪼인트' 한 번 제대로 깨져본 적이 없었다. 시키는 일을 그저 실수 없도록 해내다 보니 남들은 비비 틀고 숨 가빠하고 갈기갈기 찢어대는 세월이 나에게는 얌전하게 스쳐 지나가 있었다.

그런데 나의 무던함에 병균이 침투하기 시작한 것이다. 군대의 반의반 정도밖에 안 되는 업무를 처리하고 그때보다 2백 갑절이 넘는 보수를 받으면서도 나는 무던함을 잃어가고 있었다. 그 증상은 아주 기묘하게 나타났다. 한마디로 내 몸과 의지는 서로 조화(調和)를 잃어버린 상태에 빠진 것이다. 좀더 알기 쉽게 설명해서 몸은 차의 앞바퀴고 의지는 뒷바퀴인데 이것들이 각기 반대 방향으로 굴렀다. 뒷바퀴는 앞으로 앞바퀴는 뒤로 굴러대는 꼴이었다. 몸뚱어리가 의지에 반기를 들기 시작하면서 나는 무던한 사람의 자격을 조금씩 침식당하고 있었다.

"여기가 은행 창구는 아니잖습니까."

"그래서?"

부장은 여전히 능글맞은 비웃음을 치켜든 주걱턱에서 반

죽해대며 침착하게 되물었다.

"그러니까 그렇단 말입니다."

"그래서?"

"……!"

"아 그래서?"

나는 코너로 몰리고 있었다. 연발되고 있는 부장의 '그래서?'는 단 한 발짝의 도전도 용납할 수 없다는 권위에 충만한 공격의 무기였다. 나는 치켜올려진 부장의 주걱턱에 어퍼컷을 터뜨리고 싶은 강한 충동에 휘감겼다.

"이봐, 미스터 한!"

다음 순간 나의 가공할 살의는 산산조각이 났다. 부장의 얼굴에는 고함소리에 걸맞게 불덩이 같은 위엄이 지글지글 타고 있었다.

"여기가 자네 집 안방인 줄 아나. 이 회사가 자넬 위해 운영되는 줄 아느냔 말야. 바로 자네, 한종국이가 이 회사를 위해 존재한다는 사실을 까먹지 말라구. 자넨 이 회사에 예속된, 이 회사가 밥을 먹여준다는 엄연한 사실을 명심해 둬."

"아니 부장님……."

"아, 아, 내 말 다 끝나지 않았어."

부장은 아주 세련된 배우처럼 몸짓까지 해보였다. 어느새 얼굴에는 너그럽게까지 느껴지는 자신만만한 웃음이 감돌고 있었다.

"요즘 얼마나 지독한 불경기가 계속되고 있는지 자네도 잘 알겠지?"

부장의 이 조용한 한 마디가 무엇을 의미하는지 나는 너무 빨리 알아차리고 말았다. 나는 순간적으로 전의(戰意)를 상실한 채 감아올렸던 꼬리를 한사코 양쪽 뒷다리 사이로 끼워넣으며 비칠비칠 물러서는 개꼴의 나를 아프게 의식해야 했다.

"알았으면 어서 넥타이 바로 매게."

부장은 명령을 하고 돌아섰다.

"벌써 1시 15분이야."

사무실 천장을 향해 감정이 담기지 않은 커다란 목소리를 뿌렸다. 그 목소리에 사무실 안이 움찔하고 사원들의 손은 섭씨 35도의 삶아진 공기 속을 질정 없이 움직이기 시작했다.

부장이 선풍기가 돌고 있는 제자리에 몸을 부리는 것을 보고서야 나는 느슨하게 풀어진 넥타이를 바짝 당겨올렸다. 그리고 후다닥 손을 털었다. 꼭 뱀을 매만진 것 같은 싸늘한 징그러움이 손바닥에서 뭉클거렸다. 그리고 목줄기는 뱀이 친친 감기는 압박에 조여들며 숨통이 막히고 있었다. 나는 죽어라 목을 늘여빼며 남들보다 갑절의 삶아진 공기를 들이마시느라 헉헉댔다. 출납 장부의 글씨가 자꾸 흐려지는 시야에서 목에 친친 감긴 뱀은 어느덧 그 피범벅이던 굵은 새끼줄로 둔갑해 있었다. 나는 으깨지는 신음을 토하며 눈을 마구 문질러댔다.

애당초 부장과의 대결은 냄새 나는 말대로 계란으로 바위 치기였다. 지정된 식당에서 배달된 냉면 한 그릇을 해치우고 나니 슬그머니 졸음이 찾아들었다. 생각 같아서는 에어컨 찬바람으로 가득 찬 지하 다방으로 뛰어 내려가 냉커피를 쭈욱 했으면 살 것 같았다. 그러나 일과 중 다방 출입 금지는 사장의 엄명이었다. 점심을 각기 식당에서 먹다 보면 으레 다방에 들르게 마련이고 거기서 노닥거리다간 오후 일과 잡치기 십상이라며 지정 식당에서 배달을 시키게 했다. 그래서 점심을 마친 사원들은 에어컨은 고사하고 선풍기도 제대로 없는 고도 7층의 사무실에서 한증을 즐길 도리밖에 없었다. 늘어진 쇠불알 개미가 물어뜯는 격의 시답잖은 회사 불평에 끼여드는 것보다 때맞춰 방문해 준 졸음을 나는 반갑게 맞이하기로 했다.

"미선이, 미선이, 우린 어차피 결혼할 거 아냐. 내 말 들으라니까."

팬티를 허벅지까지 끌어내린 채 실랑이를 하다가 나는 퍼뜩 잠이 깼다.

"어젯밤엔 도둑질했나?"

분간이 안 가는 눈앞에서 이런 소리가 들렸고 이어 숨죽인 킥킥거림이 뒤따랐다. 목소리의 주인이 누구인지 깨달은 순간 눈앞이 환해지며 나는 벌떡 일어났다.

"자네 또 넥타이를 풀어헤쳤잖아. 도대체 자넨 틀려먹었단 말야."

 부장은 면상을 갈기듯 거친 어조로 내뱉었다. 나는 졸음에 취한 채로 무의식 중에 넥타이를 느슨하게 풀어헤쳤을 거라는 깨달음이 왔다. 그리고 목구멍에 먼지가 가득 낀 것 같은 갈증과 전신이 엿물 같은 끈끈한 땀에 젖어 있다는 것과 잠이 덜 깬 상태가 유발하는 근거 없는 역정이 뒤범벅이었다. 그런 엉망진창의 감정 앞에서 호통을 치고 있는 부장은 영락없이 염소 장수였다. 아니 외삼촌의 목에 굵은 새끼줄을 걸어 질질 끌고 다니면서 죽였을 그 얼굴을 알 수 없는 놈으로 둔갑했다. 그래서 나는 월급쟁이로서 견고하게 지녀야 하는 의지를 파괴하고 말았다. 감히 여기가 은행 창구는 아니잖느냐고 포문을 연 것이다.

 내가 굳이 은행에 응시를 삼갔던 것은 마네킹 노릇이 싫어서였다. 가시내들과 인조 대리석 출납대를 따라 나란히 줄지어 앉아 있는 사내들은 갈 데 없이 규격품 마네킹이었다. 항시 깨끗한 와이셔츠에 반듯한 넥타이. 그리고 길들여진 친절을 증언하는 식어빠진 웃음을 항시 칠해야 하는 고역은 상상만으로도 징그러웠다. 사내들은 불알이 서서히 줄어들고 있을지도 모른다는 엉뚱한 생각이 떠오르기도 했다.

그런데 이 회사가 규정하는 복장이 바로 와이셔츠에 넥타이를 매고 양복을 입도록 되어 있었다. 그런 복장을 착용해야만 모범 사원으로 1차적 자격을 갖추게 된다는 식이었다. 특히 부장은 줄기차게도 넥타이 착용을 감시했고 그 나름의 해박한 고견까지 가지고 있었다. 넥타이를 목줄기가 빳빳해질 만큼 조여매면 자세가 바로잡히면서 정신 통일이 되고, 따라서 업무 진행이 신속해질 뿐만 아니라 사무 착오도 저지르는 일이 없다는 지론이었다. 봉건 군주적 체질인 그의 이런 탁견에 이의 제기란 있을 수 없는 일이었다.

나는 넥타이와는 인연이 멀었다. 빈사 상태를 허우적거리며 마쳐야 했던 대학 생활을 통해서 양복이란 그야말로 서양 사람들의 옷에 불과했다. 설령 경제 사정이 봄나무 물오르듯 했다 하더라도 나는 결코 양복 차림을 즐기진 않았을 것이다. 워낙 검은 색소를 많이 배합해서 타고난 피부도 피부였지만 차림새가 활동하는 데 부자연스럽거나 신경을 써야 하는 것을 나는 몹시 꺼리는 편이었다. 그래서 나는 남방이나 잠바 차림에 익숙해져 있었다.

세종대왕이 대로할 지경으로 맞춤법이 엉망인 아버지의 편지에는 내가 취직을 했다는 엄연한 사실을 놓고 이게 꿈이냐 생시냐로 시작된 감격과 흥분으로 넘쳐 있었다. 그 에누리할 수 없는 갈채에 밀려 나는 생전 처음 돈이라는 것을 내고 와이셔츠와 넥타이를 사기에 이른 것이다.

내 몸뚱어리와 의지가 서로 반대 방향으로 회전하기 시작하고, 나의 무던한 사람됨이 금가기 시작한 것은 이때부터였다.

사흘에 한 번쯤 턱 부분만 조명하는 데 사용했던 손바닥 반 정도 크기의 거울을 창틀에 올려놓고 나는 이제 목줄기를 조준하느라 애를 먹었다. 케이스 뒷면에 도해(圖解)된 넥타이 매는 법을 한번 들여다보고 한 동작으로 옮기고, 다시 들여다보고 목을 손거울 속에 조준하곤 했다. 그러나 세 동작을 넘기지 못한 채 실패를 거듭했다. 나는 포기하지 않고 매달렸다. 포기할 수도 없었다. 하늘의 별을 다 딴 것처럼이나 의기양양해 있을 아버지의 응원을 받으며 내일 출근을 해야 하는 것이다. 아버지의 쭈글쭈글해진 이 몇 년 동안의 말년은 오로지 나의 첫 출근 날인 내일을 위해 인내되었다고 해도 과언이 아닐 것이다. 나는 여섯 번째의 도전을 시도한 끝에 드디어 넥타이 매기에 성공할 수 있었다. 나는 목적을 성취시킨 포만감(飽滿感)을 만끽하며 손거울에 담긴, 아직 엉거주춤한 위치에 놓인 넥타이의 매듭을 지그시 바라보고 있었다. 나는 심호흡을 했다. 그리고 기세 좋게 넥타이를 조여붙였다.

"웩엑……."

나는 이런 괴성과 함께 헛구역질을 토했다. 어찌나 신바람 나게 넥타이를 조였던지 목이 꽉 막혀버린 것이다. 나는 허겁지겁 넥타이를 잡아늘이며 목젖이 뻐근하도록 매운 눈물까지 꿀떡 삼켰다. 그러면서 나는 흉측한 주검의 냄새를 맡았다. 그 끈적끈적한 냄새는 질기디질긴 냉면 사리처럼 한정도 없이 코로 빨려들고 있었다.

땡볕만 와와 소리 지르며 날뛰는 8월 한낮이었다. 아버지와 어머니는 둑길을 숨이 닿도록 내닫고 있었다. 삼베 치마를 거머잡고 뛰는 어머니는 영 알아들을 수 없는 소리를 질렀다. 깨어진 유리 조각이나 사금파리로 가득 찬 것같이 반짝거리는 땡볕 속을 나도 운동회 때보다 더 째지게 뛰었다. 나는 어머니처럼 소리를 지르진 않았지만 연신 중얼거리면서 숨을 헐떡거렸다.

"외삼촌은 기운이 장사야. 팔뚝에 알통이 얼마나 크다고. 거짓뿌렁이야, 거짓뿌렁. 외삼촌이 죽긴 왜 죽어."

그러나 외삼촌은 죽어 있었다. 둑길이 끝나는 부분에서부터 무성하게 자라고 있는 갈대밭에 외삼촌은 죽어서 누워 있었다. 파란색 파리떼가 어지럽게 날아다니는 땡볕 속에 외삼촌은 굵은 새끼줄로 목이 감긴 채 죽어 있었다. 그 굵은 새끼줄에는 변색된 검붉은 피가 말라붙어 있었다. 그리고 목에는 찢겨진 상처투성이였다.

"요런 날벼락 맞어 꺼꾸러질 놈들아, 무슨 죄가 있다고, 무슨 철천지웬수를 졌다고 요리도 독하게, 질질 끌어서 개 잡듯 했단 말이야. 아이고 아이고……."

털썩 주저앉은 어머니는 땅을 치며 몸부림했다. 어머니가 팔을 내저을 때마다 파리떼는 파란색 몸뚱어리를 반짝이며 위잉 날아올랐다간 이내 시체의 코며 입으로 달라붙곤 했다. 땡볕 속을 느끼한 침처럼 퍼지면서 훅훅 끼쳐오는 지독한 냄새는 시체가 뿜어내는 것이 아니라 날아오르는 파리떼의 날개에서 퍼져나는 것 같았다.

피가 말라붙은 굵은 새끼줄은 턱밑 살 깊숙이 박혀버렸는지도 모를 일이었다. 아버지는 그 새끼줄을 풀어내느라고 땀으로 목욕을 하며 낑낑대고 있었다.

나는 그날 밤 서너 차례 소스라쳐 잠이 깨었다. 외삼촌을 만난 때문이다. 전쟁이 끝나고서도 얼마 동안 나는 무시로 잠결에서 외삼촌을 만나야 했다. 피를 철철 흘리며 나를 향해 걸어올 때도 있었고, 말쑥한 차림으로 웃고 있을 때도 있었고, 그날처럼 죽어 누워 있다가 내가 가까워지자 벌떡 일어나서 낄낄 웃을 때도 있었다. 그러나 그때마다 한 가지 똑같은 것은 목에 피 묻은 굵은 새끼줄을 감은 것이다. 유독 험한 외삼촌을 만나는 날 밤이면 나는 그만 흠뻑 오줌을 싸고 말았다. 어머니에게 병신 얼간이가 되는 구박을 받으면서도 나는 꿈에서 외삼촌에게 쫓겼거나 그 굵은 새끼줄로 목을 조였기 때문이라는 변명은 하지 않았다.

 나는 아침마다 이 유쾌할 수 없는 재생된 기억과 인사를 나누어야 했다. 검붉은 피가 말라붙은 굵은 새끼줄을 목에 감는다는 징그러운 착각은 날이 바뀌어도 농도가 묽어지지 않은 채로 나에게 삶의 구속적 피곤을 일깨우고 있었다.

 부장은 항상 승전한 장군 같은 위세로 사무실을 제압하고 있었다. 말석에 자리 잡은 나는 어차피 주눅이 들게 마련이었지만 부장에게 호명이라도 당하는 날에는 영락없이 장군 앞에 선 일등병꼴이 될 수밖에 없었다. 그런데 차츰 날이 쌓여가면서 나는 부장의 허점을 발견하기 시작했다. 그건 부장의 허점이라기보다는 어쩌면 나의 병증이 표면화되기 시작한 것인지도 모른다. 사원들은 매일 아침 9시를 기하여 방직 공장 기계들처럼 일제히 가동을 시작하는 것이다. 옆 기계가 고장이 나든 잡음을 일으키든 상관할 바가 아니다. 그 피해가 이쪽으로 미치지 않는 한 열심히 가동을 계속하는 것이다. 부장은 이 차질을 일으켜서는 안 되는 정연한 질서 유지를 위해서 최선을 다하면 될 것이었다. 그러나 그렇지를 못했다. 훈육주임 노릇까지 자청하고 나섰다. 그래서 하루에도 서너 차례씩 복장 단정, 넥타이 점검을 실시했다. 부장의 그 지칠 줄 모르는 끈끈함이 바로 허점으로 나에게 찍힌 것이다. 사무실의 긴장한 세련된 기능공들은 전혀 고장을 일으키는 일이 없었다. 고장이 없는 것이 무엇보다 바람직한 일이었지만 상대적으로 부장은 자기 존재의 축소를 의식하지 않을 수 없다. 그는 이것을 단호히 거부했다. 이 사무실 안에서만은 자신은 군주여야 하는 것이다. 그래서 자기 확대의 수단으로 끈덕지게 넥타이 점검을 실시한다고 나는 결론을 내렸다. 이때부터 나는 부장을 조금씩 조금씩 미워하게 되었다. 아침에 한 번 치르는 고역도 견디기 어려운데 하루에 서너 차례씩 그 굵은 새끼줄에 감긴 것 같은 징그런 전율에 시달리게 하는 부장이 미웠다. 차츰 날이 바뀌면서 나는 부장에게 한 발짝씩 끌려가고 있다는 착각을 일으켰다. 그 착각을 떼치려고 하면 할수록 부장이 끄는 속력은 빨라지고 나는 넘어지지 않으려고 안간힘을 썼다. 넘어지면 외삼촌처럼 피투성이가 되어 죽어서 파란색 파리떼에게 뜯기게 될 거라는 공포가 밀어닥쳤다.

  그날은 오후 일과가 없었다. 회사 창립 기념일이라서 사장이 점심을 겸한 축연을 베풀도록 되어 있었다.

  "사장님을 모시고 자리를 함께하도록 되었으니 모두 복장을 단정하게 하도록. 특히 넥타이가 똑바로 매졌나 다시 점검들 해봐요."

 부장은 발동이 걸린 오토바이처럼 수선스럽게 떠들었다. 모두들 다투어 거울 앞에서 부산을 떨었다. 넥타이 점검만이 아니라 머리를 빗거나 손수건을 꺼내 얼굴을 문질러대는 친구들도 있었다. 나는 목을 있는 대로 늘여빼면서 힘껏 힘줄을 돋우는 짓만 두어 번 하고는 그만두었다. 이 병신스러운 몸짓은 넥타이를 만질 때마다 반사적으로 일어나는 이미 고질이 된 버릇이었다. 피 묻은 굵은 새끼줄에 감긴 것 같은 한기(寒氣) 드는 징그런 감촉을 모면해 보려는 절대 수단이었다.

 "사장님께서 연회장 앞에 친히 나오시어 여러분에게 일일이 격려의 악수를 내려주실 것이니 여러분들은 최대의 예의로 접하도록 하시오. 그리고 지금 서 있는 순서대로 연회장까지 가는 건 물론 연회장에서도 이 순서대로 앉을 것이니 절대 이탈하는 일이 없도록 하시오."

 나는 무의식 중에 좌우로 눈동자를 굴렸다. 내 좌측으로 둘이 서 있을 뿐이었다. 나는 끝에서부터 세 번째, 우측으론 스물세 명이 서 있는 셈이었다.

 "자아 출발합시다."

 부장은 앞장서서 사무실을 나갔다.

 결코 짧을 수 없는 스물여섯의 행렬은 스멀거리는 침묵을 분비하며 말끔히 청소된 복도로 이어지고 있었다. 사람수에 비해 복도는 너무나 조용했다. 모두 긴장한 나머지 걸음걸이에 방음의 스폰지를 깔기 때문이리라. 가끔 복도가 우렁울리는 헛기침 소리가 저 앞에서 퍼졌다. 그 주인은 보나마나 부장이었다. 이 행렬 중에서 부장만이 사내답게 걷고 있을 뿐 나머지 모두는 어깨가 처지는 주눅이 들어 있었다. 나는 순간적으로 줄을 이어 끌려가고 있다는 생각에 부딪혔다. 이건 틀림없이 염소 새끼들의 비틀거리는 행렬이었다. 제대로 얻어먹지 못해 엉덩이뼈가 튕겨니온 채 그래도 걷지 않을 수 없는 검은 염수들. 비틀걸음으로 끌려가면서 시글프고 처량한 울음을 음메에헤에 음메에헤에 지향 없이 울어대는 검은 염소들. 지금 모두들 한결같이 주눅이 든 것은 호구를 잡혀 있기 때문이었다. 나는 넥타이가 피 묻은 굵은 새끼줄에서 갑자기 올가미로 변하는 것을 똑똑히 보았다. 그 올가미는 각기 부장의 손아귀에 잡혀 있는 것이다. 그건 다시 사장의 손아귀로 이어져 있다. 검은 염소가 아사를 면할 정도의 급식을 받으며 연명하는 것은 올가미를 움켜쥔 주인의 배부른 호구를 위해서였다. 언젠가 본 황혼녘에 을씨년스런 검은 염소들의 행렬이 물에서 막 건져낸 사진처럼 선명하게 떠올랐다. 설사가 잡혀가는 판에 방귀를 네댓 번 참았을 때처럼 뱃속이 뻑적지근하게 부풀어오르는 불쾌한 통증이 몰려들고 있었다.

　부장은 사장 옆에 부동 자세로 서서 검은 염소들을 한 마리 한 마리 소개했다.

　자축연은 자축연답게 계면쩍은 자찬의 미사여구의 홍수와 그에 맞춰 의무적인 박수가 범람하는 속에서 진행되었다.

　"자아 여러분, 차린 것은 변변찮지만 많이들 드십시오. 오늘 같은 대 고려상사가 있기까지에는 오로지 여러분의 희생적인 노고 때문이었습니다. 앞으로의 더욱 비약적 발전을 위해 이 자리를 빌려 여러분의 기탄없는 의견을 듣고자 합니다. 드시면서 무엇이든지 말씀해 주십시오. 이 회사는 여러분의 것입니다."

　사장을 대신해서 전무가 자못 선심을 쓰고 있었다. 그런데 이게 어찌된 일인가. 나는 감당하기 어려운 현기증의 무게로 무릎이 휘청 꺾이는 걸 느꼈다. 나는 어느새 우뚝 일어서 있었기 때문이다. 약간쯤 파문이 일던 장내가 갑자기 정지 상태가 되면서 나는 뭇 시선의 소나기를 전신에 맞고 있었다.

　"자아, 어서 의견을 제출해 봐요."

　전무가 부드러운 어조와는 달리 떫은 표정으로 말했다.

　"자유로운 복장 착용을 건의합니다. 반드시 양복에 넥타이를 매야 하는 것은 우선……"

"가만, 가만, 미스터 한은 지금 무슨 말을 하고 있는 거요. 좀더 건설적이고 진지한 의견을 내놔얄 게 아뇨. 그따위 시시껄렁한……, 그만 앉으시오!"

부장이 무섭게 노려보며 명령하고 있었다.

"죄송합니다, 사장님. 아직 신입 사원이라 익숙지 못해서 그만……."

부장은 사장에게 허리를 굽실거리며 황송해 했다.

나는 주저앉은 다음에도 50여 명의 시선을 얼굴 전체로 받아내는 형벌을 치르고 있었다. 자축연이 끝나고 나서 사무실로 돌아와 부장에게 당한 수모를 굳이 싱기하고 싶지 않았다. 단적으로 말해서 나는 펀칭볼 신세였으니까. 무엇보다 중요한 것은 그런 지엄한 자리에서 주눅든 내 의지와는 반대로 불쑥 일어서는 만행을 저질러버린 몸뚱어리의 배신이었다. 나는 그날부터 내 몸뚱어리를 철저히 간수해야 한다는 또다른 짐을 지게 되었다. 내가 믿을 수 없는 또다른 나를 업고 나는 고달픈 검은 염소의 행진을 계속할 수밖에 없었다.

그날 이후 사무실의 동료들이 나를 하이타이라 작명했을 것이다. 그럴듯한 별명이었다. 비누가 물 속에 들어가며 녹아서 거품이 일어나게 마련이었다. 비누가 거품으로 변해서 소멸되는 것은 숙명이었다. 엇비슷한 크기의 비누들 중에서 거품을 많이 내는 것일수록 빨리 녹아없어질 것은 상식의 범주다. 그들은 나를 하이타이라 했다. 미스 강의 설명에 의하면 하이타이가 제일 신나게 거품을 일으킨다고 했다. 그리고 특종 비누는 거품을 일으키지 않는다는 것이다. 나를 제외한 그들 모두는 특종 비누라는 고무적인 결론을 스스로들 내린 게 분명했다. 그리고 그들은 나를 어리석은 놈으로 비웃고 그러다가 가엾은 놈으로 동정까지 아끼지 않았으리라. 부피도 무게도 없이 훅 불면 날아가버리는 거품이 나라는 놈인 것은 별로 총명하지도 않은 미스 강이 알 정도니까 그들이 내 운명을 가늠하기란 구구법 암기보다 쉬운 일이었을 것이다.

— 요즘 얼마나 지독한 불경기가 계속되고 있는지 자네도 잘 알겠지?

오늘 부장의 이 말로써 나보다 먼저 그들은 내 목의 굵기가 몇 센티쯤 되는지 계산해 냈을 것이다. 그리고 그들은 거품을 일으키지 않기 위해서 더 깊은 물 속으로 잠수를 서둘렀을 것이다.

불경기로 인한 감원설이 유행성 콜레라 번지듯 회사 어느 구석에고 축축한 공포를 맥질해댄 지도 한 달 가까이 되었다. 오늘 비로소 감원설은 구르는 눈덩이가 아닌 이목구비(耳目口鼻) 다 갖춘 눈사람으로 제 모습을 드러냈다. 담백하게 말해서 나는 부장의 그 살인적인 발언에 대해서 조금도 놀라거나 위축되지 않았다. 내 목은 이미 오래전부터 서서히 가늘어지기 시작해서 이젠 더 지탱하기 어려울 지경까지 다다르고 있었다. 그래서 나는 요즘 부쩍 미선이를 머릿속에서 매만지게 되었다. 올가미에 올가미를 이어묶은 한정도 없는 행진에서 탈출하고 싶은 욕구가 강하면 강할수록 미선이는 진한 표정으로 다가들었다.

전자 벽시계가 7시를 알리고 있었다. 나는 얼굴을 훔치며 자리에서 일어났다. 텅 빈 사무실에 아직도 잦아지지 않은 더위만 빼곡히 들어차 있었다. 나는 양복저고리를 어깨에 걸친 채 서둘러 사무실을 나왔다.

"안녕히 가세요."

"……?"

나는 멈칫하다가 그대로 발을 떼어놓았다. 사환 계집애의 지쳐빠진 목소리였다. 그애는 언제 보아도 병든 배추꼴을 하고 있었다. 여태껏 더위에 푹 잠겨 있다가 가까스로 기운을 차린 것 같은 목소리로 인사를 한 것이다. 나는 미안한 생각이 들었다. 그러나 어쩔 수 없는 일이었다. 그애도 벌써 올가미를 쓴 채 대열의 꽁무니에 매달려 있는 목숨이었다.

나는 소주를 두 병째 까고 있었다. 그러면서 줄곧 미선이를 생각했다. 미모보다는 마음 씀씀이가 자리 잡힌 여자. 미스 강과는 정반대의 면면을 가지고 있었다. 미스 강이 달려드는 여자라면 그네는 도망가는 여자였다. 내가 미스 강을 싫어하는 것은 내게 미선이가 있어서라기보다 미스 강이 달려드는 여자라는 이유가 더 컸다. 내가 미선이에게 3시 방향으로 기울어져 있는 것은 남녀 행위의 정당성을 결혼 이후에다 놓고 미꾸라지처럼 잘도 내빼는 데에 있었다. 그래서 내가 그네에게로 기울어지는 속도의 빠르기에 비례해서 나는 속되게도 그네의 팬티를 끄집어내리느라 실랑이를 벌이다 마는 설익은 꿈만 연출하는 것이다. 어쩌면 그네의 잡힐락말락하는 간격의 도망질은 어서 결혼을 해치우자는 단수 높은 유인인지도 모른다. 그러나 나는 한사코 순결한 여자의 미(美)로 높여 보는 촌놈 근성을 버리지 못한 채 기울어지고 있었다.

여고생이던 이모가 그해 겨울 방학에 놀러 왔을 때 나는 국민학교 4학년이었다. 하얀 칼라에 쌍갈래 머리를 한 이모가 어머니의 친동생이라는 것은 아무래도 거짓말만 같았다. 내가 좋아하는 것만큼 이모는 나를 신바람 나게 해주었다. 다른 방도 없었지만 나는 이모와 함께 잔다는 것이 또 그렇게 신날 수가 없었다. 이모에게는 이야기보따리가 수도 없이 많았다. 일곱 가지쨴가 이야기를 듣다가 나는 잠이 들어버렸다. 나는 영 답답해서 어렴풋이 잠이 깼다. 꿈인가 했다. 내 꼬치가 무엇엔가 꼭 잡혀 있었다. 그건 꿈이 아니었다. 내 꼬치는 조회 시간에 오줌을 참았을 때처럼 잔뜩 성을 내고 있었고 그걸 어떤 손이 꼭꼭 매만지고 있었다. 그 손임자는 바로 이모였다. 단거리 시합을 하고 났을 때처럼 이모는 숨까지 가쁘게 쉬고 있었다. 나는 소리를 지를 수가 없었다. 웬일인지 소리를 질러서는 안 된다는 생각이 떠올랐다. 그러면서 이모가 무서워지기 시작했다. 공동묘지 가는 길에 움막을 치고 사는 미친년이나, 당산나무 밑에서 곧잘 춤을 춰대는 신들린 무당 할멈처럼 이모가 무서워졌다. 그 다음날부터 나는 이모를 피해다녔다. 이야기를 해달라고 조르지도 않았고 동생들을 밀치고 이모 옆에 잠자리를 정하지도 않았다. 열 밤인가 자고 가겠다던 이모는 세 밤만 자고 떠났다. 나는 중학교 3학년이 되어서야 그날 밤의 숙제를 풀 수 있었고 그때 이모는 두 아이의 어머니가 되어 있었다. 그후로도 먼저 웃거나 말을 거는 여자한테서는 불결한 무서움을 느꼈다.

"야야 웃기지 말어. 소 부려먹듯 할 땐 언제고 싹둑 쳐내는 건 또 뭐냐 이거야. 나 정말 이대로 물러설 것 같애?"

"글쎄 그게 세상 인심 아냐. 그러게 없는 놈만 서럽대잖아."

"좋아하지 말엇. 없는 놈 독기 뿜는 맛 좀 봐야 해. 고런 씨이팔놈들, 퇴직금도 안 줘? 푹 쑤시고 말 거야, 푹 쑤셔!"

"너무 취했구먼. 그만 일어나세."

나의 흔들리는 시야 속에서 두 50객은 맥을 못쓰고 있었다. 술에 취한 때문만은 아닌 것 같았다.

―여기가 자네 집 안방인 줄 아나. 이 회사가 자넬 위해 운영되는 줄 아느냔 말야. 바로 자네, 한종국이가 이 회사를 위해 존재한다는 사실을 까먹지 말라구. 자넨 이 회사에 예속된……

"지당하신 분부이옵니다, 부장님."

나는 낄낄거리며 의자에서 일어섰다.

나는 꼬이는 다리를 이끌고 큰길로 나섰다. 열기에 짓눌리며 어둠이 가라앉는 거리에 서로 부딪치고 엉키면서 꿈틀거리는 사람들―넥타이를 의젓하게 매고 어디론지 가고 있는 무수한 사람들의 얼굴에서 나는 검붉은 죽음의 색깔을 보고 있었다. 그건 영락없이 검은 염소들의 행렬이었다. 그러나 그들의 얼굴에는 탈출의 음모나 반항의 독기라곤 찾아볼 수가 없다. 그들은 두려워하고 있는 것이다. 올가미의 행렬을 이탈한 다음에 갈 곳을 몰라 차라리 물 속 깊이 잠수를 시도하는 것이다. 그래서 그 누구보다 서서히 녹는 비누가 되기를 원하는 것이다. 나는 문득 내 목에 감긴 올가미를 의식했다. 나는 서둘러 그것을 풀어버렸다. 나는 트여오는 해방감에 들뜨며 이 길로 미선이의 하숙방을 찾아가야 한다는 다짐을 나에게 했다.

"그것도 방법이긴 하지만 결혼을 하고 나서 계속하는 것도 하나 방법일 수도 있을 거예요."

미선이는 나와 결혼을 하고 싶다는 의사를 이런 말로 대신했다. 동생들 치닥거리 때문에 당분간 결혼은 어려울 거라는 나의 빛 잃은 말에 그네는 이런 여유를 보였다.

"형부는 딴 남이에요. 기대하거나 강요하지 않아요. 기대하면 실망하게 되고 강요하면 그만큼 언니가 불행해셔요. 그치만 나는 도움을 주면 거절하진 않아요. 나 혼자 힘으로도 남들만큼 신랑 맞을 준비는 다 해뒀는걸요. 놀랬죠?"

그래서 미선이는 하숙을 하고 있었다. 도망을 칠 줄 아는 만큼 단단한 데가 있는 여자였다.

"사실 따분해요. 실속도 없구요. 남 발 밑에 죽어 살면서도 허세들은 어떻구요. 매달 나오는 월급만 믿고 사니까 항상 그꼴이 그꼴이죠."

5년이 가깝도록 월급쟁이 노릇을 하고 있어서 그런지 그네는 제법 알밤 같은 비판을 할 줄도 알았다.

"미선이, 미선이!"

나는 있는 대로 목청을 돋우었다. 나는 결코 취해 있지 않았다.

"아니, 웬일이세요?"

창 밖으로 불쑥 나타난 미선이의 당황한 얼굴이 물었다.

"나 사표 냈어."

"네에? 왜요?"

"미선이한테 장가들려구."

"뭐라구요? 미쳤어요!"

"미치다니, 말조심해. 왜, 실업자가 돼서 자격 상실인가?"

"그까짓 사표쯤 아무려면 어때요. 무슨 일이든 새로 시작하면 그만이라구요. 기다리세요, 나 곧 나갈게."

웃는 것이 분명한 미선이의 얼굴이 창가에서 사라졌다. 나는 역시 찾아오길 잘했다고 생각하며 그때까지 손아귀에 움켜쥐고 있던 넥타이를 쓰레기통에 내던져버렸다. 그때 대문 열리는 소리가 들렸다.

〈1977년〉

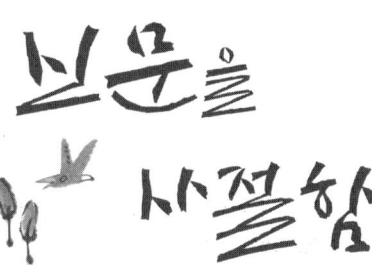

보문을
시절함

그는 그 일을 결행하기로 단안을 내렸다. 그 일이란 요트라도 타고 세계 일주를 한다거나, 숨 안 쉬고 물 속으로 태평양을 횡단하겠다는 그런 황당무계하고도 어마어마한 계획이 아니었다. 그렇다고 금연을 하여 애들을 위한 교육보험에 들겠다거나 죽어도 커피를 입에 대지 않고 그 돈으로 출퇴근 차비를 하겠다는, 그런 궁색하고 서글픈 생활 혁신책도 아니었다. 어쩌면 그 일은 꽃 한 송이 꺾거나 개미 한 마리 죽이는 것만큼 하찮은 일인지도 몰랐다. 그런 종류의 일을 뭐 결행이니 단안이니 거창한 문자까지 늘어놓으며 허풍을 떠느냐고 핀잔을 할 수도 있다. 그러나, 그건 결코 식자연하는 것도 허풍을 떠는 것도 아니었다. 식물학자에게 이름 모를 한 송이의 꽃은 대 발견일 수가 있다. 수도승(修道僧)에게 한 마리의 개미는 우주일 수도 있다. 그에게 있어 그 일은 최소한 그런 심각한 무게를 지니고 있었다. 그래서 '결행을 단안 내리게' 된 것이었다.

그는 이 시대의 소시민답게 하나의 보잘것없는 부속품에 지나지 않았다. 증기 터빈의 조그만 나사이거나 자동차의 가느다란 동선에 불과한 자신을 부정하거나 거부할 이유도 방법도 찾을 수 없는 채로 나날을 연명하고 있었다. 도표로 그리면 수평을 이루는 생활. 굳이 비유를 빌린다고 해봤자 시계 불알이나 쳇바퀴를 도는 다람쥐로 대치되는 나날. 노예 제도의 폐지는 시대적 착오였다. 어차피 몸뚱어리는 목숨의 노예였고, 목숨은 먹이의 노예였고, 먹이는 생활의 노예였고, 생활은 제도의 노예였고, 하나의 제도는 또다른 제도의 노예가 되는 것이 아닌가. 이런 노예 사슬에서 풀려나기를 원하는 것은 생존의 포기라는 것쯤 그는 잘 알고 있었다. 그건 어떤 의미에서는 죽음을 의미하는 것이기도 했다. 살아 있으면서도 죽는 것. 그건 이 세상 모든 사람이 매일 한차례씩 겪고 있었다. 가사(假死) 상태—잠을 자는 경우였다. 그러나 이 경우를 제외한 나머지 시간을 계속 가사 상태에 빠지는 것. 이건 곤충이나 아메바의 생활이었다. 그는 하잘것없는 한 마리의 곤충이거나 먹이만을 찾아 꿈틀거리는 하나의 아메바로 스스로를 전락시키기로 작정한 것이다. 차라리 살아 있으면서도 죽어버린 자신을, 자기 살해를 음모하는 일이었기에 '결행을 단안 내릴' 수밖에 없었다.

그는 가위를 찾아 그 부분을 정성스레 오려냈다. 그리고 아들의 가방을 뒤져 부러진 빨간 크레파스를 찾아들었다. 미리 여유 있게 오려낸 종이 밑부분에 고딕체를 닮은 두 자(字)를 꼭꼭 박아 썼다. 붙여 읽은 여섯 글자는 '××일보 사절'이 되었다. 검은색의 '××일보'란 글자 밑에서 빨간색의 '사절'이란 글자는 선명하게 돋보였다. '사절'은 수적으로 배가 많은 '××일보'를 단연 압도하고 있었다. 그는 기분이 상쾌해졌다. 그 상쾌의 도는 박하사탕을 와작와작 씹은 입 속이거나 삼복 더위에 얼기 직전의 맥주를 한잔 들이켠 목구멍이었다. 그 '사절'이란 두 글자는 자신의 심중을 120퍼센트 대변해 주고 있었다.

그는 어느 때 없이 흡족한 미소를 머금은 채 그 종이를 다시 눈 높이로 멀찌감치 들고 서서 실눈으로 바라보다가 도시락을 넣을 봉투 밑에 끼웠다.

반밖에 못 먹던 아침밥도 한 그릇을 거뜬히 치웠다.

"당신 어쩐 일이세요?"

아내가 밥그릇을 가져다가 들여다보며 반가운 음성이었다.

"앞으론 매일 아침 그럴걸?"

그는 약간 뻐기는 투로 대꾸했다.

"그럼 얼마나 좋겠어요. 살도 찌고…… 건강은 식사에 달렸다잖아요."

"옳은 말씀이지. 그러나 큰일은 터진 거지."

"무슨……?"

"쌀값이 금값인데 월급은 안 오르고 이렇게 먹어치우면 어찌 당한다지?"

"어머, 당신두 참……."

아내는 눈을 흘겼다. 그는 새삼스럽게 아내의 눈흘김이 곱다고 느꼈다.

"그런 싱거운 농담 마시고 서두르세요. 또 늦겠어요."

그는 밥알을 몇 개 손끝에 묻혀가지고 일어섰다. 대문을 닫고 돌아선 그는 종이를 다시 지그시 바라보며 빙그레 웃었다.

밥알을 종이의 상하에 잉끄려 칠해서 쪽문 바로 위, 눈에 제일 잘 띄는 자리에 붙였다. '××일보 사절.' 빨간색의 '사절'은 짙은 초록빛 바탕의 대문에 올라앉자 더욱 생기를 뿜어 '××일보'를 일거에 거꾸러뜨릴 만반의 준비를 갖추고 있었다.

"ㅎㅎㅎ…… 좋았어, 좋았어."

그는 간지럼이라도 타는 것처럼 흐흐거리며 대문을 뒤로 했다.

골목을 벗어난 그는 또다시 까마득한 벼랑을 의식했다. 그건 황량하게 드넓은 벌판으로 변했다. 폭풍이 휘몰아치는 먹구름이 가득한 하늘로 바뀌었다. 햇볕 쨍쨍 내리쬐는 백사장이다가, 한 발 앞을 헤아릴 수 없는 어둠이다가, 꼼지락도 할 수 없는 조그만 상자이다가, 한꺼번에 쏟아지는 돌팔매질이다가, 밑도끝도없는 함정이다가, ……이다가, ……이다가. 그는 그때마다 한 발을 헛디디거나, 한 그루의 나무이거나, 혓바닥을 빼물고 혁혁대기나, 허둥대는 눈뜬장님이거나, 하나의 미라거나, 피투성이 알몸이거나, 맴을 돌며 떨어지는 나뭇잎인 자신을 발견했다.

얼마 전까지 그렇게 상쾌하던 기분이 묘하게도 급회전을 해버린 것이다. 그 옥죄어오는 보이지 않는 손아귀는 자신의 '사절' 흉계를 이미 탐지하고 있는지도 모른다는 생각이 들었다. 그 염려는 곧 그를 공포감에 사로잡히게 만들었다. 그는 그 보이지 않는 손아귀의 거처가 집과 골목을 제외한 이 세상 전역이라는 사실에 새삼스럽게 전율했다.

그의 부속품으로서의 사명을 다하기 위한 시계 불알 생활은 매일 배설로부터 시작된다. 아내의 기상 나팔로 잠이 깨면 지체 없이 변소로 직행한다. 그때 두 가지의 휴대품이 있다. 담배를 물고 신문을 드는 것이다. 싸구려 갈색 휴지는 변소에 상비되어 있다. 뱃속이 별 탈이 없는 한 대변 시간은 정확하게도 담배 한 대가 다 타는 것과 일치하게 마련이었다. 그는 쪼그리고 앉은 다음 신문을 펼쳐든다. 확 풍겨오는 신문의 체취. 그건 꽃 향기를 능가하는 신비스러운 아름다움이었다. 그 체취는 단순한 인쇄 잉크의 냄새가 아니었다. 계절을 타지 않는 싱그러운 아침 공기였다. 맑은 공기는 한 끼의 밥보다 나은 영양이라는 어느 저명한 의학박사의 설을 굳이 상기하지 않더라도 그 체취가 일으키는 싱싱한 바람에는 배부름이 그득했다. 그는 끈적끈적하고 후텁지근하고 빽빽한 나날을 견디어낼 수 있는 활력을 꼭 두 군데서 지원받고 있었다. 아내를 사랑하는 결코 길지 못한 시간과, 이 배설의 시간을 통해서였다. 대부분의 사람, 특히 상습적 술꾼이거나 급한 배탈에 시달린 사람은 배설의 미학을 터득하고 있을 것이다. 진정한 자유와 해방의 의미는 참고 참았던 변을 쏟아내며 비롯되는 것이고, 그 시원함과 후련함이야말로 진정한 쾌락이 아니던가. 그도 누구 못지않게 그 쾌락을 즐길 줄 알았다. 더욱이 이 시간은 어제의 피곤이 밤사이에 걷혀 하루 중 몸이 제일 가볍기도 했다. 그래서, 그는 아침의 배설 시간을 가장 소중히 여겼다. 특히 이 시간만은 오로지 혼자 즐길 수 있다는 것이 그를 못 견디게 즐겁게 해주었다.

그런데 그는 언제부턴가, 꽃 향기에 섞인 이상한 냄새를 맡기 시작했다. 그 냄새는 날이 갈수록 변색하며 역해지기만 했다.

그는 계장에서 과장이 되기 위해 상무의 생일을 기억해야 한다는 기본 상식을 터득하지 못한 쑥맥이었다. 그 대신 그는 엉뚱한 일에 스스로를 모반하는 자신을 발견하곤 했다. 문제는 그가 그런 자신을 발견하며 철없이 즐거워하는 것이었다. 그리고 그는 이런 모반이 노예화의 거부라고 해석했고, 거기에서 자신의 가치를 발견하며 넘치게 만족하는 어리석음을 저지르기도 했다.

그는 버스에 떠밀려 올라가며 그 '결행'은 '잘한 것'이라고 스스로에게 재확인시키고 있었다.

그는 시청 앞에서 버스를 내려 한참을 걷다가 얼굴이 밝아졌다. 비로소 신문 대신 읽을거리를 찾아낸 것이었다. 도스토예프스키 전집, 그걸 읽기로 했다. 1년 전엔가 회사로 느닷없이 찾아온 영감이 있었다. 그 불시의 방문객은 그에게 한동안 생소한 얼굴이었다. 영감 쪽에서 먼저 그의 이름을 확인했고, 그의 수긍에 영감은 자기의 이름을 대며 그의 손을 덥석 잡았다. 그는 더 아리송해져서 고개만 갸우뚱거렸다.

"날 몰라? 고등학교 때 수학을 가르치던……."

"네에?"

 20년 가까운 세월은 결코 짧지 않았다. 그 정력적이던 옛 스승은 반신불수의 누더기 영감이 되어 있었고 옛 제자는 스승을 알아보지 못했다.

 옛 스승이 속주머니에서 내놓은 한 움큼의 닳아빠진 인쇄물들은 이 나라 출판계를 석권하고 있는 몇몇 출판사들이 찍어낸 전집 안내장이었다. 보일 듯 말 듯 떨리는 옛 스승의 손에는 엽서 크기의 종이가 딱 한 장 들려 있었다. 그 종이는 나를 살려달라는 스승의 애걸을 대변하고 있었다. 그는 이때처럼 절박한 배고픈 신음을 들은 때가 없었다. 그는 옛 스승의 손가락 사이에서 떨리고 있는 종이를 낚아채듯 했고 빠르게 빈 칸을 채워나갔다. 그후 도스토예프스키는 먼지만 뒤집어쓴 채 무식한 한국 젊은 놈을 욕해대며 방구석에 처박혀 지내야 했다.

 가장 소중하고 생산적인 시간에 세계 소설문학의 거성 도스토예프스키를 스승으로 모시자. 그래, 하루 아침에 한 페이지도 좋고 두 페이지도 좋다. 피로가 회복된 가벼운 몸, 맑은 정신을 집중해 가며 1등 독자가 되자. 배설의 쾌락까지 곁들여 그 정평 있는 위대한 소설의 세계에 빠져들면 이중 삼중의 이익이 아닌가.

 그러다가……?

그는 걸음을 멈추고 말았다. 어떤 생각이 먼저였는지는 확실하지 않지만, 자신이 중학교 2학년 때였던가 문예반이었다는 것과, 그처럼 소설 읽기에 열심이다가 정작 소설을 써버리게 되면 어쩌나 하는 당돌한 생각이 솟은 것이었다. 그러나 그는 이 가당찮고 황송하기 이를 데 없는 생각으로 오래 고민하지 않아도 되었다. 언뜻 그 전집이 유별나게 크고 두껍다는 사실을 떠올릴 수 있었던 것이다. 그리고, 그 권수도 7~8권이 되리라는 어렴풋한 기억이었다. 많이 잡아서 하루에 두 페이지를 읽는다 하더라도 암산으로는 불가능한 날이 소모될 거였다.

그렇지, 그때라면……!

그의 얼굴에는 화기가 돌았다. 그때쯤이면 그 보이지 않는 손아귀가 사라지게 될지도 모른다는 생각이 들었던 것이다. 그리고, 결심을 했다. 소설가가 되기를 목표로 하여 최선을 다하리라 했다. 시건방지게 소설가는 못 되더라도 자기가 생각하는 것만이라도 술술 쓸 수 있도록 할 작정이었다. 이런 결정을 내린 그는 가슴속 저 깊이에서 묘한 힘이 꿈틀거리고, 아무리 커다란 바위라도 떠받쳐올려 버틸 수 있을 것 같은 자신감이 굳게 뭉쳐지는 느낌이었다.

그는 평소보다 약간 늦게 귀가했으면서도 그 전집을 찾아 먼지를 털어놓고 잠자리에 들었다.

다음날 아침 그는 담배에 불을 붙여 물고 방문을 반쯤 밀다가 아차 싶어 돌아섰다. 도스토예프스키 전집 제1권을 집어들었다. 제목은 『악령』. 그는 엷게 웃었다. 그 제목이 우선 마음에 들었다. 도스토예프스키 작품으로는 『죄와 벌』을 읽었을 뿐인 그는 『악령』이란 제목에서 묘한 유혹을 느꼈다. 그리고, 퍼뜩 그 『악령』의 정체가 확실하게 눈앞으로 다가들었다. 신문을 사절하게 만드는 그 악령이.

방문을 나선 그의 눈길은 습관적으로 좌측으로 옮겨졌다. 신문이 놓였던 낡은 소파였다.

"어!"

그는 주춤했다. 소파에는 어제와 다름없이 신문이 놓여 있었다.

"이 자식이 영락없이……"

그는 중얼거리며 마루를 내려서서 급히 마당을 가로질러 대문을 열었다.

'××일보 사절'의 종이는 붙어 있지 않았다. 얼마나 정성을 들여 떼었으면 저렇게 붙인 흔적조차 찾을 수가 없을까. 처음엔 찢어냈을 것이고, 밥풀을 칠한 자리가 그대로 남자, 녀석은 손가락에 침을 발라 문질러댔을 것이다. 뭔가 속이 풀릴 욕지거리를 씨부려대면서 말이다.

"고이얀 녀석, 어디 보자."

그는 마루로 올라서서 잠시 망설였다. 어떤 것을 들고 변소엘 갈 것인가. 언제 바꿔 들었는지, 손에는 신문이 쥐어져 있었다. 어차피 끊을 신문이고, 기왕 배달된 신문이었다.

변소에서 나오는 그는 전에 없이 신문을 짓구겨 쥐고 있었다.

그는 어제와는 달리 세수를 하기 전에 가위를 찾아들었다. 오늘은 어제보다 아래 여백을 더 남겨서 신문을 오렸다. 그리고 꼭꼭 박아서 네 자를 썼다. '××일보 절대 사절.'

밥풀도 어제보다 배 이상 준비해서 종이 뒷면에 빈틈없이 잉끄려 발랐다.

"어디 제 놈이 이래도 뜯어내나 봐라."

그는 어제 그 자리에 눌러붙이며 중얼거렸다.

2월의 어스름을 헤치며 퇴근하는 그는 15라운드를 뛰고 패배해 버린 복서의 꼴이었다. 그래서 대문에 종이가 붙었나 안 붙었나를 확인하는 일 같은 것은 까맣게 잊어버리고 있었다. 그도 대부분의 월급쟁이들처럼 저녁에는 심한 어지럼증과 짜증을 느끼며 대문을 밀쳤다. 그래서 아침은 기억에 흐린 세월이 되고 말았다.

잠자리에서 일어나서야 그는 어제 아침을 상봉할 수 있었다.

"오늘이야 설마······."

방을 나선 그는 자신도 모르게 낡은 소파 쪽으로 눈을 돌렸다. 습관이었다.

"어! 또오?"

소파에는 어제와 마찬가지로 아내의 손길을 탄 신문이 얌전한 매무새로 놓여 있었다.

"이 건방진 자식이 정말……."

그의 음성은 38도 5부 이상이었다.

종이를 붙였던 자리는 흔적도 없이 어제처럼 말끔했다.

"요런 버르장머리 없는 녀석. 그렇지, 방법이 틀렸어."

그는 대문을 닫고 돌아섰다.

또 잠시 망설이다가 신문을 들고 변소로 들어갔다. 그는 아들놈의 공책을 꺼내 백지 한 장을 찢었다. 그리고, 검정 크레파스와 빨강 크레파스를 골라 들었다. 검정 크레파스로 '××일보'를 썼다. 그 옆으로 '절대 사절'을 빨강 크레파스로 쓰고, 줄을 바꿔 다시 검정색으로 '대금 절대 안 줌'이라 덧붙였다.

"어디 이래도 또 넣기만 해봐라."

그의 짙은 눈썹 한쪽이 꿈틀했다.

그는 어제 그 자리에다 손바닥 세 배 넓이의 종이를 꾹꾹 눌러대며 쓰디쓴 알약이라도 씹어먹는 표정이었다.

"어떻게 생겨먹은 녀석이길래 떼거지 쓰는 꼴이 영락없이 닮았단 말야."

그는 눈을 질끈 감았다가 떴다. 확 끼쳐오는 그 악령의 얼굴을 떼치기 위해서였다.

그는 퇴근길에 뜻하지 않은 대학 동창을 만났다. 동창은 필요 이상으로 반가워하며 한잔을 강요하다시피 했다. 오랜만이라는 사실 외에 그에게 싫다는 술을 억지를 부려가며 살 만큼 재학 중에 친한 사이도 아니었다. 어깨를 가릴 만큼 깃이 넓은 최신형 양복, 기름기가 끈적이는 살이 찐 얼굴, 핏발이 선 눈. 그는 이런 동창을 대하는 순간 이상하게도 싸늘한 위축감을 느껴야 했다. 그 기분은 섬뜩 하나의 기억을 휘몰아왔다. 녀석은 철봉을 잡지 않고도 턱걸이를 해내는 비상한 재주를 가진 친구였다. 시험 시간마다 백지나 다름없는 답안지를 내고도 거뜬히 졸업을 해버렸으니 말이다. 그리고, 자질구레한 감투는 모조리 쓰고 다니는 정력가이기도 했다. 녀석에게 끌려 영양 많고 맛좋은 보리술을 마시면서도 그는 예비군 훈련 소집 영장을 받아놓은 기분이었다. 비싼 술 처마시며 할 얘기가 정 없으면, 제놈 말마따나 사업을 해서 한밑천 잡았다니까, 돈 번 이야기나 씨부려대면 아니꼽더라도 공짜 술 마시는 죄로 들어줄 수도 있었다. 그것도 아니라면 계집들의 허벅지나 주무르며 김빠진 대로 색담이나 지껄이든지. 이건 아주 기고만장도 맥이 넘쳐 제 혼자 유식한 시국담에 게거품을 물었다. 그는 간에 소금을 뿌려 댔다. 그런데 녀석은 한바탕 떠들고 나서 거나한 눈초리로 그를 건너다보며 자기의 말이 어떠냐고 묻는 것이었다. 그는 직감했다. 자신은 지금 듬성듬성 물이 고인 밤길을 걷고 있는 것을.

"여, 자네는 학교 때나 지금이나 영리한 셰퍼드군. 오늘 참 기분 좋았어. 또 만나자구."

녀석과 헤어지고 나서 버스 정류장까지 가는 사이에 그는 술기운이 전신을 뜨겁게 끓이는 것을 의식했다. 버스를 타고 그 다음 어떻게 집에까지 왔는지 기억이 없었다. 맥주 세 병이면 흥건하게 취하던 주량이 열두 병을 마셨고, 그걸 방바닥에 다 토해버린 사실을 알기는 늦잠에서 깨어난 아침이었다.

그는 변소로 가다가 또 소파에 얌전히 엎드린 신문을 보았고, 그대로 마루를 뛰어내리며 욕설을 내질렀다.

"요런 나쁜 놈에 새끼가 정말!"

손바닥 세 배 크기의 종이는 간 곳이 없었다. 역시 그 자리에는 아무것도 붙인 흔적이라고는 없었다.

"생쥐 새끼 같으니라구. 이런 것들까지 글쎄……. 그대로 두나 봐라."

그의 얼굴은 노기로 들떠 있었다.

마루로 올라선 그는 신문을 박박 찢어발겼다. 그리고 드디어 『악령』을 들고 변소로 향했다.

"당신 어제 누구하고 술 마셨수?"

"대학 동창."

"근데 무슨 술주정이 그래요?"

"술주정? 뭐랬는데?"

그는 국을 떠넣다 말고 정색을 했다.

"뭐가 그리 더러운지 더럽디고 소리를 얼마나 질렀는지 알아요? 밤늦게 동네 망신예요."

"그것뿐이었어?"

"예에? 그것도 모자라서요?"

그는 고개를 숙이고 국을 소리 나게 마셔댔다.

그날 밤 그는 잠들기 전에 그 말을 아내에게 일렀다.

"내일 아침 당신 밥하려 일어날 때 날 좀 깨워줘."

"출근이 빨라졌어요?"

"그런 건 아니구. 잊어버리면 안 돼."

"웬일이세요, 당신. 아침 산보라도 시작할 참예요? 참 잘 생각했어요. 그럼 밥맛도 돌구 건강도 좋아지구, 얼마나 좋은 생각예요."

그는 눈을 감았다. 미안하지만 내일 하루 만이니까 너무 그렇게 좋아하지 말라구. 그는 이 말은 하지 않았다.

다음날 아침 그는 아내의 기상 나팔이 딱 한 번 울리자 이내 자리를 차고 일어났다.

그는 대문 가까이에서 서성이고 있었다. 20분쯤 지났을까.

"신문이오."

앳된 목소리를 타고 신문이 대문을 넘어 포물선 비행을 하다가 마당에 떨어졌다.

그는 신문을 집어들고 곧장 대문을 열었다. 잠바에 학생모를 쓴 녀석이 옆구리가 휘도록 신문 뭉치를 끼고 달리듯 하는 걸음으로 저만치 가고 있었다.

"야, 신문! 신문! 이리 와."

그의 음성은 39도 이상이었다.

학생은 갑자기 걸음을 멈춘 자세로 고개만 뒤로 돌리고 있었다.

"이리 오라니까 뭘 꾸물거려."

학생은 마지못한 표정으로, 그러나 빠른 걸음으로 다가왔다.

"너 이놈, 정 그따위로 버르장머리 없이 굴 거냐?"

그가 대뜸 내지른 성난 목소리였다.

"뭘요?"

학생은 귀찮다는 표정으로 대꾸했다.

"요런 뻔뻔스런 놈 보게. 왜 신문은 자꾸 넣는 거야. 그리고……."

"넣지 말랜 말 안 했잖아요."

"뭐라구? 요런 못된 놈이 있나. 생각대로 아주 불량한 놈이로구나. 너 이놈, 사절한다는 종이를 연 사흘씩이나 떼놓고는 이제 시치밀 떼?"

"무슨 말씀이세요? 난 그런 걸 본 일이 없어요."

"요런 사람 잡을 놈 봤나. 내 손으로 직접 붙였는데도 거짓말을 해?"

"하참, 아무것도 없었다니까요."

학생은 분해 죽겠다는 얼굴이었다.

"너 정말 바른 대로 못 대겠어?"

그는 학생의 멱살을 틀어잡았다. 그의 얼굴은 사납게 일그러졌다. 가슴에서는 불덩이가 이글거렸다. 어느 누구이건 거짓말하는 것을 그는 병적이리만큼 싫어했다.

"바른 대로 말했잖아요. 신문 배달한다고 괄시하지 말란 말예요. 적어도 거짓말은 안 하고 살아요."

"뭐라구?"

학생의 멱살을 잡았던 그의 손이 스르르 풀어지고 말았다. 학생의 울먹이는 목소리 때문만은 아니었다.

"여보, 거기서 뭘 하세요?"

뒤에서 들려오는 아내의 목소리였다.

"글쎄 이 녀석이 뻔한 일을 저질러놓고도 거짓말을 하는군그래."

"신문 사절 종이 붙인 것 때문예요?"

"아니, 그걸 당신이 어떻게……."

"그건 내가 뜯어버렸어요."

"당신이 그걸?"

"그럼 그건 당신이 써붙인 거였어요?"

"당신이 세 차례나 뜯었어?"

"설마 당신이 그런 줄을 모르고……."

아내의 답변은 궁색해지고 있었다. 그도 민망하고 멋쩍어서 차마 학생 쪽으로 돌아설 수가 없었다.

"신문 넣지 말아요?"

이때 학생은 지친 돌팔매질이라도 하듯 감정을 전혀 느낄 수 없는 비굴한 억양의 한 마디를 던졌다.

"당신 먼저 들어가지. 나 곧 들어갈 테니까."

"그래요. 밥이 탈지도 모르겠네요."

아내가 대문으로 들어서는 걸 보고, 그는 학생 쪽으로 돌아섰다.

"학생, 정말 미안하게 됐어. 진심으로 사과하지."

"괜찮아요. 근데 신문은……?"

학생의 관심은 오로지 신문에 있었다. 그까짓 잠시 누명을 쓰거나 멱살을 잡힌 것쯤 아랑곳하지 않는 태도였다. 학생의 마른 나뭇잎 같은 피부며, 탄력 없는 눈동자는 이미 길들여진 고달픈 노동을 감수해 온 그림자라는 것을 그는 깨달았다. 그는 누구를 향한 것인지 모를 역정이 솟았다. 한 가지 분명한 것은 얼굴을 모르는 학생의 부모에 대한 역정은 아니었다.

"너한텐 미안하다만 오늘부턴 넣지 말아라."

"아저씨, 갈면 뭘 해요. 다 그게 그거 아녜요."

그러니까 그냥 보아달라는 것이다. 학생은 상식적 추리로 흔한 오해를 하고 있었다.

"딴것으로 바꾸려는 게 아냐. 그 대신 이달치 대금은 다 줄 테니까."

"아주 신문을 안 보시려구요?"

학생의 표정은 이런 무식한 사람 봤나 하는 의문을 담고 있었다.

"하여튼 그럴 일이 있다. 가자, 이달 치 대금을 미리 줄 테니까."

"그건 문제가 아니구요. 이 일을 어떻게 하면 좋지. 큰일 났는데……"

학생은 따라올 생각은 하지 않고 손등으로 양쪽 볼을 거칠게 문질렀다. 울상이 된 표정이 아니더라도 학생은 무슨 숯이 타는 안타까운 일이 있는 모양이었다.

"이것도 유행인가 부지. 사람 미치고 환장하겠네."

학생은 옆구리에 낀 신문 뭉치를 추슬러올리며 투덜거렸다.

"거 무슨 소리냐?"

학생은 묻기를 기다리기라도 했다는 듯 말을 받았다.

"신문 사절도 유행인 모양이라구요."

"유행?"

"그렇잖구요. 그러니까 사절 쪽지 붙이는 집이 날로 늘어나죠."

"그으래애? 그럼, 그런 사람들은 왜 사절을 한다던?"

"그걸 제가 알 수 있나요 뭘. 알면 또 뭘 해요. 나만 피 보기는 매한가진데요."

"피를 보다니?"

"이런 꼴이 되다간 학교 못 다니게 된다니까요."

학생은 울부짖듯이 말했다. 그는 그 목소리에서 물큰 피 냄새를 맡았다. 아, 당구 구슬은 이렇게 굴러가 부딪치는구나. 그의 뒤늦은 깨달음이었다.

"그렇구나. 얘, 기분 나쁘게 생각하진 말구, 한 집 배달하는 데 얼마씩이나 받니?"

"……."

학생은 그를 빤히 올려다보고 있었다. 그는 그 눈에서 뜨거운 저항을 읽었다.

"다름이 아니구, 신문은 안 보더라도 네게 돌아가는 그 돈은 매달 주고 싶어서 그런다."

그는 왠지 창피스러운 생각이 들어서 빠르게 말을 해치웠다.

학생은 무표정하게 돌아서서 걷기 시작했다.

"이거 봐. 학생. 이달 치 돈은 받아가야지?"

그는 학생에게 따귀라도 맞은 기분이었다. 그러나 조금도 기분 나쁘지는 않았다.

"지금은 시간이 없어요. 오후에 다시 오겠어요!"

학생은 뒤도 돌아보지 않고 계속 걸어가며 소리쳤다.

"서로가 딱한 일이구나."

그는 돌아서며 중얼거렸다.

아내는 누구의 장난인 줄만 알았다는 것이다. 장난치고는 좀 이상하다는 의심도 들긴 했지만, 남편이 그랬으리라고는 상상해 보지도 않았다. 남편은 신문 애독광이었다. 일요일에 신문사가 논다는 사실에 불만을 터뜨리던 남편이었다.

"당신 인제 어쩔 셈이세요."

"뭘?"

"아침마다 거기 갈 때 말예요."

"대비책은 다 세웠어."

"무슨 일예요, 도무지……."

"나도 잘 모르겠어."

그는 밥상을 밀치고 일어섰다.

"그런 말이 어딨어요. 당신만 보는 것도 아니잖아요."

"그래 불만인가, 당신? 다 당신 건강을 위해서야."

"그건 또 무슨 말예요? 꼭 술주정하는 것처럼."

"나 요즘 아침 밥 한 그릇씩 거뜬히 먹어치우는 것 당신도 알지?"

"그게요?"

"이러다간 지각하겠군. 그만 가야지."

그는 벙글벙글 웃으며 집을 나섰다.

그 웃음과 달리 그의 마음은 황량한 가을 들판이었다.

그는 토요일이라서 일찍 집에 돌아왔다. 아내는 집에 없었다.

"엄마 어디 가셨니?"

"아빠 다녀오셨어요. 엄마, 시장에요."

"그래, 마침 잘됐다."

그는 양복을 소파에 벗어두고 방으로 들어갔다. 텔레비전 콘센트를 빼고 수신선을 절단했다.

"아빠, 테레비 고장났어요?"

방을 나서는데 아들이 의아스런 표정으로 물었다.

"아무것도 아냐."

"그런데 어델 가져가요? 새것으로 바꿀 거예요?"

"글쎄 시끄럽다, 이놈아."

그는 끙끙대며 전기 용품 상회를 찾아갔다.

예상보다 많은 액수로 텔레비전을 처분한 그는 곧바로 운동구점을 찾아갔다. 그는 그 돈으로 몽땅 운동 기구를 샀다. 아령, 배드민턴 기구, 3인용 야구 기구 등등이었다.

그것들을 배달하도록 이르고 그는 휘파람을 불며 집으로 돌아왔다.

"당신 테레비 어쨌어요?"

대문을 들어서자마자 아내의 열기가 담긴 목소리가 정수리를 쳤다.

"팔았지, 팔아치웠어."

"뭐라구요? 도대체 뭘 하는 짓예요."

"진정해, 혈압 오르겠어."

"뭐 알량한 오락 기구 하나 있다고 테레비를 팔아치워요. 테레빈 생활 필수품이란 말예요. 어쩌자는 거예요, 도대체!"

아내는 독이 펄펄 끓었다.

"어허 왜 이러지? 그래 그 돈으로 각종 운동 기굴 들여오기로 했단 말요."

"아빠 싫어. 테레비 찾아와, 찾아오란 말야."

아들이 발을 동동 구르며 울어젖혔다.

"신문도 그러더니 테레비까지…… 왜 당신 맘대로 하는 거예요. 난 도대체 뭐냔 말예요."

"글쎄 진정하라니까. 다 만병 통치를 위해서야."

"뭐라구요? 당신이 하는 짓이 무슨 곰쓸개라도 되는 줄 알아요? 만병 통치는 무슨 놈에 만병 통치."

"맞았어, 곰쓸개지 곰쓸개야."

"아니, 이이가 정말……. 당신 미쳤어요?"

"그럴지도 모르지. 아마 둘 중에 하나는 미쳤을 거야."

"야유 분해, 내 당장 찾아와야지. 어디예요, 어디. 아니 필요 없어요. 샅샅이 뒤지면 될 테니깐."

"엄마, 나도 갈 테야."

아들놈이 울면서 아내를 쫓아갔다.

"그렇게는 안 될걸. 요즘이 어떤 세상인데."

그는 쓰게 웃으며 마루로 올라서서 선하품을 했다.

그리고 묘하게도 곧 울상이 되었다.

〈1977년〉

어떤 솔개의 죽음

"여봐라, 이 성내에 쓸 만한 환쟁이가 있느냐!"

어느 날 성내를 조망(眺望)하고 있던 성주(城主)가 별안간 물었다.

"환쟁이라니요……?"

성주 옆에 붙어서 있던 신하가 반문했고, 둘러선 다른 사람들도 의아한 표정이 되었다.

"환쟁이를 몰라서 그러는 게냐!"

모두들 움찔했다. 성주의 음성에 노기가 묻어난 때문이다. 눈치 없이 데데하게 굴다가는 그 불덩이 같은 성미가 폭발할 것이다. 그렇게 되면 누구에겐가 불똥이 튈 것이고, 그

세례를 받은 자는 재수가 좋아야 파직이고, 운수 꼬이면 볏짚 깔고 벽 바라보고 앉아서 〈사미인곡〉 읊는 처량한 귀뚜라미 신세가 될 판이었다.

"예에, 있구말구요. 새가 금방 후드득 날아갈 듯이, 호랑이가 금방 우르릉 울 듯이, 사슴이 금방 깡충 뛸 듯이, 있는 대로 보는 대로 그려내는 귀신 같은 솜씨를 지닌 환쟁이가 있사옵니다."

한 신하가 연상 눈알을 디룩거려가며 아뢰었다.

"후드득 날고, 우르릉 울고, 깡충 뛰게 하는 귀신 같은 솜씨라…… 그게 사실이렷다!"

"감히 어느 안전이라고 이 짧은 혀로 거짓을 고하오리까."

얼굴이 상기된 신하는 허리를 굽실거리며 사실을 확인했다.

"그렇다면 그자를 곧 불러들이도록 하라."

"예에…… 하온데……."

모두의 엉거주춤한 눈길은 성주의 얼굴 주변을 서성이고 있었다.

헛기침을 두어 번 한 성주는 둘러선 신하들을 한차례 휘이 훑어보았다.

"성내의 백성들이 태평 성세를 누리며 내 덕을 칭송하고 있다는 그대들의 진언은 사실과 추호의 차이도 없으렷다."

"여부가 있사옵니까."

모두는 가락을 맞추어 합창하며 일제히 머리를 조아렸다.

"자알 알겠노라."

성주는 뒷짐을 지며 신하들로부터 눈길을 거두었다. 그리고 실눈을 뜨고 멀리 성내를 굽어보는 것이었다. 그런 그의 얼굴에는 만족스러운 웃음이 넘쳐나 처져내린 양쪽 입 꼬리로 질질 흘러내리고 있었다.

"듣거라. 그대들이 진언하는 바대로 성내의 백성들이 태평 성세를 누리며 내 덕을 칭송함에 있어 내가 그들에게 어떤 답례를 내릴까 골똘히 생각하던 중 묘안이 떠올랐느니라. 그들의 극진한 칭송에 대한 답으로 내 영정을 현치문(賢治門) 앞에 걸도록 함이니라."

"과연 현안이시옵니다."

"성주님의 은혜 하해와 같사옵니다."

"백성들의 기쁨이 한층 더할 것이옵니다."

"성주님께서는 역시 백성들의 목마름이 무엇인지 꿰뚫어 보시는 혜안을 지니셨사옵니다."

둘러선 신하들은 서로 질세라 제각기 한 마디씩 아뢰기에 바빴다. 그런 그들의 얼굴에는 아쉬움과 후회의 빛이 엇갈리고 있었다.

그는 당일로 불러들여져 성주 앞에 읍했다.

"네가 바로 신기를 지녔다는 환쟁이렷다!"

버티고 앉은 성주가 다짐을 놓았다.

"황공하옵니다."

그는 전혀 감정이 담기지 않은 음성으로 대꾸했다.

"이미 들어서 알고 있을 터인즉 더 말하진 않겠다. 다만 그대의 임무가 얼마나 막중한지를 명심토록 할 것이니라. 알겠느냐!"

"명심 거행하오리다."

"며칠이나 걸리겠느냐!"

"명확한 장담을 올릴 순 없사오나, 대략 열흘쯤이면 가할 줄로 아옵니다."

"어허…… 그렇다면 열흘 내내 내가 네 놈 앞에서 장승이 되어야 한단 말이냐!"

성주의 언성이 파도를 일구었다.

"아니옵니다. 단 한순간도 소인의 앞에서 자릴 잡으실 필요가 없사옵니다. 성주님께서는 소인을 전혀 개의치 마시옵고 평상시와 다름없이 거동을 하시면 되옵니다. 하오면 소인이 성주님의 이런 저런 모습을 세밀히 관찰한 다음 정리하여 화폭에 재현시킬 것이옵니다."

그는 동요되는 빛이 없이 담담하게 말했다.

"허허, 역시 소문대로 신기를 가진 모양이로구나. 그럼 오늘부터 일을 시작하도록 하라."

성주는 흡족한 웃음을 피웠다.

그는 그날부터 먼발치에서 성주를 지키기 시작했다. 그 위치는 성주의 좌측일 때도 있었고 우측일 때도 있었다. 더러 정면일 때도 있었는데, 그런 경우에 그는 기둥 뒤에 몸을 숨기거나 나무 그늘에 몸을 감추는 것이었다. 그의 이런 행동은 성주가 잠을 깨서 잠자리에 들 때까지 잠시도 멈춰지지 않고 계속되었다.

나흘째 되는 날 그는 성주 앞에 불려나갔다.

"아직 먹힌 빈 쩍지 않았다니, 이게 어씨된 일이냐. 내 앞에 한번 한 약속은 두 번 다시 바꿀 수 없느니라. 만약 약속을 이행하지 못할 시에는 어찌되는지 알고 있으렷다!"

성주는 심히 못마땅한 표정으로 그를 내려다보고 있었다.

"소인 잘 알고 있사옵니다. 너무 심려치 마십시오."

그는 흔들리지 않는 음성으로 말했다.

"어허, 이런 답답할 일이 있나. 앞으로 며칠이나 남았다고 심려를 안 한단 말이냐!"

성주는 눈을 치뜨며 버럭 소리를 질렀다. 성주는 저 환쟁이놈의 태도부터가 비위에 거슬리는 것이었다. 어떻게 생겨먹은 놈이 통히 그꼴이 그꼴인 것이다. 자신을 대하는 태도가 불손한 것도 아니고 그렇다고 공순한 것은 더구나 아닌,

그러면서도 어디라고 딱 꼬집어낼 수 없는 기묘한 태도를 취하고 있었다.

"소인의 솜씨 비록 미천하오나, 처음 아뢰었던 날짜까지는 기필코 완성할 것이옵니다."

그는 분명한 어조로 또박또박 박아서 말했다.

"어김이 없으렷다!"

"여부가 있겠사옵니까. 어느 안전이라고 두말을 하오리까."

이렇게 성주 앞을 물러나오고서도 그는 이틀을 더 성주를 졸졸 따라다니는 것만으로 날짜를 보냈다.

그날 저녁 그가 식사를 마치고 명상에 잠겨 있는데 우두머리 신하가 나타났다.

"어인 일이십니까?"

인기척에 눈을 뜬 그가 우두머리 신하를 알아보고 자리에서 일어났다.

"졸고 있었소?"

우두머리 신하가 혀를 끌끌 차며 퉁명스럽게 물었다.

"그럴 리 있습니까. 건강이 남달리 좋은 편은 못 되지만 자리를 깔지 않은 채 눈을 붙이는 좀스러운 짓을 해본 일은 한 번도 없습니다."

그의 얼굴은 웃고 있었지만 어조는 차디찼다.

"물론 그래야지요. 중임 중에 중임을 맡은 몸으로 앉아 조는 것 같은 천박한 행동을 해선 안 되지요."

우두머리 신하는 남의 거처에 불쑥 나타난 자신의 무지하고도 경망한 행동을 쑥스러워하기는커녕 자못 근엄한 표정으로 훈계를 하고 있었다.

"어쩐 일이십니까?"

그는 용건을 묻고 있었다. 불필요한 사람과 마주 대하고 앉아서 시간을 빼앗기는 것을 그는 딱 질색했다. 더구나 명상하는 시간을 토막내게 되는 경우 그 도는 몇 갑절 심해졌다.

"어떻게 하실 참이오?"

우두머리 신하의 어조는 사뭇 심문조였다.

"무얼 말입니까?"

그는 순간적으로 얼굴에 침을 뒤집어쓴 것 같은 모욕을 느끼며 되물었다.

"몰라서 묻는 거요?"

우두머리 신하는 뒷짐을 지고 버티고 선 채 백지일 뿐인 커다란 화폭에 시선을 꽂고 있었다.

"……"

그는 어금니를 꽈악 맞물었다. 아무 말도 하고 싶지가 않았다. 할 말이 없었다.

"말을 물었으면 대답이 있어야 할 게 아니오. 도대체 목이 몇 개나 되길래 이렇게 태평하게 앉아서 날만 보내고 있는 거요?"

우두머리 신하는 이마에 핏줄이 돋도록 화가 나 있었다. 화공의 태도가 자신을 무시하고 있다고 자기대로 받아들인 것이었다.

그의 입 언저리에는 경멸의 웃음이 보일 듯 말 듯 어렸다.

"난 불구가 아니기 때문에 목은 하나밖에 없지요. 그 하나밖에 없는 목을 이 정도의 일을 맡아가지고 내놓을 만큼 헐값은 아닙니다. 내 목숨 귀한 것은 내가 더 잘 알고 있으니 그다지 염려 안하셔도 됩니다. 그리고 쉽게 말해서, 개나 돼지도 제가 안 먹으려 하는데 억지로 먹일 수는 없는 일 아닙니까. 하물며 사람이 아무리 환칠을 해먹고 살긴 하지만 사람의 목숨을 가진 자가 짐승만도 못할 리가 있겠습니까."

그는 어스름이 덮여오는 창 밖 먼 곳에 시선을 둔 채 이렇게 말했다. 옆 볼에는 우두머리 신하의 따가운 시선이 씩씩거리는 숨소리와 함께 무수히 꽂혀오고 있었다.

"무례한 것 같으니라구!"

이 한 마디를 남겨놓고 우두머리 신하는 옷깃을 펄럭이며 나가버렸다.

이레째 되는 날 그는 비로소 붓을 들었다. 이제 그의 머릿속에는 성주의 모습이 환하게 조각되어 있었다. 그는 마음

먹은 대로 성주의 모습을 수천 조각으로 나눌 수도 있고, 다시 결합시킬 수도 있었다. 어느 한 부분을 실물보다 크게 확대시킬 수도 있었고, 작게 축소시킬 수도 있었다.

붓을 대기 시작한 그는 잠자거나 먹는 것을 거의 중단하다시피 했다. 그의 청을 받아들인 성주가 명령을 내린 탓으로 그가 기거하고 있는 방에는 세 끼 밥을 시중드는 사람 외에는 그 누구도 얼씬거리지 못했다.

그는 나흘 만에 파리해진 모습으로 방을 나왔다. 약속대로 만 열흘 만에 성주의 영정을 완성한 것이다.

그는 흡사 술에 취한 듯한 걸음걸이로 성주 앞에 나섰다.

"어서 펼쳐보아라."

성주가 다그쳤고 그는 읍을 하고 나서 받쳐들고 있던 두루마리를 풀기 시작했다. 양쪽으로 늘어선 신하들은 하나같이 긴장한 표정들이 되었다.

그림은 하반신부터 나타나기 시작했다. 그림이 펼쳐져감에 따라 실내에는 농도와 색깔이 다른 침묵이 쌓여져갔다. 목이 나타나고 턱, 입, 코, 눈, 이마를 거쳐 머리 부분이 나타나려 할 때였다.

"요런 고이얀 놈, 당장 치워라!"

성주가 벌떡 일어서며 고함을 질렀다.

모두는 소스라친 표정으로 딱 굳어졌고, 실내에는 순식간에 살얼음이 끼었다. 다만 화공 혼자만이 이해할 수 없다는 표정으로 성주를 올려다본 채 계속 두루마리를 풀고 있었다.

"이놈 귀가 먹었느냐. 당장 치우라니까, 당장!"

성주는 발을 구르며 소리쳤다.

"어인 분부시옵니까, 성주님."

그는 정색을 하고 물었다.

"몰라서 묻는 거냐, 이놈! 네 놈 눈깔에는 내가 그처럼 흉물로 보이더란 말이냐. 요런 발칙한 놈아."

성주는 곧 쫓아 내려갈 듯이 팔을 치뻗어대며 고함을 질렀다.

아……, 그는 끝도 없는 벼랑을 의식했다. 한 발짝만 물러서면 그대로 곤두박이고 마는 벼랑. 그는 정신을 가다듬었다.

"소인의 재주가 워낙 모자람을 잘 알고 있사오나 붓을 들어 화폭에 그림을 그릴 때만은 추호의 거짓도 없이, 티끌만큼의 잡념도 없이 마음을 다스리옵니다. 하옵고, 비록 그림이 다 되었다 하나 어느 한구석이라도 미진하거나, 선 한 가닥이라도 거슬리면 결코 타인 앞에 내놓지를 않사옵니다. 하물며 성주님의 영정을……"

"닥쳐라 이놈아! 감히 어디라고 주둥아릴 나불거리느냐."

벌겋게 핏발이 선 성주의 두꺼운 볼이 씰룩거렸다.

"황공하옵니다만, 좌중에 물어주실 것을 소인 감히 소청드리옵니다."

그는 신념 어린 눈빛으로 성주를 올려다보았다.

"당돌한 놈 같으니라구……"

성주는 수염을 신경질적으로 쓰다듬으며 신하들을 휘 둘러보았다.

그가 끝을 받쳐들고 있는 커다란 족자에는 실물 크기의 세 배에 가까운 성주의 좌상이 담겨져 있었다. 칼만 가까이 해도 쫙 벌어질 것처럼 팽팽하게 살이 쪄오른 볼, 살에 밀려 거의 닫힐 위기에 몰려 있는 가느다란 눈, 뚱뚱한 몸집의 체면을 손상하기에 제격인 채신머리없이 달라붙은 염소 수염, 몸집을 닮아 하늘 높은 줄을 모르고 세상 넓은 줄만 아는 평퍼짐하게 퍼져버린 코, 그 장대한 육신을 먹여살리기에 안성맞춤인 두껍고도 큰 입, 어느 부분이든 실물과 꼭 같지 않은 데가 없었다. 더구나 전체적으로 발산하고 있는 분위기는 여지없이 생생히 살아 있는 성주 그대로였다. 흡사 무더위처럼 어디선가 꾸역꾸역 괴어오르는 심술이라든가, 땀 냄새처럼 끈적끈적하게 묻어나는 것 같은 탐욕스러움은 영락없이 살아 움직이는 성주였다.

"네 놈 소원이 정히 그렇다면 한 사람씩 의견을 듣도록 하겠다. 허나 만약 한 사람이라도 네 놈의 말과 다를 시에는 결코 살아남지 못하리라. 그래도 자신이 있는가!"

성주가 잔인한 웃음을 입가에 물며 싸늘한 경고를 내던졌다.

"후회하지 않을 것이옵니다."

그는 성주를 똑바로 응시하며 분명한 어조로 대답했다.

"방자한 놈 같으니…… 여봐라, 그대들은 차례로 저 그림을 보고 그 느낌을 숨김없이 아뢰도록 하라."

명령이 떨어지자 신하들은 한 사람씩 성주의 영정 앞에 읍을 했다.

"아뢰옵기 황공하오나 저건 성주님의 영정이 아닌 줄 아옵니다."

"그러하옵니다. 성주님과는 전혀 닮은 데가 없음이 사실이옵니다."

"소인의 눈도 마찬가지옵니다. 어찌 성주님의 모습이 저러하오리까."

신하들의 말은 이런 식으로 계속되었고, 화공의 눈은 차츰차츰 이상한 빛을 띠어가고 있었다.

"저자가 감히 성주님을 모독하고 있사옵니다."

"그러하옵니다. 성주님의 인자하시고 후덕하신 모습을 저자가 고의로 왜곡하고 있사옵니다."

"더 아뢰어 무엇하오리까. 환칠을 할 줄 안다는 좀스런 손

재주를 가지고 성주님을 모독하려 했음이 분명하온즉 이 어찌 죄가 되지 않으오리까."

그의 눈은 이제 이글이글 타고 있었다.

"네 이노옴! 귀가 뚫렸으니 빼놓지 않고 다 들었으렷다. 그래도 더 할말이 있느냐!"

성주는 실내가 쩌렁쩌렁 울리도록 호령했다.

그는 눈을 감았다. 그리고 곧 떴다. 그 지극히 짧은 시간 동안에 그는 모든 것을 정리했다. 중론을 듣고자 했던 것은 어리석고 어설픈 투기였다. 그러나 그는 후회하지 않았다.

조금도 동요의 빛이 없이 꼿꼿하게 일어선 그는 입을 열었다.

"모두의 말이 다 옳습니다. 하오나 매일 아침 당경(唐鏡)을 보셨을 때 당경도 그런 말들을 했사옵니까. 분명 당경만은 거짓을 고하지 않았으리라 믿사옵니다."

그의 눈은 이제 훨훨 불이 붙고 있었다.

"저, 저놈이……. 저놈을 당장 하옥시키도록 하라."

성주의 말이 떨어지기가 바쁘게 그의 팔에는 결박이 지어졌다.

그는 다음날 아침 성주 앞에 불려나갔다.

"네 놈의 죄가 얼마나 무거운가를 보여주기 위해 끌어냈느니라. 이제부터 네 놈과 같은 환쟁이의 말을 똑똑히 듣고

네 놈의 죗값이나 기다리렷다."

성주의 말에 그는 고개를 들었다.

"아니……."

자신이 그린 성주의 좌상이 걸린 앞에는 지루가 서 있었다. 그는 지루를 뚫어지게 쳐다보았지만 지루는 일부러 딴청을 부리고 있었다.

"너는 어서 그 그림에 대한 느낌을 거짓 없이 고하도록 하라."

성주가 명령했고,

"네에에, 그러하오리다."

지루는 크게 머리를 조아렸다.

"긴 말씀 드리면 성주님께서 피곤하실 것인즉 간단히 요약할까 하옵니다. 저 그림은 성주님을 욕보이려는 의도적인 흉계로 제작되었기로 사실을 조작, 왜곡하고 있음을 냉정히 지적하지 않을 수 없사옵니다."

"그 말이 사실이렷다."

"여부가 있겠사옵니까. 소인의 목숨은 둘이 아니오라 오직 하나일 뿐이옵니다."

지루는 연신 허리를 굽실거렸다. 그의 매서운 눈초리는 무수한 불화살이 되어 지루의 몸뚱어리에 꽂히고 있었다.

"저것이 조작된 것이라면, 그럼 그대는 사실을 사실대로 그려낼 수 있겠는가."

"황송하옵니다. 소인의 재주 별로 보잘것없사오나 감히 저런 흉계는 꾸미지 않을 것이옵니다."

"그렇다면 며칠이나 걸리겠느냐."

"닷새면 족할 것이옵니다."

"닷새라니? 저놈은 열흘이 걸렸어도 저 모양을 만들었느니라."

"뜻이 바르지 못했사온데 스무 날이 걸린들 무슨 소용이 있사오리까."

"과시 네 말이 옳다. 당장 이 시각부터 일을 시삭토록 하라."

"황공무지로소이다."

지루는 이마가 발등에 닿을 지경으로 깊은 절을 했다.

"그놈을 끌어내라!"

그는 일으켜세워져 등을 떠밀리는 마지막 순간까지 지루에게 불화살을 퍼붓고 있었다. 그러나 지루가 줄곧 외면을 하고 있었기 때문에 끝까지 눈길은 마주치지 않았다.

그는 다시 옥에 갇혔다.

그는 멍한 시선으로 돌벽을 바라보았다. 거기 선연히 떠오르는 얼굴이 있었다.

"아니 스승님……."

그는 자신도 모르게 외치며 두어 발짝 앞으로 다가갔다. 그러나 스승님의 모습은 간 곳이 없고 때 묻은 돌벽만 앞을 막고 있었다.

"너희들은 이제 배울 만큼 배웠느니라. 나로선 더 가르칠 게 없으니 앞으로는 실제 사물을 보고 느끼고, 그 느낀 점을 자기의 것으로 다시 나타내는 일을 거듭해야 한다. 누차 말했다만 그림은 손재주만 가지고 되는 게 아니다. 마음에 깊은 느낌이 없어서는 안 되는 것이야. 재주란 사람으로 치면 뼈대와 같은 것이고 거기다가 살이 붙어야 사람 구실을 하게 되는 게 아니더냐. 앞으로는 너희들의 재주에다가 살을 붙이는 일을 지치지 말고 해야 한다. 그래야 피가 통하고 혼이 담긴 그림이 되는 법이니까. 터득하도록 해야 해, 터득하도록."

스승님은 어느 때 없이 이런 긴 말씀을 하고 제자들을 둘씩 짝지어 사방으로 흩어보냈다.

그는 지루와 짝이 되어 관동 지방으로 가게 되었다. 나머지 여덟 명도 스승님이 정한 지방으로 강산 유람을 떠났다. 풍류를 곁들여 말해서 유람이지, 그건 어디까지나 공부의 연장이었다. 한 달 동안에 자유로 선택한 소재로 열 장을 그려야 했고, 지역마다 스승님이 지정한 풍경을 찾아내서 완성시켜야 하는 무거운 짐이 지워져 있었다.

"설악산과 경포대 사이에 낙산이라는 곳이 있느니라. 바다에 면한 벼랑 끝에 해송(海松)이 솟아 있고 그 사이로 꿰비치는 일출(日出)이 장관이니라. 구름 한 점 없이 활짝 개인 날의 일출을 그리도록 해라."

이것이 그와 지루에게 떨어진 스승님의 지시였다.

매일 강행군이었다. 걷다가 마음이 끌리는 풍경이 있으면 화필을 잡았고 그것이 어지간히 틀을 잡게 되면 다시 걷는 일정의 연속이었다.

보름이 넘어 낙산에 당도할 수 있었다. 그와 지루는 다음날 신새벽부터 해변가 벼랑을 향해 어둠을 헤치기 시작했다. 일출을 기다리는 둘의 위치는 상당한 거리를 두고 있었다. 둘은 숙식을 같이하며 타향을 떠도는 몸이었지만 그림을 그릴 때는 서로 냉정하게 등을 돌렸다. 그래서 서로의 그림이 어떻게 그려지고 있는지는 전혀 알 도리가 없었다.

첫날은 구름이 가득 끼어서 일출을 맞이할 수가 없었다. 설친 잠은 낮에 보충하고 남는 시간에는 그동안에 그린 그림들을 손질했다. 둘째 날도 두꺼운 구름은 해를 보여주지 않았다. 셋째, 넷째 날도 마찬가지였다.

"갈 길이 먼데 그만 떠나야 되지 않겠나?"

그가 힘없는 목소리로 지루에게 말했다.

"하지만 쉽사리 다시 오기 어려운 길이니 하루만 더 머무는 게 어때?"

이런 지루의 말에 그는 아무 생각 없이 동의했다.

다음날은 구름이 약간 걷히긴 했지만 그림을 그리기에는 마땅치 않은 일출이었다.

그들은 여장을 챙길 수밖에 없었다.

그들이 집에 당도한 하루 이틀을 앞뒤로 다른 사람들도 모여들었다. 다들 피곤하고 초췌한 모습들이었다.

사나흘 여독(旅毒)을 푼 다음에 제자들은 둘씩 짝이 되어 스승님 앞에 그림들을 올렸다. 스승님이 눈여겨보는 그림은 제자들이 자유로 그린 열 장이 아니라 당신이 지적한 한 장의 그림인 것은 너무나 당연한 일이었다.

그는 지루와 나란히 무릎을 꿇고 앉아서 그림 뭉치를 두 손으로 받들었다. 스승님은 지루의 그림부터 한 장, 한 장 유심히 살펴나갔다. 그도 숨길을 가다듬으며 지루의 그림에 시선을 고정시키고 있었다. 그림마다 예사로 보아넘길 수 없고 무시할 수 없는 지루의 재주가 번뜩이고 있었다. 그림이 바뀔 때마다 스승님도 입을 꾹 다문 채 보일 듯 말 듯 고개를 끄덕이는 것이었다. 그런 스승님의 미간에 잡히는 잔주름은 그때그때의 놀라움을 선명하게 기록하고 있었다.

마지막 한 장, 스승님이 지시한 일출의 그림이 펼쳐졌을 때 그는 하마터면 소리를 지를 뻔했다. 한 장의 종이 위에는 찬연하게 불붙어 타고 있는 하늘과 바다. 그 사이에서 이글이글 제 몸을 사르고 있는 불덩이가 그야말로 장관을 이루어놓고 있었다. 아직 표구도 하지 않은 그림인데도 색깔이 펄펄 살아서 뛰고 있었다. 흡족한 미소가 겹으로 물굽이를 이루는 스승님의 얼굴이 자꾸 흐리게 흔들리는 것을 의식하며 그는 정신을 다잡으려고 속입술을 깨물었다.

이번에는 스승님의 손에서 그의 그림들이 차례로 펼쳐졌다. 그림이 바뀔 때마다 그는 심한 현기증에 시달리고 있었다. 마지막 그림이 펼쳐졌다. 현란한 채색의 일출이 있어야 할 거기에는 백지가 그대로 드러났다. 순간 스승님의 얼굴이 번쩍 들렸다. 그와 눈이 마주쳤다. 그 눈에는 노여움과 꾸지람과 실망과 의혹이 뒤엉켜 있는 듯했다.

"소인의 눈에는 스승님께서 일러주신 청명한 일출이 보이지 않았습니다."

그는 가까스로 이 말을 했을 뿐이다. 그리고 곧 그 자리를 물러나오고 말았다. 그 길로 집에 돌아온 그는 꼬박 이틀을 침식을 잃고 누워 있었다. 그는 주체할 수 없는 혐오감에 시달리며 더 살고 싶은 생각이 없었다.

사흘째 되는 날 스승님이 그의 집을 방문한 것은 너무나 뜻밖의 일이었다.

"난 네가 내놓은 백지에서 지루의 것보다 몇 배 훌륭한 일출을 보았느니라. 넌 크게 될 것이야. 꺾일망정 휘어지지 않는 심성을 지녔으니까. 네가 원한다면 앞으로도 내 문하에 남도록 해라. 내 힘에 겨웁기는 하다만."

그는 스승님 앞에 머리를 박고 엎드려 오열했다. 다른 방법이 없었다. 제자들 모두가 한결같이 바라던 그 말씀을 드디어 자신이 받게 된 것이었다.

다시 옥에 갇힌 그는 그날부터 침식을 완전히 끊어버렸다. 벽을 향해 무릎을 꿇고 앉은 그는 눈을 내려감은 채 미동도 하지 않았다. 하루, 이틀, 사흘, 그는 계속해서 그렇게 앉아만 있었다.

밤낮없이 그림 그리기에 혈안이 된 지루는 약속했던 대로 닷새 만에 그림을 완성했다. 지루는 그와는 달리 아예 족자를 긴 대나무에 양쪽을 매달아 펼쳐들게 해서 성주 앞에 나타났다.

"과연 그대의 솜씨가 신기로다. 어쩌면 그렇게 솜씨가 빼어날 수가 있단 말인가. 훌륭한지고, 훌륭한지고."

성주는 기쁨을 미처 가누지 못했고,

"과찬이시옵니다, 과찬이시옵니다."

지루는 득의에 찬 눈을 번뜩이면서도 겸손을 지어 보였다.

"그대들의 눈에는 어떻게 보이는지 차례로 구경들을 하시오."

성주의 말에 늘어섰던 신하들이 차례로 영정 앞에 섰다.

"바로 저 모습이 성주님의 참모습인 줄 아뢰오."

"이제야 비로소 성주님의 인자하심과 후덕하심이 생광을 얻은 것으로 믿어 의심치 않사옵니다."

"감히 무어라 아뢰오리까. 성주님의 영정을 우러르매 폭포수처럼 쏟아져내리는 은혜에 그저 몸둘 바를 모르옵니다."

모두 이런 식으로 입을 모았고,

"어허허허……, 역시 그대들은 내 신하들로서 손색 없는 눈들을 지녔소. 내 이 기쁨을 그대로 덮어둘 수 없으니 오늘 저녁 잔치를 베풀 것이오. 그대들은 맘껏 즐기도록 하오."

"황공하여이다."

모두는 머리를 조아려 합창했다.

"그리고 화공에겐 후한 상금을 내릴 터인즉 사양치 말라."

"황공무지로소이다."

지루는 기쁨이 충만된 얼굴로 허리를 굽혔다.

"저 영정은 내일 아침 내다 걸도록 하렷다."

"명심 거행하오리다."

족자에 그려진 얼굴은 얼핏 보아서는 생판 딴사람이었다. 우선 삐져나오도록 살이 찌지 않은 게 그랬다. 그리고 눈도 서글서글했고, 입술도 미련스럽게 투박하지 않았다. 그래서 그런지 심술이나 탐욕스러움 대신 미풍 같은 미소가 번져나는 속에 한없이 인자하고 후덕한 기운을 훈훈하게 풍기고 있었다. 흡사 부처님이 의관 정제한 것이 아닌가 착각할 지경이었다.

엿새째 되는 날 새벽 그는 몸을 털고 일어났다. 문 쪽으로 더디게 다가선 그는 간수를 불렀다.

"내 청이 한 가지 있는데 들어주시겠소?"

"말해 보슈."

"물 좀 한 통 떠다 주시겠소."

"며칠째 밥도 마다더니 물은 한 통씩이나 어디다 쓰려오. 물배라도 채워야 살겠소?"

"농 마시고 내 이 마지막 청을 좀 들어주오."

"마지막이라니?"

"오늘이 내 이승 마지막 날이라오."

그의 입 언저리에 엷은 웃음이 잠시 머물렀다 사라졌다.

"내가 모르는 일을 당신이 어찌 안단 말이오. 며칠 굶더니 정신이 헛도는 거 아니오?"

"어떻게…… 청을 못 들어주시겠소?"

"아, 알겠수다. 하여튼 물 한 통 떠다 주기는 어렵지 않은 일이니까."

간수는 고개를 갸우뚱거리며 돌아섰다.

그는 간수가 떠다 준 물로 얼굴과 손발을 말끔히 씻어냈다. 그리고 헝클어진 머리도 풀어내려 물을 묻혀서는 가지런히 손질을 했다.

그는 물통을 내보내고 다시 벽을 향해 무릎을 꿇었다. 그리고 눈을 감았다.

진정 그림에 미쳐 살아온 40평생이었다. 그림을 찾아 한정도 없이 유랑했고, 그림을 쫓아 산을 넘고 강을 건넜다. 화폭에서 밤이 밝고, 하나의 그림 속에 엉뚱하게 긴 세월이 묶여 있기도 했다. 그러다 보니 스승도 부모도 이 세상 사람이 아니었고, 장가들 나이도 도망을 치고 없었다. 그려도 그려도 모자라는 붓끝의 힘에 휘청거리지 않으려고 몸부림하며 살아온 세월이었다. 하루가 아니라 한나절처럼, 정말 한나절처럼, 뙤약볕이 쏟아지는 속에서 뻘뻘 땀을 흘리는 바쁜 농군처럼 그렇게 뙤약볕의 한나절을 살아온 세월일 뿐이었다. 했다는 것도, 딱히 더할 것도 없는, 그림 그리기는 그렇게 끝도 한도 없는 세상이었다. 그 깨달음의 소중함 앞에 목숨은 한낱 가랑잎이었다.

그가 무릎을 꿇고 앉은 지 얼마 안 되어 병정들이 우르르 몰려들었다. 그는 눈을 내려감은 채 결박을 받았다.

문을 나선 그는 걸음을 옮기려다 말고 간수에게 눈길을 주었다.

"물 고마웠소."

담담한 목소리였고,

"아니 세상에……."

간수는 팔을 뻗친 채로 떠밀려가는 그를 멍하니 바라보고 서 있었다.

"네 놈의 죄가 얼마나 무거운지 알고 있으렷다."

"……."

그는 냉기 서린 눈으로 성주를 노려보고 있을 뿐이었다.

"저놈이 감히 어느 안전이라고 눈을 치뜨고 있느냐!"

"……."

전날과는 달리 차갑기 이를 데 없는 그의 눈빛은 이제 성주 옆에 서 있는 지루에게로 옮겨 박혔다. 눈길이 부딪치자 지루는 외면을 해버렸다.

"저 당돌한 놈을 당장 형장으로 끌고 가라! 감히, 감히……."

성주가 발을 구르며 고함을 질렀다.

그는 성밖 형장으로 끌려가면서 멀리로 메아리 쳐가는 사람들의 함성을 들은 듯했다. 그 누구의 설명이 없었어도 그 함성이 무엇을 위한 것인지 그는 익히 알아차리고 있었다.

⟨1977년⟩

| 작가 연보 |

1943년 전남 승주군 선암사에서 아버지 조종현과 어머니 박성순 사이의 4남 4녀 중 넷째(아들로는 차남)로 태어남. 아버지는 일제시대 종교의 황국화 정책에 의해 만들어진 시범적인 대처승이었음.
1948년 '여순반란사건'을 순천에서 겪음.
1949년 순천 남국민학교 입학.
1950년 충남 논산에서 6·25를 맞음.
1953년 삭은아버지들이 살고 있던 벌교로 이사. 최초의 자작 문집을 만들었고, 글짓기에서 전교 1등상을 받음.
1956년 광주 서중학교 입학.
1958년 아버지가 서울 보성고등학교로 전근.
1959년 서울로 이사. 광주 서중학교 제34회 졸업. 보성고등학교 입학.
1962년 보성고등학교 제52회 졸업. 동국대학교 국문학과 입학.
1966년 대학 졸업과 동시에 육군 사병 입대.
1967년 시인 김초혜와 결혼.
1969년 육군 병장 제대.
1970년 《현대문학》 6월호에 「누명」이 첫회 추천됨. 12월호에 「선생님 기행」으로 추천 완료. 동구여상에서 교직 근무 시작.
1971년 중편 「20년을 비가 내리는 땅」《현대문학》, 단편 「빙판」《신동아》, 「어떤 전설」《현대문학》 발표. 「선생님 기행」이 일본어로 번역됨.

1972년 중편「청산댁」《현대문학》, 단편「이런 식이더이다」《월간문학》발표. 부부 작품집『어떤 전설』(범우사) 출간. 중경고등학교로 전근. 아들 도현을 낳음.

1973년 중편「비탈진 음지」《현대문학》, 단편「거부 반응」《현대문학》, 「타이거 메이저」《일본 한양》, 「상실기」를 「상실의 풍경」으로 개제《월간문학》에 발표. 10월 유신으로 교직을 떠나게 됨.《월간문학》편집일을 시작.「청산댁」이 일본에서 간행된『한국전후대표작선집』에 번역 수록.

1974년 중편「황토」작품집『황토』에 수록. 단편「술 거절하는 사회」《월간문학》, 「빙하기」《현대문학》, 「동맥」《월간문학》발표. 작품집『황토』(현대문학사) 출간.

1975년 단편「인형극」《현대문학》, 「이방 지대」《문학사상》, 「전염병」을 「살풀이굿」으로 개제《신동아》에 발표.「발아설」을 「삶의 홈집」으로 개제《월간문학》에 발표.「황토」가 영화화됨. 월간문학사 그만둠.

1976년 단편「허깨비춤」《현대문학》, 「방황하는 얼굴」《한국문학》, 「검은 뿌리」《소설문예》, 「비틀거리는 혼」《월간문학》발표. 장편『대장경』을 민족문학 대계의 일환으로 집필 완성. 월간 문예지《소설문예》인수, 10월호부터 발간.

1977년 중편「진화론」《현대문학》, 「비둘기」《소설문예》, 단편「한, 그 그늘의 자리」《문학사상》, 「신문을 사절함」《소설문예》, 「어떤 솔거의 죽음」《창작과비평》, 「변신의 굴레」《신동아》, 「우리들의 흔적」《소설문예》발표. 작품집『20년을 비가 내리는 땅』(범우사) 출간. 10월호를 끝으로《소설문예》의 경영권을 넘김.

1978년 중편「미운 오리 새끼」《소설문예》, 단편「마술의 손」《현대문학」, 「외면하는 벽」《주간조선》, 「살 만한 세상」《월간중앙》 발표. 작품집 『한, 그 그늘의 자리』(태창문화사) 출간. 도서출판 민예사 설립.

1979년 단편 「두 개의 얼굴」《문예중앙》, 「사약」《주간조선》, 「장님 외줄타기」《정경문화》 발표. 중편 「청산댁」이 KBS 〈TV문학관〉에 극화 방영.

1980년 단편 「모래탑」《현대문학》, 「자연 공부」《주간조선》 발표. 도서출판 민예사의 경영권을 넘기고 주간의 일을 봄. 문고본 『허망한 세상 이야기』(삼중당) 출간.

1981년 중편 「유형의 땅」《현대문학》, 「길이 다른 강」《월간조선》, 「사랑의 벼랑」《여성동아》, 단편 「껍질의 삶」《한국문학》 발표. 장편 『대장경』(민예사) 출간. 중편 「청산댁」이 프랑스어로 번역 출간. 중편 「유형의 땅」으로 현대문학상 수상.

1982년 중편 「인간 연습」《한국문학》, 「인간의 문」《현대문학》, 「인간의 계단」《소설문학》, 「인간의 탑」《현대문학》, 단편 「회색의 땅」《문학사상》, 「그림자 접목」《소설문학》 발표. 작품집 『유형의 땅』(문예출판사) 출간. 중편 「인간의 문」으로 대한민국문학상 수상. 중편 「유형의 땅」이 MBC TV 6·25 특집극으로 방영.

1983년 중편 「박토의 혼」《한국문학》, 단편 「움직이는 고향」《소설문학》 발표. 대하소설 『태백산맥』을 원고지 1만 5천 매 예정으로 《현대문학》 9월호부터 연재 시작. 연작 장편 『불놀이』(문예출판사) 출간. 『불놀이』가 MBC TV 6·25 특집극으로 방영.

1984년 중편 「운명의 빛」을 「길」로 개제 《한국문학》에 발표. 단편 「메아리 메아리」《소설문학》 발표. 장편 『불놀이』 영어로 번역. 중편 「박토의 혼」 독일어로 번역. 작품 「메아리 메아리」로 소설문학작품상 수상. 도서출판 민예사에서 《한국문학》을 인수하고, 주간을 맡아 12월호부터 발간.

1985년 중편 「시간의 그늘」《한국문학》 발표. 대하소설 『태백산맥』 연재 집필을 위해 매달 안양의 라자로마을에 10여 일씩 칩거.

1986년 『태백산맥』 제1부 4천 8백 매 완결(《현대문학》 9월호). 제1부를 3권의 단행본으로 출간(한길사).

1987년 『태백산맥』 제2부를 《한국문학》 1월호부터 연재 시작하여 12월호까지 3천 2백 매 완결. 제2부를 2권의 단행본으로 출간.

1988년 『태백산맥』 제3부를 《한국문학》 3월호부터 연재 시작하여 12월호까지 3천 2백 매 완결. 제3부를 2권의 단행본으로 출간. 작품집 『어머니의 넋』(한국문학사) 출간. 신문사 문학 담당 기자와 문학평론가 39인이 뽑은 '80년대 최고의 작품' 1위 『태백산맥』(《문예중앙》, 1988년 여름호). 성옥문화상 수상.

1989년 『태백산맥』 제4부를 《한국문학》 1월호부터 연재 시작하여 11월호까지 4천 5백 매 완결. 제4부를 3권의 단행본으로 출간(전 10권 완간). 『태백산맥』 완결을 고대하며 투병하시던 아버지의 별세를 소설을 쓰다가 전화로 연락받음. 소설의 완결까지 연재 1회분 반을 남겨놓은 상태에서 아버지의 장례를 치름. 문학평론가 48인이 뽑은 '80년대 최대의 문제작' 1위 『태백산맥』(『80년대 대표소설선』, 1989년, 현암사). 80년대의 '금단'을 깬 대표 소설 『태백산맥』(《한겨레신문》, 1989. 12. 28). 동국문학상 수상.

1990년 새 대하소설 『아리랑』의 집필을 위해 중국 만주, 동남아 일대, 미국 하와이, 일본, 러시아 연해주 등지를 취재 여행.

12월 11일부터 《한국일보》에 2만 매로 예정된 『아리랑』 연재를 시작. 출판인 34인이 뽑은 '이 한 권의 책' 1위 『태백산맥』(《경향신문》, 1990. 8. 11). 현역 작가와 평론가 50인이 뽑은 '한국의 최고 소설' 『태백산맥』(《시사저널》, 1990. 11. 22).

1991년 『아리랑』 연재 계속. 작품 『태백산맥』으로 단재문학상 수상. 『태백산맥』으로 유주현문학상 수여가 결정되었지만 수상을 거부함. 이를 계기로 그 상이 폐지되었음. 『태백산맥』 연구서 『문학과 역사와 인간』(한길사) 출간. 전국 대학생 1,650명이 뽑은 '가장 감명 깊은 책' 1위 『태백산맥』, '대학생 필독 도서' 1위 『태백산맥』(《중앙일보》, 1991. 11. 26).

1992년 『아리랑』 연재 계속. 대검찰청에서 『태백산맥』이 국가보안법상의 이적 표현물과 적에 대한 고무 찬양에 저촉되는지를 내사한 결과 작가에 대한 의법 조치나 책의 판금을 문제 삼지 않기로 했다고 발표. '학생이나 노동자들이 읽으면 불온 서적 소지·탐독으로 의법 조치할 것이며, 일반 독자들이 교양으로 읽는 경우에는 무관하다'는 내용의 대검 발표는 모든 언론들의 비판과 조롱거리가 됨. 대검의 그런 공식적 태도는 『태백산맥』 1부가 단행본으로 발간되면서부터 작가에게 몇 년 동안에 걸쳐 줄기차게 가해져 온 모든 수사기관들의 음성적 압력과 억압 그리고 협박이 대표적으로 표출된 것에 지나지 않음. 일본의 출판사 집영사와 『태백산맥』 전 10권 완역 출판 계약 체결. 일본에서 대하소설을 완역 계약한 것은 최초. 한국의 지성 49인이 뽑은 '미래를 위한 오늘의 고전 60선'에 『태백산맥』 선정(《출판저널》, 1992. 2. 20). 서울 리서치 조사 독자 5백 명이 뽑은 '가장 기억에 남는 작품' 1위 『태백산맥』(《조선일보》, 1992. 8. 25).

1993년　『아리랑』 연재 계속. 외아들 도현이 육군 사병 입대. 중편 「유형의 땅」이 영어로 번역되어 현대한국소설집(제목 『유형의 땅』, 샤프 출판사) 출간.

1994년　6월 『아리랑』 제1부 「아, 한반도」를 3권의 단행본으로 출간(도서출판 해냄). 8월 제2부 「민족혼」을 3권의 단행본으로 출간. 10월 제3부 「어둠의 산하」 중 일부가 제7권으로 출간. 12월 제8권 출간. 신문 연재로는 원고량을 다 소화할 수가 없어서 《한국일보》 연재를 중단하고 후반부 집필에 전념. 4월에 8개의 반공 우익 단체들이 작품 『태백산맥』과 작가를, 역사를 왜곡하여 국가보안법을 위반한 불온 서적 및 사상 불온자로 몰아 검찰에 고발함. 거기에다 이승만의 양자에 의해 이승만의 명예훼손죄 고발도 첨가됨. 6월에 치안본부 대공수사실(속칭 남영동)에서 수사를 받았고, 그 후 몇 개월에 걸쳐 출두 요구와 거부를 반복하는 동안에 『아리랑』 집필에 치명적인 피해를 받음. 『태백산맥』 영화화(태흥영화사), 영화 개봉을 앞두고 작가를 고발했던 반공 우익 단체들이 영화를 상영하면 극장과 영화사를 폭파하고 불 지르겠다고 공공연한 공갈 협박을 자행하여 대대적인 사회의 물의를 일으킴. 전국 애장가 720명이 뽑은 '가장 아끼는 책' 1위 『태백산맥』(《한겨레신문》, 1994. 10. 5).

1995년　2월 『아리랑』 제3부 「어둠의 산하」 중 일부인 제9권 출간. 5월 제4부 「동트는 광야」 중 일부인 제10권 출간. 7월 25일 총 2만 매의 『아리랑』 집필 완료, 4년 8개월 만의 결실. 7월 제11권 출간. 8월 해방 50주년을 맞이하며 제12권 출간(전 12권).

『태백산맥』을 출판사를 옮겨서 출간(도서출판 해냄). 「조정래 특집」(《작가세계》 가을호). 서울대학교 신입생 218명이 뽑은 '가장 감명 깊게 읽은 책' 1위 『태백산맥』, '가장 읽고 싶은 책' 1위 『태백산맥』(《한겨레신문》, 1995. 3. 15). '우리 사회에 가장 영향력이 큰 책' 《시사저널》 조사 2위 『태백산맥』, 3위 『아리랑』(《시사저널》, 1995. 10. 26). 20대 남녀 독자 294명이 뽑은 '가장 읽고 싶은 책' 1위 『아리랑』(《도서신문》, 1995. 12. 30). 《한겨레21》의 독자들이 뽑은 '1995년의 좋은 인물'에 선정(《한겨레21》, 1995. 12. 28). 사회 각 분야 전문가 47인이 뽑은 '올해의 좋은 책' 1위 『아리랑』(《출판문회》, 1995, 송년 특집호). 1천만 명 서명을 목표로 하는 '태백산맥·아리랑 작가 조정래 노벨문학상 추천 서명인 발대식'이 1995년 11월 28일 종로 탑골공원에서 시민 단체 자발로 이루어짐(《중앙일보》, 1995. 11. 30).

1996년 단일 주제 비평서인 『태백산맥』 연구서 『태백산맥 다시 읽기』 권영민 집필로 출간(도서출판 해냄). 『아리랑』 연구서 『아리랑 연구』 조남현 외 11인의 집필로 출간(도서출판 해냄). 세 번째 대하소설을 위해 독일, 프랑스, 미국 등 취재 여행. 중편 「유형의 땅」 이탈리아어로 번역. 프랑스 아르마땅 출판사와 『아리랑』 전 12권 완역 출판 계약 체결. 일본에서 『태백산맥』 완역과 마찬가지로 프랑스에서 한국의 대하소설을 완역 계약한 것은 최초의 일. 미혼 직장 여성 502명이 뽑은 '친구에게 가장 권하고 싶은 책' 1위 『태백산맥』, 3위 『아리랑』, '가장 감명 깊게 읽은 책' 1위 『태백산맥』, 4위 『아리랑』(《동아일보》《조선일보》, 1996. 1. 18). 전국 20세 이상 독자 1천 2백 명이 뽑은 '가장 기억에 남는 소설' 1위 『태백산맥』(《동아일보》, 1996. 4. 29). '우리 사회에 가장 영향력이 큰 책' 《시사저널》 조사 1위 『태백산맥』, 5위 『아리랑』(《시사저널》, 1996. 10. 24).

1997년 새 대하소설을 위해 베트남, 사우디아라비아 등 취재 여행. 『태백산맥』 1백 쇄 출간 기념연'을 3월 6일 프라자호텔에서 개최(도서출판 해냄 주최). 증정본 겸 기념본으로 『태백산맥』 양장본 1백 질을 제작. 대하소설로 1백 쇄 발간은 최초의 일이며, 450만 부 돌파는 한국 소설사 1백 년 동안의 최고 부수라고 각 언론이 보도. 3월부터 동국대학교 첫 번째 만해석좌교수가 됨. 장편 『불놀이』 영역판(전경자 교수 번역)이 미국 코넬대학교 출판부에서 출간. 프랑스 유네스코에서 『불놀이』 번역 시작. 각 대학 수석 합격자 40명이 뽑은 '후배들에게 가장 권하고 싶은 소설' 1위 『태백산맥』, 5위 『아리랑』(《중앙일보》, 1997. 2. 25). 전국 국문과 대학생 150명이 뽑은 '가장 좋은 소설' 1위 『태백산맥』, 4위 『아리랑』(《조선일보》, 1997. 5. 15). 서울대학생 1천 명이 뽑은 '가장 감명 깊게 읽은 소설' 1위 『태백산맥』, 4위 『아리랑』(《조선일보》, 1997. 7. 23). 1997년 서울 6개 대학 도서관의 문학 작품 대출 1위 『태백산맥』(《동아일보》, 1997. 12. 28). 전남 보성군청에서 추진하던 '태백산맥 문학공원' 사업이 자유총연맹과 안기부의 개입·방해로 전면 좌초(《시사저널》, 1997. 9. 18).

1998년 『아리랑』 프랑스어판 제1부 3권이 4월 말에 출간(아르마땅 출판사). 문예진흥원 번역 지원으로 작품집 『유형의 땅』 프랑스어로 번역 시작. 세 번째 대하소설 『한강』 《한겨레신문》 창간 10주년을 기념하여 5월 15일부터 연재 시작. 『태백산맥』 사건은 이때까지도 미해결인 채 국가보안법 위반 혐의자로 검찰에 걸려 있음. 20·30대 사무직 남·여 6백 명이 뽑은 '지금까지 살아오면서 가장 기억에 남는 책(전 세계의 작품을 대상) 한국출판연구소 조사 남자 국내 1위 『태백산맥』, 여자 국내 1위 『태백산맥』(《동아일보》, 1998. 4. 21). 서울대학 도서관 대출 1위 『아리랑』(《조선일보》, 1998. 7. 23). 제1회 노신(魯迅)문학상 수상.

1999년 《한국일보》 조사, 문인 1백 명이 뽑은 지난 1백 년 동안의 소설 중에서 '21세기에 남을 10대 작품'에 『태백산맥』 선정(《한국일보》, 1999. 1. 5). 《출판저널》 특별 기획, 각 분야 지식인 1백 인이 선정한 '21세기에도 빛날 20세기 책들(국내 모든 저작물 대상)' 36종에 『태백산맥』 선정됨(《출판저널》 1999년 신년 특집 증면호). 《한겨레21》 창간 5돌 특집, 전국 인문·사회 계열 교수 129명이 뽑은 '20세기 한국의 지성 150인'에 선정됨(《한겨레21》, 1999. 3. 25). MBC TV 〈성공시대〉 70분 특집방영 '소설가 조정래'. 『조정래문학전집』 전 9권(도서출판 해냄) 출간. 『태백산맥』 일어판 1·2권(집영사) 출간. 장편 『불놀이』 프랑스 유네스코에서 프랑스어판(아르마땅 출판사) 출간. 소설집 『유형의 땅』이 문예진흥원 선정으로 프랑스어판(아르마땅 출판사) 출간. 출판인 50인이 뽑은 20세기 최고 작가 2위(《세계일보》, 1999. 12. 18). 《중앙일보》 선정 '20세기 명저 국내 20선(국내 모든 분야 망라)'에 『태백산맥』 선정됨(《중앙일보》, 1999. 12. 23). 《중앙일보》 선정 '20세기 한국의 베스트셀러'에 『태백산맥』 『아리랑』이

	동시에 선정. 30개 중에서 한 작가의 두 작품이 동시에 선정된 것은 유일함(《중앙일보》, 1999. 12. 23).
2000년	『태백산맥』 일어판 10권 완간(집영사). 9월 29일, 『아리랑』의 발원지인 전북 김제시에서 시민의 이름으로 '조정래 대하소설 아리랑 문학비'를 벽골제 광장에 세우고, 제1호 명예시민증 수여. 그날 10시 29분에 첫손자 재면(在勉)이가 태어나 희한한 겹경사를 이룸.
2001년	「어떤 솔거의 죽음」이 그림을 곁들인 청소년 도서로 출간(다림출판사). 광주시 문화예술상 수상. 자랑스러운 보성(普成)인상 수상. 11월 『한강』 제1부 「격랑시대」를 3권의 단행본으로 출간(도서출판 해냄). 12월 제2부 「유형시대」를 3권의 단행본으로 출간.
2002년	1월 3일 총 1만 5천 매의 『한강』 집필 완료. 3년 8개월 만의 결실. 1월 『한강』 제3부 「불신시대」의 일부를 2권의 단행본으로 출간. 2월 「불신시대」의 나머지를 2권의 단행본으로 출간. 『한강』 전 10권 완간. 1월 17일 작품 집필 때문에 6개월 동안 미루어왔던 탈장 수술 받음. 12월 등단 33년 만에 첫 번째 산문집 『누구나 홀로 선 나무』 출간(문학동네).
2003년	중편 「안개의 열쇠」《실천문학》, 단편 「수수께끼의 길」《문학사상》 발표. 2월 Yes24 회원 선정 2002년의 책에서 『한강』이 남자 1위, 여자 2위. 3월 만해대상 수상. 4월 제1회 동리문학상 수상. 5월 프랑스 아르마땅 출판사에서 『아리랑』 전 12권 완역 출간. 유럽 지역에서 한국의 대하소설이 완간된 것은 최초의 일. 5월 16일 전북 김제시에서 건립한 '조정래 아리랑문학관' 개관식 개최. 생존 작가의 문학관이 세워진

것은 처음 있는 일. 둘째 손자 재서(在緒) 태어남.

2004년　4월 30일 프랑스의 시인이며 극작가인 테르지앙(Terzian)이 『아리랑』을 희곡화하여, 『분노의 나날』로 출간(아르마땅 출판사). 7월 1일 희곡집 『분노의 나날』을 『분노의 세월』로 시인 성귀수 씨가 번역 출간(도서출판 해냄). 8월 20일 『태백산맥』 프랑스어판 제1권 출간(아르마땅 출판사). 9월 1일 중편 「유형의 땅」이 독어판으로 출간(독일 페페르코른 출판사). 12월 15일 만화 『태백산맥』 1권이 박산하 씨 그림으로 출간(더북컴퍼니 출판사). 12월 20일 『태백산맥』 일어판 문고본 계약(일본 집영사).

2005년　단편 「미로 더듬기」《현대문학》. 1월 1일 《문화일보》 2005년 신년 특집으로 〈광복 60돌 '한국을 빛낸 30인'〉에 선정. 5월 26일 순천시에서 '조정래 길'을 지정하고 표지석 개막식 개최(낙안 구기-승주 죽림 사이). 4월 1일 서울지방검찰청에서 『태백산맥』 고소 고발 사건에 대해 만 11년 만에 무혐의 결정 내림. 5월 20일 MBC TV에서 〈조정래〉 3부작 제작(『태백산맥』 고소 고발 사건의 발단과 수사 경과, 무혐의 결정이 내려지기까지의 전 과정). 6월 23일 인터넷 서점 Yes24와 포털 사이트 네이버가 진행한 '네티즌 추천 한국 대표 작가-노벨문학상 후보를 추천해 주세요'에서 네티즌 6만 명이 참여해 조정래를 1위로 선정. 또, '한국인에게 큰 감동을 준 작품'으로 『태백산맥』을 1위로 선정. 8월 10일 장편 『불놀이』 독어판 이기향 씨 번역으로 출간(페페르코른 출판사). 8월 15일 『태백산맥』 프랑스어판 3권 출간. 8월 13~21일 인천시립극단에서 광복 60주년 기념 특별 공연으로 연극 〈아리랑〉을 인천종합문화예술회관에서 공연. 10월 5일 MBC TV와 『태백산맥』 드라마 계약.

2006년   장편 『인간 연습』 분재 1회 《실천문학》. 3월 15일 『태백산맥』 프랑스어판 4권 출간. 4월 10일 〈한국소설 베스트〉 시리즈로 『유형의 땅』 포켓북 출간(일송포켓북). 4월 15일 「미로 더듬기」로 현대불교문학상 수상. 6월 28일 장편 『인간 연습』 출간(실천문학사). 장편 『오 하느님』 분재 1회 《문학동네》. 10월 15일 『태백산맥』 프랑스어판 5권 출간.

2007년   1월 5일 한국 문학 대표작 선집 27 『황토』 출간(문학사상사). 1월 29일 『아리랑』 100쇄 돌파 기념연 개최(도서출판 해냄). 3월 21일 장편 『오 하느님』 단행본 출간(문학동네). 4월 20일 『태백산맥』 프랑스어판 6권 출간. 8월 10일 조정래 소설집 『어떤 전설』 출간(책세상). 10월 25일 '큰 작가 조정래의 인물 이야기(위인전 시리즈)' 첫 다섯 권(신채호, 안중근, 한용운, 김구, 박태준) 출간(문학동네). 11월 30일 『태백산맥』 프랑스어판 7, 8, 9권 출간. 12월 27일 『태백산맥』 프랑스어판 전 10권 완간.

2008년   4월 7일 KYN과 『아리랑』 TV 드라마 계약. 4월 10일 『교과서 한국문학』 시리즈 조정래편 5권 출간(휴이넘 출판사). 2007년 출간한 장편소설 『오 하느님』을 『사람의 탈』로 제목을 바꿔 개정 출간. 5월 1일 『죽기 전에 꼭 읽어야 할 책 1001』에 『태백산맥』이 선정됨. 서기 850년경에 씌어진 『아라비안나이트(천일야화)』에서부터 최근에 이르기까지 1200여 년 동안 발표된 전 세계의 소설을 대상으로 평론가·학자·작가·언론인 등으로 구성된 국제적인 전문가 집

단이 참여하여 1001편을 가려 뽑은 책으로 우리나라 작품으로는 『태백산맥』과 『토지』가 뽑혀 수록됨(영국 카셀 출판사, 번역서 마로니에북스). 11월 20일 '큰 작가 조정래의 인물 이야기' 제6권 『세종대왕』, 제7권 『이순신』 출간(문학동네). 11월 21일 '조정래 태백산맥 문학관' 개관식(전남 보성군 벌교읍 회정리 『태백산맥』이 시작되는 지점). 12월 11일 '자랑스러운 동국인상' 수상. 12월 23일 '사회 각 분야 가장 존경받는 인물'-문학 분야 1위로 선정됨(《시사저널》 제1000호 기념 특대호 특집).

2009년 3월 2일 『태백산맥』 200쇄 돌파 기념연 개최(도서출판 해냄). 대하소설로 200쇄 돌파는 최초. 자전 에세이 『황홀한 글감옥』 출간(시사IN북). 11월 18일 상애문화예술인들을 위한 'Art 멘토 100인 위원회 1호' 위원으로 위촉됨(한국장애인문화진흥회).

2010년 장편소설 『허수아비춤』을 계간지 《문학의 문학》 여름호에 600매 분재함과 동시에, 인터넷서점 인터파크에도 2개월간 60회로 연재한 후 10월 1일 단행본으로 출간(도서출판 문학의문학). 11월 10일 장편 『불놀이』, 12월 1일 장편 『대장경』 개정판 출간(도서출판 해냄). 12월 2일 경남 창원에서 '고려대장경 팔각 불사 1000년 기념'으로 장편 『대장경』을 오페라로 공연(경남음악협회). 12월 22일 장편 『허수아비춤』이 독자들이 뽑은 '2010 최고의 책'으로 시상식 거행(인터파크 도서). 12월 26일 장편 『허수아비춤』이 '2010 네티즌 선정 올해의 책'이 됨(Yes24).

2011년 4월 대하소설 『태백산맥』 『아리랑』 『한강』 전자책 출시, 장편소설 및 중단편소설집도 개정 출간과 동시에 전자책 출시 결정. 4월 25일 초기 단편 모음집 『상실의 풍경』 개정판 출간, 5월 30일 중편 「황토」와 7월 25일 중편 「비탈진 음지」를 장편으로 전면 개작해 단행본 『황토』 『비탈진 음지』로 출간, 10월 10일 『어떤 솔거의 죽음』 개정판 출간(이상 모두 도서출판 해냄).

2012년 2월 유비유필름과 『태백산맥』 드라마판권 계약. 4월 영국 놀리지펜 출판사와 『태백산맥』의 영어·러시아어 번역출간 계약. 4월 30일 『외면하는 벽』 개정판 출간(도서출판 해냄). 7월 중편 「유형의 땅」이 전경자의 영어번역으로 영한대역 『유형의 땅』으로 출간(도서출판 아시아). 9월 30일 『유형의 땅』 개정판 출간(도서출판 해냄), 11월에는 《출판저널》이 뽑은 '이달의 책'으로 선정됨. 10월 5일 『사람의 탈』 영어판 출간(Merwin Asia). 『금서의 재탄생』(장동석 저, 북바이북)과 『금서, 시대를 읽다』(백승종 저, 산처럼)에서 금서로서의 『태백산맥』을 집중 조명함.

2013년 2월 23일 참여연대로부터 공로패 받음. 2월 25일 단편집 『그림자 접목』 개정판 출간(도서출판 해냄). 3월 대하소설 『아리랑』의 뮤지컬 제작을 위해 신시컴퍼니(대표 박명성)와 판권계약 체결. 3월 25일부터 인터넷 포털 사이트 네이버에 『정글만리』 일일연재를 시작, 7월 10일 108회를 끝으로 연재 종료와 동시에 7월 12일 단행본 전 3권으로 출간(도서출판 해냄). 10월 7일 『정글만리』 중국어판 출판계약 체결. 『정글만리』에 대해: 10월 7일 문화계 인사 60인이 선정한 '2013 출판부문 1위.' 10월 24일 《중앙일보》·교보문고가 공동 선정한 '2013년 올해의 좋은 책 10.' 11월 26일 제23회 한국가톨릭매스컴상 수상(출판부문). 12월 9일 출간 5개월 만에 100만 부 돌파 최단 기록. 12월 11일 한국예술평론가협의회 선정 제33회 '올해의 최우수 예술가상' 수상(문학부문). 12월 14일 《동아일보》가 선정한 '2013 올해의 책.' 12월 20일 Yes24 네티즌 선정 '2013년 올해의 책' 1위. 12월 21일 《조선일보》가 선정한 '2013년 올해의 책.' 12월 26일 인터파크도서 '제8회 인터파크 독자 선정 2013 골든북 어워즈'에서 골든북 1위, 골든북 작가부문 1위. 12월 30일 알라딘 독자 선정 '2013년 올해의 책' 1위.

2014년   1월 8일 《매일경제》·교보문고 공동 선정 '2014년을 여는 책 50'. 1월 10일 국립중앙도서관 통계, '2013년 도서관에서 가장 많이 이용한 도서' 1위. 3월 15일 『정글만리』 100쇄 돌파(『태백산맥』 2번, 『아리랑』 1번에 이어 네 번째 100쇄 돌파가 됨). 6월 12일 벌교읍 부용산 아래, 복원된 보성여관(소설 속의 남도여관)으로 이어진 '태백산맥길' 첫머리에 조성된 '태백산맥 문학공원 기념조형물 제막식'이 열림. 높이 3미터, 길이 23미터의 조형물에는 작가의 약력, 『태백산맥』에 대한 평가, 『태백산맥』의 줄거리, 그리고 작가의 흉상이 조각되어 있다. 그런데 그 조각은 모두를 놀라게 할 만큼 특이하고도 독창적이다. 조각가인 서울대학교 이용덕 교수는 세계 최초의 기법인 '역상(逆像) 조각'으로 그 창조성을 감동적으로 보여주고 있다. 9월 20일 제1회 심훈문학대상 수상. 12월 15일 인터뷰집 『조정래의 시선』 출간(도서출판 해냄).

2015년   6월 15일 『아리랑 청소년판』 출간(조호상 엮음, 백남원 그림,

　　　　　도서출판 해냄). 7월 11일 뮤지컬 〈아리랑〉 개막, 9월 6일까지 공연(신시컴퍼니). 8월 5일 장편소설 『허수아비춤』 개정판과 함께, 문학 인생 45년을 담은 『조정래 사진 여행: 길』 출간(도서출판 해냄). 10월 3일 제2회 이승휴문화상 문학상 수상.

2016년　7월 12일 장편소설 『풀꽃도 꽃이다』(전 2권) 출간(도서출판 해냄). 10월 4일 『정글만리』를 영어로 옮긴 『The human Jungle』이 브루스 풀턴 교수와 윤주찬 씨의 번역으로 미국 현지에서 출간(Chin Music Press Inc). 11월 8일 『태백산맥 출간 30주년 기념본』(전 10권) 및 『태백산맥 청소년판』(전 10권) 출간(조호상 엮음, 김재홍 그림, 도서출판 해냄).

2017년　7월 25일~9월 3일 뮤지컬 〈아리랑〉 공연(신시컴퍼니). 11월 21일 은관문화훈장 수훈. 11월 30일 시조시인 조종현, 소설가 조정래, 시인 김초혜의 문학적 성과를 기념하고 그 정신을 이어나가고자 전라남도 고흥군에 설립된 '조종현 조정래 김초혜 가족문학관' 개관.

2018년　2월 9일 〈2018 평창 동계올림픽대회〉 성화 봉송(오대산 월정사 천년의 숲길). 4월 20일 맏손자 조재면과 함께 집필한 『할아버지와 손자의 대화』 출간(도서출판 해냄).

2019년　장편소설 『천년의 질문』을 네이버 오디오클립에 오디오북 형태로 30회 연재한 후 6월 11일 단행본 전 3권으로 출간(도서출판 해냄). 11월 2일 조정래 작가의 문학적 성취를 기리고 국내 문학을 대표하는 중견 작가의 작품 활동을 지원하기 위해 제정된 '조정래문학상' 제1회 개최(전남 보성군 벌교읍민회). 11월 11일 '서점인이 뽑은 올해의 작가'로 선정됨(한국서점조합연합회). 12월 12일 『천년의 질문』이 '2019년 올해의 책'으로 선정됨(Yes24).

2020년　3월 1일 서울 종로구 배화여고에서 열린 〈3·1절 101주년 기념식〉에서 묵념사 집필·낭독. 6월 25일 강원도 철원군 백마고지 전적지에서 6·25전쟁 70주년 기념 '한반도 종전 기원문' 집필·낭독. 이 기원문은 김정은 북한 국무위원장, 도널드 트럼프 미국 대통령, 안토니우 구테흐스 유엔 사무총장 등에게 전달됨. 7월 2일~4일 뮤지컬 〈아리랑〉 공연(전주시립예술단).

조정래 소설
어떤 솔거의 죽음

제1판 1쇄 / 1999년 6월 1일
제2판 1쇄 / 2011년 10월 10일
제2판 7쇄 / 2020년 10월 15일

저자 / 조정래
발행인 / 송영석
발행처 / (株)해냄출판사

등록번호 / 제10-229호
등록일자 / 1988년 5월 11일(설립연도 / 1983년 6월 24일)

04042 서울시 마포구 잔다리로 30 해냄빌딩 5·6층
대표전화 / 326-1600 팩스 / 326-1624
홈페이지 / www.hainaim.com

ⓒ 조정래, 2011

ISBN 978-89-6574-005-6

파본은 본사나 구입하신 서점에서 교환하여 드립니다.